钱德勒短篇侦探小说全集 **❶**

U0679044

SMART-ALECK KILL
自作聪明的杀手

【美】雷蒙德·钱德勒◎著

Raymond Chandler

梁瑞清 等◎译

南方出版传媒

花城出版社

中国·广州

图书在版编目（CIP）数据

自作聪明的杀手 / （美）钱德勒著；梁瑞清等译
. -- 广州：花城出版社，2015.5（2020.7重印）
（钱德勒短篇侦探小说全集；1）
ISBN 978-7-5360-7301-2

Ⅰ. ①自… Ⅱ. ①钱… ②梁… Ⅲ. ①短篇小说—侦
探小说—小说集—美国—现代 Ⅳ. ①I712.45

中国版本图书馆CIP数据核字（2015）第050279号

出 版 人：肖延兵
责任编辑：陈宾杰 王铮锴 杨淳子
技术编辑：薛伟民 凌春梅
内文设计：李玉玺
封面设计：鹰勝视觉传达

书　　名　自作聪明的杀手
　　　　　ZI ZUO CONG MING DE SHA SHOU
出版发行　花城出版社
　　　　　（广州市环市东路水荫路 11 号）
经　　销　全国新华书店
印　　刷　河北远涛彩色印刷有限公司
开　　本　880 毫米×1230 毫米　32 开
印　　张　14.25
字　　数　370,000 字
版　　次　2015 年 5 月第 1 版　2020 年 7 月第 3 次印刷
定　　价　35.00 元

如发现印装质量问题，请直接与印刷厂联系调换。
购书热线：020—37604658　37602954
花城出版社网站：http://www.fcph.com.cn

译者前言

雷蒙德·索恩顿·钱德勒（Raymond Thornton Chandler，1888-1959年）是美国著名侦探推理小说家，出生于芝加哥，七岁开始在英国生活，1912年返回美国，曾担任加州达布尼石油集团副总裁。他少怀文学梦想，但直到1932年在美国经济大萧条中破产后，才转而从事小说创作，大获成功。钱德勒的长篇小说《漫长的告别》获1955年"埃德加·艾伦·坡最佳小说奖"，1958年他当选为美国推理作家协会会长，其以菲利普·马洛为侦探主角的小说几乎均被改编成电影。

英美现代侦探推理小说追溯至著名诗人、小说家埃德加·艾伦·坡。自1841年，他自称为"推理小说"的《魔阁街凶杀案》《玛丽·罗杰奇案》和《偷去的信》问世以来，侦探推理小说风靡一时。在英国，有影响力的侦探推理小说家包括威尔基·柯林斯，柯南·道尔和阿加莎·克里斯蒂。威尔基·柯林斯以《月亮宝石》著名，柯南·道尔的《福尔摩斯探案》几乎家喻户晓，而阿加莎·克里斯蒂则因创作《尼罗河上的惨案》等侦探小说而被誉为"探案女王"。

总体上，英国推理小说在约定俗成的程式内，流于"向壁虚构，节外生枝，故布疑阵，迷惑读者"，在推理和艺术上都有待提升。而在美国，钱德勒，与达希尔·哈米特、罗斯·麦克唐纳一起，塑造了美国本土"冷硬派"的侦探形象，突破了英国古典推理小说的传统。他们不仅重视演绎推理，更穿插刺激、惊险的动作与打斗，场面神秘惊险，情节扣人心弦，突出与罪犯斗智斗勇的情节描写，如钱德勒的《湖底女人》《再见吾爱》和《漫长的告别》中的侦探马洛，一改以往侦探绅士风度，常常身涉险境，与敌手或警察正面交锋。同时，钱德勒的语言精练简洁，文笔引人入胜，在艺术创作手法上有重大突破，如《其拉诺的枪》以"泰德·卡马迪喜欢雨——喜欢雨的触感，雨的声音，雨的味道"开头，伤感的氛围，孤独的角色跃然纸上；再如《西班牙血盟》中对约翰·马斯特的外貌描写："身材高大，体格肥胖，长相油滑，他青蓝色的下巴光秃发亮，粗大的手指上，每个关节都形成凹窝，褐色的头发从额头开始整齐地往后梳"，主人公形象生动，使读者如同直面其人。但钱德勒对女性、黑人、同性恋角色的描写有失偏颇，需引起读者警惕。

本丛书的推出，是钱德勒的短篇小说全集首次在国内出版。全书分为三册，共25个短篇，基本上都为侦探小说。其中，《青铜门》《英格兰夏日》和《宾格教授的鼻烟》虽写到非正常死亡，却不以案情推理为主。相较于他屡屡搬上荧幕的长篇故事，钱德勒的短篇小说更以语言制胜，妙语频出，情节紧凑。

经过暨南大学外国语学院MTI翻译团队九个月的通力合作，本丛书终于要出版了！虽然我们在翻译过程中字斟句酌，努力用中文再现钱德勒短篇侦探故事的精彩世界，以飨读者，但由于水平所限，瑕疵和错漏在所难免！译文失当之处，请广大读者予以指正，不吝赐教。

目 录

海湾城蓝调

1 灰姑娘自杀

那天肯定是星期五，因为从隔壁的万胜之家咖啡连锁店飘出了浓烈的鱼腥味，气味厚重得能撑起一个车库。除此以外，这是春天里晴朗温暖的一天。眼看下午的尾巴就要悄悄地溜走了，可我却一周没接到案子了。电话响起时，我正舒舒服服地把脚靠在桌子上，享受一缕缕阳光照在脚踝上的惬意。我移开罩在电话上的帽子，拿起电话，对着话筒打了个哈欠。

电话那头的声音说："我可听到了，约翰·达尔马斯，你就不为自己感到难为情吗？你有没有听说奥斯特莱恩一案？"

电话是维拉·马基打来的，他是警察局里负责谋杀案的警察，一个很好相处的家伙，不过有个坏习惯——经常丢给我一些案子，把我忙得团团转，可赚到的钱还不够买一件二手紧身外套。

"没。"我简单地回道。

"在海湾城的海滩上，发生这种事可没什么大惊小怪的。听说那个小城上次选举市长的时候就出了岔子，城镇治安官就住在那里，为了避免闹得不愉快，我们没有插手干预。据说那些赌鬼提供了3万美元的竞选资金，所以，现在就算是那里的小餐厅，在提供菜单的时候，也会附上一份赛马的消息报。"

我又打了个哈欠。

"我可又听到了！"马基厉声喝道，"你要是这么不感兴趣，我也没有办法了。不过，找我的那个家伙说，钱不成问题。"

"哪个家伙？"

"马特森，发现尸体的家伙。"

"什么尸体？"

"嗯？你不会真对奥斯特莱恩一案一无所知吧？"

"我没说不知道吗？"

"你是不是只会打哈欠和问问题！算了，就让这可怜的家伙被干掉好了，市凶杀组会来处理这件事情，那个家伙现在就在城里。"

"你说的是马特森？谁要干掉他？"

"真是的，如果他知道，还会雇私人侦探来调查吗？他之前跟你是一个行当，不久前刚被解雇，一些带枪的家伙正在找他麻烦，现在他根本不敢出去。"

"你过来一趟吧，"我说，"我左胳膊都酸了。"

"我在执勤。"

"我刚要下楼去杂货店买一夸脱苏格兰威士忌呢。"

"你要是听到敲门声，肯定就是我到了。"马基说。

不到半个小时，马基就到了。他身材魁梧，面相和善，长着一头银白色的头发，脸颊上有个酒窝，一张天生用来亲吻婴儿的小嘴。他穿着一身烫熨平整的蓝色套装，一双擦得锃亮的方头鞋，戴着一条垂到了腹部镶着鹿齿的金链子。

马基小心翼翼地坐下，胖人都这样。他拧开威士忌的瓶盖，仔细地闻了闻，确保我没有像酒吧里那样，在威士忌的瓶子里灌上98美分一瓶的劣质酒。他倒了满满的一杯，用舌头舔了舔，一双眼睛却在打量着我的办公室。

"怪不得你只能待在家里等工作上门，"他说，"你得让人们看到你的厉害之处啊！"

"你还是饶了我吧！"我说，"马特森和奥斯特莱恩的案子是怎么回事？"

马基喝完一杯，又倒了点儿，这次没刚才那么多，然后就看着我摆弄手里的一根香烟。

"一氧化物中毒，是自杀，"他说，"死者是一个叫奥斯特莱恩的金发女人，她是海湾城里一名医生的老婆。一些三流的电影演员经常喝个烂醉，闹个通宵。为了防止他们做出一些荒唐的事情，那个医生整晚东奔西走，于是这个女人就独自外出消遣。自杀当晚，她还去了万斯·康里德俱乐部，就在城北海边的陡岸。你知道这个俱乐部吗？"

"知道，以前是家海滩俱乐部，下面有个漂亮的私人沙滩，海滩上的更衣室前，来来往往地走着好莱坞的修长美腿。她是过去玩轮盘赌的吧？"

"如果说这个城里有赌博场所，"马基说，"康里德俱乐部肯定就是其中之一，也一定有轮盘赌。也就是说，她是去玩轮盘赌，听说她和康里德之间还有一腿，背地里还去碰轮盘赌这东西。她一般都是输，谁玩这个能赢呢？事发当晚，她输了个精光，非常恼火，在里头喝酒闹事。康里德把她弄到他的私人房间，通过医师联络中心找到那个医生，也就是她丈夫。接着那位医生——"

"我打断一下，"我说，"你说的都是胡扯吧——就算我们这里有赌博组织，也不会是这样吧。"

马基同情地看着我，说："我小舅子在那里的一家不怎么样的报社工作，他们做过相关调查，那个医生急匆匆赶到康里德的俱乐部，为了让他老婆安静下来，就在她胳膊上扎了一针。他在布伦特伍德高地有个急诊，不能送她回家，于是万斯·康里德用私人汽车把她送了回去。与此同时，医生给他办公室的护士打电话，让她去他家里看看，以确保他老婆一切安好。事情办妥后，康里德回到俱乐部，护士见她躺在床上，就走了，女仆也去睡觉了。当时大概是在午夜，或者稍微再晚一点。

"凌晨两点左右，碰巧这个哈里·马特森就出现了。当天轮到他值夜班，他一个人在外巡查，当走到奥斯特莱恩住的那条街时，他听到从漆黑的车库里传出汽车发动机的声音。进去一看，发现地上仰卧着一个虚弱的金发女人，她穿着一件几乎透明的睡衣和一双舞鞋，头顶上萦绕着排气管的废气。"

马基停下来，抿了一小口威士忌，再次环顾我的办公室。我则看着最后一缕阳光从窗台上溜走，消失在小巷的黑暗缝隙之中。

"那个白痴是怎么做的呢？"马基一边用丝帕擦嘴，一边说，"他以为那个女人死了，也许是真的死了。你也知道，这种事在尾气中毒后是很难确定的。再说了，给她注射新亚兰甲，是为了什么呢……"

"行了，别兜圈子了！"我不耐烦地说，"他到底怎么做的？"

"他报警了，"马基一脸严肃，接着说，"他关掉汽车发动机和手电筒，走了几个街区的距离，终于找到了医生。不一会儿的工夫，他俩就一起回到车库。医生说她已经死了，让马特森从侧门进到自己家，给当地警察局警长亲自打电话，马特森照做了。很快，警长和几个手下开着警车就到了。他们刚到不久，殡仪馆里专门处理尸体的人也到了，那周刚好轮到他们这些人做代理验尸官。他们用车把尸体拉走，一个化验员采集了血液样本，说里面有很多一氧化碳气体。验尸官对此做出公布，尸体就被火化了，案子也就这么给结了。"

"好吧，既然如此，现在又有什么问题？"我问。

马基喝完第二杯，本打算再来一杯，可是更想先抽支雪茄。我可没这东西，惹得他有点儿不爽，他就把自己的雪茄拿出来点着了一支。

"我只是个警察，"透过烟雾，他眨着眼对我说道，"你问的事情我可不知道。我所知道的就是马特森被吊销了执照，赶出海湾城，现在吓得要命。"

"这他妈算什么，"我说，"上次，我强行介入一个小镇的团伙，颅骨都骨折了。我怎么联系马特森？"

"我把你的电话给他了，他会联系你的。"

"你对他有多了解？"

"足够透露你的姓名，"马基说，"当然，一旦发生什么事，我肯定会调查的……"

"没问题，"我说，"如果有情况我就告诉你，波本威士忌还是黑麦威士忌？"

"这还要问吗！"马基说，"当然是苏格兰威士忌。"

"马特森长什么样？"

"他中等身材，身高五英尺七英寸，也就是一米七，头发是灰白色的。"

他又倒了一杯酒，一饮而尽，然后就走了。

我在那儿坐了一个小时，抽了好多烟，嗓子干渴得很。天渐渐黑下来，也没人给我打电话。我站起来，打开灯，洗了洗手，痛痛快快地喝了一小杯，拧上酒瓶盖儿，也该去吃饭了。

我戴上了帽子，刚走到门口，就看到走廊里有一个送快递的男孩儿，他一边走一边看门号。原来是我的快递，我签收了一个不规则形状的包裹，外面包着洗衣店里常用的浅黄色薄纸。我把包裹放在办公桌上，割开绳子，看到里面有一个用包装纸包起来的东西与一个装有一张纸条和公寓钥匙的信封。纸条上很唐突地这样写道：

> 警察局里的一个跟友把你介绍给我，说你是个值得信任的人。我现在摊上了麻烦，想赶紧脱身。请天黑以后，到第六大道附近的哈佛街，丁尼生·阿姆斯公寓，524房间。如果我没在，你就用这把钥匙打开门。一定要提防怕特·雷埃尔，这里的酒店经理，我信不过这个家伙。一定要把这只舞鞋放在安全的地方，千万别弄脏。

附言：他们叫他"紫罗兰"，我一直不知道为什么。

原因我当然知道，就是他喜欢嚼紫罗兰味的东西来清新口气。这个纸条没有署名，不难看出马特森的不安。我打开包装纸，看到一只绿色的丝绒舞鞋，尺码大约是4A，用白色小山羊皮做的内衬。内衬上印着流畅的金色字迹"弗斯科伊尔"。另外，在原本该标尺码的地方，有用不褪色墨水标记的"S465"。我知道这肯定不是尺码，因为在好莱坞切罗基街上的弗斯科伊尔有限公司，专门做定制鞋，包括个人用的、表演用的、骑马用的等等。

我靠在椅子上，点着一支烟，仔细思考一番。最后，我在电话簿中，查到弗斯科伊尔有限公司的电话，打了过去。电话响了几声之后，一个轻快的声音说："您好！请问什么事？"

"让弗斯科伊尔亲自接电话，"我说，"我是鉴证科的彼得斯。"我没有说具体是什么鉴证科。

"哦，弗斯科伊尔先生已经回家了。您知道的，我们已经下班了，我们在五点半就停止营业了。我是普林格尔，簿记员，您有什么事……"

"是的，我们在一批失窃物品里发现了一双你们做的鞋子，标记是S-4-6-5。这个有什么意义吗？"

"哦，是的，当然，这是最后标码。需要我帮您查一下吗？"

"劳烦您务必查一下。"我说。

他很快就回来了。"哦，是的，那是利兰·奥斯特莱恩夫人的号码，海湾城阿泰尔街7-3-6号，她的鞋都是从我们这里定做。真是太遗憾了，两个月前，我们给她做了两双翡翠绿的丝绒舞鞋。"

"你说'遗憾'是什么意思？"

"哦，你知道的，她死了，是自杀。"

"你说两双舞鞋？"

"哦，是的呀，两双一模一样的。人们经常会定做几双颜色素雅的鞋子，要知道，那些有任何点缀或图案的鞋只能搭配特定的衣服……"

"好的，非常感谢，祝您一切安好。"说完我就把电话挂了。

我再次拿起这只舞鞋，仔细看了看，这只鞋还没穿过，薄薄的磨面革鞋底上没有任何刮痕。我很好奇，哈里·马特森要用这只舞鞋做什么。我把鞋子放进办公室的保险箱中，就出去吃晚饭了。

2　突发命案

　　丁尼生·阿姆斯公寓是一个高约八层的老式建筑，外面镶嵌的是深红色砖瓦，中间是一个宽阔的庭院，里面种着棕榈树，混凝土修葺的喷泉和令人眼花缭乱的花坛。丁尼生·阿姆斯公寓里的门是哥特式风格，上面挂着灯笼，会客室里铺着红色的长毛绒地毯，宽敞的会客室里有只惹人厌的金丝雀，被关在木桶一样大小的镀金笼子里。除此之外，会客厅就空荡荡的了。这个公寓肯定有段历史了，那随时可能坏掉的窗户就足以证明这一点。公寓里的电梯是全自动的，停下时会自动打开两扇门。

　　五楼的狭长走廊里铺着栗色的地毯，我走在里面，却没看到一个人影，没听到丁点儿声音，也没有嗅到饭菜的香气，这里安静得就像牧师自省的地方。524房间应该是朝向中间庭院的，因为门的旁边镶有一扇遮光玻璃窗。我轻轻地敲了敲门，没有人回应，于是，我拿出公寓的钥匙打开门，进去后随手关上了门。

　　房间一头的壁床上有一面闪闪发光的镜子，入口门那面墙上的两扇窗户都关着，黑色的窗帘拉到了一半的位置，即使这样也有光线从庭院照进房间，足以看到两个磨得反光的黄铜门把手，一套色彩暗淡、款式过时的软沙发，看样子得是十年前的款式了吧。我走到窗前把窗帘完全拉下来，借助袖珍手电筒的光线，回到门口。这里的电灯开关可以控制吸顶灯，上面围了一圈火红色的烛形灯，使房间看起来像葬礼礼堂中的侧厅。我打开红色的落地灯，关掉吸顶灯，开始仔细观察这个房间。

壁床的后面是一间狭窄的更衣室，里面有一张内嵌式梳妆台，上面放着一把黑色梳子，梳子上夹带几根灰白头发。除此之外，还有爽身粉、手电筒、褶皱的男士手帕、信纸、台笔、压在记事簿上的墨水——记事本上列出了橱柜里手提箱可以摆放的物品。有几件在海湾城一家男士服装店买的衬衫，衣架上挂着一件深灰色西服，地板上摆着黑色皮鞋。在浴室里有安全剃刀、无刷剃须膏、几块刀片、放在玻璃杯里的三支竹制牙刷，还有一些零碎的东西。在瓷质的马桶水箱上放着一本红色封皮的书——多尔西的《为什么我们表现得像人类》，书的第116页用橡皮筋做了标记。于是，我把书翻到那一页，当我读到《地球、生命与性爱的演化》的相关内容时，客厅里的电话响了。

我关上浴室的灯，踩着地毯，轻步来到沙发前。电话在沙发另一头的置物台上，一直响着，和街上喇叭的嘟嘟声彼此回应。电话响了八声的时候，我耸了耸肩，拿起电话。

"是帕特吗？帕特·雷埃尔？"一个声音急切地问。

我不知道，如果是帕特·雷埃尔，他将如何作答，于是小声嘟囔了一声。此时，电话那头的声音生硬嘶哑，听起来对方应该是个很严厉的家伙。

"是帕特吗？"

"嗯。"我说。

接下来是一阵沉默，可是对方也没有挂断电话。过了一会儿，那个声音接着说："我是哈里·马特森，非常抱歉，我今天晚上不回去了，实在没办法，会给你添很多麻烦吗？"

"嗯。"我说。

"什么意思？"

"嗯。"

"搞什么鬼！你就只会说'嗯'吗？"

"我是希腊人，本来话就不多。"

他笑了，似乎还沉浸在自己的笑声之中。

我问："哈里，你用什么样的牙刷？"

"什么？"

那头传来震惊的喘气声——看来开始不高兴了。

"牙刷——人们用来刷牙的小玩意儿，你用哪种类型的？"

"你搞什么鬼？"

"我们楼下见吧。"我说。

他恼怒了："听着，自作聪明的家伙！别耍什么花招，明白吗？我们知道你的名字，你的电话号码，你要是敢惹是生非，我们有地方收拾你，明白吗？还有，哈里不再住那儿了，哈哈。"

"你把他干掉了，对吧？"

"是我们一起把他干掉的，你以为我们做了什么，难道是带他去看电影不成？"

"这可坏了，"我说，"老板可不喜欢这样。"

我挂断他的电话，把电话放回到长沙发的另一头的置物台上。我轻轻揉了揉后脖子，从兜里掏出门钥匙，用手帕擦干净后，小心翼翼地放在了桌子上。我起身走到一扇窗前，把窗帘拉到一边，朝庭院看去。庭院里的棕榈树围绕成一个长方形，透过缝隙，我看到同楼层一个房间的中间坐着一个秃顶男人，他在明亮刺眼的灯光下一动不动，看起来倒不像是在暗中监视着什么。

我又把窗帘拉回来，戴上帽子，走到门口，关掉灯。我把袖珍手电筒放在地上，用手帕包上门把手，轻轻打开门。

我看到他倚在那里，八只钩子似的手指紧紧地抓在门框上，除了其中一只，其他的都像蜡一样惨白。

一双青蓝色的眼睛深深地凹陷了进去，睁得圆圆的，朝我这边看过来，却看不到我。鲜血粘在他那毛糙的灰白色头发上，依稀变成了紫色；鬓角的一侧已经血肉模糊，鲜血从那儿一直往外流，流到了下巴；唯一的拉紧却没有变白的手指从指间到第二个关节的部分被砸得粉碎，尖锐的骨头碎片在模糊的血肉中突露出来，一些应该是指甲的东西，现在看起来像参差不齐的碎玻璃碴儿。

这个男人穿着一件棕色西服，上面有三个兜，都已被撕破，以古怪的角度垂落下来，露出里面黑色的阿尔帕卡羊驼绒。

他的呼吸声极其微弱，犹如从远处传来踩在落叶上所发出的声响；他的嘴好似鱼嘴般不自然地张着，从里面吐出血泡；他身后的走廊空荡得像极了新挖的坟墓。

突然，走廊地毯边沿的木板上传来橡胶鞋跟儿发出的吱吱声。这个男人拉紧的手指逐渐从门框上滑落下来，上半身开始扭曲。此时的他，双腿已经无法支撑身体的重量，因为向外分开，身体在半空中翻转，活像是一个正在游泳的人，突然向我扑了过来。

当他的身体转过半圈的时候，我紧张地咬紧牙关，两脚分开，从后面接住他。这个人可真重，得两个人才接得住。我往后退了一步，差点跌倒，又退了两步，才把他瘫软无力的双脚拖离了门口。为了尽量稳妥地让他侧躺下来，我累得蹲在一旁，气喘吁吁。休息片刻后，我站起来，走到门口，把门关上并锁好，打开天花板上的灯，转身走向电话。

我还没拿起电话，他就死了。我听到他因呼吸困难而发出的喉音，筋疲力尽时的断气声，接下来就是一片死寂。他曾伸出那只完好无缺的手，一阵抽搐之后，张开的手指慢慢松懈，弯曲，这种姿势就保留了下来。我走到他面前，伸出手指，用力去摸他的颈动脉，感受不到一丝跳动。我从钱包里拿出一面小钢镜，放在他张开的嘴前，等待了漫长的一分钟，移开镜子，上面没有出现一丝雾气。此时，哈里·马特森从外面回来了。

我听到外面钥匙在锁里转动的声响，便赶快从尸体身边撤离。门打开的时候，我已经躲进了浴室，手里拿着枪，透过浴室的门缝观察外面的情况。

这个人进来得很迅速，就像一只敏捷的猫从一个双开门中一窜而过。他先是瞥了一眼吊灯，又往地上看了看，然后目光就定格在那里，整个人一动不动地站在原地，眼睛死死盯着地板。

这个家伙个子高大，外套上的扣子敞开着，一副刚从外面回来，或者是正打算出去的装扮。他米白色的大脑袋后面戴着一顶灰色的毡帽。他长着两簇浓黑的眉毛，一张宽脸，面色红润，俨然一副大领导的容貌。他的嘴巴应该经常洋溢着微笑，不过现在没笑而已。他的脸上瘦骨嶙峋，嘴里晃动着抽剩的半截香烟，我都能听到他抽烟时的吸气声。

他一边把一串钥匙放回口袋，一边一遍又一遍地轻声感叹"天哪"。他往前挪了一小步，缓慢而略显笨拙地在这个死人旁边蹲了下来，把几根粗大的手指压在地上那个人的脖子上，移开手时摇了摇头。他谨慎地扫视着房间，盯着我藏身的浴室门，但是眼神没有任何变化。

"刚死不久，"他抬高声音，"他被打得遍体鳞伤。"

他慢慢站了起来，晃了晃发麻的脚。他和我一样，不喜欢房间里的吊灯，于是打开落地灯后就把吊灯关掉了，他又扭动了几下脚踝。影子随着他的移动逐渐爬上了侧墙，顺势穿过天花板，停顿片刻，又落了下去。他动了一下嘴里叼着的香烟，从兜里掏出火柴，小心翼翼地把剩下的一截烟头在火苗上转了转，点着后把火柴吹灭，放回了兜里。就在他做这些事时，视线也从未离开地板上死去的那个人。

他走到一旁，在长沙发的一头坐下来，沙发上的弹簧发出沉闷的吱吱声。他伸手去拿电话，眼睛依然盯着那个死去的人。

他还握着电话的时候，电话突然响起来，他被吓了一跳，眼睛不由自主地瞪了一下，胳膊肘也猛地缩回到穿着厚重外套的身体两侧。他谨慎地咧嘴一笑，把电话从支架上拿起来，用浑厚圆润的声音说："您好！我是帕特。"

我听到电话那头传来冷漠的、含糊不清的嘶哑声音，帕特·雷埃尔的脸被气得因充血而渐渐变红，最后像极了新鲜牛肝的颜色，手里的电话也猛烈地颤动着。

"这么说，你就是大下巴先生了！"他大声吼道，"好吧，听着，蠢货！你知道吗？你要的尸体就在我的地毯上，就在这里……他是怎么来的？我他妈怎么知道！还问我，你竟然在这儿把他杀死，就让我告诉你，你会为此付出很大代价的，走着瞧吧，很大代价。在我的地盘杀人，可别想随意干杀人的勾当！我帮你找到你要的人，你却在我的地盘上把他杀了，你真是活腻歪了！我要一千块，一分钱也不能少，你过来把你的东西弄走，我是指这个尸体。听明白了吗？"

电话那头的嘶哑声比帕特说得还久，帕特·雷埃尔听的时候，眼皮都快撑不住了，脸上的紫色也逐渐消失。他恢复了冷静，说："好的，好的，我只是开玩笑，半小时后，在楼下给我打电话。"

他挂掉电话就站了起来，没再看浴室的门，也没再看其他地方。他吹起口哨，摸了摸下巴，朝门口的方向刚走了一步，就止住脚步，又若有所思地摸了摸下巴。他不确定这个房间里到底是有人，还是没人——再说了，他没有带枪，于是又朝门口继续迈了一步。大下巴一定是跟他说了什么，主要意思就是让他出去，可他迈出第三步的时候，就改变了主意。

"见鬼！"他大声喊道，"真是个神经错乱的疯子！"他快速扫视了一遍房间，"想要我？哼！"

他本已举起手去拉闩链，突然把它放了下来，他在死人旁边跪下来。先是轻轻晃动一下尸体，又轻松自如地把他在地毯上翻了个身，然后俯下身，斜眼看了看尸体的脑袋所在的位置。帕特·雷埃尔不满地摇摇头，站起来，把手伸到尸体的腋窝下，回头扫了一眼漆黑的浴室，便开始把尸体朝我这边拖。他嘴里还叼着烟头，发出嘟囔的声音，他那米白色的头发反射着落地灯投来的光。

我走到他身后的时候，他依然俯着身子，双腿叉开。在最后一刻他也许听到了动静，但是已经来不及了。我把枪换到左手，右手拿着一根袖珍警棍，我挥起警棍，去打他头的一侧，警棍正好落在他右耳后方，其实，我可不想这么干。

帕特·雷埃尔一下子朝他正拖曳的尸体倒了下去，尸体四肢摊开，而他的头正好落在尸体的双腿之间，头上的毡帽慢慢滚落到一侧，他倒在那里一动不动，我从他身边走过去，拉开门就离开了。

3 出版社里的绅士

我在西大街找到一个公用电话亭，拨通警察局的电话。维拉·马基还在办公室，正准备回家。

我说："你那位在海湾城不怎么样的报社工作的小舅子叫什么名字？"

"金凯德，他们都叫他多利·金凯德，因为他是个小个子。"

"他现在是在哪里？"

"在市政府大厦一带吧，他负责警察局区域的新闻工作。怎么问起他了？"

"我见到马特森了，"我说，"你知道他在哪里吗？"

"不知道，他只是给我打过电话，你对他有什么看法？"

"尽我最大努力来帮他，你今晚在家吗？"

"在呀，为什么不在！怎么这么问？"

我没跟他解释，而是回到车里，一路驶向海湾城，我到的时候大概是九点钟。市政府大厦处在鱼龙混杂地带，里面的六个房间隶属于警察局。我挤过人群，来到一个敞开的入口，那里亮着灯，有一个柜台；角落里有一部程控交换机，一个身穿制服的人站在机子后面。

我把一只胳膊支在柜台上，看着坐在对面的一位便衣警察。他没穿外套，露出腋下的枪套，就像一个木质假肢戳在他的肋骨上。他正在那里看报纸，用眼睛的余光瞟了瞟我，说："有事吗？"他的头几乎都没动，吐了口痰，咣当一声落入痰盂里。

我说："我找一个叫多利·金凯德的家伙。"

"出去吃饭了，我还得帮他继续写报道。"他语气生硬而冷漠。

"谢谢，你们这儿有记者室吗？"

"有啊，还有厕所呢，带你参观一下？"

"您别着急，"我说，"我可不敢在你的地盘上放肆。"

他又往痰盂里吐了口痰。"记者室就在大厅的尽头，里面没人。多利应该快回来了，如果他没有喝得烂醉的话。"

一个身材瘦小、长相清秀的年轻人走进房间，这个人脸色红润，流露着不谙世事的眼神，左手还拿着吃剩的汉堡三明治。他的帽子，跟电影里的记者帽差不多，扣在了他长着金发的头上。他衬衣的脖领敞开着，领带歪斜到了一边，下边的一截儿露在了外套的外面。除了清醒以外，从哪儿看，他都不像是个电影新闻记者。他漫不经心地说："伙计们，有什么激动人心的事吗？"

黑头发的便衣警察又吐了一口痰，说："我听说市长吓得把裤子给尿了，哈哈，当然啦，都是谣传。"

瘦小的年轻人呆板地笑了笑，就转身走了。便衣警察喊道："多利，这家伙要找你。"

金凯德咬了一大口汉堡，饶有兴致地看着我。"我是'紫罗兰'的朋友，我们方便在哪里谈谈？"我说。

"去记者室吧。"他说，我们走开的时候，那个黑头发的警察打量了我一番，眼里透露出想找个人打一架的神情，他觉得我就是合适的人选。

我们沿着大厅朝尽头一路走去，继而转进一个房间。房间里有一张长桌，桌面上满是划痕，除了两头各放了一部电话，上面再也没有其他摆设。房间里面还有三四把木质椅子，地上凌乱地放着很多报纸。每面墙的正中央都挂着一幅落满灰尘的镶框画像，人物分别是华盛顿、林肯、霍勒斯·格里利，另一个我就不认识了。金凯德关上门，坐在桌子的一头，一边抖着腿，一边啃他剩下的汉堡。

"我是约翰·达尔马斯，私人侦探，来自洛杉矶。我们开车去阿泰尔街736号怎么样？跟我说说你对奥斯特莱恩一案所了解的情况。你最好给马基打个电话，让他把咱俩介绍一下。"我说着递给他一张名片。

这个家伙起身离开了桌子，看都没看就把名片塞进兜里，在我耳边轻声说："稍等。"

他轻轻地走到霍勒斯·格里利那幅带镶框的画像前，把画像从墙上摘下来，按了一下画像后面的小块涂料，那是涂在画布上的。金凯德看着我，挑了挑眉头，我示意性地点了点头。他把画像挂回墙上，走到我身边，"那是窃听器，"他轻声说，"当然，我都不知道是谁什么时候放过来的，甚至不知道那个该死的玩意儿是不是还在使用。"

我说："霍勒斯·格里利应该很喜欢。"

他提高嗓门，说："好啊，今天的报道实在是无聊。我猜我可以出去走走，不管怎么样，阿尔·德斯贝恩会为我打掩护的。"

"那个大个子，长着黑头发的警察？"

"是的。"

"怎么他看上去很急躁？"

"他被降职了，现在只是一名代理巡警。今晚并没有给他安排执勤，可他坚持在附近晃悠，这家伙厉害得很，得动用整个警察局的力量才能把他赶出去。"

我看了看窃听器，也挑了挑眉头。

金凯德说："好了，我得去给他们找些料子了。"

他走到角落，在一个脏兮兮的洗脸盆里，用一小块去污皂洗了洗手，从口袋掏出手帕擦了擦，他正准备把手帕收起来的时候，门就被打开了。一个身材矮小，长着一头灰发的中年男人走了进来，毫无表情地看着我们。

多利·金凯德说："晚上好，警长。有什么要我做的吗？"

警长看着我，一语不发，满脸的不快。他长着一双海绿色的眼睛，一张紧闭而略显执拗的嘴巴，鼬鼠鼻一样的鼻子，看上去不怎么健康的肤色。单从外表来看，似乎与警长这个称呼格格不入。他微微点了点头，说："你这位朋友是谁？"

"他是我姐夫的朋友，从洛杉矶过来的私人侦探，他叫什么来着，让我想想……"金凯德慌乱从口袋里抓出我的名片，这个家伙竟然没记住我的名字。

警长怒冲冲地说："什么？私人侦探？你来这里做什么？"

"我不是来这里办案子的。"我回答道。

"听你这么说我很高兴，"他说，"是非常高兴，早点休息吧。"他打开门，步履匆匆地出去了，门"哐当"一声就关上了。

"安德斯警长是个非常好的人，"金凯德大声说，"再也没人比他好了。"他像只受惊的兔子，战战兢兢地看着我。

"在海湾城可是没人比得上他。"我大声说。

我以为他马上会晕过去，但是没有。我们走出市政府大厦，上了我的车就出发了。

我把车停在阿泰尔大街，利兰·奥斯特莱恩医生房子的对面。那晚风平浪静，月色下笼罩着淡淡一层薄雾。从海滩附近的陡岸飘来一阵阵微弱而沁人心脾的淡盐水和海藻的气味。在一盏盏锚灯的照耀下，可以看到游艇港和三个码头微波粼粼的曲线。沿着海面向远处眺望，可以看到一艘带桅杆的大渔船，桅杆之间吊着几盏灯，照亮了整艘船。在船上，除了捕鱼，应该还有什么其他事情发生。

阿泰尔大街在这个街区的一头是死胡同，被一个高大装饰性的铁围栏隔开，铁围栏里面是居民楼。所有的居民楼都在街道的内陆区，有80或100英尺长，规整地分布着。靠近海的一边，有一条狭窄的人行道，一道矮墙，再过去就是几乎垂直而下的悬崖了。

多利·金凯德被迫坐到了座位的角落里，香烟上的那点红光时不时朦朦胧胧地照在他瘦小的脸上。奥斯特莱恩医生的房子里漆黑一片，只有前门门洞挂着一盏小灯，他的房子是粉刷过的，安了一道铁门，前院围了一道围墙，车库设在围墙的外面。一条水泥路便是车库侧门和房子侧门间的通道。大门旁边的墙上有一块青铜板，我能猜到，上面应该写着"利兰·M.奥斯特莱恩医生"。

"好了，"我说，"奥斯特莱恩的案子，到底是怎么回事？"

金凯德慢悠悠地说道："什么事儿也没有，除非你想给我惹事儿。"

"这是什么意思？"

"肯定通过窃听器，有人听到你提及奥斯特莱恩的地址，所以安德斯警长才会过来见你。"

"德斯贝恩可能通过外表就判断出我是个侦探，然后给警长打了报告。"

"不会的，德斯贝恩对警长可是恨之入骨。要知道，一周前他还是刑警中尉呢。安德斯不想奥斯特莱恩一案被搞得一团糟，所以也不让我们写相关报道。"

"你在海湾城的名声不错呀。"

"我们这儿的气候不错罢了——搞新闻的人不过是一群傀儡。"

"好了，"我说，"你在警察局里有个负责凶杀案的姐夫。洛杉矶的报社，除了一家之外，哪个不是站在城镇治安官这边。而他就住在海湾城，可是，和许多人一样，他也没做到洁身自好。所以你才害怕了，是不是？"

多利·金凯德把烟扔出窗外，划出一道红色的弧线，落在狭窄的人行道上。我往前探过身子，按下启动开关。"抱歉，"我说，"我不会再打扰你了。"

我踩动油门，在金凯德的身体还没来得及前倾时，已把车子往前开了几码，又猛地一拉刹车。"我可不是胆小鬼，"他提高了嗓门，"你想知道什么？"

我再次关掉马达，手搭在方向盘上，身子往后一靠，说："首先，马特森为什么丢了执照呢？他是我的客户。"

"噢，马特森啊，人们说他勒索奥斯特莱恩医生。他们不仅吊销了他的执照，还把他赶出了海湾城。一天晚上，几个拿着枪的家伙强行把他逼上了一辆车，以暴力相逼，让他离开海湾城，否则后果自负。他跟总部上报，那几个家伙的笑声在几个街区以外都能听到，我觉得他们不是警察。"

"你认识大下巴这个人吗？"

多利·金凯德想了想。"不认识，只是知道他是市长的司机，叫莫斯·洛伦兹的笨家伙。他的下巴大得可以摆架钢琴，但是我从来没有听过有人叫他大下巴。他以前给万斯·康里德做事，你听说过康里德吗？"

"哦，这样我就明白了，"我说，"如果康里德想除掉哪个让他烦心的家伙，尤其是一个在海湾城惹了麻烦的家伙，那么洛伦兹肯定是帮他做事的首选。因为市长会包庇他——不管怎么说，在一定程度上可能是这样。"

多利·金凯德说："除掉谁？"他的声音突然变得沙哑不安。

"他们不仅把马特森赶出城，"我告诉他，"还跟踪他到洛杉矶的一个公寓。一个叫大下巴的人把他收拾了一顿，虽是去了洛杉矶，马特森肯定还在继续做他之前的事情。"

"天哪！"多利·金凯德自言自语，"这事儿我怎么一点也不知道？"

"就连洛杉矶的警察也不知道——最起码，我来的时候是这样。你认识马特森吗？"

"认识，但不熟。"

"你觉得他可靠吗？"

"这个，说到可靠的话……是的，我觉得他还可以。天哪！他真的被干掉了？"

"像其他私人侦探一样可靠？"我说。

他突然发出咯咯的笑声，可能是出于紧张、不安或者是震惊，但肯定与开心无关。这时，一辆小汽车拐进街道，在尽头靠边的地方停下来，熄灭车灯，可是没有人下车。

"那么奥斯特莱恩医生呢？"我说，"他老婆被谋杀的时候他在哪里？"

多利·金凯德惊讶得几乎跳起来，"天哪！谁说她是被谋杀的？"他倒吸了一口气。

"马森特想表达这样一个意思。与说出来相比，他更希望有人拿钱堵住他的嘴，保守这个秘密。不管怎么做，他都会惹怒一些人，他的选择还不是让他死在一根铅棍下了嘛。我有强烈的预感，这应该是康里德做的，因为他可不想随随便便就被别人勒索，除非是他想贿赂别人。但是另一方面，对于康里德俱乐部来说，让案件看起来是奥斯特莱恩谋杀他老婆，可比她因为在这里赌博，输了个精光而自杀强多了。就算强不了很多，至少也要好一点儿。所以我搞不懂，康里德为什么为了阻止马特森说出这个谋杀案，还把他干掉。我想，也许他还说了什么其他事情。"

多利·金凯德问："你这些推断有进展吗？"

"没有，这只是晚上我往脸上擦润肤膏时冒出的一些想法罢了。现在说一下取血液样本的化验员吧，他叫什么？"

金凯德又点着一根香烟，低头看了看刚才停在居民区尽头的那辆小车，现在它又亮起了车灯，慢速往前行驶。

"那个家伙叫格雷布，"他说，"他在内外科综合科大楼有个小工作室，给医生们干活。"

"不是正式的吧？"

"是的，但是他们不会派化验员去做那种工作，殡仪员会轮流每周过来做验尸官，管他呢，反正警长喜欢这样处理，就这样办了。"

"为什么他要来插一脚？"

"我猜想，他有可能是受命于市长，而市长是从康里德的主顾们——那些赌鬼，又或许是康里德本人那里得到暗示。康里德肯定不希望他的老板们知道他和一桩命案扯上关系，这样只会招来他们的撤资。"

我说："没错！这个街区的家伙不知道他住在哪里。"

我们之前注意到的那辆汽车依然沿着路边往前爬行，虽然灭了车灯，但是还在往前移动着。

"趁我心情好的时候告诉你吧，"多利·金凯德说，"你应该也知道，奥斯特莱恩医生办公室的护士是马特森的前妻。她可是个让男人神魂颠倒的女人，她一头的红发，脸蛋一般般，身材却好得让人垂涎三尺。"

"我也喜欢这种有线条的女人，"我说，"赶紧开门到后排躺下，躲起来，动作快一点！"

"天哪！怎么回事？"

"照我说的做！"我厉声喊道，"快点！"

汽车右边的门咔嗒一声开了，这个家伙像一股儿烟一样溜了出去，咔嗒一声又关上门。我听到后车门打开的声音后，偷偷往后扫了一眼，瞥见蹲坐在车内地板上的小黑影。我挪到车子右侧，打开门，下了车，站在悬崖边缘狭窄的小路上。

那辆小汽车越来越近了，突然亮起了闪光灯，我赶紧低头避开灯光。闪光灯转了个弯，在我的车上扫了一下，又掉转回去，停在我对面，悄然融入一片黑暗中。这是一辆黑色小轿车，好一会儿都没有动静，直到左门打开，走出一个矮胖的男人。他不慌不忙地沿着街道朝我走过来。我取出腋下的枪，别进皮带里，扣好外套最下面那颗纽扣，走到车子尾部迎了上去。

他一看到我就突然停下来。两只手空空，垂在身体两侧，嘴里叼着一根烟。"我是警察。"他说话很简练，右手慢慢朝右髋后面移靠，"今晚天气不错，是吧？"

"还不错，"我回答说，"就是有点雾，不过我喜欢，这使空气更加柔和——"

他突然打断我，说："另一个人在哪里？"

"什么？哪个人？"

"你这个外地来的家伙，别想骗我，我分明看到有人在你车里的右侧吸烟。"

"就是我啊，"我说，"我还不知道，在车子右侧吸烟也违法。"

"哼，别跟我要小聪明。你是谁？来这里做什么？"光线透过薄雾照在他那阴沉的堆满横肉的脸上。

"我叫奥布莱恩，"我说，"从圣马特奥市过来游玩一番。"

他的手已经快要接触到髋部了，说："把你的驾照拿出来。"他又走近一点，伸出手朝我要驾照，只要我们都伸出手，他就完全可以拿到手。

"让我看看你有什么权力检查我的驾照。"我说道。

他右手移动的一刹那，我也迅速从腰带里掏出手枪，对准他的腹部，他的手像被冻结了一样，定格在那里。

"没准儿你是要抢劫呢，"我说，"现在有人假冒警察来干这种事。"

他站在原地，目瞪口呆，呼吸几欲停止，低沉地说："你有持枪许可吗？"

"当然，随时都可以，"我说，"只要你拿出徽章，我就把枪收起来。你不会把徽章戴在屁股上吧？"

他又是一阵惊愕，朝街道远处望了望，好像希望另一辆车能过来救援。从我身后这辆车的后部，传出微弱的呼吸声。我不确定这个矮胖的家伙是否也听到了，他自己的呼吸声已经厚重得可以拿来熨衣服了。

"哼，别要花样！"他突然狠狠地吼道，"你不过是从洛杉矶过来的一个讨人嫌、不值钱的私人侦探。"

"我的身价早就提高了，"我说，"现在都可以拿到三毛了。"

"见鬼去吧！我们不喜欢你在这里随处探查，这次我只是警告你。"

他转过身，回到自己的车那儿，一只脚已经踩在脚踏板上，又慢慢转过粗壮的脖子，用那张油光满面的脸对着我说："赶快滚，别让我亲手收拾你！"

我回复道："再见了，死胖子！很高兴看到你措手不及的窘样。"

他气呼呼地钻进车里，猛地启动车子，颠簸了一下，踉踉跄跄地转了个弯，瞬间在街区消失。

我一头扎进车里，跟了上去。他往右拐向阿尔圭洛大道时，我们之间只有一个街区的距离，我往左边拐了弯。多利·金凯德露出脑袋，用下巴支撑在我座位的靠背上，挨着我的肩膀。

"知道他是谁吗？"他用低沉而沙哑的声音问，"他可是特里杰·威姆斯，警长的得力助手。他完全可以开枪把你毙了。"

"这就像假设范尼·布莱斯有个扁鼻子一样，"我说，"根本就不可能。"

我开出去几个街区，就停了下来，让金凯德回到我旁边的座位上，我问："你的车在哪里？"

他摘下那顶褶皱的记者帽，啪的一声，拍在膝盖上，又扣到头上，"在市政府大厦警察局的院子里呢。怎么了？"

"糟糕，"我说，"看来你得乘车去洛杉矶了。你应该偶尔去你姐家住一晚，尤其是今天晚上。"

4 红发女人

　　道路沿着山脚的一侧蜿蜒曲折，时而向下延伸，时而高耸盘旋，西北方向点缀着零零散散的路灯，往南则是一望无际的灯光。三个码头似乎处于遥远的地方，一束束灯光散落在貌似铺了一层黑绒毯的地面上。峡谷之间，薄雾缭绕，弥漫着大自然的气息，但是峡谷间高地上的雾气早已消散。

　　我开车途经一家狭小昏暗、夜间停止营业的加油站，继而进入到另一个宽阔的峡谷，沿着高价的铁栅栏走了半英里，隐隐约约可以看到围在里面的房子。前面散落在山脚的房屋愈加零稀，空气中夹杂着浓烈的海腥味儿。左转经过一座附有白色圆形小角楼的房子，从唯一一段在路边绵延几英里的吊灯架之间穿出来，在海岸大道旁的一幢粉刷过的大楼前停下来。昏暗的灯光透过窗上帘布的遮掩，沿着拱形灰泥柱廊，散落在椭圆形草坪周围停车位上密集停放的车身上。

　　这就是康里德俱乐部了，我不知道来了以后具体会有怎样的行动，不过，这是一个必须来的地方。奥斯特莱恩医生还在城里的某个地方给某个不知名的病人就诊。医师交流中心说他通常在十一点左右过来，现在是十点十五分。

我找了个空位把车停好，沿着拱形灰泥柱廊往前走。一个身高六英尺六英寸的黑人，穿着一件喜剧里南美洲陆军元帅才穿的制服，从里面打开一扇铁栅大门，说："先生，请出示卡。"

我把一美元纸币塞进他淡紫色的手中，他那粗大暗黑的手指紧紧攥着那点儿钱，就像挖掘机抓起了一斗砾石。他用另一只手轻轻弹掉我衣服左肩上的一根线头，把一块金属牌插进我夹克的前胸口袋，正好放在了显露在外的手帕内侧。

"新上任大厅经理有点儿严格，"他悄声说道，"谢谢您，先生。"

"你说他傻吗？"说完，我便绕过他，走了进去。

这里的大厅——他们叫作休息室——看起来就像米高梅电影制片公司为拍1980年版的《百老汇之歌》里的夜总会而设置的小棚子。这个地方在灯光的辉映中，像是耗资百万美元装潢而成，给人们提供了一个宽敞而堂皇的马球场，只是我不怎么喜欢这里的地毯。大厅后面有一个铬制通道，跟船上的舷梯有些相像，往上一直通到餐厅的入口。入口处站着一个胖乎乎的意大利领班服务生，脸上挂着矫揉造作的微笑，裤子上缀着两英寸长的流苏，胳膊下夹着一沓镀金的菜单。

里面还有一个顺直的楼梯，两边的扶栏犹如上了白釉的雪橇滑道般光滑。沿着楼梯往上走，可以到达二楼赌博的房间。许多星状装饰物在天花板上闪烁，犹如在记忆中残存的噩梦。在白色通道的后面，摆着一面巨大的圆形镜子，上面搭着一条埃及饰巾。镜子前面，一位身着绿装的夫人正在梳理她那柔顺光泽的金发。她的晚礼服后背开得很低，她特意在腰际贴了漂亮的饰颜片，如果她穿着裤子的话，饰颜片就在裤腰下方一英寸的地方。

衣帽间的一个女服务生走过来，帮我摘掉帽子，脱了外套。她穿着一身桃红色印有黑色小龙图案的睡衣，眼睛像漆皮舞鞋的鞋尖一样乌黑、光亮、呆板。我给她二十五美分的小费，重新戴上了帽子。卖香烟的女孩儿沿着过道走了下来，手里端着一个托盘，大小比得上装五英镑糖果的盒子，头发上插着羽毛，身上穿的衣服仅仅遮得住三美分的邮票，修长匀称的腿裸露出来，左右两只分别撒了金色和银色的闪光粉。她表情冷艳而高傲，就像是一位贵妇人，即便是受到一个腰缠万贯的王公的追求，也要考虑再三是否赴约时的表情。

我走进酒吧，置身于柔和而昏暗的紫色灯光之中，听到一阵阵杯子相碰发出的叮当声，人们交谈的轻言细语声，角落传来的钢琴和弦声，还有带点儿女性化的男高音演唱《我的小牛仔》的歌声，这一切都在秘密地进行着，就像酒吧里的调酒师偷偷勾兑烈性酒一样。我逐渐适应了这里昏暗的紫色光线，看到酒吧里有很多人，但还算不上拥挤。一个男人发出一阵不和谐的笑声，钢琴师用拇指指甲在钢琴键上弹出埃迪·达钦调子，来表达他的不满。

我看到一张空闲的桌子，走过去坐在后面，正对着一面缓冲墙。我对光线的接受性逐渐增强，甚至可以看清那位牛仔歌手，他有一头像是染过的红色卷发，坐我隔壁桌子的女孩儿也有一头红色的头发，她的头发从中间分开，梳到了后面，就像是她不想看到它们一样。她有一双充满饥渴的黑色大眼睛，不怎么好看的相貌，除了嘴巴涂得像霓虹灯一样夸张以外，没有任何化妆的迹象。她那街头风格的套装肩膀过于宽大，衣服的翻领也过于耀眼，橙色打底衫的领子紧紧围在脖子上，脑后歪歪斜斜地扣着一顶罗宾汉帽，上面还插着一支黑橙相间的翎羽。她冲着我微微一笑，露出细小尖锐的牙齿，我没有搭理她。

她把酒喝光，在桌子上转动着酒杯，发出咯咯的响声。一个身穿平整晚礼服的服务生不知从哪里窜了出来，站在我面前。

"来杯威士忌苏打。"那个女孩儿抢先喊道，她的声音刺耳而生硬，还夹杂着醉醺醺的酒气。

这个服务生用余光扫了她一眼，又重新把注意力放在我这儿。我说："一杯巴卡第加石榴汁糖浆。"

服务生离开后，那个女孩儿对我说："小子，你点的东西太腻了。”

我没理会她。“怎么，不想玩玩？”她说话的语气里夹杂着几分放荡。我点燃一支烟，在淡紫色的空气中吐出一个烟圈。“去你的吧！”那个女孩儿继续说，“像你这样的家伙，我在好莱坞大道随便一个街区都能找到一打。去你的好莱坞大道！多少丢了饭碗的跑龙套的家伙和一些头脑简单的金发女郎不是想着喝个烂醉？”

“有谁提到好莱坞大道了吗？”我问道。

“就是你啊！除了从好莱坞大道过来的家伙，谁还会对一个姑娘无意的冒犯针锋相对！”

隔壁一桌的那个男人和女孩儿转过头看着我，那个男人很同情地对我微微一笑。那个女孩儿对他说：“这话对你也适用。”

“你没有冒犯我呢。”他说。

“本性使然，亲爱的。”

服务生端着酒回来了，他先上了我那一份儿，那个女孩儿大声说道：“我猜你不会一直是让女士等着吧。”

服务生把她点的苏格兰威士忌苏打递过来，“不好意思女士，望您原谅。”他用冰冷的口吻说道。

“好啦，有时间过来转转，如果我能借到修指钳就给你修修指甲。这杯酒男朋友埋单。”

这个服务生把目光转向我，我只好耸耸右肩，给他一块钱。他找了零钱，也拿了自己那份小费，便消失在了人群中。

那个女孩儿端着酒杯，朝我这张桌子走过来。她把胳膊肘支撑在桌子上，双手托着下巴。“很好，很好，又是一个很有钱的人，”她说，“我以为没人这么做了呢。你觉得我怎么样？”

“我还在考虑，”我说，“小点声，否则他们会把你赶出去的。”

“我可不那么认为，”她说，“只要我别再打碎镜子就行了。再说了，我和他们老板的关系是这样的。”她一边说，一边用手势来阐释，只见她伸出两根手指，紧紧地并拢在一起。“如果我见到他，变成这样的就是我们了。"她微微一笑，抿了一口酒。

"我在哪里见过你吧？"

"哪儿都有可能。"

"你在哪里见过我？"

"很多地方。"

"是的，"她说，"就像那样，女孩子都不能再坚持自己喜欢的东西了。"

"但是她已经离不开酒了。"我说。

"胡说什么！我可以给你列出很多大人物，他们睡觉的时候每只手都握着一瓶酒，必须在他们手臂上打一针才能让他们停止大喊大叫。"

"真的？"我说，"就像电影里的醉鬼一样，嗯？"

"是的。我曾经给一个家伙干活，他就是给人们打针——一针得十块钱，有时候二十五或者五十块。"

"听起来是个不错的行当。"我说。

"如果能继续做下去的话，你觉得会吗？"

"如果他们把你赶出去，你可以去棕榈泉。"

"谁把谁从哪里赶出去？"

"我不知道，"我说，"我们在谈论什么？"

她有一头红色的头发，不怎么好看的相貌，却有凹凸有致的线条，曾经给一个打针的人做帮手，想到这些的时候我舔了一下双唇。

一个身材魁梧、皮肤黝黑的汉子来到入口，在那里停了下来，让眼睛适应这里面的光线。接着就不慌不忙地扫视了一下里面，将目光定格在我坐的这张桌子，往前倾了倾庞大的身躯，向我们这边走来。

"哦，哦，"那个女孩儿说，"大块头来了，你对付得了他吗？"

我没有回答，尽管她脸色苍白，却依然含情脉脉地看着我，对着我搔首弄姿。那个钢琴师弹了几声和弦，开始用哀怨的声音唱"我们依然可以追逐梦想，是否依然这样"。

那个身材魁梧、皮肤黝黑的家伙停在桌子的另一面，手搭在椅子上，把眼神从那个女孩儿身上收回来，微笑地看着我。原来，他一直看的人是她，她才是那个他要去接近的人，可是现在，我成了他注视的对象。他的头发乌黑顺滑，灰色眼睛笼罩着一层冷峻，浓郁的眉毛像用眉笔精修过一般，俊俏的嘴巴让明星见了都为之嫉妒，鼻子像是被打得塌了下去，却又恰到好处。他轻轻说道：

"有段时间没有见到你了——还是我记性不好呢？"

"我不知道，"我说，"你试图想起什么呢？"

"你的名字，伙计。"

我说："放弃吧，我们从未见过。"我从胸前口袋里掏出金属牌，扔到桌子上。"这是我进来时，从售票窗口的乐队指挥那里拿到的票。"我又从钱包里拿出一张名片，甩到桌子上。"这上面有我的姓名、年龄、身高、体重、伤疤，或者还有被判刑的次数。我来这儿找的是康里德。"

至于那个金属牌，他连看都没看，名片倒是看了两次，一只胳膊弯曲地搭在椅背上，拿着卡片，看了正面看背面，看完背面又调过来看正面，然后冲我咧嘴一笑。看完后，他用名片的边缘刮着桌面，制造出微弱的吱吱声，就像是一只小老鼠发出的声响。他没有再关注那个女孩儿，而那个女孩儿正盯着天花板，佯装打哈欠。

他冷淡地说："这么说，你跟那群家伙是一起的。实在是抱歉，康里德先生去北方出差了，赶的早班飞机。"

那个女孩儿说："照你这么说，今天下午我在日落藤景街的灰色科德轿车里所看到的，就是他的替身了。"

他没有看她，只是微微一笑，说道："康里德先生没有灰色的科德轿车。"

那个女孩说道："别让他把你给耍了，我敢打赌此时此刻他就在楼上，在转动轮盘赌的转轮。"

那皮肤黝黑的家伙还是没有看她，他对她的这种忽视比在她的脸上打一巴掌还给力，她气得脸色愈加苍白，这股劲儿一直没有缓过来。

我说："他不在是吧，不在就不在吧。多谢听我说这些，改天再来吧。"

"哦，好的。但是我们在这里不用私人侦探，很是抱歉。"

"再说'很是抱歉'我就要大声喊叫了，不如帮帮我吧。"那个红头发女孩儿说道。

这个黑头发的家伙把我的名片放进礼服表面的一个口袋里，站起身，把椅子推了回去。

他说："你知道这是怎么回事，所以……"

女孩儿咯咯笑起来，把酒泼在了他脸上。

这个男人震惊地往后退了一步，从口袋里掏出一条洁净的白色手帕，擦了擦脸，甩了甩头。他把手帕拿下来的时候，才发现衬衣最上面那颗黑色珍珠纽扣以上，已经湿了一大片，衬衣的领子也全毁了。

"实在抱歉，"那个女孩儿说，"我以为那儿是痰盂呢。"

他把手放下来，气得牙齿咯咯响，喊道："把她拖出去，快点把她拖出去。"

他转过身，用手帕挡住嘴，迅速地穿过一张张桌子，离开了。两个穿着晚礼服的服务生走到我们跟前，盯着我们，其实这里的每一个人都在盯着我们。

这个女孩儿说："第一个回合，有点慢，两个战士都太谨慎了。"

我说："我可不愿意在你想冒险的时候跟你在一块儿。"

她的头突然往我这边一偏，在怪异的紫色灯光下，她那愈显惨白的脸好像突然转向了我，即便是她那擦了口红的双唇看上去也是干巴巴的。她像个痨病患者一样干咳起来，伸手去够我的杯子。她咕嘟地一口气吞下加了石榴汁糖浆的巴卡第，整个人颤抖起来。她伸手去拿她的包，不料却把它推了下去，掉在桌沿儿附近的地板上。包掉在地上的一刹那开了，有个东西掉了出来。原来是一个镀金的金属烟盒，正好滑落到我的椅子下面，我不得不移动椅子，才能把它捡起来。那时我身后就站着一个服务生。

"需要帮忙吗？"他很礼貌地问。

当我正伏在地上的时候，那个女孩儿喝酒的杯子就从桌子边缘滚落，砸在了我手边的地板上。我捡起烟盒，不经意间一瞥，发现盒子的正面有一个手工着色的画像，是一个骨骼宽大、皮肤黝黑的男人。我把烟盒装进她包里，拉起这个女孩儿的一只胳膊，刚才跟我说话的那个服务生溜到另一侧，挽住她另一只胳膊。她满脸茫然地看着我们，来回地摇头，像是在给僵硬的脖子做预热准备。

她用沙哑的声音说"老娘要晕过去了"。我们一起挽着她下楼梯，她重心极其不稳定，每迈一步，体重都会偏向一侧，一股要把我俩翻倒的架势。一边儿的服务生默默地给自己鼓劲儿，让自己稳住。我们终于从昏暗的紫色灯光中走了出来，到了明亮的大厅。

"女洗手间。"这个服务生嘟囔着，用下巴指了指一个门，看起来像是通往泰姬陵的侧门。"那边有个很壮的黑人，没什么是他解决不了的。"

"去他妈的女士洗手间，"女孩儿粗暴地说，"服务生，放开我的胳膊！只要有我男朋友就够了！"

"他不是您的男朋友，女士。他甚至都不认识您。"

"走开，你这个黑家伙！你是太爱管闲事了，还是过于礼貌了？赶快在我发飙动手之前消失！"

我对服务生说："好吧，我把她送出去冷静一下，她是自己来的吗？"

"我想不到更好的办法了。"他说完就踱着步子走开了，领班的服务生在楼梯走了一半，就阴着脸停下来，衣帽寄存处的小美人看起来很无聊，就像在四个回合的揭幕赛中感到厌烦的裁判一样。

我推着这位新朋友来到外面清冷、薄雾缭绕的空气中，漫步在柱廊中，我能感觉到她的身子自动地稳稳地靠在我身上。

"您是个好人，"她没精打采地说，"我这次有点莽撞，捅了这么大的娄子，可是，先生您真是个好人！我从来没有想过今天还能活着出来。"

"为什么？"

"以前我对赚钱有错误的理解，算了，还是不提了，就让它连同我以前犯的错误都这么过去吧。您能送我一程吗？我是乘出租车来的。"

"当然可以，请问您叫什么名字？"

"海伦·马特森。"她回答道。

我并未因此而产生半点兴奋，其实很早之前我就猜到了这一点。

我们绕过那些汽车，走在修砌的小路上，她的身子依然有点偏向我。我找到车子，解开锁，帮她打开门，她爬进去后直接坐在了一角，头靠在垫子上。

我关上门，又打开，说："你能回答我一些问题吗？你带的烟盒上的头像是谁？我好像是在哪里见过他。"

她睁开眼睛，"一个旧相好，"她说，"早就分开了，他……"她突然瞪大了眼睛，张大了嘴巴。我几乎没有听到背后微弱的沙沙声，只是感觉有什么东西抵在我后背，一个低沉的声音说："伙计，别动，打劫！"

接着在我耳边响起一声轰鸣声，我的头就像点燃的爆竹，在苍穹中爆炸，朝各个方向分散开来，变得苍白模糊，飘落到波浪里，被吞噬在了黑暗中。

5 我去世的邻居

　　我闻到了一股杜松子酒的气味。这绝非偶然，好像我已经喝了几杯，又好像整个太平洋都是纯净的杜松子酒，而我穿着衣服在里面畅游。我的头发里，眉毛间，脸上，下巴上，衣服上都沾满了杜松子酒。我没穿外套，躺在人家的地毯上，抬头看到石灰壁炉架一端的上面有一幅画，镶着一个条纹的木质框架。相框里镶嵌着一幅所谓的艺术作品——对人物偏长而消瘦、充满抑郁的脸部进行了加亮处理，而这种处理就是为了让这张脸在毛糙暗淡的头发的掩映下，显得长而消瘦。不过，这样的头发，应该是画在干巴巴的脑壳上了吧。透过外面罩的那层玻璃，能看到照片的一角有些文字，可是看不清具体写的什么。

　　我伸出手去摸脑袋的一侧，突然就有一阵疼痛从脚底钻了上来。我痛苦地呻吟了一下，又因那点儿职业自尊心，只是把呻吟减缩成了哼哼声。我小心翼翼地翻过身，看到了从墙上放下来的单人床的一条腿，配套的另一张床还在墙上。床上的木板涂了瓷漆，可以看到上面华美的图案。当我翻身的时候，一个杜松子酒瓶从胸口滚落到了地板上。这个瓶子是水白色的，已经空了，鉴于在我身上洒了这么多，一个瓶子应该装不下更多的酒。

我用膝盖支撑着，四肢着地停了一会儿，像一只吃不完晚餐却又舍不得离开的狗一样，忍不住一个劲儿用鼻子嗅着。我绕着脖子，扭动了一下脑袋。有点疼，我又扭动了几下，还是很疼。我费劲儿地站了起来，才发现自己光着脚呢。

　　这公寓不错，不廉价，但也不张扬，里面有几件普通的家具，寻常的筒灯，很一般的耐磨地毯。在放下来的那张床上躺着一个女孩儿，穿着一双棕色的长筒丝袜。身上有几处流过血的抓痕，腰际裹着一条厚浴巾，几乎卷在了一块儿。她瞪着一双大大的眼睛，红色的头发从中间分开，梳在后面，就像她不想见到这些头发一样，但是现在已经无所谓了。

　　她已经死了。

　　她的左胸有一个巴掌大的地方被烧焦了，中间有少量的血迹。她死时肯定鲜血直流，但是现在都凝固了。

　　我看到沙发上有几件衣服，大部分是她的，我的外套也在那儿。地板上扔着几只鞋，我的和她的混杂着。我踮起脚尖小心翼翼地走在地板上，如履薄冰。我拎起外套，手在口袋里摸索了一阵，如果没记错的话，里面的东西一样没少，只是捆在腰上的手枪皮套空了。我穿上衣服和鞋子，把手枪皮套推到腰的一侧。我走到床边，撩开厚重的浴巾，一支枪从里面滑落下来——没错，就是我的枪。我不由自主地擦干枪管上的血迹，吹了吹枪口，别回了枪套里。

　　门外的走廊里传来一阵沉重的脚步声，它们突然停了下来。几个人小声咕哝了会儿，然后传来重重的急躁而不耐烦的敲门声。我盯着门，猜想着要多久以后他们会试图进来。如果弹簧锁没锁，那么他们就可以直接进来；如果锁着，又或者值班经理不在，他们要花多久才能让他带着备用钥匙来开门。在我思索的时候，有人已经转动了门把手，事实证明，门是锁着的。

　　真是太有意思了，我差点大声笑出来。

　　我走到另一扇门前，瞥了瞥浴室。地板上有两块毯子，浴缸边上有一块折叠整齐的防滑垫，上边有一扇有卵石花纹的玻璃窗。我轻轻地关上浴室的门，站在浴缸的边沿，推了推窗户下面的框架，把窗户打开了。我探出头，从六楼望下去，看到一片漆黑的小路和两旁的树木。为了出去，我就得通过由两面没安窗户的墙围成的窄槽，这个空间比通风井大不了多少。况且与窄槽开口端相对的窗户都是成对的，都在墙的同一侧。我使劲儿探出头，想跳到隔壁的窗户里。我在猜想窗户是否开着，它能否让我逃过一劫，我能否在他们破门而入之前逃走。

隔着我身后关着的浴室门，可以听到越来越大、越来越重的敲门声，还有一个声音咆哮道："再不开门，我们就踹门冲进去啦！"

这没什么，只不过是警察惯用的吓唬人的伎俩。他们不会破门而入的，因为他们可以拿到钥匙。就是用斧子劈开门，还得花许多力气，何况他们那脚怎么受得了呢？

我关上底下的窗户，拉开上面的，从架子上扯下一条毛巾。我又打开了浴室门，此时我的目光落在了壁炉上的相框上。在离开前我必须弄明白画像上到底写了什么。我走过去，盯着瞧的时候，外面的敲门声也越来越急促了。画像上写着"给你我全部的爱——利兰"。

这个东西足以证明奥斯特莱恩医生可真够傻的，我匆忙摘下画像返回浴室，并锁上门。浴室壁橱下边的小柜里有一堆脏毛巾和亚麻布，我把画像塞到了下面。就算这些警察负责任，也得费点时间才能找到。如果这是在海湾城，他们可能根本就找不到。除了海伦·马特森喜欢住在那里，我也想不出我们处在海湾城的理由，不过浴室外的空气真跟海滩的差不多。

我手里攥着毛巾，挤过上边的窗户，抓着窗框，脚荡到了隔壁的窗户。如果这扇窗户没锁的话，我刚好能够到把它打开，可惜，窗户是锁着的。我只好伸出脚，朝窗钩上面的玻璃踢去。这一踢，响得一英里外都能听到，而远处的敲门声依然继续着。

我把毛巾裹在左手上，用力伸直胳膊，把手从玻璃碎了的地方伸进去，打开窗钩，然后我又爬到另一个窗台，把之前溜出来的那扇窗户关上。这会留下指纹，我并不指望毁掉我来过海伦·马特森公寓的证据，我所需要的是澄清来这里的原因。

我往下面的街道看了看，一个路人连头都没抬就上了车。我要溜进去的这个房间里漆黑一片，我打开窗户，爬了进去。浴缸里满是碎玻璃，我跳到地板上，打开了灯，然后把浴缸里的玻璃捡起来，包在毛巾里藏了起来。我在房间拿了一条毛巾擦了擦窗台和刚才我踩过的浴缸边沿。然后拿着枪，打开了浴室门。

这个公寓可大多了，我在的这个房间里有一对单人床，上面铺着粉色的防尘罩。这两张床铺得整齐漂亮，就是上面什么都没有放。穿过卧室，就来到了客厅，所有的门窗都是紧闭的，导致里面充斥着浓厚的霉味。我打开落地台灯，伸出一只手指，摸了摸沙发扶手，再一看，全是灰尘。客厅有一台座式收音机，一个酷似灰沙斗的大书架，一个装满未拆封小说的大书柜。一个潮湿的高脚柜，上面放着一根虹吸管和一瓶酒，还有四个带条纹的杯子，倒扣在柜子上。我闻了闻这酒，是威士忌，只是喝了一点点，头就更加难受，但其他部位顿时舒服多了。

我开着灯又返回到卧室，翻看了一下衣柜和壁橱。一个壁橱里有些男装，还都是定做的。衣服上有裁缝在标签上写的乔治·塔尔伯特。乔治的衣服对我来说，有点小。我又翻了翻衣柜，找到了　套我差不多能穿下的睡裤，从壁橱里找到一件浴袍和一双拖鞋。我赶紧把自己的衣服脱了下来。

我洗完澡，只能闻到一股淡淡的杜松子酒味。现在听不到任何噪声或者是敲门声。我猜测他们肯定是在海伦·马特森的公寓里用粉笔和绳子做各种标记。我穿上塔尔伯特先生的睡裤、浴袍和拖鞋，喷了他的一些发胶，又用他的梳子把头发整理了一番。我此时此刻就希望塔尔伯特夫妇正在哪儿玩得起劲，千万别着急回家。

我返回到客厅，又喝了他一点儿苏格兰威士忌，抽了他一支烟。我打开大门的锁，听到大厅里有人在咳嗽。我打开门倚在门框上向外望去。一个身穿警服的人倚着对面的墙——他身材矮小，金发碧眼，目光犀利。他穿着笔挺的蓝色裤子，裤脚锋利得跟刀刃似的。整个人看起来整洁干净，并透露出内在的能力和爱管闲事的个性。

我打了个哈欠，懒洋洋地问道："警官，发生什么事了？"

他用红褐色带有金色斑点的眼睛看着我，目光犀利，这在金发碧眼的人中很少见。"你的隔壁出了点儿事，你有没有听到什么动静？"他的语气略微有些刻薄。

"那个红头发的人？"我说，"哦，哦。原来是例行公事，办案搜查。来点儿酒吗？"

他依然用审慎的目光注视着我，然后往走廊喊了一声"嘿，阿尔"。

一个男人从一扇开着的门里走了出来，他大概六英尺高，二百磅左右重，黑色的头发干枯如柴，眼窝深陷，目光呆滞。他就是我那天晚上在海湾城总部见过的阿尔·德斯贝恩。

他不慌不忙地走过来。穿制服的警察说："他是隔壁的住户。"

阿尔·德斯贝恩走到我面前，盯着我的眼睛。他的眼睛空洞得和黑色板岩一样，什么都看不出来，他用几近温柔的语气问我："你叫什么？"

"乔治·塔尔伯特。"我用并不刺耳的声音回答。

"有没有听到什么声音？我是指，我们过来之前。"

"哦，我觉得是有人在吵架，就在午夜的时候。这事儿在这里并不稀奇。"我跷起拇指，指了指死去女孩儿的公寓。

"就这些？你和这位女士很熟？"

"不熟啊，我倒是想认识她呢。"

"你不会想认识她的，"他说，"她已经死了。"

他伸出大而有力的手挡在我胸前，把我推回了公寓。他的手没有移开，目光敏捷地扫了一眼我浴袍的侧兜，就又落到我的脸。他把我往房间里推了八英尺的时候，转过头说："肖蒂，进来，把门关上。"

肖蒂按照他说的做了，敏捷的小眼睛闪闪发光。"真会编，"德斯贝恩突然说道，"肖蒂，拿枪对准他。"

肖蒂轻快地打开黑色枪套，闪电般取出手枪。他舔舔嘴唇，"嘿，伙计，"他轻声地说，"嘿，伙计。"他迅速地打开手铐，"你是怎么知道的，阿尔？"

"知道什么？"德斯贝恩继续盯着我的眼睛。他轻声对我说，"你要下去做什么？下楼买份报纸吗？"

"呀，"肖蒂说道，"他就是凶手，肯定是。他从浴室窗户跳进来，然后穿上房主的衣服。房主没在家，瞧这儿灰尘多，窗户都紧紧关着，空气都不能流通。"

德斯贝恩说道："肖蒂是个出色的警察，别让他动手，他可不怕弄出什么事来。"

我问道："他这么热，为什么还穿着制服？"

肖蒂涨红了脸，德斯贝恩说道："肖蒂，快点找到他的衣服和手枪，动作快点。如果我们快点的话，这就是我们的案子了。"

肖蒂说道："可是，没有派你参与这个案子。"

"我又不会丢了饭碗。"

"我怕我丢了饭碗。"

"伙计，快点。隔壁那个里德，笨得连鞋盒子里的蛾子都逮不住。"

肖蒂冲进了卧室，德斯贝恩和我一动不动地站着，此时他已经把手从我胸膛移开，垂到一边。"别告诉我，"他慢吞吞地说，"让我自己猜。"

我们听到肖蒂匆匆的开门声，然后是他得手后的欢呼。他左手拿着我的钱包，右手拿着我的枪从屋里出来。他用手绢拿着枪的瞄准器看了看。"这把枪打过子弹，他肯定不是塔尔伯特。"

德斯贝恩对着我淡淡一笑，表情毫无变化，只是轻轻扬起冷酷的嘴角，面色毫无改变。

　　"是这样吧，"他说，"是这样吧。"他用钢铁一般有力的手把我一下子推开了。"亲爱的，快点穿上衣服，用不着系领带，我们带你去别的地方！"

6 拿回我的枪

我们走出房间，来到走廊的时候，看到灯光从海伦·马特森公寓里敞开的门中透了出来。两个男人拿着一个篓子，站在门外吸烟。从女人死去的地方传来一阵争吵声。

我们沿着走廊拐了个弯，就到了楼梯口，一层一层地往下走，一直来到大厅。在那里围着六个睁着大眼睛的人——三个身穿浴袍的女人，一个戴着绿色遮光镜，看似当地新闻编辑的秃顶男人，两个在较暗的地方踌躇的人，还有一个身穿制服，小声吹着口哨，在靠近前门的地方走来走去的人。我们出去的时候从他身边走过，他一副漠不关心的样子。在外面的人行道上也聚集了一群人。

德斯贝恩说："在我们这种小镇上，这可是个非比寻常的夜晚。"

我们朝一辆没有警徽的小轿车走去，德斯贝恩溜进驾驶座，示意我坐到他旁边。肖蒂就坐在了后面，他早就把枪放回到了皮套中，但是上面的扣子还开着，手就搭在旁边，这样随时可以行动。

德斯贝恩突然发动汽车，害得我身子往后一仰，顶在了靠垫上。我们在通往东边的路口来了个急转弯，外侧的两个轮子都要飞了起来。就在我们转弯的时候，半个街区以外的一辆黑色大车顶着两个聚光灯，急速追了过来。

德斯贝恩朝车窗外吐了口痰，拖长腔调慢吞吞地说："那是警长，他做什么都会迟到。伙计，我们这么做会不会惹火他？"

肖蒂在后座不耐烦地回答说："是啊，会停职30天。"

德斯贝恩说道："别跟个胆小鬼似的，没准儿你还能回到重案组呢。"

"我宁愿守住这身制服和饭碗。"肖蒂说道。

德斯贝恩疾速穿过十个街区后，开始减速，肖蒂说："这可不是去总部的路。"

德斯贝恩说道："别犯傻了。"

他减慢车速，左转驶入一条寂静昏暗的居民区街道，街道两旁除了耸立着一排排针叶树，还有一片片整齐的小草坪，再往里是井然有序排列的小房子。他稳稳地踩了刹车，把车子停在路边，熄灭发动机，转过身，把手搭在后座上，看着那个"目光敏锐"、穿着制服的人。

"肖蒂，你认为是这个家伙朝她开的枪？"

"他的枪有发射子弹的迹象。"

"把包里那支大手电拿出来，看看他的后脑勺。"

肖蒂应了一声，在后面一阵胡乱翻找，随着"咔嗒"的一声，一道耀眼的白光从手电筒硕大的钟形头上发出来，打在我头上。那小子离我很近，我都能听到他的喘气声，他伸出手来，按在我脑勺的伤口上，疼得我喊出了声。肖蒂关掉手电筒，我们又陷入了街道的黑暗之中。

肖蒂说："我猜，他是被人打了一棒子。"

德斯贝恩冷漠地说："那个女的也是被人打晕的，虽然不明显，但的确有伤痕。只有把她打晕了，才能把她的衣服脱下来，再制造几处抓痕，这样就会像你看到的，抓痕处有血流出来。那个人是先用浴巾把枪裹起来，才把她打死的，这样就没人会听到枪声。肖蒂，是谁报的警？"

"我怎么会知道！就在你来前两三分钟，一个家伙打来电话，你到的时候，里德还在找摄影记者呢。不过接线员说打电话的那个家伙嗓音挺粗。"

"好吧，肖蒂，如果是你杀了那个女的，你怎么逃走？"

"我会直接走出去，"肖蒂说，"为什么不呢？嘿嘿。"他冲我喊道，"你为什么不直接走出去？"

我说："这是秘密。"

德斯贝恩不紧不慢地说："肖蒂，你不会从通风井爬出去，是吧？你不会冲进隔壁的公寓，假装住在那里，是吧？你也不会报警，让他们上楼，缉拿凶手，是吧？"

"该死，"肖蒂说，"是这个家伙报的警？没错，你刚才说的事情我一件也不会做。"

"凶手也不会这么做，"德斯贝恩说，"这么一来，就只能是他了。是他报的警。"

"有些性虐狂老是做些常人想不到的怪事，"肖蒂说道，"这个家伙没准儿是个帮凶，另外一个家伙想让他做替罪羊，就用棍棒把他打晕。"

德斯贝恩发出刺耳的笑声。"喂，性虐狂，"他一边说，一边用枪管般坚硬的手指戳着我的肋骨，"你看，我们这几个傻瓜，把工作抛到一边儿，坐在这里——或者该说，我们这里有一个正在工作的人——把所有想法都说了，而你这个知道所有真相的家伙，却闭口不言。我们甚至连死的那个人是谁都不知道。"

"她是我在康里德俱乐部带回来的一个红发女人，"我说，"不对，是她把我带回来的。"

"你不知道她的名字或者别的什么信息？"

"不知道，她喝醉了，我带她出来透透气，然后她就要求我带她离开那个地方，我正让她进车的时候就有人把我打晕了。再醒过来的时候，我就躺在了公寓的地板上，而她已经死了。"

德斯贝恩问道："你在康里德俱乐部的酒吧里做什么？"

"去剪头发，"我说，"你在酒吧能做什么？这个红发女郎喝多了，看起来有些不安，她还往大厅经理的脸上泼了一杯酒，我有点儿替她难过。"

"我也有点儿替这个红发女郎难过。"德斯贝恩说道，"把你打晕的家伙竟然能把你搬上那个公寓，看来得是个大块头了。"

我说："你被打晕过吗？"

"没有，"德斯贝恩说道，"肖蒂，你呢？"

肖蒂有些不高兴，说他也没遇到这种事情。

"好吧，"我说，"这跟喝醉了是一样的。可能我在车上的时候就苏醒了过来，那个家伙拿枪指着我，让我保持安静，再逼着我和那个女孩儿走进公寓，没准儿那个女孩儿认识他。我们上去以后，他再次把我打晕。这样一来，两次被打晕期间的事情就记不得了。"

"我听说过这种说法，"德斯贝恩说，"但是从来不相信。"

"好吧，是这样的，"我说。"肯定就是这样的。首先我什么都记不起来，再者，那个家伙也不可能徒手把我搬上楼。"

"我能，"德斯贝恩说，"我抬过比你更重的人。"

"好吧，"我说，"是他把我抬上去的。现在我们该怎么做？"

肖蒂说："我不明白他为什么要自找麻烦。"

"把一个人打晕没什么可麻烦的，"德斯贝恩说，"把手枪和钱包递过来。"

肖蒂犹豫了一下，还是递了过去。德斯贝恩接过枪闻了闻，草率地把枪塞进侧兜，而且是靠近我的那个侧兜。他打开钱包，借助仪表的光看了看，就收了起来。他发动汽车，在街道中间转了个弯，快速驶回阿尔圭洛大道，往东转，在一个卖酒的商店前停了下来。这个店挂着一个红色的霓虹灯招牌，虽然很晚了，店门依然敞开着。

德斯贝恩转过头，说："肖蒂，跑进去，给办公室打个电话。告诉警官，我们得到一个重大线索，正在追捕布雷敦大街凶杀案中的嫌疑犯。让他转告警长，这个案子他快出局了。"

肖蒂下了车，砰的一声关上后门，嘴里念叨着什么，快速穿过人行道，走进商店。

德斯贝恩猛然发动汽车，以每小时40码的速度穿过第一个街区。他从内心深处发出一阵笑声，在下一个街区开到了50码，他沿着街道拐来拐去，最终在校舍外的一棵胡椒树下停了下来。

我趁他刹车前倾的时候，把枪夺了回来。他冷笑一声，朝车窗外吐了口痰。

"没事儿，"他说，"我把枪放这儿就是为了让你拿回去。我跟'紫罗兰'马基谈过，那个小记者从洛杉矶打来电话告诉我，已经找到了马特森，现在他们正在审问公寓里的一个家伙。"

我从他身边挪回我坐的那一角，镇定自若地把拿枪的手放在两膝间。"警官，我们已经出了海湾城的管辖范围，"我告诉他，"马基怎么说的？"

"他说他给了你有关马特森的线索，但是不知道你跟他是否取得了联系。公寓里的那个家伙——我没听到他的名字——在一条小路抛弃一具死尸的时候，被几个酒鬼撞上了。马基说如果你已经和马特森取得联系并了解他的情况，你可能就遇到了麻烦，可能被打晕，醒来的时候躺在一具尸体的旁边。"

"我没和马特森联系过。"我说。

我可以察觉到德斯贝恩浓黑粗犷的眉毛下的眼睛在盯着我。

"但是你的确陷入了麻烦。"他说。

我用左手从口袋里拿出一支烟，用打火机点燃。我右手握着枪，说："我明白了，你过来的时候，根本没有安排你接手这个案件。现在，你要带着嫌疑犯出城，你为什么要这样做？"

"一片混乱——除非我找到对我有利的说辞。"

"我也是如此，"我说，"我想我们应该合作，破获这三起凶杀案。"

"三起？"

"是啊。海伦·马特森一案，哈里·马特森一案和奥斯特莱恩医生的老婆一案。他们先后被杀。"

"我抛开了肖蒂，"德斯贝恩平静地说，"因为他过于谨慎，而警长就喜欢这种谨小慎微的人，肖蒂会把责任推到我身上。我们从哪里下手？"

"我们最好从一个叫格雷布的人入手，他在内外科综合大楼管理一间实验室。我觉得在奥斯特莱恩一案中，他交上去的报告是假的。他们把这告诉你了吗？"

"他们用的是洛杉矶广播，他们不会用这种方式联系自己的警察。"

他身子往前倾了一点儿，再次启动汽车。

"你可以把我的钱包还我，"我说，"这样我也就可以把枪收起来了。"

他发出刺耳的笑声，把钱包给了我。

7 大下巴

我们要找的化验员住在远离城镇的第九街，他的房子是一栋管理不善的框架平房。路旁的一大丛绣球花灌木上面落满尘土，低矮的植被也是一副养分不足的模样，这些看起来就像一个试图实现"无为而治"的人所创作出来的作品。

我们到了比较显眼的地方时德斯贝恩熄了车灯，说："需要帮助的时候，就吹口哨，如果遭到警察围堵，就藏到第十大街，我会绕过去接你。不过，我猜今晚他们也不会过来，布雷敦大街死的那个女人就够他们忙了。"

我仔细打量了一番这个安静的街区，在朦胧的月光下穿过街道，走向那栋房子。房子的前门与街道构成一个直角，从影子中看起来像是房子建好后添加上去的一个房间。我按下门铃，听到从后面某个地方传来铃声，可是没有人回应。我又按了两次，推了推前门，发现门是锁着的。

我离开狭窄的门廊，沿着房子的北侧，绕到后面空地上的一间小车库。车库的门关着，还上了一把挂锁。这样的锁，只要憋足力气，弄开不成问题。我俯下身子，透过门缝，用袖珍手电筒往里照着，看到了汽车轮胎。我再次回到房子的前门，使劲地敲门。

前面房间的窗户嘎吱作响，从顶部拉下来大约一半。窗户后面是垂下来的窗帘，里面漆黑一片，什么都看不到。一个浑厚嘶哑的声音问道："什么事？"

"请问是格雷布先生吗？"

"是的。"

"我想和您谈谈——有件重要的事情。"

"先生，我已经睡下了，明天再来吧。"

这种语气听起来可不像是一位化验员发出来的，倒像是很久之前我从电话里听到的声音，没错，就是前天晚上，在丁尼生·阿姆斯公寓里。

我说："好吧，格雷布先生，我就去办公室找您吧。请问您的办公室在哪里？"

一阵沉默后，他说："嘿，你再敲，别怪我出去痛扁你一顿。"

"这样没办法解决问题，格雷布先生。"我说，"既然您已经起来了，就不能给我几分钟的时间吗？"

"少废话，这样会吵醒我太太的，她生病了，如果我出去……"

"晚安，格雷布先生。"我说道。

在柔和朦胧的月光中，我顺着小路，回到停靠在远处的黑色汽车那儿，说："看来是两个人干的活儿。里面有个不好对付的人，我猜他就是从洛杉矶打过电话来的大下巴。"

"天哪！不就是杀了马特森的家伙吗？"德斯贝恩挪向我这边的车窗，探出头，利索地朝外吐了一口痰，这口痰越过了八英尺之外的消防栓，我没说什么。

德斯贝恩说道："如果这个被称为大下巴的人就是莫斯·洛伦兹，我肯定认识。没准儿我们还能得到更大的线索。"

"就像电台里说的那些警察一样？"我问道。

"你怕了？"

"我？"我回答说，"我当然怕了。汽车就在车库里，所以可能他已经把格雷布困在里面，正在考虑该怎么处置他……"

"如果在里面的人真是莫斯·洛伦兹，他可是个没有头脑的家伙。"德斯贝恩粗鲁地说，"那个人平时都是醉醺醺的，两种情况除外——一种是拿枪的时候，另一种是开车的时候。"

"还有拿金属棍的时候，"我说道，"我想说的是，格雷布可能出去的时候就没开车，然后大下巴……"

德斯贝恩弯腰看了一下仪表盘上的钟表，说道："我猜他已经开溜了，这个时间他本应该是在家里的。他肯定是得到消息，为了躲避麻烦逃走了。"

"你到底去还是不去？"我打断了他，"谁会给他报信？"

"肯定是最初指使他的那个人，当然了，如果他的确是受人指使的话。"德斯贝恩咔嗒一声打开车门，走了下来，站在原地望着街道对面。他撩开外套，松了松肩带里的枪。"也许我能骗过他，"德斯贝恩说道，"要让他看到你的手里什么也没拿，这是我们最好的机会。"

我们穿过街道，走到门廊前，德斯贝恩倚在门铃上。

一个咆哮的声音再次从破旧的墨绿色窗帘后面那扇半开的窗户里传出来："谁？"

"喂，莫斯。"德斯贝恩说道。

"什么？"

"莫斯，我是阿尔·德斯贝恩，这事我也有份儿。"

接下来是沉寂——相当长一段时间令人窒息的沉寂之后，一个浑厚嘶哑的声音问道："跟你一起的是谁？"

"从洛杉矶过来的一位朋友，一个值得信赖的家伙。"更长时间的一阵沉寂之后，"你们想做什么？"

"就你一个人在这里吗？"

"还有一位夫人，她听不到你说话的。"

"格雷布在哪里？"

"是啊，他在哪儿呢？警察先生，你想干什么？快说！"

德斯贝恩很镇静，就像在家里，坐在收音机旁的靠背椅上一样，说："莫斯，我们在为同一个人做事。"

"哈哈。"大下巴笑了。

"马特森被发现死在洛杉矶，并且市里的那些警察已经把他跟那个奥斯特莱恩夫人联系了起来，我们就马上赶过来。大人物已经托词去了北方，但是对我们有什么好处呢？"

那个声音说："呵，胡扯！"但是很明显，他的语气已经有一丝质疑。

"这看起来不是小事儿，"德斯贝恩说道，"快点，出来吧。你可以看到，我们没拿任何对你不利的东西。"

"等我走到门口的时候，你们就会拿出来了。"大下巴说道。

"你不会真是个胆小鬼吧。"德斯贝恩嘲笑道。

窗户旁边的窗帘沙沙作响，看来那只手已经把它放下去了，窗格被拉了上去。我举起双手。

德斯贝恩怒吼道："别犯傻。这个家伙跟我们是一伙的，我们得让他安然无恙。"

房子里面传来微弱的脚步声。前门打开了，一个人站在门后，手里拿着一把很大的柯尔特左轮手枪。大下巴这个名字太适合他了：他那宽大的下巴在脸上像个排障器一样醒目。他比德斯贝恩块头还大——大得还不是一星半点。

"有事快说！"他一边说着一边往屋里退。

德斯贝恩泰然自若地举起没拿任何东西的双手，保持手心向外，左脚神不知鬼不觉地往前移动了一步，朝大下巴的腹股沟踢去——就这样——虽然被枪指着，动起手来却依然干脆利落。

我们掏出枪的时候，大下巴依然在做着斗争。当然了，是他内心的斗争，他的右手挣扎着举起枪，扣动扳机，疼痛感抑制了他所有的欲望，现在只想弯下身子，痛喊一声。正是他这一时的内心挣扎，导致他既没来得及开枪，也没来得及呻吟，就被我们痛打了一番。德斯贝恩打他头部的同时我猛击了他的右手腕。我本想打他的下巴，那里太吸引我的注意力了，可是他的手腕距离枪最近。大下巴的枪掉了，他自己也撑不住了，刹那间朝我们扑倒过来。我们抓住并支撑着他，他的头在我们中间，呼出的气体里夹杂着热度和臭味，迎面扑来。很快他的下身就瘫软了，我们压着他，倒在了门厅里。

德斯贝恩咕哝了几声，挣扎着站了起来，关上门。他把那个半清醒、痛苦呻吟着的大块头翻了个个儿，把大块头的手拖向后背，在手腕上扣了手铐。

我们沿着大厅往里走，发现左边的房间有台灯发出的微弱光芒，而小台灯上还罩了一张报纸。德斯贝恩撩起报纸，我们发现床上躺着一个女人，情形惨不忍睹，但起码没被他杀害。她躺在肮脏的睡衣里，眼睛瞪得圆圆的，充斥着愤怒与恐惧。她的嘴、手腕、脚踝和膝盖都被绑上了胶带，每只耳朵里都塞了厚厚的一团棉花。被两英尺厚的胶带粘住的嘴里传出一阵模糊虚弱的声音。德斯贝恩把灯罩往下弯了一点儿。她一脸的雀斑，头发也染过，又长出了黑色的发根，颧骨周围有轻微的擦伤。

"我是警察，你是格雷布太太吗？"德斯贝恩问道。

那个女人抽搐了一下，痛苦地盯着德斯贝恩。我拔出塞在她耳朵里的棉花，说："你重新问一遍吧。"

"你是格雷布太太吗？"

她点点头。

德斯贝恩捏住她嘴上的胶带的一头，因为恐惧，她的目光避到一边。他快速扯下胶带，急忙用手捂住她的嘴。他弯着身子站在那儿，左手拿着胶带——一个体形高大、皮肤黝黑、面无表情的警察冷漠得跟水泥搅拌机没什么区别。

"答应我不要叫出声。"他说。

那个女人费力地点点头，德斯贝恩把手移开，问："格雷布在哪里？"

他把她身上剩余的胶带也都扯了下来。

她喘了一口气，染了红指甲的手搭在前额，摇了摇头，说："我不知道，他没回家。"

"这个大块头到这里说了些什么？"

"没说什么，"她没精打采地回答，"我听到门铃声就打开门，他一进来就抓住我。那个残暴的大个子把我绑了起来，问我丈夫在哪里，我说不知道，他就打我的脸，打了好几巴掌。但是过了一会儿，他有些相信我了。他问我丈夫为什么没开车出去，我说我丈夫从不开车，都是走着去上班。那个大个子就站在角落里沉默不语，动也不动，连烟都没抽。"

"他打过电话吗？"德斯贝恩问道。

"没有。"

"你从前见过他吗？"

"没有。"

"穿上衣服，"德斯贝恩说道，"去找你的朋友，到她们那里过夜吧。"

她盯着德斯贝恩，慢慢地在床上坐了起来，抚顺凌乱的头发。她刚要张嘴，就被德斯贝恩的手紧紧地捂住了。

"不要出声，"他严厉地说道，"据我们所知，你丈夫没发生什么意外。就算真发生了什么，你也不会觉得太意外吧。"

那个女人把他的手甩开，下了床，走到写字台前，从里面拿出一品脱威士忌。她拧下瓶盖，直接对着瓶子喝了一口。"是的，"她用沙哑而有力度的声音说，"换作你，你又会怎么做？就算挣一分钱都得拍那群医生的马屁才行，该死的是就算是这样，到最后也挣不到什么。"她又喝了一口。

"我可能会调换血液样本。"德斯贝恩说道。

那个女人一脸茫然地看着他。他看着我耸了耸肩，"可能卖毒品，"他说，"他可能去卖这个，根据他的生活条件来看，肯定卖得也不多。"他轻蔑地环顾着房子，"夫人，赶紧穿上衣服。"

我们走出房间，关上门。德斯贝恩弯下身，看着大个子，此时大个子侧身仰面躺在地板上，张着嘴，一个劲儿呻吟，没有彻底昏迷过去，却也无法意识到现在发生的一切。德斯贝恩依然在那里弯着身子，站在先前大厅里那盏灯所发出的微弱光线里，看着手里攥着的胶带，突然放声大笑，狠狠地把胶带朝大下巴的嘴砸了过去。

"有办法让他自己走吗？"他问道，"我他妈可不愿意拖着他。"

"我不知道，"我回答，"我只是照你的意思办事，不过，我们要去哪里？"

"去山顶，那里安静，还能听到鸟叫。"德斯贝恩冷酷地说。

我坐在汽车的脚踏板上，把钟状的手电筒悬在双膝之间。灯光不太明亮，但是对于德斯贝恩对付大下巴来说，已是绰绰有余。在我们上方是一座有顶的蓄水池，从那里可以沿着斜坡走到幽深的峡谷。半英里以外的山顶上有两座房子，粉刷了泥灰的墙面反射着朦胧的月光，里面却漆黑一片。山顶上很冷，但是空气很清新，星星就像磨光了的铬那般闪闪发光。海湾城里笼罩的灯光看起来那么遥远，像从另外一个小镇传了过来。实际上，开车快的话，只要十分钟就到了。

德斯贝恩脱掉外套，卷起衬衫的袖子，手腕和没有汗毛的手臂在微弱却刺眼的灯光下，显得很健壮。他把外套放在了他和大下巴之间的地面上，外套上面放着手枪皮套，里面装着枪，枪柄对着大下巴。外套没有在德斯贝恩和大下巴的正中间，他们之间还有一小片闪烁着斑驳月光的砾石。那把枪就在大下巴和德斯贝恩的正中间。

长时间的沉默过后，德斯贝恩喘着粗气说："再给你一次机会。"他说话的语气有些漫不经心，就像和玩弹球游戏的人说话一样。

我不忍直视大下巴满脸是血的样子，用手电筒偶尔扫过去，看到的的确就是那个样子。他的手没被绑着，很久之前腹股沟被踢的疼痛也差不多消失了，此时发出聒噪的声音。突然他抬起左髋，右膝支撑在地，扑向手枪。

德斯贝恩朝他的脸踢了过去。

大下巴一下子翻倒在砾石上，两只手捂着脸，疼痛的哀号声从指缝间发出来。德斯贝恩上前几步，踢中他的脚踝，大下巴痛苦地咆哮着。德斯贝恩回到刚才放着外套和手枪的位置。大下巴翻了个身，双膝跪在地上，甩了甩头，大滴黑色的东西从头上掉落在地面的乱石间。他缓慢、费劲地站起来，微微弓着身子。

德斯贝恩："过来啊，你不是很牛吗？你的背后不是有万斯·康里德和他的财团吗？你还可以找安德斯警长做靠山。我只是个小警察，没人喜欢，没人给我撑腰。过来啊，让我们好好比试一下吧。"

大下巴猛地冲过来，扑向手枪，手刚碰到枪柄，只是让它滑动了一下，德斯贝恩的脚后跟用力地踩在大下巴的手上，使劲儿地碾着，疼得大下巴痛号不已。德斯贝恩把脚撤回来，不耐烦地说："小子，你也没有多么了不起啊？"

我用沙哑的声音说："天哪，你怎么不让他说话？"

"他可不想说，"德斯贝恩回答道，"他是那种不喜欢说话却喜欢用蛮力的家伙。"

"好，那就一枪打死这个可怜的家伙吧。"

"不行，我不是那样的警察。嘿，莫斯，这个家伙以为我是有虐待倾向的警察，情绪一激动，就喜欢用警棍打别人的头。你不会跟他想的一样，对吧？这是一场公平的较量，你的块头可比我大多了，你看，那儿不是有把枪吗？"

大下巴嘟哝道："就算我拿到枪，你的朋友也会冲我开枪的。"

"不会的，快点啊，大块头。再给你一次机会，你还有很大胜算的。"

大下巴再次站起来，艰难得像在爬墙一样。他甩甩头，用手抹去脸上的血。看到这儿，我感到一阵头疼，有些反胃。

大下巴突然踢出右脚，一瞬间德斯贝恩抓住了他凌空踢出的腿，往后撤了一步，把这条腿拉直，那个彪形大汉不得不努力凭借另一条腿来维持平衡。

德斯贝恩心平气和地说："还好我反应了过来。要不然还要吃你几拳，我手上也没有枪，你没料到我反应这么快。现在你知道你这么做是多么失误了吧。"

他双手扭动握着的那只脚，大下巴的身体像被抛入空中，倒向一侧，他的肩膀和脸砸在了地上，另一只脚还在德斯贝恩手里，继续被他扭动着。大下巴开始在地面四处敲打，发出动物般刺耳的叫声，几近窒息。德斯贝恩突然用力扭他的脚，大下巴的尖叫声就像一打床单被撕裂的声音。

德斯贝恩冲上前去，踩住大下巴另一脚的脚踝。他把全身力气集中在手里的脚上，用力拉大两条腿的距离。大下巴一方面想喘口气，一方面又疼得想号叫，结果大声发出的却是如同一只老狗的叫声。

"我做的这种事要是别人做还能拿到钱呢！而且不是小数目就可以打发的，得是一大笔钱。我可要查一查。"德斯贝恩说道。

大下巴大声求饶："放开我，我说！喂！"

德斯贝恩把大下巴的双腿间的距离拉得更大，又对他的脚不知做了什么，让他一下子就瘫了，像一只昏厥过去的海狮。德斯贝恩被镇住了，把那条腿甩到了地上，摇摇晃晃地走到一边，从口袋里掏出一条手帕，慢慢地擦了擦脸和双手。

"这么不堪一击！"他说，"平时酒喝多了吧，看起来倒是挺强壮的，也许是因为经常开车。"

"还可能是因为我手里的枪啊。"我说道。

"说得不错，"德斯贝恩说道，"我们也得给他留点面子。"

他走过去，朝大下巴的肋骨连踢了三脚。大下巴痛苦地发出呻吟，原本空洞的眼睑处有什么东西反着光。

"起来，"德斯贝恩说道，"我不会再打你了。"

大下巴费了好大劲才站起来。经过一阵折磨，他的嘴不自然地张着。这让我想到了另外一个人的嘴，对大下巴的同情立马就烟消云散了。他的双手在空中一阵摸索，想找个能倚靠的东西。

德斯贝恩说道："我的同伴说如果你手里没枪就很尿，我可不想让你这样一个硬汉变尿，来拿我的枪吧。"他轻轻把手枪套踢出外套，离大下巴的脚更近了。大下巴弓着身子朝下看了看手枪，可是脖子已经再也弯不下去了。

他低声说："我什么都说。"

"没人让你说话。我让你把枪捡起来，别让我再次把你打倒在地才肯照做。看，枪就在你手边呢。"

大下巴摇摇晃晃地跪下，双手慢慢合拢握紧枪柄。德斯贝恩则一动不动地看着他。

"好小子，现在你有枪了，你又变得厉害了，现在你可以杀死更多女人了。把枪从枪套里抽出来吧。"

大下巴像是用尽全身力气，才慢慢地把枪从皮套里抽了出来，跪在那里，双手拿着枪，悬在两腿之间。

"怎么，你不打算开枪杀人了吗？"德斯贝恩奚落了一番。

大下巴丢掉手枪，哭了起来。

"嘿，你这个家伙！"德斯贝恩厉声喊道，"把枪放回去，把它擦干净，别留下你拿过的痕迹。"

大下巴摸索着够着枪，拿起来，慢慢地塞进皮套。这几个动作耗尽了他所有的力气，脸贴着皮套就倒在了地上。

德斯贝恩用一只手把大下巴一拎，他就仰面翻滚到了一旁。德斯贝恩把手枪套从地上捡起来，用手擦了擦手枪柄，把皮套别在腰上，捡起外套，穿在身上。

"现在，就让他把所知道的，原原本本地说出来吧。"德斯贝恩说道，"我从来不相信，一个不愿开口的人会说什么。要不要抽支烟？"

我用左手从口袋里掏出一包烟，拆开了并抖出一根，把烟盒给他递了过去。我打开手电筒，照在突出来的那根烟和他伸出来拿烟的手上。

"不需要。"说完，他笨拙地拿出一根火柴，划着，放松地深深吸了一大口，我关掉手电筒。德斯贝恩望着山下的海，岸边的曲线，还有明亮的码头，补充道："这上边还不错。"

"就是冷，"我说，"即使是夏天，也这么冷。我想喝一杯。"

"我也想喝，"德斯贝恩说道，"我一喝酒，就干不了活儿了。"

8　打针的人

　　德斯贝恩把车停靠在内外科综合大楼的前面，抬头看着六楼一扇透出灯光的窗户。这座大楼安装了一系列的散热翼，这样一来，每个办公室都有一个外突的部分。

　　"天哪！"德斯贝恩大叫道，"他已经在上面了，我猜那小子根本就没睡。看到停在街道上的那辆破车就知道。"

　　我起身下车，看到大楼大厅入口的侧面有一个一片漆黑的杂货店。一辆长长的黑色轿车规规矩矩地沿着地上的斜线，停在了停车位，看样子，车不是在凌晨三点停过来，更像是正午就停在了这里。轿车前面车牌的一侧有医生的徽章，上面是医学之父希波克拉底那有两条蛇蜿蜒缠绕的手杖。我拿着手电筒向车里照了照，看了一下持照人的名字，关掉手电筒，朝德斯贝恩走过去。

　　"你说对了，"我说，"你怎么知道那是他的办公室？晚上这个时间点，他会做什么？"

　　"准备注射器，"他说，"我早就监视过他了，所以才知道这些。"

　　"为什么监视他？"

　　他看着我，什么也没说，而是转过头，看着汽车尾部说："伙计，最近怎么样？"

这个厚重的声音，就像是从汽车里的毯子下面发出来的。"他喜欢开车，"德斯贝恩说道，"所有这些让人头疼的家伙都喜欢开着车，四处转悠。好了，我先把车开到小路上去，等会儿我们再一起上去。"

他关了车灯，沿着大楼的拐角缓缓前行，汽车的马达声消失在昏暗的月色中。街道对面，许多桉树点缀在一组公共网球场的周围，海洋里的阵阵海藻味儿沿着林荫大道飘散过来，弥漫在空中。

德斯贝恩沿着大楼的拐角走了回来，我们往前走到锁着的大厅门前，敲了敲厚重的玻璃板。远远地看到，大个青铜邮箱后面有个敞开的电梯，里面传出了亮光。一个老人从电梯里走出来，沿着走廊来到门口，手里拿着钥匙，站在里面打量着站在外面的我们。德斯贝恩举起他的警徽，老人眯起眼看了看，打开门，让我们进来后又把门锁上，走在我们后面，没说一句话。他沿着大厅回到电梯，重新整理了一下放在板凳上的自制垫子，戴着假牙说："你们想干什么？"

老人的脸形很长，面色憔悴，就算没说话嘴里也像是在咕哝着。他的裤脚已经磨坏了，黑色鞋子的脚后跟也坏了，其中一只还翻了皮。他穿上这件蓝色的制服外套，就像把一匹马放进了畜栏里，空荡荡的。

德斯贝恩说："奥斯特莱恩医生在楼上，是吧？"

"这没什么可奇怪的。"

"我可没想让你觉得奇怪，"德斯贝恩说，"如果是的话，我早就穿粉红色紧身裤了。"

"没错，他是在楼上。"老人很不耐烦地说。

"你最后一次见格雷布是什么时候？就是四楼那个化验员。"

"我没见过这个人。"

"你什么时候开始上班的，波普？"

"七点。"

"好吧，带我们去六楼。"

老头儿迅速关上电梯门，谨慎而缓慢地带我们上楼。到了六楼，他迅速地打开电梯门，像一尊灰暗的浮木雕像坐在那里。

德斯贝恩伸出手抢过套在老头儿脖子上的万能钥匙。

"嘿，你不能这么干！"老头儿尖叫道。

"谁说我不能？！"

老头儿被气得直摇头，什么也说不出来。

"波普，你多大年纪了？"德斯贝恩问道。

"快六十了。"

"开什么玩笑，你怎么可能才六十，起码也得七十了吧！你是怎么拿到电梯工操作证的？"

老头儿气得一言不发，假牙咬得咯咯响。"这才对嘛，"德斯贝恩说道，"至于这种老把戏还是守口如瓶吧，这样你们的秘密才能守住。乘电梯下去吧。"

我们走出电梯，电梯又静静地沿着封闭竖井下降。德斯贝恩盯着走廊，摇晃手里钥匙环上松散的万能钥匙。"听着，"他说，"他的套间在走廊尽头，包含了四个房间。其中的一间接待室，是由一个办公室一分为二改建而成，另一半属于相邻的套房。在接待室外面与大厅墙的内侧之间有一条很窄的走廊，除此之外，还有两个小房间和一间诊室，明白了吗？"

"明白了，"我回答道，"你打算怎么办？破门而入？"

"他老婆死后我监视过这家伙一段时间。"

"真是失策，你怎么不监视那个红头发的护士！"我说，"就是今晚被干掉的那个女人。"

他那深邃的目光慢慢移向我，脸上没有任何表情。

"我要是有机会，没准儿早就那么做了。"他说道。

"得了吧，你都不知道她叫什么，"我盯着他说，"之前还是我告诉你的。"

他想了想，说："她穿白色制服跟赤身死在床上的差别太大了，很难联系在一起。"

"的确是那么回事。"我说的时候也看着他。

"好了。现在你去敲医生诊室的门，就是从走廊尽头数起的第三间。我趁他给你开门的时候，偷偷溜进接待室，听听他都说些什么。"

"听起来不错，"我说道，"但是我有种不祥的预感。"

我们沿着走廊来到诊室，诊室的门是用实木做的，做工精良，以至于屋内透不出一丝光亮。我把耳朵贴在德斯贝恩指示的门上，隐隐约约听到屋内的一些动静。我在走廊尽头向德斯贝恩点头示意，他慢慢地把万能钥匙插进门锁内。我用力地敲门，直到他从我的视线内一点点消失，溜进屋里。他身后的门立刻就关上了，我继续敲门。

门突然就开了，一个高大的男人站在离我只有一英尺远的地方，吊灯的光照在他那沙黄色的头发上。他穿着一件短袖衬衫，手里拿着一个扁平的皮革公文包。他瘦得像根电线杆，眉毛是暗褐色的，一双眼睛透露出不快。他有一双漂亮而修长的手，指尖偏宽，却不显笨拙，指甲修剪得很短，精心打磨过。

我问："是奥斯特莱恩医生吗？"

他点点头，喉结在瘦瘦的喉咙里微微颤动。

"这个时间来拜访，真的不太合适，"我说，"可是，想找你这个大忙人实在不容易。我是来自洛杉矶的私人侦探，我的客户是哈里·马特森。"

他要么是一点儿也不震惊，要么就是习惯于隐藏自己的真实感受，什么感情变化都看不出来。他的喉结又动了一下，移动了一下手里的公文包，略显困惑地盯着它，朝后退了几步。

"我现在没时间和你说话，明天再来吧。"他说。

"格雷布也是这么跟我说的。"我说道。

听到这个，他非常震惊，虽然表现得不明显，但是我足以看得出来。"进来吧。"他低沉地说。

我进来后，他关上了门。房间里有一张貌似用黑色玻璃做的桌子，用铬管做的椅子，上边铺着粗糙的羊毛垫。隔壁房间的门半掩着，里边漆黑一片。我看到检验台上铺展着一条平平整整的床单，检验台的尾部还有脚蹬状的东西，里面没有任何动静。

黑色玻璃桌上摆着一块干净的毛巾，毛巾上有大约一打注射器，针头摆在一旁。墙上有一个插电消毒柜，柜子里肯定有更多的针头和注射器，里面正在消毒。我走上前去看。此时，这个高个子、留着细长指甲的医生绕到桌子后面，坐了下来。

"看来有不少注射的活儿啊。"我说着，从桌子旁边拉过一把椅子。

"这跟你有什么关系？"他的声音依然压得很低。

"在你老婆被谋杀的这个案子上，或许我可以帮到你。"我说。

"你可真是个好人。"他说，"你怎么帮？"

"也许我能告诉你是谁杀了她。"我说。

一丝不自然的微笑在他脸上一闪而过，露出了几颗牙齿。他耸耸肩，说话的语气就像我们在讨论天气之类的话题，平白无奇。"你可真是个好人。我认为她是自杀，验尸官和警察的想法和我的是一个样子。当然，私家侦探可能就……"

"格雷布可不这么认为，"我没有丝毫歪曲事实的想法，"一个化验员把你妻子的血样换成了一氧化物中毒的样本。"

他暗褐色的眉毛下，一双深邃而忧郁的眼睛，十分镇静地盯着我。"你根本就没见到格雷布，"他说这些的时候，内心肯定一阵窃喜，"我碰巧听说他今天中午去了东部，他父亲在俄亥俄州去世了。"他起身走到插电消毒柜旁，看了看手表，关掉消毒柜。他重新回到座位，打开一个扁平的烟盒，抽出一根烟叼在嘴里，把烟盒顺着桌子推过来。接过烟盒，我也抽出来一根，扫视了一头昏暗的检验室，没有再发现什么别的东西。

"这可奇怪了，"我说道，"他老婆不知道有这么回事，大下巴也不知道。今天晚上，大下巴还把格雷布的老婆绑在了床上，坐在那里等着格雷布回家，趁机把他干掉。"

奥斯特莱恩医生茫然地看着我，手在桌子上摸索着找火柴，打开侧面的一个抽屉，从里面掏出一把白色枪柄的自动小手枪，握在手里，用另一只手扔给我一盒火柴。

"用不着掏枪，"我说道，"我们就是谈笔生意，这个生意会让你受益的。"

他把叼着的烟取下来，丢在桌子上。"我是不吸烟的，"他说，"刚才那么做不过是出于礼貌。很高兴听到你说不用动枪，虽说是用不着，但我宁愿拿在手里，总比要用的时候，手头没有强。好了，现在告诉我，大下巴是谁，在我报警之前，你还有什么重要的事情要说？"

"跟你说吧，这就是我来的目的，"我说道，"你老婆在万斯·康里德俱乐部大手笔玩轮盘赌，你在这里用这些小针头挣的钱差不多都被她输了，这速度不亚于你挣钱的速度。有谣传说你老婆跟万斯·康里德有暧昧的关系，可能你没在意这些。你每天晚上都得出诊，太忙了，对她来说可能称不上是一个合格的丈夫。可是，你应该很在乎钱，那可是你冒险挣来的——这个稍后再说。

"你老婆被杀的当晚，她在万斯·康里德俱乐部情绪失控，你被叫了过去，在她胳膊上打了一针，让她安静下来。康里德把她送了回去，你给办公室的护士海伦·马特森，也就是马特森的前妻，打电话，让她去你家里，看看你老婆是否安好。没过多久，马特森就发现她死在车库的车下。他马上联系你，你又给警察局的警长报了案，这件事马上就被人压了下来，就像能说会道的南方参议员突然变成了聋哑人，想再要一碗粥都无法表达。马特森，第一目击者，肯定有什么把柄。他想敲诈你，没成功，可能因为你做事低调，又很有骨气，也可能你的朋友安德斯警长告诉你，他所谓的把柄不足以作为证据。所以马特森打算勒索康里德，威胁他，说如果大陪审团查清事实，就会把所有矛头指向他的赌场，他就会被迫关门，并且在背后支持他的大股东都会不满而撤资。

"康里德肯定不喜欢被马特森辖制，所以他把此事告诉了莫斯·洛伦兹，现任市长的司机，以前是他手下的一个打手，也就是我刚才说的大下巴，康里德让他来处理马特森。马森特丢了他的执照之后，逃出了海湾城。但是他也有他自己的胆量，躲在洛杉矶的一栋公寓里一个人单干。公寓经理知道他的底细——其中的原因我不知道，我相信洛杉矶的警察会查出来的——他使马特森陷入困境。也就在今晚，大下巴进城，把马特森干掉了。"

我停了下来，看了看这个高高瘦瘦的男人。他依然面不改色，只是眨了几次眼睛，翻转了一下手里的枪。他的办公室里静得出奇，我侧耳倾听隔壁房间的呼吸声，但是什么也听不到。

"马特森死了？"他慢慢地问道，"我可不希望你怀疑这事跟我有关。"他的脸上闪现一丝光亮。

"呃，我不知道啊。"我说道，"格雷布是你计划里唯一薄弱的环节，有人让他今天出城——要快——赶在马特森被杀之前，也许就是在中午。可能是有人给了他一大笔钱，因为我去他家里看过，可不像挣大钱的人住的地方。"

奥斯特莱恩医生急切地说："康里德这个浑蛋！今天一大早给我打电话，让我打发格雷布出城。钱是我给的，但是——"他突然不说话了，懊悔地看着自己，又低头看着手里的枪。

"我相信你不知情，奥斯特莱恩医生。我真的相信你。放下枪吧，就放下一小会儿，好吗？"

"接着说，"他紧张地说，"接着往下说。"

"好，"我说，"还有很多事情啊。首先，洛杉矶警方已经发现了马特森的尸体，但是他们得明天才会去查。其一，因为太晚了；其二，他们把所有的事联系在一起时，就不想侦破此案了。康里德的俱乐部在洛杉矶市界内，并且我和你提到过的大陪审团也喜欢到那儿去玩。他们会抓捕莫斯·洛伦兹，他将避重就轻地认罪，在昆廷监狱待上几年。这种类似的事件发生以后，警察都是这么来处理的。接下来就说说我是怎么知道大下巴的所作所为吧，都是他亲口告诉我们的。我和一个朋友去找格雷布，发现格雷布太太躺在床上，被大下巴用胶带绑了起来，而大下巴就躲在那里。我们把他找了出来，带到山上，教训了一顿，他就什么都说了。这个家伙也够可怜的，制造了两起谋杀案，一点报酬也没捞到。"

"两起谋杀案？"奥斯特莱恩医生惊讶地问道。

"我一会儿再说这个，现在你想想你的处境吧，一会儿你会告诉我，是谁杀了你老婆。但有意思的是，我不一定会相信你的话。"

"老天爷！"他低语道，"老天爷！"他举起手枪指着我，我还没来得及躲开，他就又放了下去。

"我是奇迹的创造者，"我说道，"我是伟大的不计报酬的美国侦探。虽然马特森想雇我，但我从未和他交谈过。现在我就要告诉你，他手上有你什么把柄，你老婆是怎么被谋杀的以及为什么不是你干的。就像维也纳警方一样，凭借蛛丝马迹破查案件。"

他并没有被我的幽默逗乐，而是紧闭双唇，发出叹息声。一张苍老、阴郁而憔悴的脸，深深地掩藏在从干瘪的头盖骨上长出的浅沙黄色头发之下。

"马特森手上的把柄就是一只绿色的丝绒舞鞋，"我说道，"那是好莱坞的弗斯科伊尔为你老婆定做的，上边还标着她的号码。鞋子是新的，还没穿过。实际上他们给她做了两双一模一样的。马特森发现她的时候，那只鞋就穿在她的一只脚上。你知道马特森是在哪儿发现她的——在车库的地板上，从房子的侧门到那里必须穿过一段水泥路，所以她根本就没有穿着那双鞋走路，她是被别人扛过去的，因此她一定是被谋杀的。而给她穿鞋的人，拿了一只旧鞋，一只新鞋。马特森注意到了，就把那只新的偷走了。随后你让他进屋打电话报警，你本人却悄悄溜到屋里，取出另外一只穿过的舞鞋，穿在你老婆的脚上。你肯定知道是马特森拿走了那只鞋。至于你后来是否告诉别人，我就不确定了。没错吧？"

他低下了头，身体微微颤抖，但是握着骨柄自动手枪的那只手却纹丝不动。

"这就是你太太是如何被杀的。格雷布是某人的心头大患，这恰恰也证明了你太太并非死于一氧化物中毒。她被放到车下时就已经死了。她死于吗啡，当然，这是一个猜测，我承认，不过这绝对是非常合理的猜测，因为这是唯一杀害她，又能让你为凶手掩盖的做法。这对于手头上有吗啡、又有机会下手的人来说是非常简单。他们所要做的就是在你那天晚上注射过的地方，再给她注射一定致命剂量的吗啡。你回到家里，发现她已经死了。因为你知道她的死因，所以你不得不掩盖真相，你不能把真相公之于世——因为你在从事吗啡交易。"

这回他笑了，挂在嘴角的笑容就像挂在破旧天花板角落上的蜘蛛网。他甚至都不知道自己在笑。"你真有意思，"他说道，"我本来想杀了你，可是你的想法真有意思。"

我指了指插电消毒柜，说："在好莱坞有好多像你一样的医生，他们给别人打针。夜里提着皮包，里面塞满灌好注射液的注射器，东奔西走。他们可以防止那些吸毒和醉酒的家伙大吵大闹——当然是短时内。一旦那些家伙对药物产生依赖，麻烦可就大了。如果对于你的那些患者，没有照顾周全，他们就会沦落到被拘捕或者送入精神患者病房的地步。毋庸置疑，有工作的都会丢了饭碗，这里不乏一些身兼要职的大人物。任何一个落魄而且愤怒的瘾君子都有可能把你告到联邦政府里去。一旦政府开始调查你的病人，迟早会找到说出真相的，这可就麻烦了。所以你必须自保。首先就是你的麻醉剂不能完全通过合法渠道获取，我猜康里德肯定帮你搞定部分货源，这也是你容忍他搞到你太太和钱财的原因。"

奥斯特莱恩医生几近礼貌地说："你没有任何隐瞒，是不是？"

"我为什么要隐瞒呢？这本来就是比较坦率的交谈而已，我又不能证实什么。马特森偷走的舞鞋能够很好地作为一个诱人的伎俩，却不足以成为法庭上的证据。就算是他们把格雷布逮捕回来做证，对辩护律师来说，对付他这样的家伙，绝对是轻而易举的事。可是你想保住你的医疗执照，就得花上一大笔钱了。"

"所以现在我最好给你点钱，是这么个意思吧？"他平和地问道。

"不是，还是用你的钱去买份人身保险吧。我还需要说一点，坦白地讲，你是否承认谋杀了你老婆？"

"是我杀的。"他承认了，语气就像回答我他是否有烟一样轻松直接。

"我就知道你会承认，"我说道，"其实你不必这么做。杀害你老婆的当事人看不惯她以花钱如流水为乐；马特森所知道的一切她也知道；她想单独敲诈康里德。所以，昨晚她在布雷敦大街被杀害了，你再也不用包庇她了。我在她的壁炉架上看到了你的照片，上边写着"给你我全部的爱——利兰"，我把照片藏了起来。你真的再也不用包庇她了，海伦·马特森已经死了。"

枪声响起的时候，我摇摇晃晃地从椅子里摔了出来，看来我以为他不会朝我开枪是有点自欺欺人了，我还是不相信他竟然开枪了。椅子倒了，我四肢着地，此时从隔壁放着检验台、漆黑一片的房间内传出更大的一声枪响。

德斯贝恩从门里走过来，右手拿着尚在冒烟的枪。"小子，你竟然开了一枪！"他站在那里咧嘴一笑。

我站起来看到桌子对面的奥斯特莱恩医生安然无恙地坐在那里，左手握着右手轻轻晃动着。他手里的枪不见了，我朝地板看去，发现枪掉在了桌子脚旁边。

"真是的，我就没打他，"德斯贝恩说道，"只不过是打那把枪罢了。"

"棒极了！"我说道，"如果他要打的是我的脑袋呢？"

德斯贝恩一动不动地看着我，脸上的笑容也消失了。"是你招惹他那么做的，我会给你证明的，"他大声说，"可是你瞒着我关于那只绿色舞鞋的事情，是什么意思？"

　　"我厌倦了做你的傀儡，"我说，"我想自己拿主意。"

　　"你说的有多少是真的？"

　　"那只舞鞋在马特森手里，这里头肯定大有文章。我的猜测应该都没错。"

　　奥斯特莱恩医生慢慢从椅子上站了起来，德斯贝恩拿手枪对着他晃了晃。这个脸庞瘦削、面色憔悴的人摇了摇头，走到墙边，倚靠在上面。

　　"是我把她杀了，"他有气无力地喃喃自语一般，"跟海伦无关，是我干的。报警吧！"

　　德斯贝恩的脸都扭曲了，他弯下腰捡起那把骨质手柄的枪，装进自己兜里，把他那把警枪放回胳膊下面。坐在桌子旁边，把电话拉到自己那里。

　　"看我怎么把凶杀案组的警长踢出局吧。"他慢吞吞地拉长语调。

9　有胆量的男人

小个子警长步伐轻快地走了进来，后脑勺扣着一顶帽子，身穿一件单薄的黑色外套，双手插在外套的口袋里，右手还攥着什么东西，这东西肯定又大又重。小个子警长身后跟着两个便衣警察，其中一个正是威姆斯，满脸横肉，跟踪我去阿泰尔大街的家伙。被我们甩在阿尔圭洛大街的肖蒂走在最后面。

安德斯警长进门没走几步就停了下来，不友好地对我笑了笑："听说你在我们镇玩得不错啊。威姆斯，把他铐起来。"

一脸横肉的威姆斯绕着安德斯警长走过来，从左边的屁股兜里取出手铐，油腔滑调地对我说："再次见到你，真是太高兴了——看到你措手不及的窘样。"

德斯贝恩斜靠在检查室门外的墙上，叼着一根火柴，静静地观望。奥斯特莱恩医生又坐回了办公椅上，双手托着头，眼睛盯着光亮的黑色桌面，以及桌面上那块放着注射器针头的毛巾、小小的黑色万年历、台笔和几个英雄人物小摆件。奥斯特莱恩医生脸色苍白，一动不动地坐在那里，真让人怀疑他是否还在呼吸。

德斯贝恩说："警长，别冲动，这个家伙有个朋友在洛杉矶正在调查马特森谋杀案。而且，那个小记者有个当警察的姐夫，你都不知道这些吧。"

警长的下巴抽搐了一下，"威姆斯，等一下，"他转过头对德斯贝恩说，"你是说他们已经知道海伦·马特森在镇上被杀害了？"

奥斯特莱恩医生猛然抬起他那疲惫且憔悴的脸，然后又低了下去，修长的手指把脸捂得严严实实。

德斯贝恩说："警长，我指的是哈里·马特森，他在洛杉矶被莫斯·洛伦兹杀死了，就发生在今天晚上。噢，不对，按现在的时间来说，应该是昨天晚上。"

警长一边听，一边咬着下唇，一副要把它吞下去的样子。他问道："你是怎么知道的？"

"我和这个私人侦探一起逮住了莫斯·洛伦兹，他当时躲在一个叫格雷布的男人家里，格雷布就是在奥斯特莱恩一案中动了手脚的化验员。莫斯躲在那里，好像是有人要把奥斯特莱恩的案子搞大，这样市长就能上一个新的台阶，然后在鲜花簇拥之下，对外吹嘘一番。如果格雷布和马特森夫妇不够小心的话，事情就会发展成这样。从目前情况来看，貌似离了婚的马特森夫妇又联合起来，要敲诈康里德，可是康里德最终把他们两个都杀死了。"

警长转过头，对他手下的人大声说："都出去，到大厅里等着。"

我不认识的那个便衣警察打开门走了出去，威姆斯稍微犹豫了一下，也跟着出去了。肖蒂的手刚拉开门的时候，德斯贝恩说："我想让肖蒂说两句，他是个正派的警察，不像最近跟在你屁股后面的那两个刑警，不过是收受贿赂的败类。"

肖蒂松开手里的门，倚着墙，忍不住用手捂住嘴笑了，警长的脸红了，提高嗓门问："是谁派你调查布雷敦大街谋杀案的？"

"是我自己主动参与的，警长。报警电话打进来一分钟左右的时候，我正好到了警察办公室，就和里德一起过去了，里德又叫上了肖蒂，其实我跟肖蒂都下班了。"

德斯贝恩咧嘴一笑，冷峻而慵懒，既不是开心，也不是得意，不过是随意一笑而已。

警长猛地从外套口袋里掏出枪，这是一支普通的一英尺长的"猪腿"左轮手枪，在他手里被运用得灵活自如。他厉声问道："洛伦兹在哪里？"

"我把他藏起来了，不过你随时都可以把他传唤过来。我稍微给了他点教训，不过颇有收获，他开口说了很多。对不对，侦探？"

我说："他也就说了一些做过与没做过之类的，不过你得到了你想要的答案。"

"我就喜欢那样的谈话方式，"德斯贝恩说，"警长，你不应该在那种杀人犯身上浪费时间。在你身边晃悠的那些警察根本不知道怎么查案，只知道在公寓里穿来穿去，敲诈那些独居的女人。警长，现在让我恢复原职吧，再分派给我八个人，我一定会把一切查个水落石出。"

警长低头看了看手中的大枪，又看了看奥斯特莱恩医生低垂的头，轻声说："这么说，是他把他老婆给杀了。虽然有这种可能性，但我怎么都不相信是他干的。"

"最好现在也别信，"我说，"是海伦·马特森杀了他老婆，奥斯特莱恩医生知道真相，他为她掩盖罪行，而你又为他掩盖罪行。直到现在，奥斯特莱恩医生还是执意不改。警长，在这样一个城镇里，如果一个姑娘犯了命案，能利用她的朋友和警察去掩盖罪行，那么肯定就有人开始勒索最初包庇她的那个人。"

警长咬了咬嘴唇，眼里露出不快，可这并没影响他思考，他在深沉地思考，轻声说："难怪这件案子没有涉及她的线索。那么，洛伦兹……"

我接着说："你再好好想想，洛伦兹并没有杀掉海伦·马特森。不错，他承认是他干的，可是德斯贝恩把他打成那副惨样，就算是说到麦金莱总统的死他都会承认是他干的。"

原本斜倚在墙上的德斯贝恩立直了身子，两只手懒洋洋地插在衣服口袋里，两条腿叉开站在那里，一缕黑色的头发在帽子边沿显露出来。

"什么？"德斯贝恩尽量控制自己，用温柔的语气说，"你到底是什么意思？"

我说："洛伦兹没有杀害海伦·马特森，是有很多原因的。首先，洛伦兹那种头脑简单的家伙，不可能大费周折地把她杀死，他顶多把她打晕，让她躺在那里。其次，他并不知道格雷布已经在逃出城的路上，格雷布是受奥斯特莱恩医生的指使离开的，而奥斯特莱恩医生是按照万斯·康里德的意思办事。至于万斯·康里德本人呢，则去了北方，给自己提供了不在场的证明。如果洛伦兹不知道这些，他对海伦·马特森就一无所知。更何况，她从来没有去找过康里德，虽然的确冒出过这种想法。康里德不会那么蠢，冒险让一个相貌特征如此突出，一眼就能被记住的家伙，去海伦·马特森的公寓把她打晕。在洛杉矶除掉马特森就是另一回事了，那儿可是天高皇帝远的地方。"

警长厉声说："可是康里德俱乐部就在洛杉矶啊。"

"法律意义上讲是这么回事，"我说，"尽管它所处的位置和接待的客户都在海湾城以外，可它是海湾城的一部分——帮助发展了海湾城。"

肖蒂急忙说："你怎么能这样跟警长说话？"

"让他说下去，"警长说，"好久没人跟我说过这种话了。"

我继续说："至于到底是谁杀了海伦·马特森，还是问德斯贝恩吧。"

德斯贝恩发出刺耳的笑声，说："没错，是我杀了海伦·马特森。"

奥斯特莱恩医生的脸从双手间抬起来，慢慢转向德斯贝恩，此时他的表情变得跟那个大个子警察一样了，呆板，冷漠。他伸出手去拉开桌子右手边的抽屉，肖蒂快速掏出手枪，说道："不许动，医生。"

奥斯特莱恩医生耸耸肩，从抽屉里慢慢取出一个带玻璃塞的广口瓶子，他拔开塞子，把瓶口放在鼻子下面，没精打采地说：

"不过是一瓶嗅盐罢了。"

肖蒂这才放松下来，把手枪收了回去。警长一边盯着我一边咬着嘴唇。德斯贝恩却看也没看，只是懒洋洋地兀自发笑，不停地笑着。

我说道："他觉得我在胡说八道，你也觉得我在胡说八道，可我说的都是真的。他认识海伦——熟到可以给她一个带有他画像的镀金烟盒。我见过那个烟盒，上面有张手工上色的画像，染色水平可不怎么样，在那个时候我也只见过他一次。她告诉我，那个人是她分了手的老相好。直到后来，我才想起画像上的人是谁。可是，他向我隐瞒了认识她的事实，而且今天晚上，他在好多方面表现得不像一个警察。他没有帮我摆脱窘境，在我身边装出很友好的样子，这也不过是想确定我出现在总部楼下时，都掌握了哪些情况。他把洛伦兹打个半死，可不是为了让洛伦兹说出真相，而是为了让洛伦兹说出他想要的东西，包括承认自己杀了那个可能都不认识的马特森太太。

"是谁打电话报警，告诉警察那里有凶杀案呢？是德斯贝恩。案发后是谁不请自来，擅自参与调查呢？是德斯贝恩。是谁因为不能提供更好的生活被抛弃，出于嫉妒，愤怒地把那个姑娘的身体抓伤呢？是德斯贝恩。是谁的右手指甲里面残留着能让警方化验员从中得到重大发现的血液和表皮呢？还是德斯贝恩。不信的话，就检查一下吧，我已经看过了。"

警长的头好像安在了枢轴上一样，慢慢扭转过来。他招呼了一声，门立马被打开，先前出去的两个人进到屋里。德斯贝恩一动不动，脸上依然挂着笑容，仿佛是被刻上去的，似乎这个空洞、无意义的笑容将永远停留在那里。

他平静地说："你这个家伙，我把你当成朋友。真是没想到，侦探，你竟然有这种天方夜谭的想法。"

警长冷酷地说："这完全讲不通。如果德斯贝恩确实杀了她，那么他就是那个陷害你的人，可他又是帮你洗脱嫌疑的人。

这该怎么解释？"

我说："听着，你可以调查德斯贝恩到底认不认识那个姑娘，以及他们熟到了哪种程度。你也可以调查出德斯贝恩今晚有多少时间是无法做出解释的，倒是让他解释看看。你也可以调查出德斯贝恩的指甲缝里面到底有没有血迹和表皮，在一定程度上，能够检验出那些到底是不是来自那位姑娘。看看那些东西到底是不是在他打莫斯·洛伦兹，或者其他人之前，就已经在他的指甲缝里了，他可没有用指甲去抓洛伦兹。我说的这些是你需要做的和可以使用的方法。我想他是不会认罪的。

"至于他陷害我那件事，我是这样认为的。德斯贝恩跟踪那个女孩去了康里德俱乐部，或者是他知道她在那里，就随后去了。他看见那个女孩和我一起出来，也看到我把她扶进我的车里，这些足以让他抓狂，所以才把我打晕。而海伦·马特森害怕极了，不敢不帮他把我拖到她的公寓里。对于这些，我一点儿记忆也没有，如果能记起来就好了，可惜啊，没有。不管怎么样，他们把我拖了上去，他们还吵了一架，德斯贝恩先把她打晕，又故意杀害了海伦·马特森。德斯贝恩杀完人后有了一个愚蠢的想法，就是把这变成一场强奸杀人案，栽赃陷害我。然后他就逃之夭夭，并报了警，强行参与调查。我在被抓之前，就已经逃了出去。"

"他终于意识到，他是做了一件多么愚蠢的事！他知道我是来自洛杉矶的私人侦探，这个我只告诉了多利·金凯德。他也可能从海伦那里得知我找过康里德。德斯贝恩很容易就能猜到我对奥斯特莱恩的案子感兴趣，于是，在奥斯特莱恩案子调查中，他改变栽赃陷害我的策略，开始新的计划：通过在我调查案件时的一路陪伴、协助，来获取我的信息，还给他自己找了一个比我更适合的谋杀海伦的替死鬼。"

德斯贝恩沉闷地说："警长，接下来我说几句，怎么样？"

警长说："稍等一下，你到底为什么怀疑德斯贝恩是凶手的？"

我说："德斯贝恩指甲缝里的血迹和表皮，还有他那对待洛伦兹的凶残，那个姑娘对我说，德斯贝恩曾经是她的男朋友，而他却假装不认识她。这些还不够吗？"

德斯贝恩说道："需要这个。"

德斯贝恩没有掏出手枪而是直接从兜里开始射击，用的就是从奥斯特莱恩医生那里拿走的骨柄手枪。这种射击方法需要多次的特殊训练，而警察并没有这种训练课程。子弹从我头顶上一英尺的地方飞过去，我赶紧坐到地板上，奥斯特莱恩医生迅速站起来，右手拿着那个褐色的广口瓶朝德斯贝恩的脸泼过去，无色的液体溅到了他眼睛里，他的脸上泛起一层烧焦的烟气。换了任何一个人在这种情形下都会痛声尖叫的，德斯贝恩的左手在空中一阵狂抓，衣兜里的枪又发出三声枪响，奥斯特莱恩医生在办公桌的边缘，身子一歪，倒在地上。枪声继续响着，对医生却再也构不成威胁。

房间里的其他人都趴在了地上，警长掏出他的"猪腿"左轮枪，冲着德斯贝恩的身体连开两枪，其实用这种枪一枪就足够了。德斯贝恩的身体在空中扭曲着，然后猛地撞到地板上。警长走过去，跪在他身边，静静地看着他，然后站起来绕过办公桌，弯下腰去查看奥斯特莱恩医生。

"奥斯特莱恩医生还活着，"警长疾速说道，"威姆斯，快打电话！"那个矮胖且一脸肥肉的家伙走到办公桌对面那头，抓起电话开始拨号。空气中弥漫着一股酸味和皮肉烧焦的味儿，混到一块儿真是恶心至极。屋里的人又重新站了起来，小个子警长阴森森地盯着我。

"他不该朝你开枪，"警长说道，"你所说的证明不了什么，我们也不会让你去证明。"

我没有进行任何辩驳，此时威姆斯已放下电话，又看了看奥斯特莱恩医生。

"我好像听到奥斯特莱恩医生在说话。"威姆斯隔着桌子说道。

警长继续盯着我，说："你这次冒了很大的危险，达尔马斯先生，我不知道你的赌局是什么，但是我希望你能喜欢你的筹码。"

"我已经很满足了，"我说道，"我多么希望能在我的客户被干掉以前和他说几句话，不过我已经为他竭尽全力了。糟糕的是，我很钦佩德斯贝恩，他拥有无穷无尽的胆量。"

警长说道："如果你想知道什么是胆量，最好的途径就是到小镇上当一天警长。"

我说道："对了，告诉你手下的人，用手帕把德斯贝恩的右手包裹起来，那里有你现在用得着的证据。"

阿尔圭洛大道上空似乎响起了警笛声，声音从紧闭的窗户传进来，听起来就像山上的狼嚎一样遥远而微弱。

（本文译者　卞琛、蒲若茜）

湖底女人

1　非失踪人口调查局

那天早上，维拉·马基打来电话时，我正把脚搭在办公桌上，试穿新鞋。那时正值八月份，天气阴暗、炎热、潮湿，就算你手里拿着浴巾，脖子上的汗还是会流个不停。

"小子，最近怎么样？" "紫罗兰"像往常一样来了个开场白，"一个星期没活儿吧？阿弗南大楼有个叫霍·德华梅尔顿的家伙，是多乐美化妆品公司的区域经理，他的老婆失踪了。出于某种原因，他不想把案子交给失踪人口调查局。老板对他有些了解，你最好过去一趟。进去之前把你的鞋脱了，你那鞋未免有点儿招摇。"

维拉·马基是警察局里负责谋杀案的警察，要不是他老给我些没钱赚的活儿，我倒还能勉强维持生计。这次看起来跟以前不大一样，我把脚放回到地板上，擦了擦脖子后面的汗，准备过去一趟。

阿弗南大楼在奥利弗街，第六大道的附近。大楼前有一条黑白相间的橡胶人行道。负责开电梯的女孩们穿着灰色的丝质俄式衬衫，戴着翻边的贝雷帽，艺术家常戴这种帽子，以免头发沾上颜料。多乐美化妆品公司在七楼，这可是个不错的位置。该公司接待室的墙是玻璃质的，室内很宽敞，铺着波斯地毯，摆着鲜花，还有几尊失去光泽、样式古怪的雕像。一个穿着整洁的金发女郎坐在内嵌式接线总机旁，她的办公桌上也摆着鲜花，歪歪斜斜地挂着一个牌子，上面写着"范德格拉夫小姐"。她戴着一副哈罗德·劳埃德牌的眼镜，头发梳到后面，使前额高得看起来可以在上面堆雪了。

她说，霍华德·梅尔顿先生在开会，但她会找机会把我的名片交给他，她还问我是干什么的。我说我没有名片，名叫约翰·达尔马斯，是韦斯特先生介绍来的。

"谁是韦斯特先生？"她冷淡地询问，"梅尔顿先生认识他吗？"

"这可不关我的事，小姐。我连梅尔顿先生都不认识，怎么知道他的朋友有谁呢。"

"您需要办理什么业务？"

"私人业务。"

"知道了。"她正在签收办公桌上的三份文件，忍着不把笔朝我扔过来。我走到一边，坐到一把铬制扶手的蓝色皮革椅上。这椅子的质感、样式和气味都让我想到了理发店里的椅子。

大约一个半小时以后，青铜栏杆后的门开了。两个男人满脸笑容地从办公室里退着出来。另外一个人扶着门，附和着他俩的笑声。他们握手之后，那两个男人就走了，剩下的那个人脸上谄媚的笑容马上就消失了，看着范德格拉夫小姐，"有电话找我吗？"俨然一副盛气凌人的样子。

她手里的文件抖了一下，说："先生，没有。这位达尔马斯先生想见您，是由韦斯特先生介绍的，办理私人业务。"

"我不认识这个人，"他叫喊道，"我之前办过的保险都快支付不起了。"他冷冷地瞟了我一眼，又回到了办公室，砰的一声关上了门。范德格拉夫小姐略带遗憾地冲我笑了笑。我点着一支烟，把交叉的双腿互换了一下位置。又过了五分钟，栏杆后面的门再次打开，他戴着帽子走了出来，冷笑了一下，说他要出去半个小时。

他走出栏杆后的大门，径直朝入口走去，猛地来了个急转身，朝我大步走来。他走到我跟前，低头看着我——他是一个高大的男人，身高得有六英尺二英寸，体形匀称。只是精心呵护的脸也没能掩盖住时间留下的痕迹，他的眼神深邃、冷峻、机警。

"是你想见我？"

我站起来，掏出皮夹子，递给他一张名片。他把名片拿到手里，盯着看了看，显现出一副沉思的神情。

"谁是韦斯特先生？"

"我可不知道。"

他冷峻地瞥了我一眼，略显兴趣。"挺会说啊，"他说，"来我办公室吧。"

当我们走过栏杆，经过接待员的时候，看到她还在签收三份文件，一副非常恼火的样子。

他的办公室是一个狭长、昏暗的房间，安静，却不凉爽。墙上挂着一张大照片，照片上的人一副坚忍的模样，看起来像是个埋头苦干的业内精英。这个高大的男人走到一张价值大约八百美元的办公桌后，靠在一张高背套垫折椅上。他递给我一个雪茄盒，用冷漠的眼神直勾勾地看我把雪茄点着。

"这件事绝不能走漏半点风声。"他说。

"嗯嗯。"

他又看了一下我的名片，把它放进一个镀金的皮夹里。"谁让你来的？"

"警察局里的一个朋友。"

"除了这些，我得再多了解一点。"

我给了他几个名字和电话号码，他伸手抓起电话，通过分机，亲自给我提到的双方打了电话。四分钟后，他挂断电话，靠回到椅子上。我们都擦了一下脖子后面的汗。

"目前看来，情况还可以，"他说，"现在你需要证明一下你的身份。"

我掏出皮夹子，给他看了一下我执照的影印件。看了之后，他一副很满意的样子。"你怎么收费？"

"每天二十五块，开销另算。"

"这也太多了，还有什么样的开销？"

"汽油，大概有一两次买通别人的钱，饭菜还有威士忌，主要是威士忌。"

"难道你不工作的时候就不吃饭了？"

"吃啊，可是没那么好。"

他狡黠地笑了，他的笑容跟眼神一样，都覆盖了一层冷漠。"我相信我们会合作愉快的。"他说。

他打开抽屉，从里面拿出一瓶苏格兰威士忌，我们碰了一杯。他把瓶子放在地板上，擦了一下嘴，点着一支印字的香烟，舒舒服服地吸起来。"最好每天十五美元，"他说，"在这种情况下，喝酒要有节制。"

"我是在跟你开玩笑，"我说，"一个开不起玩笑的人，怎么值得你信任呢？"

他再一次狡黠一笑，说："就这么定了。不过，首先你得保证，不论什么情况下，都不能跟你那些警察朋友有任何瓜葛。"

"只要你没有杀人犯罪，就不成问题。"

他笑了，说："这倒没有，我可是个硬汉子。我需要你查出我太太的下落，查明她在哪里，在做什么，但是不能让她发现。"

"她是十一天前失踪的，也就是八月十二日，从我们小鹿湖的木屋离开的。那个小湖归我和另外两个人所有，离狮子峰有三英里远。当然，你应该知道那是哪里。"

"在圣贝纳迪诺山脉，离圣贝纳迪诺市有四十英里。"

"是的，"他把烟灰弹在桌子上，又俯下身把烟灰吹下去，"小鹿湖只有八分之三英里长，为了开发房地产，我们在那儿建了一个小水坝——可惜时机不对。那儿一共有四栋小屋，一栋是我的，有两栋属于我的朋友。他们的房子这个夏天都没人住，剩下的一栋就在湖的入口的一边。那栋木屋里住的是威廉·海恩斯跟他老婆。他是个领抚恤金的残疾退伍军人，住在那儿照看那个地方，不用交租金。我太太这个夏天一直住在小鹿湖的房子里，原本计划在十二日回来，参加周末举办的一个社交活动，可是她一直没出现。"

我点了点头。他打开抽屉上的锁，从里面拿出一个信封。从信封里掏出一张照片和一封电报，把电报从桌子上推了过来。这是从得克萨斯州的厄尔巴索传过来的，时间是八月十五日上午九点十八分，收信人是霍华德·梅尔顿，地址是洛杉矶阿弗南大楼715号，具体内容是：去墨西哥离婚，然后和兰斯结婚。祝你好运，再见。朱莉娅。

我把黄色格子的电报放回到桌子上。"朱莉娅是我太太的名字。"梅尔顿说。

"兰斯是谁？"

"兰斯洛特·古德温，一年前他曾经是我信任的秘书，继承了一笔钱后就辞职了。很久之前我就知道，朱莉娅和他有点暧昧不清，如果我可以这么说的话。"

"我不介意。"我说。

他把照片也从桌子上推了过来。这是一张纸质光亮的快照，照片上有一个苗条娇小的金发女郎和一个身材高大瘦削、皮肤黝黑、潇洒帅气的家伙。这个家伙大约35岁，真的是帅气十足。金发女子的年龄就很难确定了，18岁到40岁都有可能，她这样的女人很难看出真实年龄。她的身材凹凸有致，也懂得怎样把这种身材展现得淋漓尽致。她穿着一套足以让人浮想联翩的泳衣，那个男的穿着泳裤，他们坐在沙滩上，倚着一把条纹沙滩伞。我把快照叠在了电报的上面。

"这就是我有的物证了，"梅尔顿说，"可是，肯定还有更多证据。再来一杯？"他倒了两杯，我们都喝了。他把瓶子重新放回地板上，这时电话响了，他聊了一会儿，然后转接内部，让接线员帮他接听。

"目前为止，没有什么其他情况，"他说，"可是，上周五我在街上遇到了兰斯·古德温，他说有几个月没见过朱莉娅了。我相信他所说属实，兰斯是个不会隐瞒太多事情的家伙，他可没什么好怕的。如果真有那种事情，他会马上跟我吹嘘的。我相信，他会对这件事守口如瓶。"

"你有没有怀疑过其他人？"

"没有，就算有，我也不认识他们。我猜朱莉娅可能被捕了，关在某个地方的监狱里。或者她设法通过贿赂或者其他的方法，掩盖了自己的身份。"

"在监狱，为什么？"

他犹豫了一会儿，小声地说："朱莉娅有盗窃癖。不是很严重，也不是经常犯，主要是喝太多酒以后，当然，也会间接性发作。她主要是在洛杉矶的大商店里行动，那里有我们的账户。她被捉过几次，都蒙混过关，最后用钱解决问题。目前没碰到我处理不了的情况，没闹出什么丑闻。但是在一个陌生的城镇……"他停顿了一下，眉头紧锁，"这事可不能让公司里的员工知道的。"

"她被录过指纹吗？"

"什么？"

"录她的手印并存档？"

"据我所知没有。"他看起来对此很担心。

"这个古德温知道她的癖好吗？"

"很难说，我希望不知道。当然，他从来没提过。"

"我要他的住址。"

"这个工作簿里有他的信息。他在切维蔡斯区有一幢房子，临近格兰岱尔市，一个非常隐蔽的地方。我觉得兰斯是个招蜂引蝶的好手。"

这看起来是个不错的案子，我没大声说出来。马上就能赚到一笔钱，改善一下生活了。"你去过小鹿湖吧，当然，是指你太太离开以后。"

他有些吃惊。"呃，没有。我不需要去那里办的事。我在体育俱乐部见到兰斯以前，还以为他和朱莉娅在同一个地方——甚至已经结婚了。墨西哥式离婚是很快的。"

"那么钱呢？她有很多钱吗？"

"我不知道。她自己有不少钱，是从她父亲那儿继承的，我估计她继承了很多。"

"我知道了。她的衣着打扮呢——你能稍微谈谈吗？"

他摇摇头。"两周以来，我都没见过她。平常她会穿颜色比较深的衣服，海恩斯没准儿能告诉你。我觉得可以让他知道这个事情，他会守口如瓶的。"梅尔顿挖苦地笑了，"她有一块很小的八角形铂金手表，那是她收到的生日礼物，里面刻着她的名字。还有一个钻石翡翠戒指和一个白金婚戒，内侧刻着：霍华德与朱莉娅·梅尔顿。1926年7月27日。"

"难道你就没有怀疑过是谋杀？"

"没有，"他高大的颧骨有些变红，"我能想到的都跟你说了。"

"如果她的确是被关在监狱，我该怎么做？只是向你汇报，然后静观其变吗？"

"当然了，如果她没入狱，不管在什么地方都要监视她，一直到我过去了。这点事儿，我还是做得到的。"

"哈哈，你真够可以的。你说她在八月十二日离开小鹿湖，但是你一直没去过那里。你是指她的确离开了——还是认为她会离开——还是根据电报日期的推测？"

"好吧，我漏掉另外一件事，她的确是在十二日离开的。她从来不在晚上开车，可是她那天下午开车下山，去了奥利匹亚旅馆，等到晚班火车时间才离开。我知道这些是因为他们在一周后给我打了电话，说她的车还在他们的车库里，问我是否取回来。我说，等有时间就过去取。"

"好吧，梅尔顿，我打算各处查寻一下，就从兰斯洛特·古德温开始吧，他可能没跟你说实话。"

他递给我一本其他城市电话簿，我查了一下，兰斯洛特·古德温住在切斯特大街3416号。我不知道那是什么地方，但是车里有幅地图。

我说："我打算过去，在周围打探打探。你最好先给我点定金，一百块吧。"

"五十块就够了。"说完，他拿出镀金的皮夹子，给我两张二十块的和一张十块的，"我需要你在收据上签字——一个形式罢了。"

在他的办公桌里有一个收条簿，他写下认为必要的字据，我签了字之后，把照片和电报装进衣袋中站起来，我俩握了握手。

和他分开后，我觉得他是一个不太会在细节上犯错的人，尤其是在涉及金钱的问题上。我离开的时候，接待员恶意地看了我一眼，这让我走到电梯时还惴惴不安。

2　沉寂的房子

　　我到街对面的停车场取了车，便向北开到第五大道，往西转入花街，再从那里驶进格兰岱尔大道，由此进入格兰岱尔市。这会儿都到了午饭时间，我停下车，吃了个三明治。

　　切维蔡斯是山麓丘陵里的一个深峡谷，这条丘陵把格兰岱尔市和帕萨迪纳市隔开。这里树林密布，由主道分出很多小街道，看上去荫蔽，昏暗。切斯特大街就是这种街道之一，夹在红木森林之间，笼罩在一片黑暗之中。古德温的房子就在峡谷深处，是一座英式小别墅，尖尖的屋顶，用花饰的铅条装饰的玻璃可以阻挡过多光线照进来——假如真有光线能照过来的话。这所房子建在众多丘陵的凹处，在前门廊就有几棵大橡树。这可真是寻乐子的好地方。

　　房子一边的车库的门是锁着的。我沿着垫脚石铺成的曲折小路走过去，按了按门铃。门后的某个地方响起铃声，就像从空房子里传出来的一样。我又按了两次，还是没有人过来。一只知更鸟飞到前面平整的小草坪上，从草皮里啄出一只虫子，叼起来飞走了。在转角过后看不见的街道那边，有人启动了一辆汽车。街对面有一幢崭新的房子，房子前面的肥料和草种上插着一个牌子，上面写着"待售"两个字。除此之外，再也看不到其他房子了。

我又按了一次门铃，用狮子嘴里衔的门环噼噼啪啪地连续敲打了几下。然后我离开前门，透过车库门间的缝隙往里看，里头有辆小汽车，在微弱的光线中依稀闪着光亮。我悄声来到后院，又看到两棵橡树，在其中一棵橡树下，有一张庭院里常摆放的绿色桌子，周围放着三把椅子和一个垃圾焚烧炉。这个地方看起来如此荫蔽、凉爽、舒适，我都想待在这里了。院子的后门一半是用玻璃做的，但是有个弹簧锁。我笨拙地试着转动那个把手，门竟然开了，我深吸一口气，走了进去。

如果兰斯洛特·古德温抓住我，就要想一些能说服他的理由；如果他没抓到我，我就查查他房子里的东西。这个古德温总是让我不安，可能单单是他的名字就足以惹得我心慌了。

从后门进来，迎面是一个很高很窄的屏风。另一扇没锁的门也有一个弹簧锁，这扇门可以通往厨房。厨房里装有华丽的瓷砖，一个内嵌的煤气炉，水槽里有很多空瓶子。厨房有两扇双开弹簧门，我推开朝向前院的那扇，看到一个凹式餐厅，里面有餐饮柜台，柜台上的酒瓶子比水槽里的还要多，并且都不是空的。

起居室在我右边，有个拱门，即便是中午这里都是昏暗的。这是精心布置的房间，里面有内嵌式的书架和非成套购买的书籍，角落里有台高脚柜收音机，在顶部还有半杯加了冰块的啤酒。收音机发出微弱的嗡嗡声，调节器下面的指示灯亮着。收音机明明开着，却没有开音量。

这很有趣。我转过身，看了看背后的另一个角落，发现了更有趣的事情。

一个男人坐在深陷的提花椅子上，脚上穿着便鞋，搭在跟椅子搭配的脚凳上。他穿着一件开领马球衫，乳白色的裤子系着白色腰带。他的左手舒适地搭在椅子一边宽阔的扶手上，右手懒洋洋地伸到另一边扶手外侧，垂向地毯，就像一朵快要凋零的玫瑰。这是一个身材瘦削、皮肤黝黑、英俊潇洒、体形修长的家伙。一看就是动作灵敏，比外表看起来还要强壮的家伙。他的嘴巴微微张着，隐约露出牙齿，头稍微侧向一边，像是喝了点酒，听着收音机，坐在那儿打瞌睡了。

在他右手边的地板上有一支枪，前额中间有一个烧焦的红洞。

血轻轻地从他的下巴尖滴下，落到了白色的马球衫上。

我惊呆了！足足一分钟的时间，我站在那里纹丝不动，大气儿都没出，就那样杵在那里，觉得被掏空了！这片儿血迹有脊椎按摩师的食指那么长——兰斯洛特·古德温的血在下巴集成梨形的血滴，一滴一滴掉下去，融入到一大片深红当中，改变了他马球衫的白色。这时候，血滴落的速度越来越慢。我抬起一只脚，但脚像是被胶泥粘住了一样，好不容易才拖了出来，迈出一步，再拖起另外一只脚，两脚像被链锁系着，我就这样在漆黑寂静的房间里挪动。

我靠近的时候，他的眼睛闪了一下。我低下身子，凝视他的眼睛，试图跟他的目光接触。但这是不可能的，跟死人的目光发生接触是绝对不可能的，他们的眼睛总是朝向一边，或上或下。我摸了一下他的脸，还有温度，有点湿，可能是喝了酒的缘故吧。他死亡的时间不超过二十分钟。

我猛地转过身，就像有人拿着棍棒，偷偷跟踪我一样，但是没有人，一片死寂。整个房间一片死寂，让人窒息。一只鸟在外面的树上叽叽喳喳地叫，使得沉寂更浓厚，厚到你都可以把它切片，再涂上一层黄油。

我开始观察房间里其他的东西。在灰泥壁炉架前的地板上，有一张镶着银框的照片，照片朝下。我走过去，垫着手绢把照片拎起来，转了个面。玻璃上的裂缝挺整齐，呈对角线。照片上是一个身材苗条、浅色头发、笑容勾人的女人。我拿出霍华德·梅尔顿给我的快照，放在照片一旁。尽管表情不一样，但我敢肯定这是同一张脸，这是非常普通的脸形。

我带着照片小心翼翼走进一个精心装修的卧室，打开高腿衣柜的一个抽屉。我把照片从框里抽出来，用手绢把框架仔仔细细擦了个遍，然后塞进一叠衬衫下面。虽然算不上很高明，却是我心中最高明的做法了。

现在没有什么要紧的事情了。如果人们听到声音，知道是枪声，警察早就来了。我把照片拿到卫生间，用随身携带的小折刀，把边角修整齐，用马桶冲走碎屑。又把照片放进胸袋，和之前的证物放在了一块儿，然后回到客厅。

死人的左手边有张低矮的桌子，上面放着个空玻璃杯。玻璃杯上可能有他的指纹。另一方面，可能有别人用它喝了一口，留下了印迹。当然，是个女人。她可能就坐在椅子的一个扶手上，脸上带着温柔、甜美的笑容，枪就放在她背后。一定是个女人，一个男人不可能在他如此完全放松的状态下开枪。我猜一下，这是个什么样的女人——我可不喜欢她在地板上留着自己的照片，留下后患。

我不敢拿这个杯子冒险，于是擦了擦杯子，然后做了件我不喜欢的事情——让他重新握了杯子，再放回到桌子上。至于这把枪，做了一样的处理。我把他的手放下——就在这个时候——垂下的这只手晃来晃去，就像老爷钟里的摆锤。我走到收音机的玻璃前，擦了擦。这会让他们觉得她相当聪明，总的来看，是一个不一样的女人——如果有不一样类型的女人的话。我收起了四根上面带有女人唇印的烟头——那上面有"卡门色"的唇膏——金发碧眼女郎尤其偏爱的颜色，我把它们扔进了厕所里的下水道。我用毛巾擦了擦几件泛光的物件，还有前门把手，就此收工。我不可能把这栋该死的房子都擦一遍。

我站着多看了兰斯洛特·古德温一会儿。血已经停止了流动，最后一滴血就停在下巴上，它将会留在那里，变黑变亮，像疣子一样永远留在那里。

我通过厨房和走廊撤了出来，走的时候又擦了几个门把手，在房子一边走了走，迅速环视了下街道，看不到任何人。我再次按了门铃，同时也擦了擦按钮和把手，就这样用一条丝带结束了今天的工作。我朝我的车走去，上了车，就走了。总共用了半个小时，而我却觉得像经历了一次南北战争。

离镇上还有三分之二路程的时候，我在阿里桑罗大街尽头停了下来，挤进一家杂货店公用电话亭，拨通了霍华德·梅尔顿办公室的电话。

一个欢快的声音说："下午好，多乐美化妆品公司。"

"我找梅尔顿先生。"

"我会帮您接通他的秘书。"坐在偏僻又安全的角落，小巧的金发女郎用歌唱般的声音说道。

"我是范德格拉夫小姐，"这是好听的拉长的声音，通过对四分音的控制，可以增添魅力或者是傲慢，"请问是哪位找梅尔顿先生？"

"约翰·达尔马斯。"

"哦——梅尔顿先生认识您吗，达——哦——达尔马斯先生？"

"别再来这套，"我说，"问他去吧，姑娘。跟我，你还是省省吧。"

她的吸气声差点刺穿我的耳膜。

等了一会儿之后，响起了一阵咔嗒声，传来了梅尔顿厚实而严肃的声音："我是梅尔顿。什么事？"

"我必须尽快见到你。"

"什么事？"他吼道。

"我说的你都听到了。事情有所进展，你知道你在跟谁说话吧？"

"哦——是的，是的，好，让我想想，我查一下台历。"

"跟你的台历一块儿见鬼去吧，"我说，"情况紧急，否则我也不会在今天打扰你。"

"体育俱乐部——十分钟后见，"他干净利落地说，"到阅览室找我。"

"我得多花点时间。"在他争辩前我就挂了电话。

事实上，我得用二十分钟。

体育俱乐部大厅的服务生麻利地大步走进旧电梯，很快就回来了，冲我点点头，跟我一块儿上了四楼，把我带到阅览室。

"先生，请往左边走。"

这个阅览室最重要的用途并非阅览。红木桌子上有报纸和杂志，墙上的玻璃后面是俱乐部创始人的油画肖像，上面还有盏灯照着。这个屋子的角角落落几乎都是靠背高大而且有斜度的皮革大椅子，一些老人坐在里面安详地睡觉，他们的脸因为上了年纪和患有高血压而呈现紫色。

我悄悄地溜到左边，看到梅尔顿坐在书架间隐蔽的角落，他背对房间，坐的那把椅子很高，却还不足以遮住他那满是黑发的大头。他旁边还停放了一把椅子，我坐到那把椅子上，给他使了个眼色。

"小声点，"他说，"这个地方是用来午睡的，说吧，什么事情？我雇用你，就是为了给自己减少麻烦，不是给自己继续添麻烦的。"

"知道，"我说着，把脸凑近他的脸，他身上有威士忌的味道，却又恰到好处，"她开枪把他打死了。"

他那呆板的眉毛向上一挑，双眼露出惊呆的神情，牙齿紧紧地咬一起。他轻轻地喘息着，眼睛朝下盯着在膝盖上扭转的一只大手。

"继续说。"他说话的语气像大理石一样沉重。

我转过头，透过椅子向后看了看。离我们最近的老家伙正睡得香甜，鼻孔里的细毛随着每次呼吸前前后后摆动。

"我离开后到了古德温的住处，敲门也没人回应，推了推后门，门是开着的，我就进去了。里面的收音机开着，但没有声音，有两个装着酒的杯子，在壁炉架下的地板上有一张相框摔碎的照片。古德温在椅子上被近距离枪杀，是接触性枪伤，枪在他右手边的地板上，是一把二五口径的自动手枪——一款女士手枪。他坐在那里好像从来不知道这些。我把酒杯、枪和门把手都擦了一遍，把他的指纹留在了该留的地方就走了。"

梅尔顿张开嘴又闭上，牙齿磨得吱吱响，双手握成拳，用冰冷而深邃的双眼盯着我。

"把照片给我。"他慢吞吞地说。

我从口袋里拿出照片来，给他看了看，但一直保持照片在我手里。

"朱莉娅！"说完后，他的呼吸就变成一种奇怪而尖锐的恸哭声，双手也瘫软了。我把照片塞回口袋里。"接下来呢？"他低声问。

"我也许被发现了，但肯定不是进去或出来的时候，那里后面有很多树，相当隐蔽。她有那样的枪吗？"

他耷拉下头，用双手抱着。静静地待了一会儿，他把头托起来，手指分开摊在脸上，通过手指间的缝隙，对着我们前面的墙就说了起来。

"是的，只是我都不知道她会带枪。肯定是他把她给甩了，这个卑鄙小人。"他说话很轻却很冰冷。

"你是个了不起的人，"他说，"现在这种情况，可以鉴定为自杀吗？"

"说不准。他们会用石蜡检测他的手，验证他是否开了枪，现在这都是惯例了。有时候这种方法也不奏效，没什么嫌疑的话，他们没准儿就这么算了。不过，我不明白留下照片的意图。"

"我也不明白，"他这低沉的声音依然是透过指缝传出来的，"她肯定是被突如其来的状况吓坏了。"

"哈哈。你要知道，我这次是孤注一掷，这个你懂吧？如果被捉住，就关乎到了我的执照。当然，也有那么一点被判为自杀的可能性，但是他看起来可不是那种类型的人。你得好好合作啊，梅尔顿。"

他冷冷一笑，转过头，正对着我，手依然放在脸上，透过指缝可以看到他眼睛隐约放射出来的光亮。

"你为什么要冒险做那些事情？"他轻声地问。

"我知道就见鬼了。可能单是那张照片就惹我生厌。人们可以为了你和她做的事，他可不配。"

"我得奖励给你五百块钱。"他说。

我往后靠了一下，冷冰冰地瞅了他一眼，说："我不是给你加压。我是个硬汉——但不是在这种情况下。你全部都给我了吗？"

他没说话，沉默了很久。他站起来，扫视了一下房间，把手插进口袋，发出叮当声，然后又坐下。

"这么说可就不对了——两种说法都不对，"他说，"首先我没把这当作勒索——也不是为这件事埋单，这些钱也不够买单。在危急时刻，你冒额外的险，我就给你提供额外的报酬。假设朱莉娅什么都没做，也许就能解释这张照片的存在。在古德温的生活中还有其他的女人。一旦事情传出来，我跟它有半点干系，总公司都会把我开除。我从事的工作得谨慎对待，再加上进展得本来就不是很顺利，如果再被抓到什么把柄，就正中了他们下怀。"

"不是这个，"我说，"我是指，你是否把所有线索都提供给我了？"

他盯着地板，说："没有，我隐瞒了一些事。以前认为这重要，现在看来倒是让情况更糟了。几天前，我在市中心遇到古德温之后，银行给我打电话，说兰斯洛特·古德温在那里兑现一张一千美元的支票，支票签署的名字是朱莉娅·梅尔顿。我告诉他们，梅尔顿夫人出城了，我跟古德温先生很熟，如果这合乎程序，对他检查不出问题，我不反对支票的兑现。"

"我猜想古德温拿到了钱。"

梅尔顿僵硬地耸耸肩。

"一个勒索女人的家伙，是吧？诈取支票，这样做简直就是个蠢货。梅尔顿，我会继续跟你合作下去，我极其讨厌那些新闻报纸记者，一副食尸鬼在城里见到了腐肉的德行，但是如果他们找上你，我就退出——如果能退出的话。"

他第一次笑了，说："我马上就给你五百块钱。"

"那可不行。我就是你雇来找她的，如果我找到她，就收下这五百块——其他费用全免。"

"你会发现我是个值得信赖的好人。"他说。

"我要一张便条，给在小鹿湖帮你看房子的那个海恩斯，我要进房里看看。我得让自己忘了去过切维蔡斯这个事情。"

他点点头，站起来，朝一张桌子走过去，回来的时候带着一张用俱乐部信笺写的便条：

威廉·海恩斯先生，

　小鹿湖

　亲爱的比尔——请允许持便条的约翰·达尔马斯先生，参观我的房子。请全力协助他查看那里的房产。

　谨致问候，

霍华德·梅尔顿。

我把便条折起来，和这几天所搜集的东西放在一起。梅尔顿一只手放在我肩上，"我会永远记住的，"他说，"你现在就要过去吗？"

"我是这么打算的。"

"你想找什么？"

"没什么，如果不从事发地点查起，我就真成傻瓜了。"

"当然。海恩斯是个不错的家伙，就是有点乖戾。他有个漂亮的金发太太，把他迷得神魂颠倒。祝你好运。"

我们握了握手，他的手湿黏得跟腌鱼一样。

3　戴假肢的男人

　　不到两个小时我就到了圣贝纳迪诺，也就这次，这里跟洛杉矶一样凉爽，一点也不黏湿。我带了一杯咖啡，买了一品脱黑麦威士忌，加了车油，开始上坡。到泡沸泉的一路都是阴天。到了峡谷的时候，天一下子就放晴了，凉爽的空气弥漫其中。我总算到了大坝，往狮湖平静的蓝色流域望去，可以看到独木舟在湖水上划行，带舷外发动机的划艇和快艇搅动着湖水，平静的湖面因此泛起阵阵涟漪。那些花两块钱换来钓鱼许可的人，看来是要白白浪费时间了，在这余波荡漾的湖水中，恐怕连一毛钱的鱼也钓不到。

　　我向南岸走，从大坝开始，道路向两个方向延伸。通往南岸的路在一段高高突起的花岗岩间掠过。一棵棵黄松在路边挺直而立，高耸直刺向湛蓝的天空，空地上长着翠绿色的常绿灌木，一些少见的野生鸢尾花、白色和紫色的羽扇豆花和筋骨草花，还有号称"魔鬼的画笔"的橘黄山柳菊。道路的高度降到与湖面持平时，周围就出现了成堆的帐篷，成群的女孩儿，她们穿着短裤，有的坐在脚踏车或者小型摩托车上，有的在公路上悠闲散步，有的坐在树下，炫耀她们的大腿。我在畜牧场早就看够了四处走动的牛肉，对这也不足为奇了。

霍华德·梅尔顿说过，绕过雷德兰兹路旁的小湖，离狮峰就还有一英里。这条马路像磨损的沥青丝带，穿进周围的山脉，山坡上零星散落着一座座小房子。过了一会儿，柏油马路消失了，一条又窄又脏的小路溜进我的视野。在岔口有个牌子，上面写着："小鹿湖，私人通道，请勿擅自进入。"我驶进私人通道，绕过一块光秃秃的大石头，经过一个小瀑布，穿过一片黄松和黑橡树，在寂静中穿行着。一只松鼠坐在树枝上，把松果扯碎，像扔五彩纸屑一样，把碎片扔下来，用一只爪子生气地拍打松果，像是在对我发脾气。

　　这条小路突然来了个急转弯，绕过一棵大树，来到一扇五根栅栏钉成的门前，上面也挂着个牌子，写着"私人通道，闲人免入"。

　　我下车打开门，把车开了进去，又下车把门关上。顺着小路穿过蜿蜒几百英尺远的树林，在树木、岩石和野草的包围中，突然就出现了一个椭圆的小湖。这个小湖就像一滴露珠，滴落在卷起的树叶当中。小湖离我近的一边有座黄色的混凝土建的水坝，坝上搭了一条绳索做的扶手，旁边是一架陈旧的水车。水车旁是一间用当地木材搭建的小屋，上面还带着粗糙的树皮。小屋上竖着两个金属板烟囱，其中一个烟囱里还断断续续地往外冒着烟雾。不知从哪里传来一阵斧子的咚咚声。

　　小湖对岸临近湖水的地方有一幢高大的房子，再远点的两幢稍微小点儿，而且那两幢房子的间隔也远些。顺着小路到对岸的话就远点儿，从大坝过去还近点儿。从水坝这里，朝湖对岸的尽头望去，隐约间能看到一个小码头和一个环形亭子，歪歪斜斜的木板上写着"吉尔卡尔营地"几个字，我看不出其中的奥妙，所以沿着小路来到树皮遮盖的小屋，使劲儿敲了敲门。

　　斧子的咚咚声音停了，一个男人的喊叫声从后面传来。我坐在一块大石头上，用手指玩转一根没有点燃的香烟。这时，小屋的主人拿着把斧子从屋后绕了过来。这个人很瘦，个子不是很高，没有刮脸，下巴黑乎乎的，有点毛糙，一双平和的棕色眼睛，一头卷曲的灰白色头发。他穿着蓝色劳动布裤子和蓝色衬衫，衬衫敞着领子，露出脖子褐色的皮肤和发达的肌肉。他每走一步，右脚就得往外踢一下，往身体外侧划出一个浅浅的弧度。他一瘸一拐，一步步地朝我走过来，厚厚的嘴唇间叼着一根烟，说话时带一股城里人的口音。

"什么事儿？"

"您是海恩斯先生？"

"我是。"

"我这里有给您的一张便条。"我拿出便条递给他，他把斧头丢到一边，眯起眼看着便条，然后转过身，回到小屋。再出来的时候戴着一副眼镜，一边看便条一边朝我这儿走。

"哦，是的，"他说，"是老板写的。"他又研究了一遍便条。"约翰·达尔马斯，是吧？我是比尔·海恩斯，很高兴认识你。"我们握了握手，他的手跟捕鼠夹一样粗糙有力。

"你想四处转转，看看梅尔顿的房子，是吧？这是怎么回事？看在上帝的分儿上，他不会真是要把房子卖了吧？"

我点燃烟，把火柴扔进小湖里。"他在这里拥有的太多了。"我说。

"如果指的是土地，那当然了。但据说那栋小屋……"

"他说这房子很漂亮，让我过来看看。"

他指了指远处，说："那边儿，最大的那栋房子就是。墙的外侧用的是抛光的红木，里头用的带节痂的松木，合成的木瓦屋顶，石头铺成的房基和走廊，还有浴室、淋浴器和卫生间。房后的山里还有他的一个蓄水池，灌的都是泉水。不得不说，那可是一栋漂亮的房子。"

我看了看房子，更多的是看海恩斯。他的眼睛闪烁着光芒，眼睛下面有眼袋，一副饱经风霜的模样。

"现在要过去看吗？我有钥匙。"

"开了太长时间的车，我有点累了。海恩斯，我敢肯定，喝点酒能缓解一下。"

他对我的提议很感兴趣，却摇了摇头。"不好意思，达尔马斯先生，我刚才已经喝了一夸脱。"他抿了下宽厚的嘴唇，冲我笑了笑。

"这架水车是用来干吗的？"

"拍电影用的道具，他们有时在这儿取景，那头的小码头也是他们建的。他们在这儿拍了电影《松林间的爱》。其他的几处都拆了，听说那部电影不怎么样。"

"这样啊，你愿意跟我一块儿喝点不？"我拿出路上买的那一品脱黑麦威士忌。

"我从来都不会拒绝。等着，我去拿杯子。"

"海恩斯太太没在吗？"

他突然用冷漠的眼神盯着我。"是啊，"他慢吞吞地说，"怎么了？"

"因为喝酒啊。"

他放松了，但还是多盯着我看了一会儿。这才转过身，拖着僵硬的腿回到小屋。他出来的时候手里拿着两个像是装奶酪用的精致杯子。我打开酒瓶，倒了满满的两杯，我们坐着，拿起酒杯，海恩斯的右腿在身前伸直，脚有点往外扭曲着。

"我在法国接的这个玩意儿，"说完他就喝了一口酒，"拖着一条假腿的老海恩斯。也好，有它，我才享受了抚恤金，也不妨碍我和女人的好事。敬战争一杯！"他把剩下的酒一口灌了下去。

我们放下手里的杯子，看着一只冠蓝鸦爬上一棵松树，在树枝间跳来跳去，每次都没停稳就又跳了出去，像人在楼梯上跑一样。

"这里空气凉爽，环境优美，就是太冷清，"海恩斯说，"太他妈冷清了。"他用余光打量了我几眼，一副心事重重的样子。

"有些人喜欢这样。"我伸手去拿杯子，像履行义务一样倒满酒。

"我是受够了。因为寂寞，我喝了太多酒。尤其是晚上，更是寂寞难耐。"

我没有插话。他一股脑儿灌下了第二杯酒，我默默地把酒瓶递给他。他喝下第三杯，头偏向一边，舔了舔嘴唇。

"这可有点儿意思——海恩斯太太没在。"

"我的意思是，也许我们该把这个酒瓶子藏到小屋里看不到的地方。"

"嗯哼。你是梅尔顿的朋友？"

"我们认识，不很熟。"

海恩斯看着对面那幢大房子。

"那个该死的小骚货！"他突然咆哮起来，脸都扭曲了。

我盯着他。"害得我失去了贝丽尔，这个可恶的小骚妇，"他愤恨地说，"非得找我这么个一条腿儿的家伙，非得把我灌醉了，让我忘了自己跟其他家伙一样，有个可爱的太太。"

我只是等他说完，没有打断。

"连他一块儿他妈的见鬼去吧！让那个小骚货自己留在这儿。我又不是非要住这该死的小屋。我可以去任何我喜欢的地方，我有抚恤金——战争抚恤金。"

"这是个居住的好地方，"我说，"再来一杯吧。"

他喝了这杯酒，生气地瞪着我。"这是个让人恶心的地方，"他大声喊，"一个男人的老婆离家出走了，他不知道她的去向——甚至可能跟别的男人在一起。"他左手攥成了铁一样的拳头。

过了一会儿，他慢慢松开拳头，倒了半杯酒。酒瓶看起来已经见底儿了，他拿起酒杯一饮而尽。

"我都不认识你，就跟你说这么多。"他吼叫道，"这到底是怎么了！我厌倦了一个人孤孤单单的。我就是个浑蛋——连人都算不上，一个彻头彻尾的浑蛋。她的长相跟贝丽尔很像，身材一样，头发一样，连走路也像极了贝丽尔。真是活见鬼了，她们可能是姐妹。可是又很不一样——你知道我指什么。"他不怀好

102

意地斜睨我，已经显露出点醉意。

我投去了表示认同的目光。

"我是过去烧垃圾的，"他皱着眉，挥动着胳膊，"她从后阳台出来，穿了件跟玻璃一样透明的睡衣，手里拿着两杯酒，用专门勾引男人的魅惑眼神看着我，还冲我妩媚地一笑。'喝一杯吧，比尔。'是的，我喝了，喝了十九杯。后来发生了什么你也能猜到。"

"很多好男人都会碰上这种事。"

"让她自己在这里，这……！那时他在洛杉矶鬼混。贝丽尔离开了我——到星期五就两周了。"

我一下子愣住了，彻底愣住了，感觉全身的肌肉都紧绷了起来。到星期五就两周了，也就是一周前的星期五，八月十二日——梅尔顿夫人可能去往厄尔巴索的那天，当天她去了山脚下的奥利匹亚旅馆。

海恩斯放下手里的空杯子，手伸进扣着纽扣的衬衣口袋，掏出一张破旧的纸条，递给我。我轻轻打开，上面有铅笔写的字迹。

"我宁愿死也不愿和你再多待一刻，你这个可恶的骗子。贝丽尔。"——这就是纸条上所有的内容。

"不是第一次了，"海恩斯狂野地笑道，"只是第一次被抓住而已。"他大笑起来，接着又眉头紧皱。我把纸条还给他，他把纸条装进口袋，扣好扣子。"我到底是怎么了，跟你说这些干什么？"

一只冠蓝鸦在啄着一只大啄木鸟，而啄木鸟鹦鹉学舌般用同样的叫声驳了回来。

"你太孤单了，"我说，"你需要说出来，一吐为快。再来一杯吧，我也有份儿。那天下午你不在——她就离开了？"

他坐在地上，闷闷不乐地点点头，把瓶子放在两腿之间。

"我们吵了一架，我就开车去了湖北岸，找一个我认识的家伙。我心里愧疚得很，想让自己好受点，只能去借酒消愁了。喝了个酩酊大醉，因为这个假肢，我车开得很慢，再回到家差不多就两点了。她已经不在了，只留下了这张纸条。"

"上周之前的星期五？从那以后你再也没有收到她的信息？"

我问得太细了，他用严峻、质疑的目光扫了我一眼，幸好，只是一扫而过。他拎起酒瓶，对着瓶嘴儿郁郁寡欢地喝起来。"小子，这酒瓶要空了，"他说，"她也滚开了。"他猛地用大拇指指向湖的另一边。

"可能她们吵了一架。"

"也可能她们一起走了。"

他粗声笑起来。"先生，你不了解我的小贝丽尔，她发作起来可是个母老虎。"

"听起来她们两个都是。海恩斯太太有车吗？我是说，那天你开了你的车，对吧？"

"我们有两辆福特，我的车必须让脚踏油门和刹车踏板都在左边，用这条没事的腿来操作，所以她有自己的车。"

我站起来，走到湖边，把烟头扔了进去。湖水是深蓝色的，看起来很深，因为春汛，水位很高，有那么几个地方，湖水能舔到大坝的最高处。

我回到海恩斯那儿，看到他把我最后的那点儿威士忌都灌下去了。"再多弄点烈酒来，"他急躁地喊道，"欠你一品脱，你不是也喝了嘛。"

"哪里来更多的酒，"我说，"等你愿意的时候，我想过去转转，看看那栋房子。"

"没问题，我们等会儿就绕着小湖走一圈。你不介意我跟你说这么多关于贝丽尔的事儿吧？"

"一个人总得找个时间，跟别人说说他的烦心事。"我说，"我们可以沿着大坝走，你就没必要走那么远了。"

"该死，不行。虽然看起来我状况不怎么样，可我还能走。我也有一个月没在湖边转转了。"他起身，走进小屋，带着钥匙出来，说，"我们走吧。"

我们开始往湖对面那一头的小木码头和亭子走去。挨着小湖有一条小路，在花岗岩巨石中绕来绕去，使得这条小土路变得又高又远。海恩斯走得很慢，一边儿朝前走，一边儿往外踢右脚。他情绪波动很大，只能靠多喝点酒，活在一个人的世界里，一路上他都没怎么说话。到了小码头以后，我就走了上去，海恩斯跟在我后面，他的脚沉重地踩在木板上，我们走到尽头，穿过开放式的环形小亭子，倚靠在饱经风霜的深绿色栏杆上。

"这里有鱼吗？"我问。

"当然了，有虹鳟鱼和黑鲈。我自己不怎么钓鱼，估计这里有不少。"

我探出身子，低头凝视着这深深的静水，看到水下有阵漩涡，一个绿色的东西游动到码头下方。海恩斯倚在我旁边的栏杆上，眼睛盯着湖水深处。这个码头修建得很牢固，还有一个水下地板——比码头还要宽点儿——看起来以前这个湖的水位要低很多，这个水下地板曾经是停靠船只的平台。一艘平底小船被磨损的绳子拴着，悬在水中。

海恩斯突然抓住我的胳膊，他的手指像铁爪一样刺进我的肌肉，害得我差点喊出来。我看到他弯着腰，眼睛像觅食的潜鸟一样直勾勾地盯着湖水，脸色突然变得苍白，泛着光。我顺着他的目光往湖水深处看去。

在水下平台的边缘漂着一个东西，模模糊糊的像是一条黑色的袖子，里面有一只人的胳膊和手，不紧不慢地从水下平台探出来，又犹犹豫豫地缩了回去。

海恩斯僵硬地立起身子，眼里醉意全无，取而代之的是惊吓与恐慌。他一声不吭转过身，背对我，沿着码头往前走。他在一堆石头前停下，弯下身子，用力搬石头，我能听到他气喘吁吁的声音。他松动一块石头，挺直宽厚的腰背，把石头抬到齐胸的高度，这块石头得有上百磅重。他搬着石头，拖着假肢，一步步地从码头走回到湖边的栏杆，把石头举过头顶。他保持这种姿势，在那儿停留了片刻，露在蓝色衬衫外的脖子的肌肉撑胀了起来，嘴里发出模糊不清的用力的呻吟声，然后整个身子猛地往前一倾，把那块大石头投进了湖水里。

石头激起的水花溅了我们一身，那块石头垂直落下，穿过水层，正好砸在水下平板的边缘。石头激起的涟漪迅速扩开，湖水就像烧开了一样翻腾。接着听到从水下传来木板断裂的声音，最终泛起的波浪卷向远处，我们眼下的水又开始变得清澈。一块腐蚀了的旧木板突然冒出水面，扑腾了一下就沉了下去，接着又浮了起来。

湖水深处变得更清澈了，能看到有个东西在里面移动，缓慢地上移，一个长长的黑黑的扭曲的东西在翻滚着往上漂浮，慢慢浮出水面。我眼前出现一件湿漉漉的黑色羊毛毛衣，一条休闲裤，一双鞋子，鞋子边缘还有一个浮肿的膨胀不成形的东西。接着又能看到一缕金色的头发从水里飘散出来，静止了一会儿，又继续飘散。

那个东西又翻转了起来，一只胳膊在湖水里摆动，那只胳膊上的手已经不成样子。一张脸浮出了水面，一团肿胀，稀烂，没有相貌、没有眼睛、没有嘴巴的灰白色肉团，这是一个曾经是一张脸的东西。而海恩斯就那么往下看着这个东西。一串绿玉宝石的项链挂在脖子上，还有一部分嵌在了肉团里。海恩斯的右手紧握着栏杆，透过棕色的皮肤，露出白色的指关节。

"贝丽尔！"他的声音像是从遥远的地方传过来，越过巍峨的山峰，穿过茂密的森林，才传到我这里。

4 湖底女人

窗户上贴着一张巨大的白色卡片，上面印着粗体的大写正楷字：继续选丁克菲尔德做警长。窗户后面有一个窄小的柜台，上面堆放着满是灰尘的文件夹。玻璃门上有黑色的字迹："警察局警长、消防队长、乡镇警长、商会办公处。恩特"。

我走了进去。这是一间铺了松木板的小屋，角落里有个大肚的火炉，一张凌乱的活动办公桌，两把硬质椅子，一个柜台。墙上挂着这个区的巨大区图，日历和温度计。桌子后面是记在木板上的电话号码，这些数字像是用了很大的力气才刻上去的。

一个男人坐在桌子旁的一把旧转椅上，扁平边沿的斯泰森毡帽推到脑后，右脚边放着一个痰盂，没有汗毛的双手交叉着，舒舒服服地搭在肚子上。他穿一条连着吊裤带的棕色裤子，一件久经洗晒褪了色的棕黄色衬衫，衬衫上的扣子一直紧绷地扣在肥胖的脖子上，没系领带。他的头发除了两鬓有些斑白，其他露出部分都是灰褐色的，他的左胸佩戴着一颗星形勋章。他重心偏向右边坐着，因为屁股兜里装着一个手枪皮套，里面有一把大黑枪。

我倚在桌子上看着他，他有一双大耳朵和一双和善的灰色眼睛，好像一个小孩子就能掏他的口袋。

"您是丁克菲尔德？"

"是啊，这里所有涉及法律的事情，我都管——不管怎么样，要选举了，有几个不错的孩子跟我竞争，他们可能占上风，把我击退。"他叹了口气。

"您的管辖区包括小鹿湖吗？"

"那是什么地方，孩子？"

"小鹿湖，在山的后面。在你的管辖区范围吧？"

"是呀。我猜在我的管辖范围内，我还是副警长，门儿上都没有空了。"他说的时候瞅了一下那个门，眼里没有任何不痛快。"那里列出来的都是我负责。你说的是梅尔顿的地方吧？孩子，那里出了什么事儿？"

"在湖里发现了一具女尸。"

"天哪！"他松开紧扣的手，挠了一下耳朵，缓慢地站了起来。他一站起来我才发现他原来是个高大强壮的人。"你是说，死了？那是谁？"

"贝丽尔，比尔·海恩斯的老婆。看起来像自杀，警长，她在水里泡了很长一段时间了，已经不成样子了。他说她是十天前离开的，我估计那就是她自杀的时间。"

丁克菲尔德俯下身子，把嚼剩的烟草冲着痰盂一吐，那团棕色的东西扑通一声就落进了痰盂里。他抿了抿嘴唇，又用手背抹了一下。

"孩子，你是谁？"

"我叫约翰·达尔马斯。带着梅尔顿先生写给海恩斯的便条，从洛杉矶过来看房子。我和海恩斯沿着小湖走，一直走到一些拍电影的人以前在那儿搭建的一个码头，我们走上那个小码头，看到水下有个东西。海恩斯往里面投了一大块石头，尸体就浮了上来。真是不堪入目，警长。"

"海恩斯也在那儿？"

"是的，他受了很大的惊吓和刺激，所以我才过来了。"

"孩子，一点也不足为奇。"他打开办公桌的抽屉，拿出满满一品脱威士忌。他把酒轻轻放进衬衣里，再扣上衬衣的扣子。"我们得带上孟希斯医生，"他说，"还有保罗·卢米斯。"他不紧不慢地绕过柜台边，对他来说，处理这种事情比拍死几只苍蝇还容易。

我们走出去的时候，他调整了一下挂在玻璃窗内侧的考勤卡，上面写着："下午六点回来。"他锁上门，上了一辆有警笛的汽车。车上有两个红色聚光灯，两个琥珀色雾灯，一个红白相间的防火板，另外还有各种文字说明，我都懒得看。

"孩子，你在这儿等着，我很快就回来。"

他的车子转了个弯，上了去往小湖的路，在停车场对面的一栋框架结构的房子前停下来。他走进那栋房子，和一个高大瘦削的男人一起走出来。他的车慢慢掉头开了回来，我开车紧跟其后。我们穿过村庄，避开那些男男女女，女孩们穿着短装，男人们穿着泳裤、短裤或者长裤，他们大部分人上半身都是赤裸的，显出晒黑的肤色。丁克菲尔德只是按喇叭，没有鸣响警笛，真要那样做的话，肯定会有一群车跟上来。我们上了一个尘土飞扬的山坡，然后在一栋小房子前停了下来。丁克菲尔德按了按喇叭，喊了几声，一个穿蓝色工装裤的人就打开了门。

"保罗，上车。"

那个穿工装裤的人点点头，迅速跑回小屋，头上戴着一顶兽皮猎帽就跑了出来。我们回到公路，沿着岔道，来到私家道路的大门。这个穿工装裤的人下车打开门，等我们的车通过后又把门关上。

等我们到达小湖的时候，已经没有烟再从小屋冒出来了，我们都下了车。

孟希斯医生是个瘦骨嶙峋的家伙，脸色泛黄，眼球暴突，手指上染了烟碱。那个穿工装裤、戴兽皮猎帽的家伙看上去三十岁左右，皮肤黝黑，身体灵活，一副营养不良的样子。

我们走到湖边，朝小木码头望去，看到比尔·海恩斯坐在码头的木板上，光着身子，双手抱着头，在他旁边的木板上有个不知道是什么的东西。

"我们再往前开一段。"丁克菲尔德说完，我们就重新上了车，继续往前开，再次停下来后，所有人一起朝码头走过去。

那个东西就是湖底女人的尸体，头朝下躺在木板上，胳膊下面有一条绳子。海恩斯的衣服堆放在一边，衣服旁边是他的假肢，泛着皮革和金属的光泽。丁克菲尔德一声不吭，从衬衣里掏出那瓶威士忌，拧开盖，递给海恩斯。

"敞开了喝吧，比尔。"他话语很随和。此时有一种令人作呕、恐怖的气味弥漫在空中，海恩斯似乎没有注意到，丁克菲尔德和孟希斯也没有注意到。卢米斯从车里翻出一块毯子，丢在尸体上，跟我不约而同往后撤了几步。

海恩斯喝着瓶子里的酒，抬起无精打采的双眼，把酒瓶放在裸露的膝盖和假肢之间，用没有任何生气的言语开始说话。他的眼睛谁也没看，似乎这些话不是刻意要说给谁的，他语速很慢，把跟我说过的又重新叙述了一遍。他说，我走后，他就找了绳子，脱了衣服，下水把尸体捞了出来。说完后，他的目光落在了木支架上，像个雕像一样一动不动。

丁克菲尔德往嘴巴里塞了块烟草，嚼了一会儿。然后他咬紧牙关，弯下身子，轻轻地把尸体翻了个身，担心自己会把尸体碰碎似的。夕阳照耀在松散的绿玉宝石项链上，也就是我在水底看到的那串链子。上面的绿玉雕刻粗糙，没有光泽，就像皂石一样，用镀金的链子串在了一起。丁克菲尔德立起来，宽阔的厚背随之舒展开，他用一块黄褐色的手绢擦了擦鼻子。

"医生，你怎么看？"

孟希斯扯着嗓子，急躁得厉声喊道："你究竟想让我说什么？"

"死亡原因和时间。"丁克菲尔德温和地回答。

"你就别傻了，吉姆。"医生严厉地说。

"什么都看不出来吗？"

"就这个东西还看得出来？上帝啊！"

丁克菲尔德叹了口气，转向我，"你最先是在哪里发现的？"

我把实情告诉他，他听的时候嘴巴一动不动，眼睛里没有任何神情，然后他又开始嚼烟草。"这是个有意思的地方，这里没有水流，要是有的话，也是朝着大坝方向流去的。"

比尔·海恩斯站起来，跳到衣服那儿，把腿包好。他穿衣服动作又慢又笨拙，把衬衫拽到湿漉漉的身上。他谁也没看着，只是喃喃自语："这是她自己做的，只可能是这样。她游到木板下面，呛了水，可能就卡住了，一定是这样。没有其他可能。"

"还有一种可能，比尔。"丁克菲尔德望着天空，温和地说。

海恩斯在衬衫里翻了一通，掏出陈旧的便条，递给丁克菲尔德。大家不约而同地远离女尸，丁克菲尔德走过去拿他那瓶威士忌，放回到衬衫里。他走到我们那儿，一遍又一遍地看那张便条。

"上面没有日期。你说这是两周前写的？"

"到星期五就两周了。"

"她以前离开过你一次，是吧？"

"是的，"海恩斯没有看他，"两年前，我喝醉了，和一个荡妇过了一夜。"他疯狂地笑了。

警长又冷静地看了看便条，"便条是那个时候留的？"他询问道。

"我明白了，"海恩斯咆哮着，"我明白了，你没必要跟我耍你们那套把戏。"

"这张便条看起来有些旧。"丁克菲尔德轻声说。

"在我衬衣里放了十天了。"海恩斯扯着嗓子喊完，再次疯狂地笑了。

"有什么好笑的呢，比尔？"

"你有没有试过把一个人拖到水下六尺深的地方？"

111

"从来没有，比尔。"

"我游泳相当厉害——对于一个一条腿的家伙来说，但是我还没厉害到那种程度。"

丁克菲尔德叹了口气，说："比尔，现在这都不能说明什么。可以用绳子啊，利用一块石头，或者两块石头的重量，系在头部和脚部，把她拖下去。等她到了木板下面，再把绳子弄断。"

"没错，就是我做的，"海恩斯说完又狂声大笑，"就是我——杀了贝丽尔。把我捉起来吧，你们！"

"我会的，"丁克菲尔德温和地说，"是为了调查，不是宣判，比尔。你可能杀了她，用不着跟我狡辩，我没说一定是你干的，只是说可能而已。"

海恩斯精神崩溃了，却也醒了酒。

"她有保险吗？"丁克菲尔德问的时候望着天空。

海恩斯说："五千元。就是这些钱，让我这么做的，满意了吧，我们走吧。"

丁克菲尔德慢慢转过身跟卢米斯说："保罗，去那栋小屋拿几张毯子过来。然后，我们最好拿点威士忌来喝喝。"

卢米斯转过身，沿着湖边的小径往后走向海恩斯的小屋，我们其他人只是站在一旁。海恩斯低头盯着自己坚硬的褐色双手，紧握在一起，什么都没说，就抡起右拳，狠狠地照着自己的脸打去。

"你这个家伙！"他低声发出刺耳的声音。

他的鼻子已经流血了，他却依然站在那里，任凭血流下来，流到嘴唇，又从嘴的一边流到下巴尖，继而从下巴滴落下来。

这使我脑海中浮现出原本忘记的场景。

5　一条金脚链

天黑一个小时后，我拨打了霍华德·梅尔顿在比弗利山庄的电话。当时我在电话公司的一个小木屋营业厅里，这个地方距离狮峰的主大街有半个街区的距离，在这里几乎听不到射击场里二二口径手枪的打靶声，听不到滚地球发出的咯吱声，听不到各种汽车喇叭的嘟嘟声以及印度之首宾馆的餐厅里乡村音乐的低鸣声。

接线员联系上他后，让我到经理办公室去接听电话。我走进去后关上门，坐在一张小桌子旁，拿起电话。

"在那里有什么发现？"梅尔顿问我，声音带着浓厚的醉意，听起来像喝了三杯威士忌的样子。

"没有我预期的发现。但是这里发生了你肯定不愿看到的事儿。你是想让我简单地说，还是好好包装一下再说？"

我能听到他的咳嗽声，却听不到他房间里其他的声音。"直截了当地说吧。"他不紧不慢地回答。

"比尔·海恩斯说你的太太对他调情——然后他们发生了关系。她就是在他们喝醉的那个上午离开的。事后，他老婆因此跟他吵了一架，然后他到小鹿湖的北岸多喝了一点酒，凌晨两点才回去。你知道，我只是把他的原话告诉给了你。"

我一直等，梅尔顿的声音终于传了过来："我听到了，达尔马斯，继续。"他的声音没有任何起伏，平淡得跟岩石一样。

"等他回到家的时候，两个女人都走了。他的老婆贝丽尔留下了一张便条，说宁愿死也不愿意和他这个可恶的人一起住下去。从那以后他就没见过她——直到今天。"

梅尔顿又咳嗽了起来，这噪声可是刺得我耳朵不好受。电话线里传来嗡嗡声和噼啪声。一个接线员插了进来，我让她别打岔。中断之后，梅尔顿说："海恩斯什么都跟你说了，他跟你可是完全不认识？"

"我带了一点酒。他喜欢喝酒，又渴望和别人交谈，酒破除了我们间的障碍。还有更多，我说过那天起他就没有见过他老婆，直到今天。今天她从你的小湖里浮了出来，我想让你猜猜她的样子。"

"上帝啊！"梅尔顿喊道。

"她卡在了码头下的水底木板下面，那个码头是拍电影的人搭起来的。这里的警长吉姆·丁克菲尔德也不喜欢她那副模样。他把海恩斯关起来了，我认为他们把海恩斯带给了圣贝纳迪诺的地方检察官，去接受审讯，还要验尸等等。"

"丁克菲尔德认为是海恩斯把她给杀了？"

"他可能觉得是这么回事，他没把所有想法都说出来。海恩斯上演了一场肝肠寸断的表演，但是这个丁克菲尔德又不是傻子。关于海恩斯，他可能掌握一些我不知道的情况。"

"他们搜查海恩斯的小屋了吗？"

"我在场的时候没搜查，我离开后应该会吧。"

"我知道了。"听起来他现在已经很累，有点儿筋疲力尽了。

"在大选前，这个案子对于县里的检察官来说，可是个好菜。"我说，"但是对我们来说就不一样了，如果审讯，我就必须得出庭，那就不得不起誓，声明我的职业。这从某种程度上意味着，终究我要说出我去那里做什么。也就是说，得把你牵扯进来。"

"是啊，"梅尔顿的声音有些模糊，"我已经被扯进来了。如果我太太……"他突然停了下来，骂了几句，就好长一段时间没再说话。电话线里传来嘈杂声，不知是山里什么地方发出一阵尖锐的噼啪声，沿着电话线传了过来。

最后我说："贝丽尔·海恩斯自己有一辆福特，跟比尔那辆不一样，他只能用左脚来做力气活，就把车改装了，现在贝丽尔的车不见了。我认为那张便条不像是自杀留的。"

"你现在打算怎么做？"

"看起来在这次的事情上，我老是受牵制，今晚我再回去看看吧。我能打你家里的电话吗？"

"随时都可以，"他说，"傍晚以及整个晚上我都会在家，随时可以给我打电话，我认为海恩斯不是做那种事情的家伙。"

"但是你知道你太太有喝酒癖，还让她自己住在那里。"

"上帝啊，"他好像没听到我的话，自言自语，"一个带着木质……"

"哦，让我们跳过这一部分，"我低声吼道，"就算不说这个已经够恶心的了，再见。"

我挂了电话，回到外面的办公室，给这个女孩儿付了话费。我回到大街，钻进我停在杂货店前面的车里。街道上满是花哨的霓虹灯广告牌、噪声和发光装饰物。在这干燥的山地空气里，任何声音似乎都能传出一英里远，我都能听到一个街区以外的谈话声。我再次从车里出来，在杂货店买了一品脱酒，才开车出发了。

我上了公路，来到开往小鹿湖的那个岔口时，把车停在一边，仔细想了想。过了一会儿，我就开车朝梅尔顿山里的房子驶去。

通往私家小道的那扇门已经关了，还上了锁，我把车停在灌木丛的一边，从门上爬了进去，轻手轻脚地走在小路的边沿，直到泛着星光的小湖出现在我脚下。海恩斯的小屋漆黑一片，小湖对面的三座房子在山坡上形成了模糊的阴影。水坝旁的水车独自在那儿，显得十分古怪。我竖起耳朵，什么也没有听到，在这座山上连夜间活动的鸟都没有。

我放轻脚步，来到海恩斯的小屋，推了一下门——是锁着的。我绕到了后面，发现另一扇门也上了锁，我像只走在潮湿地板上的小猫一样，沿着小屋悄悄地蹀着步子。我推了推一扇没安装丝网的窗户，也是锁着的。我停下来，又竖起耳朵静听了一阵。窗户关得不是很紧，在这样的空气里，木头都干瘪了，缩了水。这里的窗户和那些小村舍的窗户是一样的，都是里面插着，我把小刀插进两扇窗户窗框的缝隙，可是行不通。我紧贴着墙，看了看小湖泛起的闪亮的光，掏出我那一品脱威士忌喝了一口，这使我恢复了活力。我收起酒瓶，捡起一块大石头，使劲儿朝窗框砸去，玻璃没有砸碎，于是我蹿上窗台，爬进屋里。

突然一道光打到我脸上。

一个沉稳的声音说："孩子，要是我就在那儿休息。你一定累坏了吧？"

这道光似乎把我钉在了墙上，过了一会儿，随着一声电灯开关的响声，一盏台灯亮了，手电筒的光消失了。丁克菲尔德安详地坐在一张莫里斯式的皮革安乐椅上，旁边是一张铺了桌布的桌子，桌布上棕色的流苏从桌子边呆板地垂下来。丁克菲尔德穿着和那天下午一样的衣服，只是在衬衣外面多套了件羊毛风衣，他的嘴轻轻地嚅动。

"那家电影公司在这里弄了两英里长的电线，"他思忖着说，"对这里的人们来说是件好事。孩子，你现在想做什么——除了从窗户跳进来？"

我挑了把椅子坐下，扫视了一下小屋。这个房间是一间小方屋，有一张双人床，铺了一张碎呢地毯，摆着几件朴素的家具，通过一扇敞开的门可以看到后面厨灶的一角。

"我本来是想做点什么，"我说，"从我现在的情形来看，真是糟透了。"

丁克菲尔德点点头，眼睛端详地看着我，没有任何敌意。

"我听到你开车的声音，"他说，"我知道你从私人通道往这边走，但是你走路相当谨慎，我都听不到任何声音。我对你很好奇，孩子。"

"为什么？"

"孩子，你的左胳膊下面不觉得沉吗？"

我冲他苦笑一下，说："或许我还是坦白好些。"

"好吧，你没必要绕圈子，我这个人还是能包容一些事的。我认为你有正当理由带那把六响枪，是不是？"

我把手伸进衣袋，掏出敞开的皮包放在他粗大的膝盖上。他拿起皮包，小心地拿到赛璐珞窗户旁边的台灯下，看了看执照的影印件，然后把皮夹子交还给我。

"我猜想你对比尔·海恩斯感兴趣，"他说，"你是私人侦探吧？嗯，你的体形干这行挺合适，你的外表也高深莫测，不会出卖你。我还真有些担心比尔。你要搜查小屋吗？"

"我原本是这么打算的。"

"我这儿没什么问题，也不是完全没有必要再搜查，我已经翻查了不少地方。是谁雇你的？"

"霍华德·梅尔顿。"

他沉默了一会儿，只是嚼着烟草。"我可以问是为了什么吗？"

"找他老婆，两周前突然离开了。"

丁克菲尔德脱下扁平帽顶的斯泰森毡帽，用手抚弄了一下灰褐色的头发。他站起来，解开锁，把门打开，又坐回来，静静地看着我。

"他希望能够避免公众的注意，"我说，"因为他老婆的某种过失可能导致他丢了工作。"丁克菲尔德目不转睛地盯着我，黄色的灯光把他的一边脸照成了青铜色。"跟酗酒和比尔·海恩斯都没关系。"我补充说。

"你说的都不能解释你为什么要搜查比尔的房子。"他心平气和地说。

117

"我就是个爱闲逛的家伙。"

有好一会儿，他一动不动，可能在考虑我有没有骗他，如果我没说实话，他又是否该在意。

终于他说："孩子，这个会让你感兴趣吗？"他从风衣的侧开口袋里拿出一张折叠的报纸，放到桌子上台灯照得到的地方，把报纸展开。我走过去，看到报纸上放着一条挂着一把小锁的金色细链子。这条链子很短，不超过四五寸长，是被钢丝钳整齐地剪断的，链子上的锁还锁着，这把锁很小，比链子也大不了多少。在那条链子和报纸上都粘着一点儿白色粉末。

"你猜我是在哪里找到的？"丁克菲尔德问。

我把一只手指蘸湿，去蘸了一下白色粉末，放到嘴里尝了一下。"从装面粉的麻布袋里找到的，没错儿，就在这里的厨房里。这是条脚链，一些女人戴这种东西，从来不会摘下来，把这个弄下来的人肯定没有钥匙。"

丁克菲尔德慈祥地看着我，身子往后一靠，一只大手拍打着一只膝盖，笑着看着远处的松木天花板。我用手指转动一根香烟，又坐下。

丁克菲尔德重新把报纸包起来，放回衣袋。"好吧，我猜就是那样——除非你愿意当着我的面再搜索一遍。"

"不用了。"我说。

"看来，我们的想法会很不同。"

"海恩斯的老婆有辆汽车，比尔说的，是辆福特。"

"对，一辆蓝色轿车，藏在离这条路不远的一堆石头里。"

"这听起来不像是蓄意谋杀。"

"孩子，我没认为什么是蓄意做的。这可能只是他的突发行为，也许是把她掐死的，他那双手可是劲儿大得很。他这么干了，就得想办法把尸体处理掉，他肯定想出最好的办法来处理这个事情。对于一个戴假肢的家伙来说，他掩饰得相当不错了。"

"从对车的处理来看更像是自杀了，"我说，"这是有计划

118

的自杀。有过这样的例子，人们通过这种自杀方式，制造一起谋杀案，来陷害他们有所不满的人。她不会把车开得太远，因为她得走着回来。"

丁克菲尔德说："比尔也不会开太远。那辆车让他来开太蹩脚了，他习惯了用左脚。"

"在我们找到尸体前，他给我看了那张纸条，"我说，"我是第一个离开小鹿湖的人。"

"孩子，你和我可以相处得很好。很好，我们等着瞧吧。本质上说，比尔是个好小伙子——只是在我看来，那些老兵给了他们自己太多特权，一些退伍的老兵在营地待三个月，就表现得跟受过九次伤一样。至于我发现的这条链子，比尔肯定挺熟吧。"

他站起来，走向敞开的门，把烟草吐到了屋外的黑暗中。

"我都是六十二岁的老头子了，"他回过头说，"我认识很多家伙，他们喜欢做一些稀奇古怪的事儿。我想说，穿着衣服，跳进冷冷的湖里，然后费劲儿地游到木板下面，死在那里，也未免太滑稽了。另一方面，我把所有知道的秘密都跟你说了，你却什么都没告诉我。我得跟比尔谈几次，才能知道他喝醉的时候殴打他妻子，这对陪审团来说可不是什么好事。如果这里的这条链子是从贝丽尔·海恩斯腿上弄下来的，那就足够把他送进他们刚建好的毒气室了。孩子，我们最好都回家吧。"

我站起来。

"不要在公路上抽烟，"他补充道，"在这里这么做可是违法的。"

我把这根没点燃的烟放回衣袋，走出去，进入到黑夜中。丁克菲尔德关掉灯的开关，锁上门，把钥匙放进口袋。"孩子，你要去哪里？"

"我要去圣贝纳迪诺的奥利匹亚。"

"那里是个好地方，但是他们没有我们这里这样的气候。太热了。"

119

"我喜欢这种热天气。"我说。

我们走回到小路，丁克菲尔德转向右。"我停车的地方离湖边还有一小段儿。孩子，我要和你说晚安了。"

"晚安，警长。我认为不是海恩斯谋杀了她。"

他已经走开了，没有回头。"好吧，我们等着瞧。"他心平气和地说。

我走到后门，爬过去，找到我的车，沿着这条窄小的途经瀑布的路往回走。我在公路上往西转，朝着大坝和通往山谷的大门开去。

在路上我想，如果小鹿湖附近的市民，不继续选丁克菲尔德做警长，他们就犯了一个非常大的错误。

6　梅尔顿加大赌注

十点半以后，我才把车开到山脚，在圣贝纳迪诺市的奥利匹亚旅馆前画着斜线的停车位上，把车停好。我从后备厢拉出一个旅行袋，刚走出四步，一个穿着镶边裤子和白色衬衣、系着黑色领结的服务生就把它从我手里接了过去。

值班的职员是个呆头呆脑的家伙，对我不怎么感兴趣。我签了字，办好了入住手续。

给我拎包的服务生和我乘一个四英尺见方的电梯，来到二楼，拐了个弯，穿过两条走廊。我们越走越热，这个服务生打开门上的锁，带我走进一个单人间，里面有一扇通风天井窗。

这个服务生，又瘦又高，面色发黄，态度冰冷得像是一片冷鸡肉冻。他嘴里嚼着口香糖，把我的包放到椅子上，打开通风窗，站在那里看着我，他眼睛的颜色跟水一样清浅。

"给咱们带点姜汁汽水、杯子还有冰块上来吧。"我说。

"咱们？"

"是的，如果你也能喝酒的话。"

"估计十一点以后我才可以。"

"现在十点三十九分，"我说，"如果我给你一角硬币，你会说'非常感谢你'吗？"

他咧嘴一笑，使劲儿地嚼着他嘴里的口香糖。

他走出去，没有关上门。我脱掉外套，解开手枪皮套的带子和领带，脱掉衬衣和汗衫，在从门口进来的微风中来回转悠，这风里夹杂着一股热铁的气味。我侧身挤进浴室——这种浴室，只能这样进了——用凉水把自己淋湿。等那个高个子——一副懒洋洋模样的服务生端着托盘回来的时候，我感觉呼吸都顺畅多了。他关上门后，我拿出我那瓶黑麦威士忌，他调好两杯酒，我们就喝了起来。汗水顺着我的后脖子一直流到脊柱，可是我依然感觉舒服多了。我拿着酒杯坐在床上，看着那个服务生。

"你能待多久？"

"做什么？"

"回忆点事情。"

"我可不怎么擅长记东西。"

"我有钱要花，"我说，"我会用我自己独特的方式花出去。"我从外套中掏出钱包，从里面掏出纸币，沿着床边铺展开。

"不好意思，"服务生说，"你是警察吧？"

"私人侦探。"

"很有意思，这酒使我头脑灵活起来了。"

我给了他一张一美元的钞票。"试试这个能不能让你头脑更灵活，我可以叫你得克萨斯小子吗？"

"的确被你说中了。"他说话慢吞吞的，却麻利地把钱折好，塞进裤子上的表袋里。

"八月十二日那个周五的下午你在哪里？"

他抿了口酒，认真想了想，一只手轻轻摇晃杯子里的冰块，嘴里嚼着口香糖，又喝了一口。"在这儿，四点到十二点的班。"他总算给了回答。

"一个叫乔治·阿特金斯的女士，是一位个子娇小、身材苗条、容貌漂亮的金发女郎。她那天在这儿登记入住，等开往西边的夜班火车。她把车停在旅馆车库，我相信车子现在还在那儿。

122

我需要找给她办入住手续的那个家伙，你能再赚一美元。"我从铺开的钞票里抽出一美元，单独出来放在床上。

"我的确是要感谢你。"这个服务生诡异地笑着说。他喝完杯子里的酒就出去了，轻轻地关上房间门。我喝完酒后，又调了一杯，时间一点点过去。终于，墙上的电话响了，我挤进浴室门和床之间的小空地去接电话。

"我查到是桑尼。他晚上八点下班，我估计他能过来。"

"要多久？"

"你要他过来？"

"是的。"

"如果他在家就得半个小时。另一个家伙给她办的结账手续，我们管他叫莱斯，他现在就在这里。"

"好，让他上来。"

我喝完第二杯，觉得在冰化之前调好第三杯还是不错的。我正搅拌的时候，敲门声就响了。一开门就看见一个身材瘦小、眼睛碧绿、鼠头鼠脑的家伙，嘴巴抿得跟个女孩子差不多。

"喝点？"

"好啊！"他说完就给自己倒了一大杯，又往里边掺了点姜汁。他一口气把调好的那杯酒灌了下去，接着往嘴里塞了一根烟，从兜里掏出一盒火柴，极其熟练地划着了。他吐了口烟，一边用手把烟驱散，一边冷眼看着我。我看到他衣服口袋上缝制的不是号码，而是两个字"领班"。

"谢谢，"我说，"就这样吧。"

"什么意思？"他不满地咧了咧嘴。

"快滚开。"

"我以为你要见我。"他怒骂。

"你是夜班服务员领班？"

"负责结账。"

"我想请你喝一杯，还想给你一块钱。给你，谢谢你上来。"

他拿着一美元站在那里，烟从他的鼻孔里钻出来，他的眼睛跟小珠子似的，一副卑劣的样子。他转过身，快速而做作地耸了耸肩，悄悄地溜出房间。

过了十分钟，又有很轻的敲门声。我打开门，看到一个瘦高的家伙站在那里咧着嘴笑。我走到一边，他就溜进来，来到床边，还咧着嘴在笑。

"你不喜欢莱斯，对吧？"

"是的，他满意吗？"

"我猜想是的。你也知道领班是什么样的，总得捞点好处。达尔马斯先生，也许你还是叫我莱斯好些。"

"那么，是你给她结的账？"

"如果乔治·阿特金斯是她的名字，就没有。"

我从口袋里拿出朱莉娅的照片给他看。他认真看了很长一会儿，"她长得像是这样，"他说，"她给我五角钱，在这个小乡镇，五角钱足以让人印象深刻。她名字是霍华德·梅尔顿夫人，这儿的人们还讨论她停在这里的车子呢。我觉得关于她没有太多可以谈的。"

"哈哈，她离开后去了哪里？"

"她乘出租车去了车站。您喝的酒不错，达尔马斯先生。"

"不好意思，请随便喝。"当他喝的时候，我说，"你还记得什么关于她的事情吗？她有访客吗？"

"没有，先生。但是我想起一件事，一个高个子、相貌不错的家伙找过她。她看起来不是很愿意见到他。"

"哦。"我从衣袋里拿出另外一张照片给他看，他也是很仔细地观察。

"这张不是很像她，但是我肯定这位绅士就是我刚才所说的那位。"

他拿起两张照片，并排放在一起，脸上先露出一丝困惑。"是的，先生，这就是他。"他说。

"你真是乐于助人的家伙，"我说，"你几乎记住了所有事情，是吗？"

"我不明白什么意思，先生。"

"再来一杯吧。我欠你四块钱，总共是五块了。这可太不划算了，你们这些服务生，老是想着插科打诨。"

他拿起一小杯，用手端平，泛黄的脸皱了一下。"我尽我最大努力。"他生硬地说了这么一句，他喝了手里的酒，把杯子轻轻地放下，走到门口。"你还是留下你该死的钱吧。"说完，他从手表袋里掏出一美元，扔到地板上。"见你的鬼去吧，给你！"他轻声说。

他走了出去。

我拿起那两张照片，把它们水平放在一起，皱眉看着它们。看了好长一会儿，脊柱突然感到一阵被冰冷的手指划过的凉意，以前就有过这种感觉，非常短促，但是我已经摆脱了这种感觉，现在这种感觉又回来了。

我走到小桌子前，拿起一个信封，在里面放了五美元的钞票，封好后在上面署名"莱斯"。我穿上衣服，把酒瓶放在屁股兜，拎上旅行袋，走出房间。

在大厅里，那个红头发的领班看到我立马走过来。莱斯在一个柱子后面，双臂交叉，一言不发。我走到前台去结账。

"先生，有什么问题吗？"收银员看起来有些困惑。

我付了账，朝我的车子走过去，又转过身，走到前台，把装着五美元的信封递给收银员，说："把这个给得克萨斯州的那个叫莱斯的家伙吧。他有点生我的气，不过很快就会没事的。"

我在凌晨两点前到达格兰岱尔市，然后就找一个可以打电话的地方，终于找到一个全天营业的杂货店。

我拿出十美分和五美分的硬币，拨给连线员，得到了梅尔顿在比弗利山庄的电话号码。他的声音终于通过电话线传了过来，听起来没有睡意。

"很抱歉这个时候给你打电话，"我说，"但是你告诉过我，随时可以联系你。我按照梅尔顿夫人的踪迹，到了圣贝纳迪诺，还有那里的车站。"

"这些我们早就说过了。"他没好气地说。

"好吧，确定一下还是应该的。海恩斯的小屋已经被搜查过了，没有什么发现，如果你认为他知道梅尔顿夫人在哪里——"

"我都不知道我怎么认为的，"他突然插了进来，"你跟我说过之后，我就觉得那个地方应该被搜查过。这就是你必须要报告的？"

"不是，"我犹豫了一下，"我做了个梦，我今天早上梦到切斯特大道的房子里，一把椅子上有个女人的包。因为树的影响，那里太暗了，我忘记把它拿走了。"

"什么颜色的包？"他的声音僵硬得跟蛤壳一样。

"深蓝色——也可能是黑色。光线太差了。"

"你最好回去取。"他没好气地说。

"为什么？"

"那就是我付你五百块钱需要做的事情之一。"

"为了五百元做那些我必须要做的事情还是有局限的——即便是那五百元已经到手了。"

他郑重地说："听着，伙计。我欠你很多，但是这个该由你来负责，别让我失望。"

"好吧，在那里门前可能有一群警察，然后那个地方又静得像寄生的跳蚤。不管是哪种情形，我都不喜欢，那栋房子我再也不愿意去了。"

梅尔顿那头是死一般的沉寂，我深吸一口气，又多说了点："梅尔顿，我觉得你知道你妻子在哪里。古德温在圣贝纳迪诺旅馆碰到了她，他前几天拿着有她签字的支票，你在街上遇到他，间接帮他把支票兑现了。我认为你知道一切，你只是雇用我循迹调查她的行踪，来确保她的行踪是否很好地做到掩人耳目。"

126

这次他那边更静了，等他再次说话的时候，语气也变得轻柔缓和了，"你赢了，达尔马斯。是的——这是一场勒索，一场支票交易。但是我不知道她在哪里，绝对没有隐瞒。还有，那个包必须取出来，我给你七百五十块钱怎么样？"

"这还不错，我什么时候能拿到？"

"如果你要支票的话，今晚就可以。明天之前，我拿不出超过八十美元的现金。"

我迟疑了片刻，通过面部的感觉，我知道我已经在笑了。"好吧，"终究，我开了口，"就这么定了。除非有一叠钞票，否则我是不会去那里取那个包的。"

"你现在在哪里？"他如释重负地说。

"阿祖瑟，我过去那里得一个小时。"我撒了谎。

"加快速度，"他说，"你会发现我是合作的好伙伴。你自己已经陷得很深了，伙计。"

"我习惯了塞车。"我说完就挂了电话。

7   一对替罪羊

　　我开回切维蔡斯大道，一路开到切维蔡斯大街的尽头，并在那里熄灭车灯，拐了进去。这条曲折的小路通往古德温住处对面的那栋新房子。一路上，我开得速度很快，这附近没有什么生气，前面也没有停车，我也没有发现被监视的迹象。我必须得冒这次险，就像我正在走的另一步险棋一样。

　　我驶进通往这栋房子的私家通道，下了车，把没锁的上开车库门提起来，把车开了进去，把门降下来，迂回地穿过街道，就像有印第安人在后面跟踪一样。我利用古德温那些树木的遮掩，来到后院，躲在那里最大的一棵树后面。我坐在地上，让自己啜了一口黑麦威士忌。

　　真是度日如年，我希望有个伴儿，只是不知道要多久才会来。而这个人的出现比我期待的要早。

　　大约十五分钟后，切斯特大道上出现一辆小汽车，透过树的缝隙，我能看到沿着通向这栋房子的路上有一丝光线，这辆车没有开车灯，我喜欢这种作风。一个影子悄无声息地移动到房子的一角。那个影子很小，脚也要比梅尔顿的小。无论如何，他都不可能在这么短的时间内从比弗利山庄开车过来。

那个黑影到了敞开着的后门，然后消失在更黑的黑暗中，门轻轻地关上了。我起身悄悄穿过柔软潮湿的草坪，轻轻地走进古德温先生的走廊，从这儿进入到厨房。我一动不动，竖着耳朵听，听不到任何声音，也看不到任何光。我掏出枪，放到胳膊下面，紧紧夹着枪托。接着有意思的一幕出现了。一道光线突然从双开门下面进入到餐厅里，那个身影把灯打开了，真是粗心大意！我穿过厨房，推开双开门，就没再管它。灯光越过客厅的拱门照射到凹式餐厅，我粗心大意地往那边走过去，真是太粗心大意了。我穿过拱门。

一个声音在我肘部说："丢掉枪——继续往前走。"我看了看她，身材矮小，还算漂亮，她的枪始终对准我。

"你不怎么聪明啊，"她说，"是吗？"

我松开手，把手枪丢了下去，又继续往前走了四步，转过身来。

"别动。"她说。

这个女人没再说别的，也没管扔在地上的枪，绕了个圈，转过来。一直到她正对着我，才停下来。越过她，我看着角落里带脚凳的椅子，白色的巴克鞋子依然踩在脚凳上。兰斯·古德温依然随意地坐在椅子上，左手搭在宽宽的扶手上，右手垂下来指向地板上的那支小枪。最后一滴血已经凝固在他的下巴上，变成黑色，变得坚硬，永久留在那里，他的脸则已呈现出蜡黄色。

我又看了看这个女人。她穿着一条烫熨平整的蓝色休闲裤，一件双排扣的夹克衫，歪斜地戴着一顶小帽，她的头发很长，发尾烫了卷儿，头发的颜色是深红色，还隐约露出下面的绿色——这肯定是染的。脸颊高处有匆忙涂上的两处胭脂，泛着红晕。她一边微笑一边用枪指着我，这不是我见到过的最美的笑容。

我说："晚上好，梅尔顿夫人，看来您有不少枪呢。"

"坐在你后面的椅子上，把手放在脖子后面，放在那儿别动。这很重要。千万不要大意。"她一笑，牙齿和牙龈都露出来了。

我照她的指示做了，笑容从她脸上消失了——尽管这张小脸在一定程度上算得上可爱，却布满冷漠。"慢慢等吧，"她说，"这也很重要。也许你能猜出其中的重要性。"

"这个房间有死亡的味，"我说，"我估计这也很重要。"

"就等着吧，聪明的家伙。"

"这个州不再对女人实行绞刑，"我说，"但是杀死两个人肯定比杀一个要付出更多的代价，多得多，大约十五年以上吧，好好想想吧。"

她什么都没说，一动不动地拿着枪站着，这支枪有点儿重，但是对她来说似乎不成问题。她的耳朵忙着听远处的声音，几乎没听我说话。不管发生什么，时间都会不紧不慢地过去。随着时间的流逝，我的胳膊开始疼痛。

终于，他来了。另一辆车行驶在外面的街上，停了下来，车门轻轻地关上了。静了一会儿，这座房子的后门开了。他的脚步声很沉重，穿过双开门，来到亮灯的这个房间。他看到了椅子上死去的那个男人，看了看拿着枪的女人，最后看到我。他停下来，拿起我的枪，放进他的侧口袋里，他轻轻地走近我，眼神里看不出任何情感。他走到我后面摸我的口袋，从里面拿出两张照片和一张电报。然后离开我，走向那个女人。我把胳膊放下来揉了揉，他们都静静地盯着我。

最后，他轻声说："耍花招，啊？首先我查了你的电话，查出是从格兰岱尔打过来的——不是阿祖瑟。我不知道为什么我会那么做，但是我真的做了。然后我打了另外一个电话，从第二个电话中得知根本就没有什么包落在这个房间。说吧！"

"你想要我说什么？"

"为什么要耍诡计？你到底想做什么？"他的声音很沉重，冷酷中带着深思，而不是威胁。那个女人站在他旁边，只是举着枪，其他什么都没做。

"我就是放手一搏而已。"我说，"你也冒险来这里。我都不敢确定这次能否成功。事实上，这个计划就是，你会为了那个包儿尽快给她打电话。她会知道根本就没有这样一个包的存在，你们就会知道我是有所计谋，并且会非常急于知道到底是什么样的计谋。你们应该很清楚，我不是遵照什么法律来办事，因为我很清楚你们做了什么，可以让你们平安无事逃过一劫。我不想让这位女士再这么躲躲藏藏——就是这样，我这次没多大把握，如果达不到目的，我就不得不想个更好的办法。"

这个女人发出轻蔑的声音，说："嗬，我真想知道你当初怎么聘请了这么个爱管闲事的家伙。"

他没理她，那双深邃无情的眼睛紧紧地盯着我。我转过头，快速冲他眨了眨眼，他的嘴立马僵住了。而这个女人离这边太远了，没看见这一切。

"梅尔顿，你需要一个替罪羊，"我说，"情况可是不妙啊。"

他稍微转了一下身，这样就有点背对那个女人。他死死地盯着我的脸，挑了下眉毛并稍微点了下头，他还以为我处于任人宰割的境地。

他做得很漂亮。在脸上摆出一副微笑，然后转向她说："离开这里，带他去一个更安全的地方怎么样？"当她一边听，一边思考这个问题的时候，他的一只大手快速有力地击在她的腰部，她痛喊了一声，枪也掉了。她向后踉跄了一下，攥紧两个拳头，愤怒地朝他啐唾沫。

"哦，聪明的话就自己坐下。"他冷冷地说。

他弯下腰，捡起她的枪，丢进他另外一个口袋里。接着就笑了，这是一种无比自信的笑。他彻底忘了一件事，我差点为此笑出来——尽管我处于这样的境地。那个女人坐在他后面的椅子上，头倚在双手里，沉思着。

"你现在可以告诉我了，"梅尔顿兴奋地说，"为什么我需要一个替罪羊，你倒是说说。"

"在电话里，关于海恩斯的小屋，我没有跟你完全说出实话。有个足智多谋的老乡镇警察带着个小筛子过去了，他在面粉

131

袋里发现一条被钳子夹断的金脚链。"

这个女人发出奇怪的尖叫声，梅尔顿都懒得看她，她现在全神贯注地盯着我。

"他可能推测出来了，"我说，"也可能没有。首先，他不知道梅尔顿夫人在奥利匹亚旅馆停顿过，还在那里遇到了古德温。如果他知道了，他很快就能调查清楚。也就是说，如果他能跟我一样，给旅馆服务员看照片，对他来说就不成问题了。帮梅尔顿夫人结账的服务生还记得她，因为她没把车开走，却没留下任何说明。就是这个服务生，还记得古德温，也记得古德温找她谈过话。他还说梅尔顿夫人有些惊吓，他不确定照片上的人是梅尔顿夫人，但是他能认出本人。"

梅尔顿很吃惊，脸不自然地抽搐了一下，嘴巴微微张开，牙齿磨得吱吱响。那个女人在他后面悄无声息地站起来，逐渐地往后退，一直退到房间没有光的地方。我不去看她，梅尔顿似乎没有听到她走动的声音。

我说："古德温跟踪她到了镇上，她肯定是乘公交车或者是租了一辆车，因为她把车留在了圣贝纳迪诺。他在她没有意识到的情况下，跟着她到了她的藏身处，她一定处于警觉状态，而古德温还能做到一点，真的是太厉害了，然后他就突然进行偷袭。她肯定把他拖了一段时间——我不知道具体的细节——他一定一直在监视她的举动，因为她没能从他手上逃脱。她再也拖不下去的时候，就给了他那张支票。那仅仅是预付款，他又回来要更多的钱，她就给了他永久性的安顿——安顿在那儿的椅子上。你不知道这些，否则你不会让我今天早上出现在这里了。"

梅尔顿发出冷笑。"是的，我不知道这些，"他说，"这就是我需要替罪羊的原因吗？"

我摇摇头，"你似乎没听懂我的话，"我说，"我亲口告诉你，古德温认识梅尔顿夫人。那不是什么新闻，对吧？古德温有梅尔顿夫人什么把柄来勒索她呢？什么都没有。他不是勒索梅尔顿夫人。梅尔顿夫人死了，她已经死了十一天了。她今天从小鹿湖里漂出来——穿着贝丽尔·海恩斯的衣服。这就是你要一个替罪羊的原因了——你已经有一个了，现在有两个人是在你调控中的。"

在房间黑暗处的那个女人弯着腰，捡起一个东西，然后气喘吁吁地冲了过来。梅尔顿猛地转过身，他的手条件反射似的去掏口袋，但是他犹豫的时间太久了，眼睁睁看着她从地板上抓起死去的古德温手旁的枪，这支枪就是他刚才忽略的东西。"你这个浑蛋！"她喊道。

他还是没怎么畏惧，用空空的双手做出抚慰的举动。"好了，亲爱的，我们按你的方式来玩。"他温柔地说，他的手臂很长，可以够着她，在她刚才举枪的时候已经证明了这一点，他又要再试一次。他快速向她靠过去，张开手，这时我伸出一只脚，想去绊他的腿，可是距离太远了——真的是太远了。

"我是很好的替罪羊，对吧？"她尖声吼着往后退，然后射击了三次。

梅尔顿身上带着子弹，扑向她，重重地朝她压了过去，把她一同带倒在地板上。她应该想到会有这样的结果。他们撞到了一起，他高大的身体把她压在下面，她恸哭起来，举起一只拿着枪的胳膊对准我。我把她手里的枪打掉，从他的口袋里抓取出我的枪，在离他们远一点的地方坐了下来，脖子后面又感觉到一阵冰冷。我坐着，把枪放在膝盖上，就那么等着。

他伸出一只大手，抓住长沙发上爪形的腿儿，握住木头的那只手都变白了。他弓着身子晃来晃去，那个女人又恸哭起来。他的身体又转了回来，接着就松弛了，那只手也松开了沙发腿儿，手指都轻轻地舒展开，懒散地躺在毛茸茸的地毯上，只剩下令人窒息的呜咽和寂静。

她挣扎着从他身下出来，站了起来，气喘吁吁，像动物一样瞪着眼睛。她转个身，没有发出声响就跑了。我没有追过去，让她走了。

我走过去，在这个横躺的高大男人前弯下腰，伸出一根手指紧紧地挨着他脖子的一侧。我在那儿静静地站着，俯下身，探寻脉搏，倾听。我缓慢站直身子，又仔细听了听。没有警笛，没有车辆，没有噪声，房间里只有死亡的寂静。我把枪放回到胳膊下，关掉灯，打开前门，沿着小路走到人行道。

　　街道上没有什么动静，古德温房子的尽头处，有辆豪华汽车停在路边的消防栓旁。我穿过街道，走到新房子那里的车库，把车开出来，关上车库门，再次朝狮湖出发。

8 继续选丁克菲尔德做警长

这栋小房子处在一片空地中，后面是一排短叶松。车库的样子跟个谷仓似的，一边还放着一堆木材，车库门大开着，清早的太阳照射进来，丁克菲尔德的车在阳光中闪闪发光。一条防滑小路从这里通向前门，烟囱往外断断续续地吐着烟。

丁克菲尔德亲自打开门，他穿一件旧的灰色翻领毛衣，一条卡其色的裤子，他刚刚刮了胡子，脸像婴儿一样光滑。

"孩子，进来，"他温和地说，"天刚亮你就工作，这么早，你昨晚肯定没有回去？"

我绕过他，进了小屋，坐在一张旧的高背木摇椅上，椅背上有钩针编织的椅子套，我坐在椅子里摇晃了下，它就发出让人舒服的吱吱声。

"咖啡很快就好了，"丁克菲尔德亲切地说，"艾玛会给你摆好餐具。孩子，你看起来可是累坏了。"

"我下了趟山，"我说，"刚回来，昨天湖里的那个人不是贝丽尔·海恩斯。"

丁克菲尔德说了句："哦，天哪。"

"为什么你看起来不怎么吃惊呢？"我埋怨道。

"我不是很容易吃惊的，孩子。尤其是在早餐前。"

"那具尸体是朱莉娅·梅尔顿，"我说，"她是被谋杀的——凶手是霍华德·梅尔顿和贝丽尔·海恩斯。她穿着贝丽尔的衣服，被放到那些板子下面，六尺深的水中。她在水里待了那么长的时间，以至于看起来不像朱莉娅·梅尔顿。两个女人都是金发女郎，一样的身材，差不多的长相。比尔说她们长得像姐妹一样，应该不是双胞胎姐妹。"

"她们有些像。"丁克菲尔德严肃地盯着我说，他又提高嗓音，喊了一声："艾玛！"

一个穿着印花衣服的矮胖女人，打开了小屋的里门，一条肥大的白色围裙系在她原本是腰的地方，一股咖啡和煎培根的香气冲了出来。

"艾玛，这是从洛杉矶来的达尔马斯侦探。再摆一个盘子，我要把桌子拉得离墙远点。他有点累了，也饿了。"

这个女人突然低下头，微笑着，把餐具摆在桌子上。

我们坐下来，吃了些培根、鸡蛋、烤饼，按夸脱喝了点儿咖啡。丁克菲尔德吃了四个人的量，他太太则吃得很少，像只小鸟一样跳来跳去，去拿更多的食物。

我们吃完早餐后，丁克菲尔德夫人收拾了盘子，就把自己关在了厨房里。丁克菲尔德切了一大片烟草，小心翼翼地塞进嘴里，我则坐回到高背木摇椅里。

"好了，孩子，"他说，"我猜我做好准备继续听了。我很想知道，为什么那条金链子藏在一个离湖那么近的地方，但是我脑子慢。你是怎样想到梅尔顿谋杀了他老婆呢？"

"因为贝丽尔还活着，而且她的头发染成了红色。"

我告诉了他整个故事，把所有的细节一点点儿讲出来，没有任何隐瞒。我说的过程中，他从未打断插话。

"孩子，不错，"他说，"你在这次侦查工作中表现得很机智——有几次靠的是运气，这也是我们必须倚仗的。但是你有理由一个人干下去，是吧？"

"是的，可是梅尔顿欺骗了我，把我当成笨蛋来耍，我可是固执的家伙。"

"你认为梅尔顿为什么要雇你？"

"他必须这样做，这是他计划的一部分，他需要在最后得出正确的鉴定结果，可能不是等一时，需要等尸体安葬了，案子结了。最后必须得证明那是他老婆，这样才能得到她的钱。再或者是等上几年，就可以让法庭宣判她已死亡。如果鉴定结果出来了，他需要证明自己为了找她，做出了很大努力。如果他妻子和他说的一样，是个有盗窃癖的人，他有很好的理由雇用一个私人侦探，而不是去警察局。可是他必须得做一些事情，当然，还有来自古德温的威胁。他可能计划杀害古德温，把罪嫁祸到我头上。当然，他不知道贝丽尔早就把他杀了，否则他就不会让我去古德温的房子了。

"事后——我太傻了，来这里之前没有把古德温的死上报给格兰岱尔市当地的警察局——他可能觉得可以用钱把我摆平。谋杀这个事件本身挺简单，但是有个方面贝丽尔不知道或者就没有考虑，她可能已经爱上梅尔顿了。一个老公经常酗酒、经济状况不好的女人，很容易喜欢上梅尔顿这样的家伙。

"梅尔顿没料到尸体会在昨天被发现，因为这纯属意外。若不是这样，他也会继续雇用我，跟我兜圈子，直到发现尸体。他知道海恩斯会被怀疑谋杀他老婆，她的那张不像是要去自杀的纸条是特意留下的。梅尔顿知道他老婆跟海恩斯会在小鹿湖一起喝得烂醉，背后搞些事情。

"他和贝丽尔一直在等海恩斯到北岸去喝个酩酊大醉。这个时机一来，贝丽尔肯定在某个地方给他打了电话，这个你肯定能查出来。他怎么也得开三个小时的车才能到那里，那个时候朱莉娅可能还在喝酒。梅尔顿把她击倒，给她换上贝丽尔的衣服，再把她放到湖下。他是个大块头的家伙，一个人做这点事，不成问题。贝丽尔可能在通往这栋房子的唯一的路上放哨，这让他有机会把脚链栽赃到海恩斯的小屋里。然后他迅速回到镇上，贝丽尔穿上朱莉娅的衣服，带着朱莉娅的行李箱，开着朱莉娅的车到圣贝纳迪诺旅馆。

"可是非常不幸，古德温撞到了她，还找她谈话。古德温肯定是通过她的衣服、行李，或者是听到她说自己是梅尔顿夫人而发现了问题。所以他跟踪她进了城，后面的事情你都知道了。按照我的推理，梅尔顿让她设计出这样的行迹有两个出发点。一方面，他想在尸体被鉴定前争取一些时间。根据比尔所说的，几乎可以判定这具尸体是贝丽尔·海恩斯，这使比尔陷入很被动的局面。

"另一方面，当鉴定出尸体是朱莉娅·梅尔顿时，贝丽尔留下的假象，会让人觉得是她和比尔为了朱莉娅的钱财一起谋杀了她。梅尔顿犯下一个致命的错就是把脚链藏到那样一个地方。他应该把它丢进湖里，系在一个螺栓或其他什么东西上，然后假装很偶然地捞出来。把它藏到海恩斯的小屋，又问我是否搜查了海恩斯的小屋，这也太草率了。不过，有计划的谋杀通常都是这个样子。"

丁克菲尔德把嘴里的烟草转到脸的另一边，走到门口吐了出来。他背着扣在一起的双手，站在敞开的门口儿。

"他肯定会把一些事情归咎到贝丽尔身上，"他回过头说，"他不会让贝丽尔说出太多事情的。孩子，你是这样想的吗？"

"是的，一旦警察开始找她，案件在报纸上公开报道——我是指真实的案件——他就会把她干掉，制造自杀的假象。我想这可能奏效。"

"孩子，你真不该让那个杀了人的女人跑掉。还有其他事情你也不该做，而这个是最糟糕的。"

"这是谁的案子？"我有些着急，"你的——还是格兰岱尔市警察的？贝丽尔肯定会被捕的。她杀了两个男人，她下次再要花招肯定就没那么顺利了。他们肯定会再挖掘一些旁证——那是警察局的工作，不是我该管的。我知道你在跟几个年轻人进行继

138

任的竞选，我来这儿，可不是为了山里的空气。"

他转过身，会意地看着我，说："孩子，我有点明白了，你觉得老丁克菲尔德会心肠软，让你远离监狱。"然后他拍着腿大笑，"继续选丁克菲尔德做警长，"他面朝室外，声音洪亮地说，"你说得没错，他们会的。如果这样之后，他们还不选我，就太笨了。我们走着去办公室吧，给圣贝纳迪诺的检察官打个电话。"他叹了口气，"梅尔顿太爱耍聪明了，"他说，"我喜欢简单的人。"

"我也是，"我说，"这就是我来这儿的原因。"

他们在加利福尼亚到俄勒冈州的路线抓捕了贝丽尔·海恩斯，高速公路巡警拦住她进行常规的边境水果检查，但是她不清楚状况，还掏出另外一支枪。她还带着朱莉娅·梅尔顿的行李箱，穿着朱莉娅·梅尔顿的衣服，拿着朱莉娅·梅尔顿的支票簿，里面有九张空白支票，签字是从朱莉娅·梅尔顿的真实签名摹写过来的。古德温兑现的支票也被证明是伪造的。

丁克菲尔德和县检察官帮我和格兰岱尔市的警方进行辩护，但我还是受到了他们的惩罚。事后，我从维拉·马基那儿得到了个大多汁的树莓，从已故的霍华德·梅尔顿那里得到了遗留下的预付的五十块钱。而丁克菲尔德则以绝对优势继续担任警长。

（本文译者　卞琛、蒲若茜）

自作聪明的杀手

基马诺克酒店的门卫身高将近一米九，身着一套浅蓝色制服，双手因为戴着白色手套，看上去显得特别粗大。他打开了黄色出租车的车门，动作轻柔得像是老姑娘在抚摸猫。

强尼·达尔马斯下了车，又转过身对一头红发的司机说："乔伊，你最好还是在这附近等我。"

司机点了点头，把嘴里的牙签又往里咬进了点，然后一个急转，手法娴熟地把出租车甩出了用白线圈出的搭车区。达尔马斯穿过洒满阳光的人行道，走进基马诺克酒店宽敞而凉爽的前厅。大厅里铺着厚实的地毯，走在上面悄无声息。门童们双手叠放在胸前站在那里，而大理石服务台后面的两名接待员看上去都是一副正儿八经的样子。

达尔马斯径直走到电梯前廊，进了一架有镶板的电梯，对电梯员说："麻烦到顶楼。"

酒店顶楼有一间小而安静的休息室，三面墙上各有一道门。达尔马斯走到其中一扇门前，然后按下了门铃。

开门的是德里克·瓦尔登。他的年纪在45岁左右，或者比这更大一点，头发花白，长相英俊，看脸色便知他是个酒色之徒，而脸上的皮肤也开始有松垂的迹象。他身穿印着姓名字母花纹的长袍，手上拿着一满杯威士忌，看样子已经有点醉了。

"哦，是你啊，进来吧，达尔马斯。"

他没精打采地嘟哝道，说完把门敞开着，就走回房间里了。达尔马斯顺手把门关上，并跟着他走进来。房间很长，天花板也很高。房间的一端是一个阳台，阳台左边是一排落地窗户，窗户外还有一个小露台。

德里克·瓦尔登径自在一张靠墙的棕色座椅上坐了下来，伸出双腿放在一张脚凳上。他摇了摇酒杯中的威士忌，低头看着酒杯。

"你在想什么呢？"他问道。

达尔马斯面无表情地盯着他，过一会儿才答道："我只是顺道过来通知你一声，你委托我的事我不想干了。"

瓦尔登将威士忌一饮而尽，把酒杯放在桌角，然后摸出一根香烟，放到嘴边叼着，却忘了点着它。

"就这事？"他的声音含糊而冷漠。

达尔马斯转过脸去，走到一扇窗前。窗户大开着，上面的遮阳篷伸展在外。外面大马路上微弱的交通噪声隐约可闻。

他背对着瓦尔登说道："调查毫无进展，正好如你所愿。你很清楚自己为何被勒索，而我却毫无头绪。日食电影公司对这件事情感兴趣，是因为他们对你的电影下了血本。"

"让他们见鬼去吧。"瓦尔登貌似平静地说道。

达尔马斯摇了摇头，转过身来，说："我并不这样看。你一定是惹上什么大麻烦了，有人不愿放过你。你只是不得已才雇用我的，但这也是白费时间，你根本就不懂得合作。"

瓦尔登不悦地反驳："我是以自己的方式处理这件事，而且我没惹上什么大麻烦。该如何做我心里有底，该出手时我就会出手。而你要做的就是让日食公司的那帮人认为事情正在得到处理。明白吗？"

达尔马斯回头踱了几步，一只手撑在桌面上，旁边的烟灰缸散落着几根沾着深色口红印的烟蒂。他心不在焉地看着这一切。

他冷淡地说道："瓦尔登，这对我来说不是一个好的借口。"

"我还以为你足够聪明，能弄明白这一切呢。"瓦尔登冷笑道。他侧向一边，往酒杯中倒入更多威士忌，"来一杯？"

"不了，谢谢。"达尔马斯答道。

瓦尔登摸索到嘴里叼着的烟，把它丢到地下，喝了口酒。"什么玩意儿！"他哼了一声，"你是一名私家侦探，我付你钱是让你搞一些无关紧要的小动作。按你们这一行的说法，这是一份干净的工作。"

达尔马斯看着他说道："这倒是我闻所未闻的笑话。"

瓦尔登突然做了个愤怒的手势，眼光一闪，嘴角下垂，脸色变得阴沉起来。他避开达尔马斯的眼光。

达尔马斯接着说道："我无意针对你，但也绝不喜欢你。你不是我喜欢的那种人。如果你玩我，我早就采取行动了。我还是会采取行动，但不是为了你。我不想要你的钱，你可以随时召回你那些像影子一样跟踪我的尾巴。"

瓦尔登把脚放下来，把酒杯小心翼翼地放在手边的桌面上。达尔马斯的话让他脸色大变。

"跟踪？我不明白你在说什么，"他紧张地咽了一下口水，"我可没叫人跟踪你。"

达尔马斯盯着他，过了一会儿才点点头，说："那就好。下次我会反跟踪，看看能否让他告诉我背后的主子是谁……我会查清楚这一切的。"

瓦尔登非常平静地说道："如果我是你，我不会这样做。你是——你跟他们有样学样，他们可是会不择手段的……我很清楚这一点。"

"这个吓不倒我，"达尔马斯沉稳地说道，"如果是勒索你的人，他们早就使出更卑鄙下流的手段了。"

他把帽子脱下，托在胸前，若有所思地盯着它。这时瓦尔登神情紧张，脸部冒出些许汗珠，眼神呆滞，一副病恹恹的样子。

他张开口正想说点什么。

门铃却突然响了。

瓦尔登随即皱起眉头，低声骂了一句。他低头盯着地面，身体却没有动。

"该死的，今天怎么那么多不速之客，我那个日本门童今天刚好不在。"他低声咆哮着。

门铃又响了起来，瓦尔登无奈准备起身，此时达尔马斯说："我去看看是谁，反正我也正好要走了。"

他对瓦尔登点了点头，走出房间下楼打开了门。

两个男人闪了进来，手里拿着枪。其中一人用枪狠狠顶着达尔马斯的肋骨，语气急促地说道："退回去，快点。打劫！你懂的。"

他皮肤黝黑，相貌端正，很兴奋的样子。他的脸像浮雕宝石一样洁净，因此看起来不太硬朗。他笑了笑。

他身后的男人身材矮小，一头棕黄头发，脸色阴沉。那个黑小子说道："诺迪，这是瓦尔登的私家侦探，带他过去，搜出他的武器。"

那个棕黄头发的男人诺迪听了，用一把短管左轮手枪顶着达尔马斯的肚子，他的同伴则一脚把门关上，然后大摇大摆走向瓦尔登。

诺迪从达尔马斯腋下搜出一支0.38英寸的柯尔特式自动手枪，绕着他走了一圈，还拍了拍他的口袋。接着他把自己的手枪收好，换上达尔马斯的自动手枪。

"好了，里基奥。这人身上没枪了。"他嘟囔着对同伴说道。达尔马斯随即放下双手，转身走回房间，若有所思地盯着瓦尔登。瓦尔登身体前倾，嘴巴微张，神情专注。达尔马斯看了看那个黑小子，轻声问道："你叫里基奥？"

黑小子瞥了他一眼，说："站到那边的桌子边去，伙计。现在一切由我说了算。"

瓦尔登的喉咙发出一丝嘶哑声。里基奥站到他的面前，神情愉快地颔首注视着他，一只手指挂着扳机护环，让枪摇来晃去。

"瓦尔登，你的账现在还没给我付清，动作真是太他妈慢了！所以我们过来和你说一声。还是跟踪你的大侦探找到这儿的。很聪明吧？"

达尔马斯板着脸，平静地说道："瓦尔登，这个废物以前是你的保镖吧，如果他叫里基奥的话。"

瓦尔登默默点了点头，抿了一下双唇。里基奥向达尔马斯叱喝道："别玩花样，死侦探。我再次警告你啊。"他目露凶光，又转头看向瓦尔登，瞥了眼手表。

"现在是三点零八分，瓦尔登，我想以你的龟速应该也能赶在银行关门前把钱取出来。给你一个小时去银行取1万美元出来。记住只有一个小时。我们得劳驾你的大侦探跟我们走一趟，好安排交付事项。"

瓦尔登一声不吭地点了点头，他把双手按在膝盖上，双拳紧握，握得指关节都泛白了。

里基奥继续说道："我们会光明正大地行动，如果不是这样，我们的'生意'也不会越做越大。你也给我放机灵点，要不然你亲爱的侦探先生就要在泥土下长眠不醒了，明白了吗？"

达尔马斯以轻蔑的口吻说道："如果他付清了，我猜你会放了我，好让我向警察告发你吧。"

里基奥没有看达尔马斯，而是平静地说道："这是个不错的选择……瓦尔登，你今天要付清1万美元，下个星期天我们要看到另外1万美元，除非我们遇上了大麻烦。如果我们真有什么麻烦，你会付出代价的。"

瓦尔登露出一副茫然的挫败表情，双手一摊，仓促说道："我想我能安排好一切。"

"很好，那我们走了。"

里基奥快速地点了下头，收好枪，从口袋里翻出一只羊皮手套，套上右手，然后走向棕黄毛，从他手中夺过达尔马斯的自动手枪，握在手中仔细研究了一番后顺手放进衣服的旁侧袋，戴着手套的右手仍揣着它。

"走人。"他甩了甩头，说道。

说罢就走了出去。德里克·瓦尔登看着他们的背影，面色惨淡。

电梯里只有电梯员一个人。他们三人在中厅出了电梯，走过一间安静的书房，路过一扇彩色玻璃窗，窗后的灯光营造出阳光灿烂的假象。达尔马斯走在最前边，里基奥半步之隔走在达尔马斯的左边，棕黄头发男人则在右边，两人挟持着达尔马斯出去。

他们沿着铺着地毯的台阶，走到一个卖奢侈品的拱廊商场，又穿过商场从侧门走出酒店。街道对面停着一辆棕色的小轿车，棕黄色头发的男人动作麻利地坐进驾驶座，把枪放在大腿下压住，踩上油门。里基奥和达尔马斯从后门上车，里基奥慵懒地吩咐："诺迪，往东边开，我需要谋划谋划。"

诺迪咕哝道："你脑袋被驴踢了？"他头也不转哼了一声，"光天化日之下载着人质到威尔希尔大道去兜风！"

"开你的车，笨蛋。"

棕黄毛又咕哝了一声，把小轿车开出路边，随后在干道的停车标志处前慢慢降下速来。一辆空的黄色出租车从西边的路沿开出来，在街区中间打了个回转，跟在了他们后面。诺迪停了一会儿后，继续向右前行。黄色出租车紧紧跟在其后。里基奥回头瞥了一眼，却毫不在意，毕竟威尔希尔大道上车水马龙，川流不息。

达尔马斯往后靠在座套上，沉思着道："我们下来后，瓦尔登为什么不打电话报警？"

里基奥一笑置之，摘下帽子放在膝盖上，然后从口袋中伸出右手放到帽子底下，手中依然拿着枪。

"他不想惹恼我们，大侦探。"

"所以他就让你们两个废物带我去兜兜风。"

里基奥漠然说道："这可不是一般的兜风。我们是要你帮我们完成交易……而且我们不是废物，明白吗？"

148

达尔马斯两指捏了捏下巴，嘴角的笑容一闪而过，猛然问道："要一直往前开到罗伯逊大道吗？"

"是的，我还没想好下一步。"里基奥说道。

"真是个天才啊！"棕黄毛讥讽道。

里基奥咧了咧嘴，露出了白皙的牙齿。看到半条街区前的交通灯变红了，诺迪加速前进，率先到达十字路口。黄色出租车也加速跟上，停在轿车的左后边。车上司机一头红发，帽子斜斜地别在头上，嘴里含着牙签欢快地吹着口哨。

达尔马斯把双腿缩回到座椅前，全身力量都压在腿上，背部紧紧地靠在座垫上。诺迪看到高高的交通灯变成绿灯后，准备启动轿车，此时旁边一辆汽车突然来个左转弯，诺迪不得不踩上油门。而黄色出租车猛地向前滑行，红发司机全身靠在方向盘上，猛地来了个右转弯，接着发出一阵刺耳的摩擦声。出租车坚固的挡泥板狠狠地撞上了褐色轿车低悬的挡泥板，锁住了它的左前轮，两辆车颠了一下停在十字路口。

顿时，后面传来一片愤怒的喇叭声，表达着车主的急躁之情。

达尔马斯借机右拳猛击向里基奥下巴，左手快速接近他膝盖处的枪支。里基奥被打得扑倒在车角，达尔马斯趁机掰开他的双膝。里基奥头部晃了下，瞬间头昏目眩。达尔马斯迅速抽身，把自动手枪抢过来，放在腋下。

而前座的诺迪此刻坐着没动，右手却慢慢地摸向放在大腿下的手枪。达尔马斯打开车门，跳下车，顺手关上车门，两步跨到出租车前，打开了车门。但他没有急着上车，而是站在车门前看了看棕黄毛。

后面的喇叭声此起彼伏，一阵喧嚣。出租车司机来到车前面，使劲地想分开两辆车，但一点都不管用。他嘴里的牙签咬进又咬出。这时，一位戴着琥珀色眼镜的摩托巡警穿过长长的车龙来到路口，不耐烦地看了看情况，随即对出租车司机甩了甩头。

"你进去把车倒退一点，"他说道，"要理论到别处去理论，这路口交通正忙着呢。"

出租车司机咧嘴笑了笑，绕过车头，上车后挂挡倒车，一边小心翼翼地倒车，一边不时地按响喇叭或者挥手示意。车终于倒出来了。棕黄毛坐在轿车上木然地凝视着一切，达尔马斯也坐进出租车，拉上车门。

摩托巡警吹了一下口哨，接着又吹了两声尖锐的哨声，伸展双手指挥交通。棕色轿车好似一只被警犬追着的猫迅速穿过十字路口。

黄色出租车紧随其后，走了半条街区后，达尔马斯身体前倾，敲了敲玻璃。

"乔伊，走吧。你追不上他们的，我也不想逮住他们……刚才那一战实在漂亮。"

红发司机的下巴朝着仪表盘，咧嘴一笑，说道："好说，头儿，下次考验我的时候派点难活儿吧。"

　　四点四十分电话铃响的时候，达尔马斯正仰卧在梅尔维尔酒店一间客房的床上。他伸手拿起电话，看也不看一眼，说道："你好。"

　　电话那头传来一阵悦耳的女声，听起来有点紧张。"我是玛芮恩·卡莱尔。你还记得我吗？"

　　达尔马斯把嘴边的香烟拿开，说："当然记得了，卡莱尔小姐嘛。"

　　"听着，你一定要过来看看德里克·瓦尔登，他那个死脑筋不知在烦恼着什么事情，喝得酩酊大醉的。得想想办法才行。"

　　达尔马斯透过电话凝视着天花板，拿着香烟的手拍打着床边的图案，慢悠悠地说道："卡莱尔小姐，我打了几次电话给他，但他没听。"

　　电话那头沉默了一会儿才说道："我把我的钥匙塞在门缝里了，你最好直接就进去。"

　　达尔马斯听了，双眼微眯，右手的手指不再乱动。他悠然地说道："我会马上过去的，卡莱尔小姐。那我到哪里能找到你？"

　　"我也不是很清楚……也许在约翰·苏特罗家吧。我们之前正打算到那儿去。"

达尔马斯回道："好的。"听到了一声咔嗒声他才挂掉电话，把电话放在床头柜上。他坐起来，抬头看了一会儿映照在墙上的阳光，然后耸了耸肩站起来。他喝完电话机旁的一杯酒，戴上帽子，然后乘电梯下去，走到酒店外。酒店的外面排着一溜的出租车，他坐进了第二辆车。

"还是基马诺克酒店，乔伊。出发吧。"

十五分钟后，他们到达了基马诺克酒店。

此时正值茶舞结束时间，酒店外的大街上车辆拥堵，人人都试图想从三个入口处挤出来。达尔马斯在半条街区前下了出租车，穿过成群结队的名媛淑女及其舞伴走向拱廊入口，然后步上台阶来到中厅，再次经过书房，走入人头攒动的电梯。电梯到达顶层的时候，只剩下了达尔马斯一人。

达尔马斯走到瓦尔登房门前按了两次门铃，随后俯身向门缝里看去。门缝里透出一丝光线，但好像被什么东西挡了一下。他回头看了一眼电梯的指示灯，然后弯腰用袖珍折刀片伸进门缝把那个东西慢慢挑出来。原来是一把扁平的钥匙。他用这把钥匙打开门进去，猛地停住，目不转睛地凝视着前方。

偌大的房间里躺着一具尸体。达尔马斯慢慢走向它，动作轻柔，仔细聆听周围的动静。他灰白的眼睛里流露出一丝强硬的眼神，下颚骨绷紧成一条直线，与棕褐色的面颊相比，更显苍白。

德里克·瓦尔登瘫倒在棕色座椅上，嘴巴微张，右边太阳穴上有个小黑洞，脸颊上满是鲜血，像一个蕾丝图案。他的鲜血一直流到脖子和衬衫软领上，右手软软地垂在地毯浓厚的毛绒上，手指还扣着一把黑色的小自动手枪。

屋里的光线逐渐变暗，达尔马斯站在那里一动不动，就这样看着德里克·瓦尔登，看了很久很久。到处都是静悄悄的。风已止，落地窗外的遮阳篷也一动不动。

达尔马斯从左臀口袋掏出一副羊皮薄手套戴上，屈膝跪在瓦尔登旁的地毯上，轻柔地掰开他越来越僵硬的手指，取出了他紧紧扣住的手枪。那是一把0.32英寸口径的小手枪，胡桃木枪柄，经黑色抛光处理过。他把枪支翻转过来，观察着枪托。他双唇紧闭，盯着枪托上被锉掉注册号的痕迹，残留的号码斑点在暗淡的黑色抛光表层微微发亮。他把枪放在毯子上，站起来缓慢走向放在书桌边缘的电话，电话旁放着一瓶插花。

他伸手想拿起电话，但最终还是没碰电话。他把手垂到身旁，站了一会儿后转身快步走回到尸体旁，再次拿起那把手枪。他把弹匣卸下来，取出后膛的子弹，把子弹装在空弹匣里。左手两只手指叉着枪管，把弹簧往后扯，扭转尾栓，拆开手枪。他捡起枪托，走到窗前仔细地观察。

枪托内侧有一组号码，没被锉掉，清晰可见。

他很快地重新装好手枪，把子弹装上后膛，推上弹匣，扣上扳机后把它按原样放回德里克·瓦尔登僵硬的手中。他把手套脱掉，拿出一本小笔记本写下枪托上的号码。

然后他走出房间，搭电梯下楼离开了酒店。这时已经五点半了，马路上的一些车辆已经打开了车灯。

3

达尔马斯到达苏特罗家，开门的是一个金发男人。他用力把门拉开，大门撞向了墙壁，金发男人则一屁股坐在地上，手里握着门把手，怒道："天哪，地震吗？"

达尔马斯居高临下地盯着他，神情漠然。

他问道："玛芮恩·卡莱尔小姐在吗？你知不知道？"

金发男人站起来，重重地甩开大门，大门"哐当"一声关上了。他大声地说道："除了到处寻花问柳的蒲伯，所有人都到齐了。"

达尔马斯点了点头，说道："那你们的派对应该不错。"

他越过金发男人走进大厅，穿过拱门拐进一间偌大的老式房间，一些嵌入式的陶瓷柜和破旧的家具陈列于室。房里大约有七八个人，每个都喝得面红耳赤。

一个身穿短裤和绿色马球衫的女孩坐在地板上，和一个身着正式餐服的男人有一搭没一搭地闲扯着。一个戴着低鼻架眼镜的大胖子在正儿八经地对着玩具电话说道："长途话务员，帮我接到苏城，加把劲啊，美女！"

收音机里播放着"甜蜜的小疯狂"，震耳欲聋。

两对男女正手舞足蹈地在屋里跳舞，相互碰撞，还不时撞向家具。一个神似阿尔·史密斯的男人在独自跳着舞，手里拿着一杯酒，脸上一片心不在焉的神情。一个身材修长、面无血色的金发女郎向达尔马斯挥手问好，手里的酒杯洒出些许酒，尖叫着："亲爱的，没想到在这儿能碰见你啊！"

达尔马斯绕过她，向一个刚进屋的女人走去。她一头橘黄色头发，两手各拿着一瓶杜松子酒。她把酒放在钢琴上，然后整个人斜靠在上面，一副百无聊赖的神情。达尔马斯走上前向她询问卡莱尔小姐。

钢琴上有一盒打开的香烟，橘黄色头发女人抽出一根，冷淡地说道："在外头院子里。"

达尔马斯道："谢谢你，苏特罗夫人。"

她没有表情地看着他。达尔马斯从另一扇拱门出去，走进一间昏暗的房间，里面摆着一些编藤家具。房里有一扇门通往玻璃装饰的门廊，穿过门廊尽头的大门，沿阶而下通向一条蜿蜒小径。达尔马斯沿着通幽小径穿过一片幽深的树林，走到一处断崖边，站在边上可见对面灯火通明的好莱坞的部分景致。断崖边上有一张石凳，有个女人背对着房子坐在上面，点燃的烟头在黑暗中一闪一闪的。她慢慢地回过头来，然后才站起来。

她身材娇小，皮肤不是很白皙，妆容精致娇媚，双唇抹着厚厚的口红。在昏暗的光线下，脸部轮廓看得不是很清晰，只觉得她的眼神忧郁迷茫。

达尔马斯说道："卡莱尔小姐，我在外面安排了一辆车。你自己开车来的吗？"

"没有，我们走吧。这儿太压抑了，而且我不喜欢喝杜松子酒的。"

他们折回幽径，从房子侧面绕出去，穿过一扇格子栅栏门走上人行道，沿着一排栅栏走向出租车。司机正背靠着车，一只脚后跟踩在脚踏板上，看见他们过来，赶紧打开车门，让他们坐进去。

达尔马斯说："乔伊，找家杂货店买包香烟。"

"好的。"

乔伊滑坐进驾驶座，启动汽车，沿着陡峭蜿蜒的山路向前开去。潮湿的沥青公路回响着轮胎的沙沙声。

过了一会儿，达尔马斯才开口问道："你是几点离开瓦尔登那儿的？"

女孩儿头也不转，回道："大约三点钟。"

"应该更晚一些吧，卡莱尔小姐。三点钟时他还活着，那时身边还有别人。"

闻言，女孩儿发出一声微弱的痛苦声，像压抑的啜泣声。过了一会儿，她才轻声说道："我知道……他死了。"她抬起戴着手套的双手按在太阳穴上。

达尔马斯说道："是的。那就让我们不要搞得太复杂了……或许不得不复杂些——但差不多就行了。"

她慢慢地低声说道："我到那儿时他就已经死了。"

达尔马斯点了点头，没有看她。出租车继续往前开，过了一会儿停在拐角处的一家杂货店前。司机转过身往回看。达尔马斯盯着他，却对着女孩儿说道：

"打电话时你就应该和我说清楚的。我可能会因你惹祸上身。可能我现在已经摊上大麻烦了。"

女孩儿突然向前倾，整个人立刻滑下座位。达尔马斯迅速伸手抓住她，把她推回靠在车垫上。她的头搁在肩部不断颤抖，嘴巴大张，脸色苍白。达尔马斯一手抓住她的肩膀，另一只手搭在她的脉搏上把脉，顷刻神情可怕，急促道："乔伊，我们去卡利那里。不要管什么香烟了……她需要喝点酒，动作快点。"

乔伊快速挂了挡，踩上油门疾驰而去。

　　卡利是一家小俱乐部的老板，店面位于一家体育用品店和流动图书馆之间的通道尽头。前门是扇格栅门，门后站着一个保镖，一副对外界漠不关心的样子，似乎谁会进去跟他没有太大关系。

　　达尔马斯和女孩儿进去后坐在一间硬座小包厢里，里面窗户挂着挂钩绿色窗帘。高高的隔墙将一间间包厢分隔开来，包厢的另一侧设有一个长廊酒吧，尽头有一台投币式自动点唱机。当一切快归于安静时，酒保就会投入一枚五分镍币播放歌曲。

　　一名服务员端来两小杯白兰地酒放在桌上，玛芮恩·卡莱尔拿起一杯就一饮而尽，空洞的双眼终于恢复了一丝神采。她脱掉右手黑白相间的长手套，静静坐在那里漫不经心地把玩手指，俯首盯着桌子。没过多久，那名服务员又端来两杯白兰地调酒。

　　服务员离开后，玛芮恩头也不抬地开口说道："他有十几个情妇，我不是头一个，也不是最后一个。当然他也有好男人的一面。不过不管你信不信，他从没付过我房钱。"她声音不大，却字字清晰入耳。

　　达尔马斯一言不发地点了点头，女孩儿继续低头说道：

"但总的来说，他这个人其实就是个无赖。没酒喝时脾气暴躁；喝得烂醉后，脾气又恶劣；清醒时，他算是个不错的男人，还是好莱坞最佳色情导演。在海斯办公室（美国电影协会），任意三个人加起来都不如他有办法制作更好的色情片。"

达尔马斯面无表情地说道："他就快过气了，色情电影现在也行将消亡了，他很清楚这一点。"

女孩儿瞥了他一眼，随即垂下眼睑，轻啜一小口调酒，然后从运动外套的口袋里掏出一块小手帕轻轻地拭了一下双唇。

隔壁包间的人大声喧哗，嘈杂不已。

玛芮恩继续说道："今天我们在阳台吃了午饭，德里克喝高了，有点醉醺醺的了。他看起来心事重重，似乎有些事情让他很忧心。"

达尔马斯微微一笑，说："可能是在担心别人敲诈他的2万美元吧……你知不知道这事？"

"可能是吧，他最近手头有点紧。"

"他花了一大笔钱购酒，"达尔马斯艰涩地说道，"还有他的机动游艇，停在临近墨西哥的海上，他喜欢开着它到处游玩。"

女孩儿抬起头，很快地甩了甩，乌黑的双眸里露出强烈的痛苦。她缓缓地说道："他的酒都是从恩塞纳达带回来的。他亲自带过来的。带进那么多美酒，他不得不小心一些。"

达尔马斯点点头，嘴角扯出一抹冷笑。他喝完了杯中酒，拿出根香烟塞到嘴边，把手伸进口袋里找火柴。桌上的火柴架已经空了。

他说："继续说，卡莱尔小姐。"

"我们进了房间后，他又拿出两瓶酒，说要一醉方休……然后我们就大吵了一架……我再也受不了，就离开了。回到家后我又有点担心他，就打了电话，但他都没接。最终我还是回去了……用我的钥匙开了门……就看到他躺在椅子上，死了。"

片刻后达尔马斯问道："在电话里你为什么不和我说清楚？"

她两手紧紧握在一起，轻声说道："我当时很害怕……而且这件事情有点……不对劲。"达尔马斯往后坐，头靠在隔墙上，半眯着眼盯着她。

158

"说来好笑，"她接着说道，"我都有点难于启齿，但德里克·瓦尔登是个左撇子，我肯定知道这点，不是吗？"

达尔马斯轻轻道了一句："一定很多人都知道这点，但总会有那么一两个马大哈。"

达尔马斯看她摆弄着手套，不停地把它缠绕在指间。

"瓦尔登是个左撇子，"他悠然说道，"这意味着他不是自杀的。手枪是在他的右手。他也没有任何挣扎的迹象，太阳穴上的枪口有弹药灼伤的痕迹，看起来子弹应该是从右边近距离射过来的。这说明凶手能够随意进出房间接近他，是他认识的人。又或者他当时喝得烂醉如泥、不省人事了，这样的话，凶手只须有一把钥匙就可以干掉他。"

玛芮恩脱下手套，双手紧握。"说白了，"她尖声地说道，"我知道警察一定认为是我干的。喂，不是我，我爱惨那个可怜的傻瓜了，怎么会杀他呢？你说呢？"

达尔马斯面无表情地说道："你脱不了嫌疑，卡莱尔小姐。那些警察会想到这一点，不是吗？而且事后你做得很聪明。他们也会想到这一点的。"

"这算哪门子的聪明，"她苦涩地说道，"只是自作聪明罢了。"

"自作聪明！"达尔马斯冷笑道，"说得好。"然后他用手指梳了梳头上的卷发，"其实，我并不认为这案件可以嫁祸到你身上……而且警察也不知道瓦尔登是个左撇子……除非有人刨根究底，把所有事情抖出来。"

他前倾着靠上桌子，双手撑在桌沿，一副要站起来的样子，双眼微眯，若有所思地看着她的脸。

"我认识市区的一个警察，他可能会给我指条明路。他是个老练的警官，但这个老家伙口风很紧，你可以和我一块儿去找他，让他听听你的故事。他会帮我们把这个案子压上几个小时，不让它出现在报纸上。"

达尔马斯半是询问地看着她。她戴上手套，安静地说："那走吧。"

159

5

　　梅尔维尔酒店电梯门关上后，一个大汉放下面前的报纸，打了个哈欠，慢吞吞地从角落的一张长背椅中站起来，游魂似的穿过安静窄小的大厅，路过一排酒店内线电话，挤入尽头的一间电话亭里。他往投币口丢进一枚硬币，粗大的食指拨着转盘，嘴里还喃喃自语着电话号码。

　　过了片刻，他倾身靠近话筒，说道："我是丹尼，在梅尔维尔酒店，我们的目标刚进来了。我在外头跟丢了他，就候在大厅等他回来。"

　　他的声音粗重，有些含糊。他仔细地听着电话那头的声音，不时地点点头，然后什么也没说挂断了电话。他走出电话亭，再次回到电梯口，顺手把烟蒂扔到装满白沙的玻璃烟灰缸里。

　　进了电梯后，他对电梯员说了一句："麻烦到十楼。"说完脱下了帽子。他有一头乌黑的直发，由于出汗全打湿了，脸庞既大且平，眼睛很小，身上的衣服皱巴巴的，但不寒酸。他是事务所的一位侦探，受雇于日食影业公司。

　　他在十楼出了电梯，沿着阴暗的走廊向前走去，然后拐角敲响了其中的一扇门。房间里传来一阵脚步声，开门的是达尔马斯。

大汉径自走进去，把帽子随手扔在床上，问也不问一句就在窗户旁的一张安乐椅上坐下。

他开口道："嗨，老兄，听说你需要帮忙。"

达尔马斯看了他一会儿，没有吱声，过了一会儿才蹙着眉头不疾不徐地说道："也许——我需要一个跟踪高手。但我想要的是柯林斯，你来跟踪人的话很容易被发现。"

他转身走进浴室，拿着两个玻璃杯出来，走到桌前调了两杯酒，递了一杯给大汉。大汉接过来豪爽地一饮而尽，咂了咂嘴，把酒杯放在窗台上，然后从背心口袋里掏出一根短粗的雪茄。

"柯林斯不在，"他说道，"而我则是个大闲人，所以上头才安排我来。是要跑腿吗？"

"不知道，或许不用。"达尔马斯冷淡说道。

"如果是以车代步，我还是可以的。我开着我的双门小轿车来的。"

达尔马斯拿起酒杯，坐在床沿带着一抹淡淡的笑容盯着大汉。大汉咬断了一截烟末，把它随口吐在地上。

随后，他又弯腰把它捡了起来，看了看，将它随手扔出了窗外。

"夜色真美。都年底了还这么暖和。"他说道。

达尔马斯慢悠悠地问道："丹尼，你对德里克了解多少？"

丹尼把视线投向窗外，一层薄薄的雾霭笼罩着天际，旁边高楼后面的霓虹灯闪闪发亮，像火花似的映着夜空。

他说道："我不知道你说的了解是什么意思。只是见过他几次，知道他是一个大款。"

"如果我告诉你他死了，你应该不会大吃一惊吧。"达尔马斯语气平稳地说道。

丹尼慢慢回过头来，阔大的嘴里还含着没有点燃的香烟，上下嚅动着，看起来有了点兴趣。

达尔马斯继续说道："很有趣的案件。丹尼，有帮敲诈团伙勒索他，这似乎是找到了凶手案的替罪羊。他今天下午被杀

161

了——头上中了一枪，手里握着一把枪。"

丹尼小眼微张，达尔马斯啜了一小口酒后把酒杯托在大腿上。

"是他女友发现的。她有他在基马诺克的房门钥匙。他的日本门童刚好不在，帮不上什么忙。那个女人没告诉任何人，她在慌乱之中跑了，过后才打电话给我，我过去查探了一番……也没有告诉任何人。"

大汉回过神来，慢慢说道："拜托！老兄，警察会找到你身上来的，然后把案破了。你很难置身事外了。"

达尔马斯看了他一眼，然后转头把视线投向墙上的一幅画，冷然说道："我正在调查啊，而你要帮我。我们有事干了，事件的背后有个可怕的强大组织，这里头可有好戏看。"

"那你想怎么做？"丹尼语气冷漠地问道，脸上透出一抹不悦的神情。

"丹尼，瓦尔登的女友认为他不是自杀的。我也这样想，而且已经有点线索了。不过我们得抓紧，比警察先走一步。我没想能够立马破了这个案子，但我刚好有假在身。"

丹尼说："嗯，不要太自作聪明，我有点跟不上你的思维。"

他划一根火柴点燃香烟，手微微颤抖。

达尔马斯说："这不是聪明，是你智商有限。射杀瓦尔登的枪支有注册号，但号码被锉掉了。但我把枪拆了之后发现里面还有一组号码。而警局总部能查到这组号码，只要有特许通行证就行。"

"而且你刚刚去了那里，问他们要了号码，他们也给了你。"丹尼冷冷地讥讽道，"当他们发觉瓦尔登死了，追查枪支的事，他们会发现你很聪明，已经捷足先登了！"他的喉咙里发出刺耳的声音。

达尔马斯说："放松，伙计。不是我说那帮家伙调查的效率，我不需要担心这点。"

"见鬼去了，才不会呢！瓦尔登这样的人要一把没号码的枪干吗啊？那可是刑事重罪。"

达尔马斯喝完酒，把杯子放在桌上，然后拿出一瓶威士忌给丹尼。丹尼摇了摇头，神情很郁闷。

"如果这枪是他的，他可能并不知道这点，丹尼。而且很可能那根本不是他的枪。如果是凶手的，那他肯定是玩票的。职业杀手不可能有那种武器。"

大汉听了慢悠悠说道："好吧，你四处奔跑打听到什么了？"

达尔马斯重新坐在床沿，从口袋里掏出一包香烟，点燃一支，倾身向前把火柴扔出窗外，开口说道："枪支大约是在一年前注册的，登记的是《新闻记事报》的一个记者，名叫达特·布尔万德。这个叫作布尔万德的人去年4月份在长廊商场的匝道被撞死了，当时他正准备离开市镇，但没有成功。这个案子至今未破，但是人们直觉地猜到他和某些非法勾当有关，比如说像芝加哥的林格尔凶杀案那样的勾当。他大概是想敲诈某个大腕，没想到反而被别人干掉了。布尔万德就这样出局了。"

大汉深吸了一口气，把香烟熄灭。达尔马斯面色沉重地看着他，继续说道：

"我是从《新闻记事报》的韦斯特福那儿打听到的，他是我的朋友。情况还不止这些。据知，枪支后来给回了布尔万德的妻子，她住在肯莫尔北部郊区。或许她会告诉我有关枪支的事情……有可能她跟非法勾当也脱不了干系，丹尼。这样一来，她就不会告知真相，待我和她谈论一番，或许能引出一些我们感兴趣的东西。弄明白了吗？"

丹尼又划了一根火柴，点燃了香烟。他粗声粗气地问道："那我要干些什么——你和她谈完后，我跟踪她找出枪支的流向？"

"没错。"

大汉站起来，作势打了个呵欠，"我可以帮你，"他咕哝了一声，"但为什么要为瓦尔登的死保密啊？让警察破案不就好了吗？我们这样做只会得罪警察总部的人。"

达尔马斯悠然地说道："这事得冒冒风险。我们不知道敲诈

163

瓦尔登的团伙到底想要什么。如果案件让警察接手，全国的报纸再头条报道，电影公司势必会亏损一大笔钱。"

丹尼接道："你说得好像瓦尔登是大名人瓦伦蒂诺似的。见鬼去了，那家伙不过是个导演，把他的名字从未上映的电影撤下来不就完事了吗！"

达尔马斯说："他们的想法不同，但可能因为他们还没和你说过。"

丹尼粗暴地说道："好吧。但我，我就宁愿让他女友背这个黑锅，反正法律只要找个替罪羊就完事了。"

他绕过床头，拿起帽子扣在头上。

"好了，"他没好气地说，"在警察察觉瓦尔登死之前我们要把案件理清。"他一边做着手势，一边残忍地笑道，"好戏就要上演了。"

达尔马斯把威士忌酒瓶放在桌上，也戴上帽子，然后打开房门，站到一侧让丹尼先走，最后关灯带上了门。

此时已八点五十分。

金发女人身材修长，微眯着一双碧眼，眼中的瞳孔很小，就这样看着达尔马斯。达尔马斯从她身旁快速闪进房间，然后用手肘把门推上。

他说："我是个侦探——私家侦探，布尔万德夫人，想请教一些你可能知情的内幕消息。"

金发女人说道："我姓道尔顿，海伦·道尔顿，不要跟我提布尔万德那些往事。"

达尔马斯笑了笑，说道："很抱歉，我应该先弄清楚这点。"海伦无所谓地耸了耸肩，走进房内，优雅地坐在一张椅子上，椅子的扶手上放着一支燃着的香烟。这是一间客厅，里面家具配备齐全，周围还摆满了各式各样的小古玩，开着两盏落地灯。几个荷叶边枕头散落在地面上，一只法国洋娃娃四肢伸展靠在一盏落地灯座上，壁炉架上有一排小说，炉内的煤气火焰燃得正旺。

达尔马斯放好帽子，客客气气地说道："达特·布尔万德曾经有一把枪支，现在它出现在我正调查的一件案子中，我想了解一下你拿到它之后的去向。"

海伦·道尔顿用半英寸长的指甲搔了一下手臂，草草地答道："我完全不知道你在说什么。"

达尔马斯盯着她看，背靠着墙壁，声音深沉而锐利地说道："你应该不会忘了达特·布尔万德，你的前夫吧，他去年4月惨死于车祸……或者说这事太遥远，你都忘记了？"

金发女人咬着一个指关节，说道："你很聪明啊。"

"为了谋生不得不这样。只要不是中枪之后长眠不醒就好了。"

海伦·道尔顿突然挺直腰板坐着，脸上不再是一副茫然的表情，绷着脸冷冷地说道："那支枪怎么了？"

"杀了一个人，就是这样。"达尔马斯漫不经心地说道。

她瞪了他一眼，片刻才开口道："我当时身无分文，就把它典当出去了，之后再也没有赎回来。我的死鬼丈夫每个星期能挣60美元，但从未给过我哪怕一毛钱。我一个子儿都没得到。"

达尔马斯点了一下头，问道："还记得那个当铺吗？你有没有保存当票？"

"不记得了。当铺在镇上的主街，那里两旁到处都是当铺，我也没有当票。"

达尔马斯说道："我就担心这个。"

他慢慢走过房间，看了眼炉架上一些小说的书名，然后走到一张小折叠桌前，盯着桌上的一张银框装潢画，过了片刻才慢慢转身过来。

"海伦，那把枪有了大麻烦。今天下午它干掉了一位名人，枪支外面的注册号还被锉掉了。如果你典当了，我猜是哪个杀手从当铺买了枪，但是一般杀手不会那样把号码锉掉，他也应该知道枪支内侧还有一组号码。所以买枪的不是什么杀手，而且他也不会随便在当铺买枪杀人。"

金发女人慢慢站起来，双颊涨得一片通红，双手僵硬地贴在身侧。她有些紧张地慢慢说道："大侦探，你就别忽悠我了。我可不想和警察打什么交道，再说我有一帮好朋友罩着我。你还是走人吧。"

达尔马斯把目光重新投向桌上的画框，说道："约翰·苏特罗不应该这样把自己的大头照放在一个女人的公寓里，不然别人可会以为他出轨了。"

金发女人脚步僵硬地走到桌前，把照片砰地一下塞进抽屉里，然后一屁股靠在桌上。

"你大错特错了，死侦探。那不是什么叫苏特罗的家伙。请你看在上帝的分儿上滚出去，可以吗？"

达尔马斯发出一阵令人不快的大笑，说："今天下午我还在苏特罗家看见你了，你喝得不省人事，自然没有什么印象。"

金发女人猝然一动，作势要扑向达尔马斯，然后又突然停下来，站在那里一动不动。门外传来钥匙开门的声音，一个男人打开大门走了进来，站在门边把门慢慢推上。他身穿一件亮色的花呢外套，右手揣在兜里，他的肤色很深，身材瘦削，两肩高耸，鼻梁挺拔，下巴尖尖的。

达尔马斯不动声色地看着他，一会儿才开口道："晚上好，苏特罗议员。"

男人直接无视达尔马斯，看向那个女人。女人颤抖着说道："这人说他是私家侦探，说我曾有一把枪，在不断逼问我枪支的事。请你让他出去，好吗？"

苏特罗反问："私家侦探，嗯？"

他看也没看达尔马斯一眼就从他身边走过去，金发女人向后退去，想避开他，倒在一张椅子上，面色苍白，眼神透出一抹恐惧。苏特罗低头看了她一会儿，然后转身，从口袋里掏出一把自动小手枪，随意地握在手里，枪口朝下。

他说："我的时间很宝贵。"

达尔马斯接道："我正准备走人呢。"说完走向大门，背后传来苏特罗严厉的声音："慢着，先把事情说明了。"

达尔马斯说道："没问题。"

他不慌不忙地走着，步态轻盈，然后把房门打开。苏特罗立马举起手枪，达尔马斯说："别费神了。你很清楚，你不会在这里干掉我的。"

两人互相对视着。过了片刻，苏特罗把枪收回口袋，轻舔了下薄唇。达尔马斯见状说道："道尔顿小姐曾经持有的一把枪支最近杀了一个人，但她已经很久没有见到这把枪了。我想知道的就是这些。"

苏特罗慢慢地点了一下头，眼中露出怪异的神色。

"道尔顿小姐是我太太的一位好友，我不希望她再受打扰。"他冷冷地说道。

"那好。您虽不希望，"达尔马斯说，"但是一名正当的侦探有权询问一些合乎法律的问题。我可没有强行闯进来。"

苏特罗将目光慢慢投向他，说："很好，小心对待我的朋友。在这座城市我可是呼风唤雨的人物，小心我让你求生不得求死不能。"

达尔马斯点头示意，缓步走出房间关上大门，站在门外听了一会儿屋内的动静，但听不到任何声音。他耸耸肩走出大厅，步下三级阶梯，穿过一间没有配电箱的小休息室，来到了大楼外。他看了看街边的环境。这是一个公寓小区，街边停着一辆辆汽车。出租车在等着他，他循光走了过去。

红发司机乔伊站在车前的马路牙子边。他一边抽着烟，一边眼光扫过街道，看着一辆左边车身停靠着人行道的黑色大轿车。看到达尔马斯走了过来，他扔掉烟，向达尔马斯走去。

他急切地说道："听着，老板，我看了眼那轿车上的家伙——"

话还没完，轿车的车门上突然爆出一抹暗淡的火花，两旁高楼林立的街道随即响起了一声枪声。乔伊迅速将达尔马斯扑倒。此时轿车猛地启动。达尔马斯抱住乔伊向街边滚去，单膝跪地，试图拔枪但还没来得及，轿车已经吱的一声急速拐进街角绝尘而去。乔伊躺倒在达尔马斯身侧，翻身仰卧在人行道上，双手不断拍打着水泥地，喉咙深处发出一阵阵痛苦的嘶哑声。

片刻，又传来一阵刺耳的车胎摩擦声，达尔马斯身形敏捷一跃而起，右手迅速伸向左腋窝掏枪。当他发现是一辆小汽车踩急刹车停下来时，整个人放松了下来。丹尼下了汽车，穿过中间街道向达尔马斯冲去。

达尔马斯俯身查看司机。借助公寓大楼入口旁灯笼的微弱光线，他看见乔伊中枪处渗出斑斑血迹，染红了马裤呢夹克外套。乔伊努力睁开双眼，不一会儿就又闭上，像是一只垂死的小鸟，已是奄奄一息了。

丹尼说道："没追上那车，太快了。"

"先打电话叫救护车，"达尔马斯匆忙说道，"这小子已经一肚子血了……盯好那个金发女人。"

大汉跑回他的汽车，跳进车里迅速启动，在街角处掉头匆匆离去。这时大楼里某扇窗户打开了，一个男人向楼下大喊了一声。一些汽车也停了下来。

达尔马斯弯下腰靠在乔伊耳边，喃喃低语："放松，老兄……放松，放松。"

7

调查枪击案的是韦恩卡塞尔中尉。他有一头稀疏的金发，一双蓝色眼眸散发出冰冷的气息，满脸的痘疤。他坐在一张旋转椅上，双脚搭在一个拉出来的抽屉边上，臂弯里搂着一部电话机。整间房间充斥着灰尘和香烟气味。

朗尼根站在敞开着的窗户旁，正一脸不悦地往外看。他是一个警察，体形魁梧，头发和胡子都是白的。

韦恩卡塞尔咬着一根火柴棍，盯着桌子对面的达尔马斯，说道："你最好还是开口说点什么。那个出租车司机没法说话了。你在城里运气一向不错，你也不想好日子那么快到头吧？"

朗尼根接话："他太顽固了，金口难开啊。"他说这话的时候头都没有转过来。

"朗尼，少说废话。"韦恩卡塞尔带着死板的声音说道。

达尔马斯微微一笑，一只手掌使劲摩擦着桌沿，发出吱吱的声音。

"你要我说什么？"他问道，"当时天色已晚，我看不清凶手的相貌。他开的是凯迪拉克轿车，没开车灯。我刚刚就告诉过你了，中尉。"

"等于没说，"韦恩卡塞尔嘟哝一声，"这事有点古怪。

你应该能感觉到谁是凶手。很明显这件枪杀案的目标是你。"

达尔马斯反问道："为什么？被杀的是出租车司机，又不是我。他们这些司机要在城里四处谋生，说不定他就惹上了哪一帮坏蛋呢。"

"像你这样的坏蛋吧。"朗尼根一边说道，一边继续看着窗外。

韦恩卡塞尔看着朗尼根的背影皱了皱眉头，接着耐心地说道："你在公寓里头时轿车已在外候着了，当时出租车司机就在外头。如果凶手是想杀司机的话，他早就动手了，何必等你出来。"

达尔马斯双手一摊，耸了耸肩，无奈说道："你们以为我知道凶手是谁啊？"

"也不是，但是我们想你能给我们几个名字，好让我们查案。你去那公寓见什么人了？"

达尔马斯一言不发。朗尼根转过身来，坐到桌子的边上，摇晃着双腿，脸上露出一丝冷笑。

"招了吧，老弟。"他欢快地说道。

达尔马斯把椅子向后倾斜，双手插进口袋，若有所思地看着韦恩卡塞尔，完全不理睬白发警察，当他不存在似的。

他不疾不徐地答道："我当时是受人委托去办点事，我可不能泄露委托人的隐私。"

韦恩卡塞尔耸耸肩，带着冷漠的目光看着他，然后拿出口中的火柴棍，盯着咬平的末端，然后随手扔掉。

"我有预感，你的委托案和这次枪击案有关，"他冷冷说道，"这样的话，你隐瞒的事终究会露出马脚，对吧？"

"可能吧，"达尔马斯说，"如果这个案件循着这个方向解决的话。但我得先和我的委托人谈谈。"

韦恩卡塞尔说："没问题。你可以拖到明天一早，过后你就要对我们坦白一切，明白吗？"

达尔马斯点头示意，站起来，说："那敢情好，中尉。"

"私家侦探只知道保密。"朗尼根粗声粗气地说道。

达尔马斯只是向韦恩卡塞尔点头，随后走出办公室。他穿过一条阴冷的过道，步上台阶走向大厅。出了市政厅后，他走下长长的水泥阶梯，穿过春路大街走向一辆不新不旧的蓝色帕卡德跑车。他钻进车内，启动车辆拐进街角，随之穿过第二大街隧道，开上另一条街区，一路向西驶去。他边开车边透过后视镜观察后面的车况。

在阿尔瓦拉多大道，他停车走进一家杂货店，打电话回酒店房间。店员给了他一个序号，他拨通电话后，听筒传来丹尼粗重急切的嗓音："你到哪儿去了？我把那个女人弄到我那儿去了，她喝得烂醉如泥的。你快点回来，好对她'严刑逼供'。"

达尔马斯透过电话亭的玻璃，双眼漫无目的地盯着外头，片刻才不急不忙地说道："那个金发女人？怎么会？"

"说来话长，老兄。你先过来，我再告诉你。我在北里弗赛大道1454号，知道这个地方吗？"

"我有地图，应该能找到。"达尔马斯说道，声音一成不变。

丹尼直接详细地给他讲了一遍路径，最后说道："你最好快点。她现在睡死了，一会儿醒了就要大喊谋杀了。"

达尔马斯说："你那里那么偏僻，应该无所谓。我会尽快赶到的，丹尼。"

他挂断电话，出了杂货店上车。他从车厢拿出一瓶容量只有一品脱的波本，喝了一大口，而后启动汽车开往狐狸山谷。路上他停了两次，坐在车里一动不动，一脸沉思，然后才继续往前开。

在圣莫尼卡皮克大道拐弯后，前面出现了一大片散落在起伏群山中的住宅小区，两边是高尔夫球场。小区一直延伸到一个球场的尽头，中间竖立着一排高高的铁丝网。山丘上零星散落着一间间平房。车再往前开就到了山谷，谷上只有一间平房，与高尔夫球场隔街相望。

达尔马斯往前开至一棵高大的桉树下。在铺满月光的路上，桉树投射出深深的阴影。他下车后往回走，有一条水泥路通往那家独立平房。低矮的平房很宽敞，前面有一排小窗户，一丛丛灌木半掩着纱窗。房内透出一丝微光，调低的收音机声从大开着的窗户传出来。

房内一个身影沿着那排窗户穿过去，打开了正门，达尔马斯走进去。房子前头是大客厅，室内开着一盏小灯，一台收音机的调谐钮闪闪发光，一片月光透过窗户照进来。

丹尼已脱下外套，袖子卷至大臂。

他说："那个婆娘还在睡。待我把来龙去脉说清再弄醒她。"

达尔马斯问道："确定没被人跟踪吗？"

"不可能。"丹尼两只大手一摊，充满自信说道。

达尔马斯走到角落，在收音机和窗排尽头间的一张柳条椅子上坐下。他把帽子脱下随意放在地上，拿出那瓶波

173

本，带着一抹不满的神色看着它。

"丹尼，找瓶像样的酒过来。我累死了，还没吃晚饭呢。"

丹尼说："我有一些上等的马爹利白兰地，你等会儿。"

说完他走进房屋后头。达尔马斯把酒瓶放在帽子旁，两指揉着前额，头部阵阵发疼。一会儿，后面的灯光熄了，丹尼手里拿着两个高脚杯出来。

白兰地酒喝起来清纯辛辣。丹尼坐到另一张柳条椅上，在灯光朦胧的房间，他身形异常庞大，皮肤黝黑。片刻，他粗哑的嗓音打破室内沉默，慢慢说道：

"听起来有点可笑，但挺奏效的。看见没有警察在公寓附近巡逻后，我就停在小巷，从后门溜了进去。我知道那女人住在哪儿，但没见过她，所以就寻思着什么托词才能让她相信我。我敲了门，没人应，但能听见她在里面的动静，随即听见电话拨号声。我只好回到大厅，找到了服务室，那里门大开着，我就直接进去了。门上带有闩子，但门并没关上。"

达尔马斯点点头，说道："我懂，丹尼。"

大汉喝了一大口酒，下唇上下摩擦着杯的边缘，接着说道："那会儿她打电话给一个叫盖恩·唐纳的人，认识吗？"

"听说过，"达尔马斯说道，"她的人脉网还蛮广的，居然认识那种人。"

"她在电话里喊叫着他的名字，整个人歇斯底里的。"丹尼说，"所以我才知道她在打电话给谁。那个唐纳是蝴蝶俱乐部的幕后老板，在蝴蝶峡谷大道。你从广播里应该听说过他是汉克·穆恩团伙的老大。"

达尔马斯说："我听说过，丹尼。"

"好。她挂掉电话后，我又上去找她。她看起来嗑了药，走起路来七倒八歪的，非常搞笑，看起来对周围发生的事一无所知。我四处看了看，桌上有一张约翰·苏特罗议员的照片，就用他做了一番托词，说苏特罗议员希望她出去避一下难，特地派我

174

这个手下来接她，她就信以为真了，太好糊弄了。她还要我找酒给她，我就说车上有很多，她拿上帽子、外套就跟我走了。"

达尔马斯轻轻说道："这么容易，嗯？"

"对的，"丹尼回道，喝光酒后随意放下酒杯，"上车后我拿出一瓶酒塞住她的嘴，好让她安静一会儿。接着我就开车到这儿，她在路上就睡死过去了，就是这样。你那边怎样？城里很难搞吧？"

"太难搞了，"达尔马斯说，"他们不是很信我的话。"

"瓦尔登枪击案有什么进展吗？"

达尔马斯慢慢摇了摇头。

"我猜那个日本门童还没回来，丹尼。"

"要和那女人谈谈吗？"

收音机此时传出华尔兹音乐，达尔马斯专心听了一会儿，然后带着疲倦的声音说道："我想这不就是我来这儿的原因吗？"

丹尼站起来走出客厅，随之后头传来开门声和一阵低沉的声音。

达尔马斯拿出胳肢窝下的枪支，把它放在椅子上挨着大腿。

随后那个金发女人步履蹒跚地走进来，瞪大双眼四处张望，嘴里还发出一阵傻笑，两条长臂胡乱比画着，随后眨着双眼盯着达尔马斯，站在那儿摇晃了一下，接着滑落在丹尼之前坐的椅子上。丹尼一路在旁随侍，而后靠在内侧壁旁的一张书桌边。

她醉醺醺地说道："原来是我的老朋友，大侦探啊。嘿嘿，那个谁啊，去帮我这个美女买瓶酒来，如何啊？"

达尔马斯面无表情盯着她，不紧不慢地说道："关于那把枪有想到什么吗？你知道，就是苏特罗闯进来时我们在讨论的那把枪……注册号被磨掉了……杀死了德里克·瓦尔登。"

闻言，丹尼僵住了，而后突然挪了一下臀部。达尔马斯拿起手枪，站了起来。丹尼看着然后定住，神情放松。那个女人自始至终没动过，但醉意却烟消云散，然后突然绷着脸，流露出紧张的神情。

175

达尔马斯语气平平地说道："丹尼，把双手放在前面，这样大家都会相安无事……现在说说看你们两个小杂种要我来这儿有何贵干啊？"

大汉听了，粗声说道："天哪，你发什么神经？我只是被你吓到了，你居然对她说了瓦尔登的事。"

达尔马斯咧嘴一笑，说："没事，丹尼。可能她根本不认识他。我们还是快趁热打铁吧，我有预感今晚不会有好事。"

"你疯了吧。"大汉咆哮一声。

达尔马斯微微扬了一下手枪，背靠着侧墙，接着弯下身子，伸出左手关掉收音机，苦涩地说道："你被收买了，丹尼。很简单，你行踪太明显了，最近我就经常发现你跟踪我。你今晚把这件事揽上身，我就知道有问题……你告诉我你是如何把这个女人弄到这儿来的，我就更确定了……天啊，你不会以为像我这样的老油条会相信这么搞笑的事吧？得了吧，丹尼，够朋友一点，告诉我你在为谁卖命……说不定我能让你逃过一劫……你到底为谁卖命？唐纳？苏特罗？还是哪个我不认识的人？叫我来到这儿有什么目的？"

刚说完，那个女人猛地一下站起来扑向达尔马斯，他徒手甩开她，女人瞬间躺卧在地上，大喊道："抓住他，你这个大废物，抓住他！"

丹尼听了一动不动，说："闭嘴，你这个贱人！"达尔马斯厉声说道："都住手，这只是朋友之间谈话。你给我站起来，不要给我耍花招！"

闻言，金发女人慢慢站了起来。

在昏暗的灯光下，丹尼神情冷漠，粗声粗气地说道："原来我把自己出卖了，真差劲。好吧，没错。老是追踪一群无关紧要的女人，和她们逢场作戏，我已经受够了……你要是想揍我就揍吧。"

他继续站在那里不动，达尔马斯慢慢点了点头，再次开口问道："是谁，丹尼？到底你在为谁卖命？"

丹尼回答说："我不知道。我要做的只是打一个电话，听从他的指示和向他汇报，劳费通过邮寄给我。我有试图摆脱这层关系，可惜没那运气……我想你现在的处境很安全，关于上次街边的枪击案，我是真的完全不知情。"

达尔马斯盯着他，慢悠悠说道："你应该没有说大话——就为了留我在这儿——对吧，丹尼？"

大汉慢慢抬起头，整个房间都沉浸在一片沉默当中。此时外面来了一辆汽车，能隐约听见发动机熄掉前的轻微震动声。

随即一抹红光照在窗户上。

耀眼的光线让人眼花缭乱，达尔马斯迅速单膝下跪，动作敏捷，快速安静地移向一边。安静的房间响起丹尼粗哑的声音："该死的，是警察！"

红色聚光灯映射在窗户的铁丝网上，营造出一圈玫瑰色光晕，反射在内侧墙上形成一片鲜艳的光影。那个女人发出一声哽咽，满脸涨得通红，无力地滑落下地，身影消失在红色聚光灯中。达尔马斯看向外头灯光，蹲在尽头窗户旁，低头倚在窗台上。在红色灯光的照耀下，窗边灌木丛尖尖的树叶宛如一支支锋利的矛头。

此时，门外响起了脚步声。

一个粗哑的声音大喊道："屋里的所有人都出来！双手举起来！"

屋内传来一声动静，达尔马斯迅速举起手枪，还好不是有人闯进来。随着一声咔嗒的开关声，亮起了一盏走廊灯。两个身穿绿色警服的男人来不及躲闪，出现在锥形光柱下，其中一人持着机关枪，另一人拿着一把装着特殊弹匣的鲁格尔长手枪。

屋内一阵鞋子摩擦地板的声音，不一会儿丹尼站在门旁，掀起猫眼的镶板，拿起手枪上膛往外射了一枪。

接着外头传来一声重物撞击在水泥地上的巨响，一个男人在灯柱下前后摇晃着，双手捂着肚子，头上戴着的鸭舌帽掉了下来，在地上滚动了几圈。

门外机关枪此时开始猛烈地射击，达尔马斯迅速趴在地面上，整个人靠在护墙板上，把脸埋在木地板上。背后的女人听见枪声就大声尖叫起来。

机关枪快速地从头到尾将房子扫射一遍，瞬间空气中充满了灰尘，一面挂在墙上的镜子掉了下来。屋内，一股刺鼻的弹药恶臭味交杂着水泥的酸臭味，令人恶心。扫射仍继续着，让他们觉得度日如年。达尔马斯把脸贴在地板上，一直紧闭双眼不敢睁开，感觉有个东西掉在脚边。

许久后，突突的机关枪声消失了，但是屋内灰尘继续飞舞。外头传来一声大叫："还喜欢吗，朋友？"

更远处传来一个生气的声音，厉声道："快点，撤退。"

门外又响起来一阵脚步声，伴着一阵拖曳声。接着听见汽车启动的轰鸣声，车轮在碎石路上发出嘎吱声，伴着一声重重的甩门声。发动机的声音由大变小，不一会儿戛然而止，周围恢复寂静。

达尔马斯站起来，双耳还嗡嗡回响，鼻孔干裂。他捡起地上的枪，从内侧袋掏出一个小手电筒，摁亮，在满是灰尘的房间照射出一抹微弱的光线。那个金发女人平躺在地，双眼瞪大，表情痛苦，龇牙咧嘴地啜泣着。达尔马斯俯身查看了一下，发现她身上没有任何枪伤痕迹。

随后他在房内转了转，看见自己的帽子仍在那张椅子旁，完整无缺，只是椅子的整个椅背都被轰掉了，那瓶波本也还在帽子旁。他顺手把它们捡起来。拿着机关枪的家伙在齐腰高的地方来来回回扫了一遍房子，没有低下枪口。达尔马斯继续走到门旁。

丹尼双膝跪在门前，前后摇晃，两手紧握在一起，红色血液不断从粗大的手指缝间渗出来。

达尔马斯打开门走出去，外面没人，只见过道上有一摊血迹和散落的弹壳。他站在那儿，血液重重地滴落在他的脸上，鼻子周围的皮肤传来一阵阵针刺般的疼痛感。

他喝了一口威士忌，转身走进屋内。丹尼已经站起来了，拿出一条手帕包扎伤口，他一副茫然迷乱的神情，庞大的身躯摇晃了几下。达尔马斯举起手电筒照在他脸上。

他问道："严重吗？"

"不，打在手上而已。"大汉粗声说道，缠上手帕的手异常笨拙肿大。

"那女人吓坏了，"达尔马斯说，"他们是你的同伙，老兄。你的老友真不赖，打算把我们三个一网打尽。你往猫眼乱射一枪击中了一人，让他们乱了阵脚。在这点上，我想我欠你人情，丹尼……话说那人的枪法真心不太好。"

丹尼说："你怎么想？"

"那你呢？"

丹尼看着他，然后缓缓说道："苏特罗就是你要找的人，我彻底输了，他们真该下地狱。"

达尔马斯再次走出门，经过小路到街边，然后坐进车里，没开车灯就开车走人了。转弯走开了一段路后，他才亮起车灯，下车把身上的灰尘掸掉。

9

　　银黑相间的窗帘拉开成一个倒V字形，室内弥漫着烟雾，伴舞乐队铜管乐器的光泽在一片烟雾中若隐若现。空气中充斥着一股食物、酒精、香水和胭脂粉的气味。整个舞池笼罩在一片琥珀色的灯光下，看起来比大明星的浴室稍大一点。

　　过了一会儿，乐队奏起音乐，灯光变暗。一位餐厅领班踩着铺有地毯的台阶走上前，手里拿着一支金色铅笔轻拍着绸缎条纹的裤子，一双小小的眼睛毫无生气，一头铂金色头发整齐地向后梳，露出瘦削的前额。

　　达尔马斯对他说："我想拜见一下唐纳先生。"

　　餐厅领班用金色铅笔的末端轻轻敲着自己的牙齿，说："恐怕他现在没时间。请问你是哪位？"

　　"达尔马斯。告诉他我是约翰·苏特罗一个特别的朋友。"

　　领班说："我试试看。"

　　他走向一个有一排按钮和一部电话的操纵盘，拿起电话放到耳边，透过一只酒杯面无表情地盯着达尔马斯，双眼犹如填充娃娃般毫无生气。

　　达尔马斯说："我在大厅等候。"

　　说完他穿过窗帘走出去，摸索一会儿方向走向男厕所。

进去后他拿出随身携带的那瓶波本一饮而尽，头向后仰，双腿呈八字形张开站在瓷砖地板中间。此时一个身穿白色夹克的黑老头走上前拍了一下他，焦急说道："先生，这里禁止喝酒。"

达尔马斯把空酒瓶扔进一只装毛巾的垃圾箱，从置物架上拿下一条干净的毛巾擦嘴，放下一枚10美分硬币在水槽边，走了出去。

大厅里门和外门之间有段距离，达尔马斯靠在外门，从背心口袋里拿出一把四英寸长的小手枪，用三指握着手枪藏在帽子内，然后才走进去，轻轻地在身侧摇摆着帽子。

过了一会儿，一个身材颀长、头发油亮的菲律宾男仆走进大厅，四处张望。达尔马斯走上前，领班站在窗帘后探出头来，然后对菲律宾男仆点头示意。

菲律宾男仆对达尔马斯说："这边请，先生。"

他们穿过一条安静的长廊，外面的乐声在他们身后渐息。经过一间房门大开着的房间，看见一些绿色桌面的桌子废弃在里面。随后他们向右转入另外一条长廊，一丝光线从尽头的大门照射进来。

走了一段后，菲律宾男仆停下脚步，优雅地做了一个费解的动作，随后手上就持着一把黑色手枪，客气地顶住达尔马斯的胸膛。

"老规矩，我们要搜身，先生。"

达尔马斯站定，双手高举。菲律宾男仆搜出他的柯尔特式手枪，放进自己的口袋中，轻轻拍了一下达尔马斯的其他口袋，随后退后一步，把手枪收进枪套里。

达尔马斯放下双手，丢下手中的帽子，拿出里头的小手枪指着男仆的腹部，动作干净利落。菲律宾男仆惊愕地张着嘴，带着不可置信的目光低头盯着手枪。

达尔马斯说："真有趣，老兄。还是让我来一把吧。"

他拿回自个儿的柯尔特式手枪放回原处，再夺走菲律宾男仆袖子里的手枪，把弹匣卸下来，拿出枪膛里的子弹，只把空枪还给他。

"你还可以用它吓吓人。走在我前面，这样你老大就不会知道这一切，这是为了你好。"

菲律宾男仆抿了一下双唇，达尔马斯摸出他的另一把枪，继续前进，随后走进半掩的大门，男仆先进去。

房间很大，墙上装饰有斜纹木板，地上铺着中国式黄色地毯，上好家具陈列于室。门上有一个个小孔，显然房间的隔音效果不错，房内一扇窗户都没有。上方设有几个镀金隔栏，一个嵌入式换气风扇发出一阵阵微弱的声音。里头有四个男人，却沉默一片。

达尔马斯径自坐在一张皮沙发上，盯着里基奥，那个从瓦尔登公寓劫走他的圆滑小子。他被捆在一张高背椅上，双手被紧紧地绑着，目露凶光，鼻青脸肿的，看得出来被鞭子狠狠修理了一番。和他一起出现在基马诺克的诺迪坐在角落的一张凳子上抽着烟。

约翰·苏特罗坐在一张红色皮革摇椅上，慢悠悠地摇动着椅子，低头看着地板，达尔马斯走进来时头也不抬一下。

还有一个男人坐在一张看似非常名贵的办公桌后，一头中分的棕色柔发整齐地向后梳，薄薄的双唇紧绷着，带着炙热的目光注视着达尔马斯的一举一动，然后瞥了一眼里基奥，说道：

"这个废物太自以为是了，我们已经警告他了，还请你见谅。"

达尔马斯扯出一抹笑容，笑意却不及眼底，说："看这情景也就算了，唐纳。另外一个同伙呢？他可毫发无伤。"

"诺迪还算听话，按命令行事。"他淡然说道，拿起一把长柄锉刀就锉起了指甲，"我俩要谈一谈，就劳驾你来一趟这里。你没惹我，只是你这个私家侦探管得也太多了。"

达尔马斯稍微睁大了双眼，道："我洗耳恭听，唐纳。"

苏特罗这时抬起双眼盯向唐纳的背后，唐纳继续用淡漠的语气平静地说道："德里克·瓦尔登那儿的闹剧和肯莫尔的枪击案我都了如指掌。我不知道基基奥会如此放肆，要不我早就阻止他了。事已至此，我看事情还得由我摆平……待我们处理妥当后，里基奥先生会到市区做个交代。

"事情是这样的。里基奥曾是瓦尔登的保镖，那会儿好莱坞明星们热衷于有个保镖贴身保护自己。据我所知，瓦尔登一直亲自去恩塞纳达进口美酒，本来一切都挺顺利的。而里基奥就借着买酒的良机混进一批白粉，却不料被瓦尔登发现了，他不想丑闻缠身，就将里基奥扫地出门。里基奥本身就是有罪之身，无法替警察拉线做证，只好借机勒索瓦尔登。但瓦尔登并不如他意，所以他就走向了极端，使上强硬手段。你和你的司机不幸搅和了进来，里基奥才想要枪杀你们。"

说完，唐纳放下锉刀，咧嘴笑了笑。达尔马斯耸耸肩，瞥了一眼站在长椅另一头、靠着墙边的菲律宾男仆。

达尔马斯开口道："唐纳，你的故事说得真好。我想这是一个很普通的案件，在市区警察的努力下很快就能水落石出。但就目前的状况而言，这一切根本说不通。"

唐纳抬了抬眉头，苏特罗跷起二郎腿，晃动着他那光鲜皮鞋的尖端。

达尔马斯说："首先，苏特罗先生怎么牵涉进这件事了？"

闻言，苏特罗盯着他，整个人一动不动，脸上快速掠过一丝不耐烦的表情。唐纳笑言："他是瓦尔登的一位朋友。瓦尔登有对他提过一下这事，而且他知道里基奥是我的手下。但议员的身份让他不能对瓦尔登坦诚相待。"

达尔马斯冷淡说道："唐纳，让我来告诉你这个故事的漏洞在哪儿。整个故事没有一丝令人不安的成分。而我在帮瓦尔登侦查案件时，他怕得不敢把所有实情告知我……还有今天下午有人因为害怕而把他杀了。"

闻言，唐纳倾身向前，微眯着双眼，整个人绷紧，双手握拳放在桌面上。

"瓦尔登——死了？"他低声问道。

达尔马斯点了点头，说："右太阳穴中了一枪，0.32英寸的手枪。看起来像是自杀，但其实不然。"

闻言，苏特罗抬起一只手，将脸埋进手掌中，坐在角落处的棕黄毛僵着身子。

达尔马斯继续说道："唐纳，想听听靠谱的猜想吗？……我们姑且称之为猜想……瓦尔登自己迷上了走私毒品——而且他有同伙。禁酒法令解除后，他就想金盆洗手不干了。过去海岸护卫队对海运美酒的船只大都不会花费太多的心思，而今海上走私毒品不再是轻而易举之事。而且他看上了一个有好眼光的女人，能得到更多回报，所以他不想再做毒品交易这种非法勾当。"

唐纳抿了一下双唇，说："什么毒品交易？"

达尔马斯双眼注视着他，说："你对这种事情还真是一无所知啊，是吧，唐纳？当然啦，这些可都是那些地痞流氓爱玩的把戏。他们很不满瓦尔登的退出。而且他每天喝得醉醺醺的，说不定哪天就对他女友说漏嘴了。所以他们就为瓦尔登安排好了命运——自杀。"

唐纳慢慢转过头来，盯着被捆在高背椅上的里基奥，轻轻说道："里基奥。"

随后他站起来，绕过桌子走出来。苏特罗放下手，双唇抖动地看着他。

唐纳在里基奥面前站定，伸出只手猛地把他的头部按在椅背上，里基奥发出一阵哀号。唐纳微笑着低头看着他。

"我想必是迟钝了。你居然杀了瓦尔登，你个浑蛋！你居然回头把他弄死了。你似乎忘记知会我们一声了，老弟。"

里基奥张口把一口鲜血吐在唐纳手上，唐纳气得脸抽搐起来，后退一小步，伸直那只手，然后拿出一条手帕仔细把血迹抹掉，把手帕直接扔在地上。

"诺迪，把枪给我。"他平静地说道，朝棕黄毛走去。

苏特罗震了一下，张大着嘴巴，一副病恹恹的模样。高大的菲律宾男仆快速拔出手枪，似乎忘记了里面没有子弹。诺迪从右臂拿出一把左轮手枪，递给唐纳。

唐纳拿过枪支后走向里基奥，把枪举向他。

达尔马斯此时开口道："杀死瓦尔登的不是里基奥。"

闻言，菲律宾男仆快速向前一步，举起空枪扫向达尔马斯，他的肩膀受到重创，一股剧烈的疼痛感迅速波及整条手臂。达尔马斯动作敏捷快速滚向另一边，迅速拔出柯尔特式手枪。男仆继续攻上来向达尔马斯猛打，但没击中。

达尔马斯迅速站立起来，横跨一步用尽全力用枪管扫向男仆脑袋。菲律宾男仆发出一声哼声，一阵头昏目眩，双眼泛白，他用手抓住沙发边缘慢慢倒下，躺在地板上。

唐纳面无表情看着，握着手枪一动不动，上唇皮肤冒出一颗颗汗珠。

达尔马斯说道："杀瓦尔登的不是里基奥。瓦尔登是被一支锉掉注册号的枪杀死的，凶手杀死他后又把枪塞到他手中。要是里基奥的话，他不会用这样的一把枪。"

苏特罗闻言，面色顿时惨白一片。棕黄毛站起来，右手垂在身侧。

"继续说。"唐纳平静地说道。

"我查到那把枪是属于一个叫海伦·道尔顿或是布尔万德的女人的，"达尔马斯说，"曾是她的枪，但她说很久之前就把它典当出去了，我可不信。那个女人是苏特罗的朋友，我去拜访她时，苏特罗非常不满，还对我拔枪相向。唐纳，你猜苏特罗为什么不满，而且他是如何得知我去见那女人的？"

唐纳回道："你说说看。"他平静地看了一眼苏特罗。

达尔马斯向唐纳走近一步，把手枪垂在身侧，不想对唐纳造成威胁感。

"原因很简单。自从瓦尔登委托我后，就一直有人跟踪我——被一个笨蛋侦探跟踪，在一英里之短的距离任何人都会有所察觉。唐纳，他被凶手收买了。凶手以为那个侦探有机会接近

185

我，我也如他所愿——引他上钩，拆穿他的把戏。他的老大就是苏特罗，是苏特罗亲手杀死了瓦尔登。这是一场自作聪明的谋杀案，一看就是玩票所为，自暴其短——设下自杀的圈套，凶手以为磨掉枪支注册号就安全了，他根本没想到枪支内侧还有号码。"

唐纳边听边转动手枪，过了会儿停下，手枪指在棕黄毛和苏特罗中间。他一声不吭，若有所思的双眼掠过一丝兴趣。

达尔马斯动了一下身子，踮着脚尖站起来。躺在地板上的菲律宾男仆只手挨着沙发，指甲在皮革沙发上留下深深的抓痕。

"唐纳，背后还有更多隐情，但管它呢。苏特罗是瓦尔登的老友，能够在瓦尔登不防备时靠近他，足以拿枪抵住脑袋射出致命的一弹。根本不会有人听见基马诺克酒店顶楼的枪声，更何况是一把0.32英寸的小手枪。所以苏特罗把枪塞到瓦尔登的右手，造成自杀的假象，然后轻松离开。但他忘了瓦尔登是个左撇子，也不知道枪支有注册号码。当收买的侦探告知他，而我又盯上那个知情的女人后，他就雇用了一个狙击团伙，耍诡计把我们三个引到棕榈的一间小屋，打算杀人灭口，好一劳永逸……只可惜那帮人没干好这事，真像一部戏剧啊。"

唐纳慢慢点了点头，他盯住苏特罗胃部，慢慢举起枪对准它。

"约翰，跟我们说说看，"他轻轻说道，"你这一大把年纪了，还在耍什么诡计——"

话没完，棕黄毛突然挪动，躲闪至桌后，弯下腰同时右手摸索出一把手枪，跪在桌后猛地射击。一颗子弹从桌底射出来，砰的一声射到墙壁，护墙板后传来一阵金属碰撞声。

达尔马斯往桌底连射两枪，一些碎片飞起。棕黄毛突然一声大叫，猝地站起来，手里的枪火苗四射。唐纳左闪右避，迅速射出两枪，棕黄毛又大叫一声，一股鲜血不断从一边脸颊汩汩而下，躺倒在桌后，一动不动。

唐纳后退至墙壁，苏特罗站起来，双手抱住腹部，试图发出尖叫声。

唐纳说："好啦，约翰，该你了。"

接着他突然咳嗽了一声，滑倒在墙上，衣服和墙壁摩擦出沙沙声，他倾身向前，丢下手枪，双手撑地继续咳嗽，脸色变得苍白一片。

苏特罗僵硬着身躯站在那里，双手抚在胃部，低身弯至腰部，弯曲的手指像是一只锐利的爪子，双目无光，死气沉沉。过了一会儿，他弯下双膝，躺倒在地板上。

唐纳还在继续咳嗽。

达尔马斯快速奔向大门，贴耳倾听外面动静，而后打开大门朝外看，随之他又迅速关上门。

"隔音的，棒极了。"他喃喃自语。

他走到桌前拿起电话，放下手枪拨号，等了一会儿对着电话说道："我找凯斯卡特上尉……我有事找他……当然紧急……非常紧急。"

说完他又候机，手指有节奏地敲打着桌面，冷眼打量着房间。电话那头传来一个疲倦的声音，他稍微摇了一下头。

"上尉，我是达尔马斯。我现在蝴蝶俱乐部，盖恩·唐纳的私人办公室。这里有点小麻烦，人伤得不是很严重……找到杀死德里克·瓦尔登的凶手了……是约翰·苏特罗……是的，就是那个议员……动作快点，上尉……你知道我是不会和别人抢功的。"

说完他挂断电话，拿起桌面的手枪，放在掌心，双眼注视着苏特罗。

"站起来，约翰，"他带着疲倦的声音说道，"起来告诉我这个可怜的傻瓜侦探，这下你要怎样瞒天过海，自作聪明的家伙！"

10

达尔马斯再次坐在警察总部的大楼里，一张橡木大桌顶上的灯光亮得耀眼。他用手指刮了一下桌上的灰尘，看着它然后用袖套拭去，瘦劲的双手托着下巴，注视着一张可蜷缩写字台上面的墙壁。房间里只有达尔马斯一人。

墙壁上的扩音器传来断断续续的声音，不断地嗡嗡作响："呼叫72区街71W……在第三大道和贝伦多……一家杂货店……发现一个人……"

门开了，凯斯卡特上尉走进来后小心翼翼地关上门。他身躯庞大，一看就是个诸事历练的人，一张大脸滋润有光，修着两撇整齐的胡子，双手粗糙。

他在橡木大桌和写字台间找个位子坐了下来，手摸着烟灰缸上一个冷却的烟斗。

达尔马斯抬起头看着他，凯斯卡特说道："苏特罗死了。"

达尔马斯一言不发地盯着他。

"是他老婆干的。他要求回趟家，伙计们好好地盯着他，但却没留意他老婆，还没反应得过来，他老婆就对他下毒手了。"

凯斯卡特张了张嘴又闭上，然后再次张嘴再次闭上，可以看到他满口结实的脏牙。

"她没开口说一句话。从背后拿出一支枪就对他射了三枪。一枪，两枪，三枪，就大获全胜，就这样。接着她转动了一下枪支，动作完美得你无法想象，随后把它递给伙计……你说她究竟为什么要这样做？"

达尔马斯问道："有招供书吗？"

凯斯卡特看了眼他，把冷烟斗塞到嘴里，大声抽了一口，说："他的？有，但不是黑字白纸……你认为她为什么杀他？"

"她认识那个金发女人，"达尔马斯说道，"她以为那是她最后的机会，唯有殊死一搏，她有可能知道自己老公的丑事。"

长官慢慢点了点头。"当然可能，"他说，"就是这样，她以为那是最后的机会。她杀了那王八蛋岂不是正好？如果检察官够明事理的话，就会应允她做过失杀人辩护，只须在蒂哈查皮蹲十五个月的牢房，可以当作疗养一下。"

达尔马斯在椅子上挪动一下，皱起了眉头。

凯斯卡特继续道："而我们可以松一口气了，你和警察总部都不会为难。如果她没杀他，反而会弄得满城风雨，她真应得到一大笔抚恤金。"

"她戏演得这么好，真应该和日食公司签约，"达尔马斯说，"当我查出是苏特罗时，我猜我还是很兴奋的，因为他很有名。如果不是因为他太胆小，还有如果不是因为他的市议员的身份，我可能早就亲手干了他。"

"省省心吧，伙计。把这摊破事交给法律审判吧。"凯斯卡特愤愤不平地说道，"这件事就这样落幕了。我们不能将瓦尔登的死作为自杀结案，磨掉号码的枪支就是他杀证据，我们要等验尸报告和枪支检验报告。手部的硝烟反应测试也会证明不是他开的枪。另一方面，案件牵涉到苏特罗议员，希望到时结果不会造成太坏的影响。没错吧？"

达尔马斯掏出一根香烟，夹在两指转动着，然后才慢慢点燃，把火柴甩灭。

"瓦尔登也不是清白之身，"他说，"染上毒品的都是双脚已踏上地狱之路的——不过这也会慢慢被淡忘掉。除了几个漏网之鱼，我想我们应该满意了。"

"见鬼，"凯斯卡特咧咧嘴，"没有人能在我的眼皮底下逃脱。你的老伙计丹尼溜得可真够快，如果我抓到道尔顿那女人，我就把她送到门多西诺去蹲牢、疗养。唐纳那边也要处理一下——当然得等他出院后。关于牵涉其中的劫持案和出租车司机枪击案，我们还得审问那些流氓，看看他们到底涉入了哪个案件，但估计他们是不会说的。他们还得为将来着想，好在那个司机也不是伤得很重。现在只剩下那帮狙击团伙了。"说完凯斯卡特打了个哈欠，"那帮家伙一定是旧金山人，我们这儿的人可没那么猖狂。"

达尔马斯整个人倒在椅子上，没精打采地说："在这儿是不是不能喝酒啊，上尉？"

凯斯卡特瞪了他一眼，"只是还有一点，"他冷漠说道，"我希望你听清楚了。你把那支枪分解了，这没问题——如果你没把上面的指纹破坏掉的话。而且我想鉴于你自身难保，你没把事情第一时间说清楚，我也不计较。但是你浪费我们的人力物力，抢在我们前头，就是千不该万不该。"

达尔马斯一副若无所思的神情，对他笑了笑，"上尉，你永远都是对的，"他谦卑地说道，"这只是工作需要——我也只能这么说了。"

闻言，凯斯卡特用力地抹了一把脸颊，额上的皱纹没了。他咧嘴一笑，而后弯下身躯拉开一个抽屉，拿出一小瓶黑麦威士忌放在桌上，按响一个蜂鸣器。一个穿着制服的高大士兵快速进到房间。

"嘿，蒂尼，"凯斯卡特洪亮的声音说道，"把你从我办公桌拿走的开塞钻拿给我。"那个士兵出去了一会儿又返回来。

"我们为什么而干杯呢？"上尉几分钟过后才问道。

达尔马斯回道："为了喝酒而干杯。"

（本文译者　汪牧奇、梁瑞清）

190

线 人

四点刚过不久，我从评审团那里脱身，然后偷偷地从后楼梯走到了玢韦德的办公室。玢韦德是一名地方检察官，面容严肃，五官轮廓分明，双颊上还蓄着让女人为之着迷的灰色鬓角。他摆弄着桌上的一支钢笔，对我说："我想他们是相信你的。他们甚至可能会就今天下午的莎伦命案起诉曼尼·提纳。要真是这样，那你就该好自为之了。"

我捻着一根烟，最后把它叼在嘴上。"别安排任何人在我身边，玢韦德先生。这城里的大街小巷我都熟得很，你的人也没办法跟得那么近，帮不上我什么忙。"

他望向一扇窗户。"你对弗兰克·多尔这个人了解多少？"他问道，眼睛却没有看着我。

"据我所知，他是一名显要的政治掮客，不管你是想在这城里开赌场，开妓院，还是想老老实实地做买卖，都得去找他。"

"没错。"玢韦德语气尖刻地说，并把头转过来面对着我，然后压低了声音，"很多人都没想到，在提纳的身上会发现罪证。按理来说，弗兰克·多尔应该从以莎伦为首的董事会那儿搞到生意。要是干掉莎伦对多尔来说有一丝好处的话，那他就有可能冒这个险。我还听说，他和曼尼·提纳曾经有过交易。换作是我的话，我就会盯着他点儿。"

我咧嘴笑笑，对他说："我一个人单枪匹马，但弗兰克·多尔的地盘可广着呢。不过，我会尽力而为的。"

玢韦德站了起来，越过桌子伸出一只手，对我说："我要出城几天，要是这次起诉成功的话，我今晚就走。你好自为之，要是出了什么乱子，就去找我的头号侦查员伯尼·奥斯。"

"当然。"我回答道。

我们握了握手，然后我走出办公室，经过一个满脸倦容的女孩儿。她朝我露出一个疲惫的笑容，一边用手绕着她颈背上一缕蓬松的卷发。四点半刚过，我便回到了自己的办公室。在小会客室的门口，我停下来盯着它看了一会儿。然后我打开门走了进去——当然，里面什么人也没有。

里面有的，只是一张陈旧的红色长沙发，两把不成对的椅子，一小块地毯和一张图书馆的桌子，上面放着几本旧杂志。这间会客室一直开着，好让访客进来坐着等候——我是说，如果我有访客上门，而且他们也愿意等的话。

我穿过会客室，打开门走进我的私人办公室，门上标着"飞利浦·马洛/侦查"几个字。

办公室的桌子远离窗户的那一侧有一把木椅子，卢·哈格就坐在那上面。他手上戴着明黄色的手套，双手握在一根手杖的曲柄上，后脑勺上戴着绿色的男式毡帽，帽檐下露出了非常光滑的黑发，一直垂到颈背上很低的位置。

"嘿，我一直在这儿等着呢。"他懒洋洋地笑着，一边说道。

"卢……嘿，你是怎么进来的？"

"门肯定没锁着，要么就是我刚好有把配对的钥匙。怎么，你很介意吗？"

我走到桌子那边，坐在转椅上，然后把帽子放在桌面，又从烟灰缸里拿起一根斗牛犬烟管，开始往里填烟丝。

"是你的话我就不介意。"我说，"只是之前我还以为，这把锁别人是打不开的呢。"

卢咧开厚厚的红唇笑了笑。他是个很英俊的家伙。他说："你还在办公吗，还是接下来一个月你都要待在酒店房间里，和一群总部来的伙计喝酒？"

"我还在办公——只要有事可以做的话。"

我点了一袋烟，然后靠在椅背上，注视着他那橄榄色的皮肤和两道笔直而深色的眉毛。

他把手杖放在桌子上，戴着黄色手套的手紧紧地抓着玻璃，两片嘴唇进进出出地嚅动着。

"我这儿有一点事儿可以让你做。也不是什么大事，但我会包下你的车马费的。"

我等着他继续说下去。

"我打算今晚去拉斯奥林达斯耍点小把戏，"他说，"就在卡纳莱斯的地头上。"

"你抽白烟吗？"

"行。我想我就要走运了，并且我想找个身上有枪的人陪我去。"

我从最上层的抽屉里拿出一包新的烟，从桌面上滑过去给他。卢拿了起来，并开始拆开包装。

我问："什么把戏？"

他把一根烟抽出来一半，就那么盯着它看。他的举止总是有点让我觉得不爽。

"我已经被迫停业一个月了，但在这儿开赌场得交的钱还没赚够。自从我那里被查封之后，总部那些家伙就一直在施加压力。他们光是想到自己要靠那点工资过活，就天天做噩梦。"

我告诉他："在这里开赌场的代价不比在别的地方高，而且，在这里你只需要把钱都交到一个地方去。这不挺好的嘛。"

卢·哈格把烟戳进嘴里。"是的——弗兰克·多尔，"他怒骂道，"那头肥猪，就知道敲诈勒索，真是个婊子养的！"

我什么也没有说。到了我这把年纪，早就不会对那些你压根动不了一根汗毛的人骂骂咧咧，还觉得这样做很好玩了。我看着卢用我桌上的打火机点着了他的烟。他吐了一口烟，继续说："这事儿想想也挺搞笑的。卡纳莱斯买通了县治安官办公室里的一些人，从他们那里搞到了一个新的轮盘。我跟卡纳莱斯的一个手下品纳熟得很，他是那批赌桌荷官的头儿。那个轮盘是让他们从我这儿拿走的，它有点小毛病——至于是什么毛病，我可是一清二楚。"

"但卡纳莱斯不知道……这听起来的确像是他会做的事儿。"我说。

卢没有看我，继续说道："去他那儿的人还不少，他那里有一个舞池，还有一支五人的墨西哥乐队，就为了让赌客放松的。他们中途跳点儿舞，就又会回去再被宰上一盘，而不会骂爹骂娘地从他那儿离开。"

我说："那你打算干什么？"

"我猜，你会说这是一套方法。"他轻声地说，长睫毛下的一双眼睛看着我。

我把目光从他身上移开，环视着整个房间。房间的地板上铺着锈红色的地毯，一幅广告日历下是五个绿色的档案柜，角落立着一个柱式衣架。房里还有几把胡桃木椅，窗户上装着网眼窗帘。窗帘因为被穿堂风吹得翻飞，边缘已经显得脏兮兮了。一道傍晚的阳光横铺在书桌上，照出了飞扬的灰尘。

"我看是这样的吧，"我说，"你觉得你对这个轮盘一清二楚，所以你就想趁机去捞一把，好气气卡纳莱斯那个家伙。但你又想找个人保护你，而这个人就是我。我觉得，这真是个傻主意。"

"一点也不傻，"卢说，"随便哪个轮盘，转起来都可能有些规律。要是你的确摸清了这个轮盘的话——"

我微笑着耸了耸肩。"行了，我对这个没兴趣。我对轮盘了解得不多。我听着只觉得你是个吸血鬼，急着要捞一把好去花天酒地，但我也有可能是错的。不过——这并不是重点。"

"那什么才是重点？"他细声问道。

"我对当保镖没什么热情——但或许这也不是重点。我猜，你肯定觉得，你这出把戏在我看来是很靠谱的。但要是我不这么想，然后把你丢在那里，搞得你进退两难呢？或者我觉得咱们占了优势，但是卡纳莱斯不这么想，还对我们胡搅蛮缠呢？"

"所以我才说我要找个有枪的人跟我去嘛。"卢面无表情地说道。

我镇静地说："就算我够本事，能陪你去——以前我可不知道我干得了这种事——那我也有其他要担心的。"

"算了算了，"卢说，"光是听你说什么担心不担心，就够我头疼的了。"

我又笑了，然后看着他那双戴着黄色手套而显得很不安分的手。我慢慢地对他说："说白了，你是最不可能用这种方式来赚钱的那个人，而我就是最不可能给你做后盾的那个人。"

卢说："是啊。"他抖了些烟灰在玻璃上，然后又低下头去把它吹掉。接着他像是在开启一个新话题一样，继续说："葛兰小姐会跟我一起去。她长得挺高，头发还染成了红的，是个十足的美人，以前还当过模特呢。不管去到哪儿，她都是个可人儿，可以帮我引开卡纳莱斯的注意力，以防他总是盯着我。所以我们会成功的。我刚才还以为我早跟你说过了。"

我沉默了一分钟，然后对他说："你很清楚，我刚刚才在陪审团面前指证了曼尼·提纳。我跟他们说，在亚特·莎伦被打得一身窟窿，推上马路之后，是提纳把身体探出了车子，然后切断了莎伦手腕上的绳子。"

卢冲着我淡淡一笑，说："那我就让那些受贿的大佬好过点儿。那群家伙，只会在背后操纵，但却从来没有露面。他们说莎伦是个正直的人，把董事会管理得很不错。就这样把他干掉，可真是卑鄙。"

我摇了摇头，表示不想谈论这个。我对他说："卡纳莱斯时不时都有一堆破事儿。而且他未必看得上什么红发女郎。"

卢慢慢地站起身，然后把手杖从桌上拿了起来，眼睛直盯着黄色手套的一只指尖，一副昏昏欲睡的样子。然后他朝门口走去，边走边甩着那根手杖。

"好吧，我还会来找你的。"他慢吞吞地说道。

我等到他把手搭在了门把上，才开口对他说："别就这么懊恼地走了，卢。如果你真的需要我的话，我会去拉斯奥林达斯的，但我不会拿你的钱。另外，看在皮特的分儿上，要是没有什么必要，你就当我不存在。"

他轻轻舔了舔嘴唇，没怎么正眼看我地说道："谢了，小伙子，我会非常小心的。"

然后他走了出去，黄色的手套随之消失在门边。

我动也不动地坐了大概五分钟，然后感到手上的烟管变得十分烫手，于是便把它放下，又看了看手表，然后站起来打开了放在桌子一角的小收音机。电流声停止以后，叮当一响，一阵铃声刚结束，然后一把嗓音说道："KLI现正为您播报晚间的本地新闻。今天下午，陪审团驳回了针对梅纳德·杰·提纳一案的起诉。提纳是一位著名的市政厅说客，同时也活跃于各种社交场合。这一使得许多他的朋友为之震惊的指控，几乎完全是基于证词的——"

这时我的电话突然响了，一个冷静的女声在我耳边说道："稍等。玢韦德先生给您打了电话。"

他紧跟着开了口："起诉已经驳回了。看好那个家伙。"

我告诉他我刚刚在收音机上听到了这个消息。我们谈了一小会儿，然后他说他得赶飞机，便挂了电话。

我重新靠在椅背上听着收音机，但实际上什么也没听进去。我在想，卢·哈格真是个十足的蠢货，但我却改变不了什么。

今天是周二，赌场里算是够热闹的了，但没有人在跳舞。到了十点钟左右，那支小小的五人乐队终于感到厌烦，不再胡乱地弹奏那首伦巴，其实压根也没人在听。木琴手放下琴棒，伸手去拿放在椅子底下的酒杯。其他乐队成员则坐在那儿点起了烟，一副百无聊赖的样子。

吧台和乐队都在房间的同一侧。我侧着倚在吧台上，把一小杯放在台面上的龙舌兰酒转来转去。现场的赌局都集中在三张轮盘赌桌的中间那张上进行着。

调酒师站在吧台的那边，也在我旁边的位置靠着。

"那个红头发的姑娘肯定是在大捞特捞了。"他说。

我没有看他，只是点了点头。"她现在下注可是一把一把的，"我说，"数都不用数。"

那个红发女孩儿很高挑，就算隔着她身后的那堆人，我也还能看到她铜一般光洁油亮的红色头发。我还看到在她身边的卢·哈格那颗油光发亮的头。大家好像都是站着在赌钱的。

"您不玩吗？"调酒师问我。

"不在周二玩。我以前曾经在周二的时候遇到过一些麻烦事儿。"

"这样吗？这酒你是想不掺水直接喝，还是要我帮你弄得柔顺点？"

"怎么弄得柔顺点？"我问他，"你还随身带着锉刀吗？"

他于是笑了起来。我又抿了一口酒，然后冲他做了个鬼脸。

"你说，这玩意儿是有人专门发明出来的吗？"

"这个我没有兴趣知道，先生。"

"那边的赌注限额是多少？"

"这个我也不会想知道的。我猜，这要看老板的心情吧。"

在房间里较远的那堵墙旁边，三张赌桌排成了一行，首尾由一排低矮的镀金金属栏杆连着，赌客们都站在栏杆外围。

忽然，正中间的那张赌桌上起了一阵口角，两边两张桌子旁的几个人急忙拿起筹码凑了过去。

接着，只听见一把清晰的嗓音带着一点儿外国口音大声而礼貌地说道："这位女士，如果您再耐心等等，卡纳莱斯先生很快就到了。"

我走了过去，挤到栏杆旁边。站在我旁边的是两位荷官，两人的头靠得很近，眼睛都斜着望向一边。其中一个手上拿着一把钱耙，慢悠悠地在轮盘旁边一前一后地推来推去。他们正盯着那个红发女郎看。

她穿着一件黑色的高衩晚礼服，露出了白皙而线条优美的肩膀，虽然不算什么绝世美人，倒也有几分姿色。她靠在桌子边上，正对着桌上的轮盘，长长的眼睫毛颤动着。在她面前的桌子上摆着厚厚一叠钱和筹码。

"快忙活起来，转动那个轮盘呀！收钱的时候眼疾手快，出钱的时候就不乐意了？"她机械地喊道，好像这样的话她已经说了好多遍了。

负责的那个赌场荷官冷若冰霜而不带感情地笑了一笑。他长得很高，肤色黝黑，一脸漠然的神情。"我们这一桌没办法偿还您的赌注，"他语气平稳而谨慎地说道，"卡纳莱斯先生，也许——"他耸了耸匀称的双肩。

女孩儿说："你们这些拿钱不干活的家伙，这可是你们的钱呢。难道你们不想拿回去吗？"

卢·哈格站在她旁边，舔了舔嘴唇，一只手搭在她的手臂上，两眼放光地盯着那叠钱。他轻声说："等等卡纳莱斯……"

"让卡纳莱斯见鬼去吧！我现在手气正好，我就要这样！"

这时，赌桌尾端的一扇门打开了，一个十分瘦弱、脸色苍白的男人走了进来。他留着毫无光泽的黑色直发，瘦骨嶙峋的前额高高凸起，双眼暗淡无光，让人无法看透。稀疏的胡须被修剪成两道分明的直线，几乎构成一个直角，这两道胡须从他嘴角往下延伸了足足有一英尺，看上去给他添了一丝东方人的味道。他面如白蜡，看上去光泽湿亮。

他无声无息地走到那两个荷官身后，在中间那张桌子的一个角落停住，然后看了一眼那个红发女孩儿，又伸出两根手指搓了搓胡须的末梢。他的指甲看上去微微发紫。他突然笑了一下，但下一秒看上去却好像他这辈子从来没有笑过一样。他声音低沉，语带嘲讽地说道："晚上好，葛兰小姐。看来今晚我得派人送你回家了，我可不愿意看到那些钱再进了别人的口袋。"

红发女孩儿面带愠色地看着他说："我不打算走了，除非你把我扔出去。"

卡纳莱斯说："不走了？那你想要做什么？"

"把这叠钞票都赌上了——黑鬼！"

原本吵吵嚷嚷的人群突然死一般地寂静，一丝动静都没有。哈格的脸渐渐没了血色，一片惨白。

卡纳莱斯却面无表情。他缓缓地、神情肃穆地抬起了一只手，从他的晚礼服里抽出一个大钱包，然后扔在高个的荷官前面。

"一万美元，"他的声音听上去低沉而沙哑，"这是我一贯的限额。"

那位高个的荷官拿起钱包，打开之后从里面抽出两捆平整挺

201

括的纸钞，快速地翻了一翻，然后把钱包合上，从桌子的边缘递还给了卡纳莱斯。

卡纳莱斯没动身去拿。除了那个荷官之外，谁也没有动。

女孩儿说道："把钱押在红色那儿。"

荷官俯下身伸到桌子那头，小心翼翼地把她的钱和筹码堆起来，又把她的赌注押在了红色钻石的那一格，然后一只手搭在轮盘的圆弧上。

"要是没人反对的话，"卡纳莱斯谁也没看，兀自说道，"这一局就只有我们俩。"

围观的人都四下张望，但谁也没开口说话。荷官转动了轮盘，左手手腕轻轻一甩，便把球掠进了槽里，然后又在众目睽睽之下把手收了回去，放在桌子的边缘上。

红发女孩儿双眼闪着光，嘴唇慢慢地张开了。

小球沿着槽的边缘转动，往下溜着从其中一颗闪亮的金属钻石旁边滚过，之后又沿着轮的侧翼往下滑，然后咔嗒咔嗒地沿着数字旁边的尖齿滚动。突然，随着生硬的"咔嗒"一声，球在00号旁边的红色27号那一格停了下来。最后整个轮盘都停了下来。

荷官拿起了他的耙子，慢慢地把两叠纸钞推过桌面，和女孩下的赌注堆在一起，最后将全部的钞票和筹码都推到下注范围之外的地方。

卡纳莱斯把钱包放回胸前的口袋中，转过身慢慢走到门边，然后走了出去。

我放下了紧钩在栏杆边上的手指，而围观的许多人也都散开，到吧台那儿去了。

当卢向我走过来的时候，我正坐在角落里一张铺着花砖的桌子旁摆弄着另外一杯龙舌兰酒。那支小小的乐队又稀稀拉拉地演奏起了一曲刺耳的探戈，舞池中一对舞伴不自然地扭动着。

卢穿着一件米色外套，领子竖起，领子里面是白色的丝巾。他的脸上一副微妙的明快的神情。这一次他戴着白色的猪皮手套，一只手放在桌面上，身子向我凑过来。

"两万两千多美元啊，"他轻声说道，"伙计，这回可赚大发了！"

我说："够大的一笔钱啊，卢。你开什么车来的？"

"看出什么问题来了吗？"

"你的把戏吗？"我耸耸肩，摆弄着手中的酒杯，"我对轮盘赌不了解，卢……但我倒是觉得，你那婊子的态度大有问题。"

"她不是什么婊子。"卢说道。他的声音中流露出一丝焦急。

"好吧。她让卡纳莱斯看起来像是个百万富翁。你究竟开的是什么车？"

"别克轿车，尼罗绿的，有两盏聚光灯和那些装在车杆上的小防撞灯。"他的声音中依旧透着焦急的情绪。

我说："在市区里开慢点儿，给我一个机会跟上你们。"

他的手动了动，然后他便走开了。而那位红发女孩儿也已经不见踪影了。我看了看手腕上的手表，当我再抬起头来的时候，卡纳莱斯正站在桌子对面。他那逗趣的胡子上方，一双眼睛死气沉沉地看着我。

"看来你不喜欢我这个地方。"他说。

"正好相反。"

"你来这儿不是为了赌钱的。"他这话听上去更像是在宣布一件事，而不是在问我。

"这难道是强制性的吗？"我语气冷淡地问道。

一丝淡淡的微笑掠过他的脸。他靠在桌子上，微微压低了身子，然后说："我看，你是个侦探吧，而且是个聪明的侦探。"

"不过是个私家侦探，"我说道，"而且也不怎么聪明。别被我长长的上嘴唇骗了，这只不过是家族遗传。"

卡纳莱斯的手指钩在一把椅子的顶部，然后捏着它。"无论如何，别再到这儿来了。"他语气很温和，甚至有点神情恍惚，"我不喜欢傀儡。"

我把烟从嘴里拿出来，从头到尾扫了一眼，然后才抬起眼来看着他。我说："我听说前不久有人冒犯你了，但你处理得很漂亮……所以，我们大可不必计较这一次。"

有那么一会儿，他脸上的表情很奇怪。然后他转过身，轻轻摇摆着肩膀无声无息地走了。他走路时脚板挺直，外倾得很厉害。他走路的姿态和他脸上的神态一样，都带着点儿黑人的影子。

我站起身，穿过那扇白色的双开门，进入到一个灯光昏暗的大厅，取回我的帽子和外套，然后重新穿在了身上。接着，我穿过另外一扇双开门，走到一个宽敞的阳台上，阳台顶部的边缘是蔓叶花样的装饰。空气中弥漫的海雾打湿了屋前那随风摇曳着的蒙特利柏树。地面微微下倾地绵延了很长一段距离，消失在一片黑暗中。迷雾隐藏了大海的踪影。

之前我已经把车停在了房屋另一侧的街道上。我摘下帽子，无声无息地走在长满湿苔藓的车道上，在门廊那儿拐了个弯，然后定定地站住了。

站在我前面的一个男人手里正拿着一把枪，不过他没有看到我。他握着枪的那只手垂在身体一侧，贴着他的大衣，大大的手让那把枪看起来显得特别小。枪管上反射出来的微弱的光好像是从大雾里散发出来的，又像是雾气的一部分。他的身材特别高大，踮着脚尖站在那儿纹丝不动。

我慢慢举起了右手，打开大衣上面的那颗扣子，伸手进去摸出了一把枪管长达6英寸的点38手枪，然后小心翼翼地放进了大衣口袋中。

我面前的那个男人动了动，把左手伸到他的脸的位置，手心里兜着一根烟。他吸了一口，短暂的闪光照亮了他宽厚的下巴，大而黑的鼻孔，以及一个宽大而透着挑衅意味的鼻子——这样一个鼻子，应该属于一个习于战斗的人。

接着，他扔掉了烟，一脚踩了上去。就在这时，从我背后传来一阵急促而轻微的脚步声。我刚想转身，但已经来不及了。

有什么东西嗖地响了一声，我便眼前一黑，晕了过去。

4

当我醒过来的时候，感觉全身又湿又冷，头疼欲裂。在我右耳的后方有一处轻微的擦伤，但并没有流血——有人拿着棍子把我敲昏了。

我直起身坐了起来，发现自己离车道有几码远，就在两棵被雾打湿了的树中间。我的鞋后跟还沾了些泥土。显然，有人把我拖离了车道，但并没有拖得很远。

我翻了翻身上的口袋，发现我的枪不见了。当然，这是意料之中的事。不过其他的东西都还在，就是我发现，这事儿可不像之前想得那么有趣了。

我在迷雾中四处打探了一下，但没发现什么东西，也没看见什么人，于是便干脆放弃了，沿着房屋没有门窗的一侧走到了一个地方。这儿看起来像是某条车道的入口，几棵棕榈树排成了一道曲线，入口的上方还有一盏旧式的弧光灯，灯光忽明忽灭，还嘶嘶作响的。刚才我就是把我的车停在了这里。那是一辆1925年产的玛蒙游览车，我一直开到了现在。我坐进车里，用一条毛巾擦了擦座椅，耐心地摆弄了一阵发动了马达，然后合上引擎的阻气门，一路开到一条空旷的大街上。街道中央是已经废弃了的电车轨道。

我从那儿出发，一直开到德卡泽恩路，也就是拉斯奥林达斯的要道。这个现在在卡纳莱斯名下的地方，是德卡泽恩在很久以前建造的，而这条干道就是以他的名字命名的。我开了一会儿，路旁便渐渐出现了城镇，房屋，看上去颇为冷清的商店和一个装着夜铃的加油站，最后是一个依旧开着门的杂货店。

一辆花里胡哨的轿车就停在杂货店门口。我把车停在它后面，然后下了车，便看见一个没戴帽子的男人坐在柜台旁边，正跟一个穿着蓝色罩衫的店员在说话。他们似乎完全沉浸在自己的世界里。我迈开步子开始朝店里走去，然后停了下来，又看了一眼那辆花里胡哨的轿车。

这是一辆别克轿车，车子的颜色在白天看起来应该就是尼罗绿的。车身上除了有两盏顶灯，还有两个鸡蛋形状的小琥珀灯，就安在前挡泥板上的镍棒上。驾驶座旁边的车窗是开着的。于是我走回自己的车子那里拿了一个手电筒，又走到别克轿车旁边，探了进去，把车主的驾照翻了过来，然后很快地打开了手电筒，又熄灭了。

驾照上登记的名字是路易斯·安·哈格。

我把手电筒扔掉，然后走进了杂货店。店里的一侧有个酒柜。穿着蓝色罩衫的那位店员卖了一品脱壶的加拿大俱乐部威士忌给我，我把它拿到柜台边，然后打开了。柜台边总共有十个座位，但我直接坐在了那个没戴帽子的男人旁边。他开始从镜子里仔细地打量起我来。

我要了一杯三分之二满的黑咖啡，然后又加了不少威士忌。我把整杯东西喝了下去，然后等了一会儿，让它暖暖我的身体。然后我仔细地瞧了瞧那个没戴帽子的男人。

他大概有28岁的样子，头发稍显稀疏，面色红润，目光相当诚恳，一双手脏兮兮的，看上去不像是在赚大钱的人。他穿着一件有金属扣的灰色马裤呢夹克，裤子和夹克看起来不怎么搭。

我压低声音，随口对他说："外面那辆车是你的？"

他一动不动地坐在那儿，一张嘴紧紧地抿着，眼神显然无法

207

从我在镜子里的双眼上挪开。

过了一会儿，他说道："是我的兄弟的。"

我说："想喝一杯吗？你的兄弟……是我的一个老朋友了。"

他慢慢点了点头，倒吸了一口气，然后又慢慢地伸出了手，最后终于拿到了酒瓶，往他的咖啡里掺了些酒，便把整杯东西都喝下去了。接着，我又看着他掏出了一包皱巴巴的烟，叼了一根在嘴里，然后拿着一根火柴，在指甲上划了两次，但两次都没有点燃，于是就着柜台点着了，最后底气不足却又故作镇定地猛吸了一口。

我朝他凑过去，语气沉稳地对他说："这不必非得是什么麻烦事。"

他说："是……你，你葫芦里卖的是什么药？"

店员悄悄地朝我们凑了过来。我又要了一杯咖啡。他端过来之后我便一直盯着他看，直到他又走开了，背对着我们站在橱窗前面。我在咖啡里掺了些酒，然后喝了一点儿。我看着那个店员的后背，然后说道："那辆车的主人根本就没有什么兄弟。"

我身边的男人绷直了身体，然后面向着我。"那你觉得这辆车是我偷来的？"

"不是。"

"你觉得这辆车不是我偷来的？"

我对他说："不。我只是想要你把事情的来龙去脉告诉我。"

"你是个侦探？"

"嗯。但这不是在彻底搜查，所以你不用担心。"

他又猛地吸了一口烟，手里拿着汤匙在已经空了的杯子里搅来搅去。

"我可能会因此丢了自己的饭碗的，"他慢吞吞地说道，"但我需要一百美元。我是个出租车司机。"

"我猜到了。"我说。

他看上去一副很吃惊的样子，转过头来盯着我。"再喝一杯，然后咱们继续，"我说，"偷车贼可不会把车停在主干道上，然后还若无其事坐在杂货店里。"

店员从橱窗那儿又走了回来，在我们旁边转来转去，手里拿着一条破布在一个咖啡壶上擦得起劲。店里突然一片沉寂。店员把抹布放下了，然后走到杂货店后头，站在隔板后面，挑衅一般地吹起口哨来。

坐在我身边的男人又倒了些威士忌，喝了下去，然后朝我会意地点点头。"听着——我载了一名乘客出来，本该继续等着他的。然后一个男的开着一辆别克轿车载着一个女的，在我旁边停了下来。那个男的出价一百美元，让我把帽子脱下来给他，然后又开着我的出租车进了城。我得在这儿转悠一个小时，然后开着他的车去唐纳大道上的卡里勇饭店。我可以在那儿取回我的出租车。然后他会把说好的一百块给我。"

"他怎么跟你说他的事儿的？"

"他说他们刚去了一个赌窟，手气还不错，捞了一笔。但他们就怕在半路上被人抢了，因为他们发现赌场里总是有人在监视着的。"

我在他那儿拿了一根烟，然后用手指捋直了。"这么说我倒没什么异议。"我说，"能看下你的牌照吗？"

他把它们递给了我。他的名字叫汤姆·斯内德，是绿顶出租车公司的一名司机。我把我的那瓶酒塞上软木塞，然后利落地塞进了侧口袋，顺手扔了个五角硬币在台面上。

店员走过来，给我换了零头。他几乎好奇得浑身发抖。

"咱们走吧，汤姆，"我在他前面说道，"我们去取回那辆出租车。依我看，你不该继续在这里等了。"

我们走了出去，然后我让他开着别克轿车在前面带路。离开了灯火阑珊的拉斯奥林达斯，我们又穿过了几座海滨小城。城里较小的房子都建在海边的沙滩上，而较大的则建在后山的山坡上。偶尔能看见一扇还亮着灯的窗户。轮胎碾过潮湿的混凝土路面，那声音听上去像是在哼着一首歌。前方别克轿车挡泥板上，小小的琥珀灯在弯曲的镍棒上窥视着我。

在西西马伦我们转到内陆，车子扑哧扑哧地穿过了运河城，然后便开上了圣安格鲁山道。之后我们又开了几乎一个小时，才到了唐纳大街5640号，也就是卡里勇酒店。这是一幢高大而不规整的建筑，屋顶铺着石板瓦，带有一个地下车库，前院还有一口喷泉，晚上的时候亮着淡绿色的灯光。

编号469的那辆绿顶出租车就停在街对面背光的那边。我看不出来哪里有被射击过的痕迹。汤姆·斯内德在驾驶区找到了他的帽子，然后急不可耐地钻到方向盘前面。

"没我的事儿了吧，我可以走了吗？"他如释重负地尖声说道。

我跟他说我无所谓，然后把我的名片给了他。当他开到拐弯处的时候，已经是凌晨1点12分了。我坐上别克轿车，然后沿着斜坡往下开进了停车场，把车交给了一个正慢悠悠地给车子除尘的黑人小伙子，便绕了一圈走到酒店大厅。

酒店前台站着个神情严肃的年轻人，正在电话总机的灯光下读着《加州上诉判决》。他说卢现在不在房间里，打从11点他来值班的时候就已经不在了。我跟他争论了几句，说时候不早了，而且我这次来有重要的事儿。最后他终于拨通了卢的房间的电话，但是没人接。

我走了出去，在我自己的车里坐了几分钟，抽了一根烟，又喝了一点儿加拿大俱乐部威士忌。然后我走回酒店里面，进了一个付费电话亭，然后把门关上了。我给每日电讯报拨了电话，要求接通到本地新闻编辑部，找到了一个叫冯·巴林的人。

我跟他说了我是谁，他听了便在电话那头冲我大喊："你还在外边转悠呢？想必是有什么情况吧。我还以为曼尼·提纳的朋友这次肯定会把你干掉呢。"

我说："你闭嘴，听我说。你知道一个叫作卢·哈格的人吗？他是个赌徒，一个月前他的赌场被警方搜查，封掉了。"

冯·巴林说他私下并不认识卢，但知道他是谁。

"你们那家小报社里有谁真的认识他吗？"

他想了一会儿。"这儿有个叫作杰瑞·克洛斯的家伙，"他说，"听说是个夜生活很丰富的人。你想知道些什么？"

"帮我问问，他有可能会去什么地方庆祝。"我说。然后我把事情告诉了他，但没有说得太仔细，我被人打昏以及出租车的部分都被我跳过了。"他没有回旅馆，"我最后说，"我必须得打听到他的消息。"

"好吧，如果你是他的朋友——"

"只是他的朋友——不是他们那一帮人的。"我打断他。

冯·巴林停下来，大吼着让某人去接一通电话，然后贴着话筒轻声地对我说："快说，伙计，快说。"

"好吧。但我这是在跟你个人说话，可不是在跟你们的报纸谈什么事情。我在卡纳莱斯的赌场外头给人敲昏了，枪也弄丢了。卢和他那个女孩儿在路上把他们的车换成了一辆出租车，然后就消失了。这情况我可不太喜欢。卢还不至于醉到没头没脑，兜里揣着那么多钱就敢在城里转悠。就算他敢，那女孩儿也不会让他这么干的。她这个人实在得很。"

"我看看我能做些什么，"冯·巴林说，"但这事儿听上去是没啥指望的了。我到时给你打电话。"

我怕他不记得我的地址，便告诉他我住在梅里特广场，然后走了出去，重新坐到车里。接着我开车回家，拿热毛巾在头上敷了15分钟，然后换上了睡衣呆坐着。我一边喝着掺了柠檬水的热威士忌，隔一阵儿就给卡里勇酒店打电话。2点半的时候，冯·巴林给我打了电话，说运气太背了，卢没有被逮捕，不在任何接收医院里，也不在杰瑞·克洛斯能够想得到的任何一家俱乐部里。

凌晨3点我给卡里勇酒店打了最后一通电话。然后我便熄灯去睡觉了。

第二天早晨依旧没有任何消息。我试着想找到那个红发女孩儿。电话本上一共有28个人叫作葛兰，其中三个是女的。一个没有接电话，另外两个则更确切地跟我说她们的头发不是红色的，有一个甚至说要让我亲眼看看。

我刮完胡子洗了澡，吃过早餐之后走了三个街区，到了位于山下的秃鹰大厦。

而葛兰小姐就坐在我那间小小的会客室里。

　　我打开另一扇门，她便走了进去，然后坐在卢前一天下午坐过的那把椅子上。我又打开了几扇窗，然后把会客室的外门上了锁，又划了一根火柴，帮她点着了左手中的那根烟。她既没有戴手套，也没有戴戒指。

　　她穿着衬衣和花格裙子，外头罩着宽松的外套。头上戴着一顶十分贴身的帽子，样式一点儿也不算过时，不至于让人一看就觉得她是个走了霉运的人。但这顶帽子几乎把她的头发全遮起来了。她脸上没有化妆，看起来30岁左右，一脸呆滞而疲惫的神情。

　　她拿着烟的那只手看上去简直过于稳定了，像时刻警惕着什么一样。我坐了下来，等着她开口。

　　她盯着我的头上方的那堵墙一直看，什么话也没说。过了一小会儿，我给烟斗填了烟，然后抽了一分钟。接着我便站了起来，走到通向走廊的那扇门前面，把之前从投信口里塞进来的几封信捡了起来。

　　然后我又在桌子旁边坐了下来，旁若无人地把信逐一扫了一眼，打开其中一封看了两遍。我做这些的时候都没有正眼看她，也没有跟她说话，但依然留意着她。她看上去像是鼓足了勇气，要跟我说什么似的。

最后她终于有动静了。她打开了一个很大的黑色漆皮包，从里面拿出一个鼓鼓的马尼拉纸信封，扯下上面的橡皮筋，两只手捧着那个信封坐在那儿，头斜得老远。那根烟被她叼在嘴角，正冒着灰色的烟。

她慢慢说道："卢跟我说过，万一我遇上了什么麻烦，就来找你。现在我的麻烦可大了。"

我盯着那个马尼拉纸信封。"卢是我一个很好的朋友，"我说，"我会帮他干任何正当的事儿，以及某些不正当的事儿——比如昨晚。但这不意味着我跟卢总是一伙的。"

她把烟扔到烟灰缸的玻璃碗里头，没有熄灭它。她的眼睛里突然燃起一道黑色的火焰，很快就又熄灭了。

"卢死了。"她的声音里听不出有一丝情感。

我拿着一支铅笔伸了过去，戳在烟点着的那一头，直到它停止冒烟了为止。

她继续说："卡纳莱斯的几个手下把他打死了——他们拿着一把小手枪，一枪就把他射死了。那把枪看起来很像我的那把。我之后找的时候就找不到我自己的那把了。一整个晚上我都待在他的尸体旁边……我没有别的选择。"

她突然晕了过去，眼珠往上一翻，便一头磕在桌子上，然后一动不动地躺在地上。那个马尼拉纸信封就掉在她松开了的手前面。

我急忙拉开了一个抽屉，拿出酒和杯子，没有掺水直接倒了一点，然后拿着杯子走到桌子那边，把她扶到椅子上。接着，我用力地把杯口凑在她的嘴边——用力到足以弄疼她。她挣扎了几下，然后吞了下去。有些酒顺着她的下巴流了下来，但双眼总算恢复生气了。

我把那杯威士忌摆在她面前，又重新坐下了。信封的口盖张得老开，我看到里面放着钞票———捆一捆的钞票。

接着，她开始用一种恍惚的口吻跟我说起话来。

"我们在兑钱的人那里都换成了大钞，但还是塞了鼓鼓的一

214

包。信封里总共有两万两千美元，几百块的零头我就没放进去了。"

"卢很担心。他知道卡纳莱斯要追上我们易如反掌。虽然你可能也跟在我们后头，但你也做不了什么。"

我说："大家都看到卡纳莱斯把钱输给你们了。就算他心疼，这也算是好好给他打了一回广告。"

她继续说她的，好像我根本没开过口一样。"开车经过城里的时候，我们看到一个出租车司机把车停到路边，坐在车里，于是卢便计上心头。他出一百美元，让那个司机把出租车开到圣安格鲁，然后再把别克轿车开到旅馆去。那个小伙子让我们坐上车，载着我们开到另外一条街，然后我们便换了车。我们很抱歉把你甩开了，但卢说你不会介意。而且，我们也许还能找个机会给你打个信号什么的。

"卢并没有回旅馆去。我们搭了另外一辆出租车到我那儿去了。我住在南明德800街区的霍巴特埃姆斯公寓。那里的前台不会问你一堆有的没的。我们上楼走到我的公寓，刚打开灯，两个蒙着面的人便从客厅和小餐室中间的那半堵墙后面走了出来。其中一个又矮又瘦，另一个则是个大块头，下巴像个架子一样从面罩下面突了出来。卢没有多想，动了一下，那个大块头便马上朝他开了一枪。那枪只是模糊地噼啪响了一声，没有很响，卢便倒在地上，再也没有动过。"

我说："他们可能就是把我给撂倒了的那些人。我还没有跟你说过这事儿。"

但她好像也没听到这句话。她的脸色苍白而镇定，仿佛打了石膏一样面无表情。"也许我最好再喝上一点儿烈酒。"她说。

我倒了两杯酒，然后两人都喝了起来。她继续说："他们搜了我们的身，但钱没有在我们身上。回去之前我们找了一个通宵营业的杂货店，称了一下重量，然后在一个邮政支局把钱寄了出去。之后他们又把公寓搜了个遍，不过我们才刚进到公寓里，显然没有时间去藏什么东西。那个大块头挥了一拳把我打昏了，当我再醒来的时候，他们已经不见了，只剩我一个人，以及卢横在地板上的尸体。"

她指着下巴边上的伤痕。那儿是有点东西，但看不出什么。我在椅子上动了动，然后说："去你家的路上他们就已经从你们旁边经过一回了。他们要是机灵点，在那条路上看见一辆出租车，就该知道得好好搜一搜。但他们是怎么知道该上哪儿去找你们的？"

"这个我昨晚好好地想过了，"葛兰小姐说，"卡纳莱斯知道我住在哪儿。他曾经跟着我回家，还试图让我邀请他到我家里去。"

"这样，"我说，"但是他们为什么会到你家里去呢？而且，他们是怎么进去的？"

"这没有什么难的。公寓的窗户下面有一个窗台，一般的男人侧着身都可以沿着它走到太平梯。他们可能还安排了其他人埋伏在卢的旅馆房间里。这一点我们倒是想到了，但就是没想到他们会知道我住在哪儿。"

"把剩下的事都告诉我。"我说。

"那笔钱寄给我了，"葛兰小姐解释道，"卢是个很好的男人，但是作为一个女人，我得保护自己。这就是为什么昨天晚上我得跟卢的尸体待在一块儿，直到钱寄过来了为止。然后我就到你这儿来了。"

我站了起来，朝窗户外看去。对面有个胖女孩儿正在对着打字机猛敲，在我这儿都能听到噼噼啪啪的声音。我又坐了下来，盯着一根拇指看。

"他们有没有留下枪？"我问她。

"没有，除非他们把枪藏在卢的尸体下面。那儿我就没看过。"

"他们这么容易就放过你了，也许根本就不是卡纳莱斯派来的。卢他常跟你掏心窝子吗？"

她摇了摇头，没有作声，灰蓝色的双眼看上去若有所思，不再跟刚才一样目光呆滞了。

"好吧，"我说，"你到底想要我做些什么？"

她微微眯起了双眼，然后伸出一只手，慢慢地把那个鼓鼓的信封从桌子那边推了过来。

"我又不是小孩子了。现在我遇到了麻烦，但我不会就这样让自己破产的。这当中一半的钱是我的，我想干干净净地拿回来。另外一半全给你。昨晚我要是报了警，他们肯定会想方设法把钱都从我这儿挖走的……我想，卢会愿意让你把这一半的钱拿走的，要是你愿意跟我合作的话。"

我说："要花钱雇个私家侦探的话，这个数可不小啊，葛兰小姐。"接着我又疲惫地笑了笑，"你昨晚没报警，现在可就得吃亏了。不过，不管他们说什么，都有办法可以应付。我想，我最好还是到你那儿去看看是什么出了毛病，如果有的话。"

她赶紧朝我靠过来，然后说："这钱交给你保管行吗？……你敢吗？"

"当然。我会到楼下去一趟，把钱放在保险箱里。钥匙可以拿一把给你保管着，之后我们可以再谈谈分摊的事儿。我想，我们得让卡纳莱斯知道，他必须来找我一回。而且，你最好先去一个小旅馆避避风头——我有个朋友在那儿。至少，得等到我打听到一点消息再说。"

她点点头。我把帽子戴上，又把信封塞在腰带里头。然后我走了出去，跟她说要是觉得太紧张的话，左手边最上面的抽屉里有一把手枪。

等到我再回来的时候，她好像并没有动过。但她说，她已经打电话到卡纳莱斯那里去留了个口信，他应该会明白的。

之后我们走了挺偏僻的路，到了位于布兰特和C大街上的洛林旅馆。路上没人追杀我们，而且就我能看到的，也没有人尾随着我们。

我跟旅馆值日班的接待员吉姆·多兰握了握手，偷偷塞了一张20美元的钞票。他把手揣到兜里，然后说他会很乐意为"汤普

217

森小姐"服务，不让她受到打扰的。

之后我便离开了。中午的报纸上也没有任何关于卢·哈格死在霍巴特埃姆斯公寓里的消息。

霍巴特埃姆斯公寓所在的那个街区几面都是它这样的公寓楼。这是一栋六层高的公寓，楼的正面是浅黄色的。小区的街道两边都停着许多车。我慢慢开着车穿梭其中，一边仔细地四处打量着。这一带看上去还没有被刚刚发生的事惊扰到，此刻气氛平静，阳光和煦，停在路边的车子都一副气定神闲的架势，仿佛知道这儿就是它们的地盘。

我兜进了一条小巷，这巷子两旁都竖着高高的木栅栏，中间有许多缺口，缺口处是些不怎么牢固的车库。我把车停在一个带着"出租"标志的车库旁，然后从两个垃圾桶中间穿过去，走到了霍巴特埃姆斯的混凝土后院挨着街道的一边。一个男人正在把高尔夫球杆放进小车的后备厢里。大厅里一个菲律宾人拖着吸尘器在清扫地毯，一个黑皮肤的犹太女人正在电话总机旁写着些什么。

我搭了自动电梯上去，悄悄沿着走廊走到左手边的最后一扇门前，然后敲了敲门，等了一会儿，又敲了一次，最后用葛兰小姐的钥匙开了门进去。

地板上却根本没有什么尸体。

我对着活动床后面的镜子看了自己一眼，然后走到窗户旁边，朝外头看去。窗户底下有一个窗台，以前曾是一个盖顶。这个窗台一直延伸到太平梯那儿，就算是个瞎子也能走进去。但上面依旧铺着一层灰，我也没有看到任何类似脚印的痕迹。

小餐室和厨房里也没发现什么东西，东西都是原来就有的。卧室铺着的地毯让人眼前一亮，墙都漆成了灰色的。角落里的废纸篓旁边堆着许多垃圾，梳妆台上一把坏掉的梳子上还有几根红色的头发。壁橱里除了一些杜松子酒的酒瓶之外，就什么也没有了。

我回到客厅，看了看壁床的后面，又无所事事地坐了一分钟，然后离开了公寓。

大厅里的那个菲律宾人已经拖着吸尘器扫了大概有三码远的地儿。我倚在柜台旁边靠近电话总机的位置。

"葛兰小姐呢？"

那个犹太女黑人说："在524房。"说罢在一张细目清单上打了个钩。

"她不在。她最近回来过吗？"

她抬起眼来瞥了我一眼。"我没怎么注意。这是……一张钞票？"

我跟她说我只是葛兰小姐的一个朋友，向她道了谢然后就走了。从她的反应来看，可以确定葛兰小姐的房间里并没有过什么动静。我回到刚才那条小巷里取回了我的那辆玛蒙。

反正，我之前也压根没有相信葛兰小姐所说的。

穿过科尔多瓦之后，我又往前开了一个街区，然后在一间已经无人问津的杂货店旁边停了下来。店门口有两棵十分高大的漆椒树，橱窗已经布满灰尘，杂七杂八地塞了不少东西。店里的一角还有付费型的自助电话亭。一个老头看见我，满脸期待地拖着脚朝我走了过来，看到我不是要光顾他的小店，便又走了，把一副钢圈眼镜推到鼻尖，然后又拿起报纸坐了下来。

我往电话机里投了一个五分硬币，拨了号，然后便听到一个尖细刺耳的女声拉长了声调说道："每——日——电——讯！"我告诉她我要找冯·巴林。

很显然他拿起电话的时候，就已经知道是谁在找他了。我可以听到他在那儿清喉咙，然后他贴近了话筒，语气确凿地说道："我帮你打探到了点消息，但不是什么好消息。我也觉得特别遗憾……你的朋友哈格已经进了停尸房。我们大概十分钟前才得到的消息。"

我靠在电话亭的玻璃上，感觉一阵难抵的疲惫涌上眼底。我问他："你还打听到了什么？"

"几名巡逻警察在某个人家的前院里或别的地方找到了他，就在西西马伦。子弹射穿了他的心脏。这事儿发生在昨晚上，但由于某种原因，他们刚刚才宣布死者的身份。"

我说："西西马伦是吗？哼！行了，这样的话就说得通了。我会直接去见你的。"

我向他道了谢，然后便挂了电话，在那儿站了一会儿，透过玻璃看着一个头发灰白的中年男子。他是刚才走进来的，正在摆着杂志的架子上翻翻找找。

接着我又投了一个五分硬币，然后打电话到洛林酒店，要求让接待员来听电话。

我说："叫你们那转线的姑娘帮我把电话接到红发的女孩儿那儿行吗，吉姆？"

我拿出一根烟点着了，然后又喷出一口烟在电话亭的玻璃门上。烟顺着玻璃往四周散开，在密闭的电话亭里盘旋着。听筒里传来咔嗒一声，接线员说道："抱歉，您找的人没有接听。"

"让吉姆来听电话。"我说。他拿起电话之后，我对他说："你可以花点时间上楼去看看她为什么没接电话吗？她也许只是在提防着我而已。"

吉姆说道："没问题。我这就带把钥匙上去。"

我感到全身都在冒汗，便把话筒放在一个小架子上，然后猛地把电话亭的门拉开了。那个白头发的男子一下子从杂志上抬起头来，然后一脸怒容地看了看他的手表。烟雾从电话亭里涌了出去。隔了一会儿，我又踢了一脚把门合上，然后把话筒拿了起来。

吉姆的声音听上去像是从很远的地方传来的。"她不在这里。也许她出去散步了。"

我说："是吗——说不定，是去兜风了呢。"

我猛地挂上了电话，然后一把推开门走了出去。那个白头发的陌生男子啪的一声丢下一本杂志，结果丢得太大力了，杂志掉到了地上。我从他身边经过的时候，他正弯下腰去捡。之后他便站直了，在我身后轻声而不容抗拒地说道："手放下，不准出声，继续往前走，到你车子那里去。不是和你在开玩笑。"

在眼角的余光里，我能看到那个老头正眯着一双近视眼偷偷地往我们这边看。但就算他能看得那么远，也看不到什么。有东西指着我的脖子。有可能是一根手指——但我可不这么认为。

我们安然地走出了杂货店。

一辆灰色的长版轿车紧紧地停在了我那辆玛蒙的后面。后车门开着，一个长着方脸歪嘴的男人站在门边，一只脚踩在踏板上。他的右手摆在身后，还放在车里面。

我身后的男人说："上你的车去，往西边开。在第一个拐角的地方转弯，车速保持在25公里/小时左右，不准开得比这更快。"

狭窄的街道上阳光明媚，阒静无声，两棵漆椒树正在窃窃私语。而小小的一个街区开外的科尔多瓦城里则车水马龙。我耸了耸肩，打开车门，然后坐到驾驶座上。白发男子很快坐上了副驾驶座，眼睛始终盯着我的双手。他把右手转过来，手里握着一把短管转轮手枪。

"小心点，老兄，把你的钥匙拿出来。"

我很小心。正当我一脚踩在油门上的时候，后座的一个门砰的一声合上了。只听到一阵急促的脚步声，然后有人坐到了后座上。我把离合器控杆往后一扳，然后在街角拐了过去。在后视镜里，我可以看到那辆灰色的轿车跟着一起转弯了，然后又稍稍落后了一点。

我开车沿着一条与科尔多瓦并行的街道往西行驶，过了一个半街区之后，一只手从我身后越过我的肩膀把我的枪拿走了。那个白发男子将拿着枪的手放在大腿上，另一只手在我身上仔细摸索了一遍，然后颇为满意地靠在了椅背上。

"好了，现在开到干道上去，然后加速。"他说，"但是别给我蹭到巡逻车上去了，如果你看到了一辆，或者你觉得警察看到了你。你胆子大的话就尽管试试，看结果怎么样。"

我拐了两个弯，然后加速到35公里/小时便停住了。我们穿过了一些挺不错的住宅区，之后路边的景物便开始稀疏了。等到马路两边已经荒无人烟了的时候，后面的那辆灰色轿车便停了下来，转头往城里开去，最后消失在视野里。

"你们劫持我，想要干什么？"我问道。

那个白发男子大笑了几声，然后摸着他那红色的宽下巴说道："一点私事而已。有个大人物想跟你聊几句。"

"卡纳莱斯？"

"卡纳莱斯——扯淡！我说的是那个'大人物'。"

我盯着那偏僻的地方仅能看到的几辆车，沉默了几分钟。然后我说："为什么不直接在我还在公寓里或者巷子里的时候就下手？"

"想要确认没人掩护你。"

"这个大人物究竟是谁？"

"这个你不用问，等你到了自然就知道了。还有别的问题吗？"

"有。我可以抽烟吗？"

我点烟的时候，他便握着方向盘。从头到尾，后座上的男人都没有说过一句话。过了一会儿，白发男子让我停车，把位子让给他，然后便是他开的车。

"我以前也有过一辆这个玩意儿，那是六年前，我还穷得叮当响的时候。"他快活地说道。

我想不出来该怎么接他的话，于是便默默把烟吸进肺里，然后一边寻思着，如果卢是在西西马伦被杀死的，为什么凶手没有拿到那笔钱呢？而如果他真的是在葛兰小姐的公寓里被杀的，那为什么还有人要费那么大的劲，把他的尸体运回西西马伦呢？

223

7

二十分钟后，车子开到了山脚下。接着我们又翻过一个猪背岭，沿着一条狭长的白色混凝土山路往下滑移，穿过了一座桥，在下一个山丘爬到半坡之后，便拐弯转入一条碎石路。这条路往前渐渐隐没在两旁的胭脂栎和石兰灌木丛里。一簇簇羽状的蒲苇点缀在山间，像喷射的水流一般向外展开。车轮碾在碎石子路上嘎吱作响，又在弯道上不停地打滑。

我们来到一间山中小屋，屋子的前廊十分宽敞，地基是水泥混着鹅卵石打成的。屋后一百尺处的一个山顶上，一架发电机的风车正在慢悠悠地转动着。一只野生冠蓝鸦在路旁一闪而过，冲天而起，敏捷地把身子一侧，像块石子一样消失在视线里。

白发男子把车子开上了门廊，停在棕褐色的林肯轿车旁边，熄了火，又把车子长长的手刹扳了起来，然后拔出车钥匙，小心翼翼地把它们塞在皮套里面，然后一并放进了自己的口袋中。

后座上的男人下了车，然后打开了我旁边的车门。他的手里拿着一把枪。我下了车，接着那个白发男子也下了车，然后我们一起走到了屋子里。

屋里有一个大房间，墙壁都由带节的松木筑成，磨得油光水滑，十分漂亮。我们踩在印度风格的地毯上，穿过了这间房，然后白发男子小心翼翼地敲了敲一扇门。

一个声音喊道："谁？"

白发男子把脸贴到门上，然后说："比斯利——还有您想找来谈一谈的那个家伙也在这里。"

"进来吧。"里面的人说。比斯利打开门，把我推进去，然后在我身后把门关上了。

这间房跟刚才那间一样很大，带节的松木筑的墙，地上铺着印度风格的地毯。用浮木生起来的一堆火在石头壁炉里哧哧呼呼地燃烧着。

在一张平坦的桌子后面坐着的那个人，正是政客弗兰克·多尔。

他是那种很喜欢坐在桌子后面，然后把大大的肚子顶在桌子上的人。他总是一边拨弄着桌上的东西，一边摆出一副精明的样子。他那张肥胖的脸显得暗淡无光，一头稀疏的白发微微竖起，眼睛小而目光敏锐，一双手小而纤细。

我看不到他整个人，只看到他穿在身上的灰色西服显得邋里邋遢的。在他面前的桌子上有一只很大的黑色波斯猫。他正用一只小巧秀气的手挠着猫的脑袋，而猫则斜靠在他的手上，尾巴摇来晃去，然后从桌子的边缘直直地垂了下来。

"坐吧。"他说，眼睛始终停留在猫身上。

我坐在一把椅座十分低矮的皮椅上，然后多尔便说道："你觉得这儿怎样？挺不赖的，没错吧？这是托比，我的女朋友，我唯一的女朋友。不是吗，托比？"

我说："我觉得这儿是挺不错的——但你把我弄到这儿来的手段可就不怎么样了。"

多尔把头稍稍抬高了几英寸，然后看着我，嘴巴微微张开着。他的牙齿很漂亮，只可惜是假牙。他说："我很忙的，老兄。这比吵着让你来省事儿多了。要喝一杯吗？"

225

"当然。"我说。

他用两只手掌轻轻地捏着猫的脑袋，然后一把把它推开，两只手搭在椅子的扶手上。他很用力地撑着，脸有点儿泛红，最后终于站直了起来，然后摇摇摆摆地走到一个嵌入式的橱柜旁边，拿出了一瓶玻璃瓶装的威士忌和两个有金色纹脉的酒杯。

"今天没有冰了，"他说，一边又摇摇摆摆地走回到桌子旁，"只能喝纯的了。"

他倒了两杯，然后打了个手势。我便走了过去，拿起我的那一杯。随后他又坐下了，于是我也拿着酒回到了椅子上。多尔点了一根长长的棕色雪茄，把装雪茄的盒子往我这边推过来了两英尺，然后靠在椅背上，神态放松地看着我。

"你就是指证了曼尼·提纳的那个家伙吧。"他说道，"这么做可不妥当。"

我抿了一口威士忌——这酒算挺不错的，小口小口地喝正好。

"生活偶尔会变得很复杂，"多尔继续说道，语气依旧显得平和自在，"政治——即便是在它很有趣的时候——本身就是很强硬的。你是了解我的。我很强势，想要的东西没有得不到的。我要的东西已经不再像以前那么多了，但只要是我想要的——我就一定要得到，至于是用什么手段得到的，这我没什么所谓。"

"久有耳闻了。"我客气地说道。

多尔的眼睛闪了一下。他转过身去找那只猫，揪着尾巴把它拖到他身边，然后用手一推让它侧躺着，接着便开始摩挲着它的肚子。那只猫看起来很是享受的样子。

多尔看着我，然后轻轻地说："是你干掉了卢·哈格。"

"是什么让你这么想的？"我淡淡地问。

"你杀了卢·哈格。也许他该死——但人是你杀的。他被人拿着一把点38手枪一枪射穿了心脏。你身上带着的就是点38手枪，而且许多人都知道，你开这把枪是一打一个准。昨晚你跟哈格一起在拉斯奥林达斯，并且看见他赢了很多钱。你本来是去那儿给他当保镖的，但你想到了一个更好的主意。你在西西马伦追上了他和那个女孩儿，然后给他吃了一颗子弹，便把钱拿走了。"

我把我的那杯威士忌喝完，又站起来给自己再倒了点儿。

"你和那女孩儿达成了协议，"多尔说，"只可惜她变卦了，她也打着她的如意算盘。不过这也不要紧了，因为警察在哈格的尸体旁边发现了你的那把枪，而钱则在你手里。"

我说："外头已经有我的通缉令了吗？"

"我还没跟他们开这个口……而且那把枪也还没有被上缴……你知道，我的朋友是很多的。"

我慢慢地说："我在卡纳莱斯的赌场外边给人打昏了。是我活该。我的枪给人拿走了。我没有追上哈格，而且也没有再见过他。今天早上那女孩儿拿着一个信封来找我，里头就装着那笔钱。她跟我说哈格在她的公寓里被杀。这就是钱为什么在我那儿——我只是在保管而已。我不太相信那女孩儿说的话，但她把钱带来了——这还是很有说服力的。我便马上开始进行调查。"

"这种事你应该交给警察去做。"多尔笑嘻嘻地说。

"那女孩儿有可能会被陷害，而且我也有机会可以正正当当地赚一点钱。这事儿的确发生过，即便是在圣安格鲁。"

多尔把一根手指伸到了猫的面前，它心不在焉地咬了一口。然后猫从他的身边离开，在桌子的一角坐了下来，开始舔着自己的一个脚趾。

"两万两千美元，那小妞儿就这么交给你去保管了，"多尔说，"这听起来的确像是个小妞会干的事儿，不是吗？"

"你拿到了那笔钱，"多尔说，"哈格则是被你的枪打死的。那女孩儿走了——不过我可以把她找回来。我想她会是个不错的目击者，如果我们需要的话。"

"在拉斯奥林达斯的赌局是有猫腻的吧？"我问道。

多尔喝完了他的那杯酒，又把雪茄叼在嘴里。"当然，"他漫不经心地说道，"荷官，就是叫品纳的那个家伙，也插了一

227

脚。轮盘上00号的那格是有问题的。这是老把戏了。地板上有个铜做的按钮，品纳的鞋底也有一个，他腿上还缠着电线，电池就揣在他裤子后袋里。老把戏了。"

我说："卡纳莱斯看上去好像并不知道这回事。"

多尔咯咯地笑了。"他知道轮盘是有问题的，但他不知道他的赌桌荷官的头儿竟然是跟他对着干的。"

"我讨厌品纳。"我说。

多尔随便摆弄了一下他的雪茄。"有人罩着他的……这场把戏玩得很谨慎，也很安静。他们没有冒大险图大利，下的都只是同额赌注，而且也没有一直赢。他们也没办法。就算是动过手脚的轮盘也不可能让他们一直赢。"

我耸了耸肩，在椅子上挪了挪位置。"你对这事儿了解得可真多，"我说，"这一切就是为了给我设个圈套，好敲诈我一回么？"

他轻轻地露齿一笑，说："开玩笑，当然不是！这当中有些事是碰巧发生了而已——最好的计划通常都是这样的。"他又挥了挥那根雪茄，一丝浅灰色的烟缭绕着掠过他那双狡黠的小眼睛。门外传来一阵含混不清的谈话声。"我有一些不得不取悦的人脉关系——即使我并不喜欢他们所有的勾当。"他简明地补充道。

"比如曼尼·提纳吗？"我说，"他经常出没在市政厅，知道的事情太多了。好了，多尔先生，你打算让我为你做什么呢？要我自杀吗？"

他笑了，满是肥肉的肩膀也欢快地颤抖起来。他伸出了一只小小的手，手心正对着我。"我是不会打这样的主意的，"他冷冰冰地说，"况且还有另外一个更好的选择：关于莎伦命案的公众舆论。我还不敢肯定地说，要是没有了你，那个卑鄙的地方检察官就不会给提纳定罪——但如果他能说服其他人接受这个主意的话，那你就会被一脚踢开，还得乖乖闭上你的嘴。"

我从椅子上站起来，走过去靠在桌子上，然后身体朝多尔凑了过去。

他说："不准耍诈！"他的声音有点刺耳，呼吸也有点急促。他伸出了手去拉一个抽屉，让它半开着，手上的动作和身体的动作比起来显得特别快。

我低头看着那只手笑了笑，然后他便把手拿开了。我看到抽屉里藏着一把枪。

我说："我已经和陪审团谈过了。"

多尔靠在椅背上对着我笑了笑。"人都会犯错的，"他说，"即使是聪明的侦探……你可以改变主意——并把它写下来。"

我语气轻柔地对他说："不。这样的话我就得背上制造伪证的罪名——我可对付不了。我宁愿背上谋杀的罪名——这个我有办法，而且，要是玢韦德希望我对付过去的话，就更不在话下了。他不会让我去只是当一个证人这么简单的。这个案子对他来说太重要了。"

多尔语气平缓地说："那你就得试着对付过去，老兄。等你对付过去了，你也得留下一身腥，到时候，陪审团就不会单凭着你的片面之词给曼尼定罪了。"

我慢慢伸出了手，挠着猫的耳朵。"那么，那两万两千块呢？"

"你可以全都拿去，如果你愿意加入的话。毕竟，这又不是我的钱……要是曼尼脱罪了，我还可以再加上我自己的钱进去。"

我在猫的下巴下面挠了挠，它便开始呜呜地哼着。我把它抓起来，轻轻地抱在臂弯里。

"究竟是谁杀了卢·哈格，多尔？"我没有看他，只是这么问道。

他摇了摇头。我笑着向他看去。"你这猫长得真好看。"我说。

多尔舔了舔嘴唇。"我看这小杂种还挺喜欢你的。"他咧开嘴笑了，好像觉得这想法很有趣似的。

我点了点头——然后把猫往他的脸上扔过去。

他惊叫了一声，但双手却举起来要接住那只猫。猫在空中灵巧地扭动着，然后落在他手里，两只前爪不停地翻腾着，其中一只像剥香蕉皮一样地抓花了多尔的脸。他高声惨叫了一句。

我把枪从抽屉里拿了出来，枪口堵着多尔的颈背。就在这时，比斯利和那个方脸的男人闪闪躲躲地溜了进来。

有那么一瞬间场面显得很戏剧化。然后猫从多尔的手臂里挣扎了出来，一跃跳到地板上，躲到了桌子底下。比斯利把那把短管转轮枪举了起来，但看上去却好像不知道他要拿这把枪来做什么。

我把手中的枪更用力地堵在多尔的脖子上，然后说："弗兰基抢先了一步，伙计们……这可不是在开玩笑。"

多尔站在我前面嘟哝了起来。"别紧张！"他语气粗暴地对他的手下说，然后从胸袋里拿出了一条手帕，开始轻轻地擦拭着他那张被抓烂了的血淋淋的脸。长着一张歪嘴的那个男人开始贴着墙壁悄悄地走了过来。

我说："别以为我很享受干这种事儿，但我也不是在跟你们闹着玩儿的。你，站着别动。"

歪嘴男子于是站定了，凶神恶煞地朝我瞥了一眼，然后把手放下了。

多尔把头转到一边，想要试着越过他的肩膀跟我说话。我看不到他整张脸，不知道他脸上是什么表情，但他看起来并不害怕。他说："你得不到什么好处的。要是我真的想的话，一下子就可以把你干掉。你也不看看，你现在是在什么地方。你要是开枪了，后果可比我刚才让你去做的事麻烦得多。在我看来，这就是个死局。"

我仔细考虑了一会儿，而比斯利则十分友好地看着我，好像这对他来说只是在例行公事一样。而另外一个男的则丝毫没有友善的态度。我很仔细地听了听，但房子里的其他地方似乎都没有什么动静。

多尔把身子从我的枪口往前挪了一下，然后说："怎样？"

我说："我要从这儿出去。现在我手里有一把枪，而且看上去我要是迫不得已的话尽可以朝某人开上一枪。但我不是很想这样做。如果你让比斯利把我的钥匙扔过来，再让另外那个人把他从我身上拿走的枪还给我，我就当这事儿没发生过。"

多尔慢吞吞地动了动手臂，然后耸了耸肩。"接着呢？"

"再好好想想你提的这桩买卖，"我说，"要是你能给我提供足够的保护的话，我就可以考虑加入……而且，你要是真的跟你想象得那么强硬的话，早几个小时还是晚几个小时对你来说也没什么差别。"

"这主意不错。"多尔说，接着又咯咯地笑了起来。然后他对比斯利说："把你的枪放下，然后把钥匙还给他，还有他的枪——就你们今天拿走的那把。"

比斯利叹了口气，小心翼翼地把一只手插进了口袋里，然后把我的皮质钥匙套从房间那头扔到了桌子边上。长着歪嘴的那个人把手举了起来，伸到了侧袋里。看到他这个动作，站在多尔背后的我便也松了一口气。接着，他把我的枪拿了出来，把它扔到地板上，然后一脚踢开了。

我从多尔的背后走了出来，从地上拿回我的钥匙和枪，侧着走向房门。多尔盯着我看，眼神空洞。比斯利的身子随着我的动作移动，我向门靠近的时候，他便从门边走开了。另外那个人则一副蠢蠢欲动的样子。

我站在门边，转了转一把插在里面的钥匙。多尔神情恍惚地说："你就像一个弹簧末端的皮球，离得越远，就会越快地被弹回来。"

我说："那根弹簧也许有点坏掉了。"说完我走到门外，转了一下钥匙，然后防备着可能从里头射出来的子弹。不过他们并没有开枪。我吓唬他的这招，简直比某个周末婚礼上的结婚戒指上面的黄金还要容易看破。它之所以会奏效，纯粹是因为多尔愿意这么做罢了。

我从房子里走了出来，发动了我那辆玛蒙，然后把它掉了头，一路滑行着驶过了山肩，又继续往下开到了公路上。我后面并没有人追上来，所以也没有什么动静。

当我开到混凝土铺的公路大桥上时，已经过了两点了。我单手开了一会儿车，一边擦掉了我颈背上的汗。

停尸房位于县行政楼大厅后头的一条明亮而安静的长走廊尽头。这儿有两扇门，以及一面铺着大理石的墙。其中一扇门上有一块玻璃嵌板，上面标有"验尸房"的字样，嵌板后面是没有灯的。另外一扇门则通往一个亮堂的小办公室。

一个男人正坐在一张桌子旁边翻着一些打印好的表格，他的眼睛是鹅蓝色的，赭色的头发从头的正中央向两边分开。他抬起头来，把我上下打量了一番，接着突然笑了出来。

我说："你好，兰德乐……还记得谢尔比那件案子吗？"

那双明亮的蓝眼睛闪烁着。然后他站起身，伸出手从桌子那边走了过来。"当然。我们能为您做些什么——"话说到一半他突然停住了，然后打了个响指，"见鬼！你就是把那个赛车驾驶员给揍了一顿的家伙！"

我把一个烟头从开着的门扔到了走廊上。"那不是我来这里的原因，"我说，"总之这次不是。有一个叫卢·哈格的人……在昨晚还是今天早上，给人开枪打死了。据我所知，他是在西西马伦被人杀了的。我能去看看吗？"

"没人阻止得了你。"兰德乐说。

他带着我穿过办公室另一边的一扇门，走进一个刷得粉白、光线明亮的房间，里头摆着白色的搪瓷和玻璃制品。两排安有玻璃窗的大箱子靠在一面墙边，透过窥视孔可以看到包着白布的包裹，更里头是些毛面的管子。

一具盖着裹尸布的尸体躺在一张倾斜的桌子上，头的位置比脚的位置更高一点。兰德乐随手把裹尸布从尸体的头部掀下来，露出一张死去的男人的脸。这张脸微微泛黄，神色平静。长长的黑发依旧带着湿气，铺散在小小的枕头上。眼睛半睁着，漠然地盯着上面的天花板。

我走了过去，看着那张脸。兰德乐继续把裹尸布往下拉，然后用手指的关节轻轻敲着男人的胸口，发出空洞沉闷的声响，仿佛那是一块木板。在尸体心脏的位置有一个弹孔。

"这一枪可真是干净利落。"他说。

我迅速地转过身，拿出一根烟，在手上转来转去，眼睛盯着地板看。

"谁给他做的身份鉴定？"

"他口袋里的东西，"兰德乐说，"当然，我们也在验他的指纹。你认识他吗？"

我说："是。"

兰德乐用拇指指甲轻轻地挠了挠下巴尖。我们又走回了办公室，然后兰德乐走到桌子后面坐了下来。

他用拇指翻着一叠文件，然后从其中抽出一份来，仔细地看了一会儿。

他说："深夜12点35分的时候，一辆县治安官的警务车发现了他，就在西西马伦城外的一条旧路边，离那条捷径的入口大概400米的地方。一般不会有人到那儿去，但那些警备车偶尔会在那儿巡逻，看是不是有些什么有伤风化的集会。"

我说："你可以判断他死了多久了吗？"

"没有很久。他的身体现在还是暖和的，而在那个地方，晚上温度还是比较低的。"

234

我把那根还没点着的烟放进嘴里，用嘴唇含着它一上一下地动来动去。"我敢打赌你们从他身上取出了一枚长长的点38子弹。"我说。

"你怎么知道的？"他很快问道。

"我猜的。这个洞看起来就是那种子弹打穿的。"

他盯着我，眼神明亮而热切。我跟他说了感谢，还告诉他我会再来找他，然后便从那扇门走了出去，在走廊上点着了我嘴里的烟。我走回到电梯边，进了其中一架直接到了七楼，然后走上另外一条走廊。这条走廊跟楼下那一条几乎一模一样，只不过它并不是通往停尸房的。走廊的尽头是一些没有怎么装饰过的小办公室，是供地方检察官的调查员使用的。我在半路上打开了其中一扇门，然后走了进去。

伯尼·奥斯坐在靠墙的一张桌子旁，身体放松地驼着背。他就是汾韦德跟我说过的，要是遇上了麻烦就可以去找的那个头号侦查员。他是个中等体形，态度也很温和的人，眉毛已经发白，深深的凹字形的下巴往外突出。另外一张桌子靠在另一面墙上，房间里还有两三把硬椅子和一个放在橡胶垫上的黄铜痰盂，除此之外便没有什么其他的东西了。

奥斯漫不经心地朝我点点头，从椅子上站了起来，把门给闩上了。然后他从桌子抽屉里拿出一个装着小支雪茄的扁盒子，点了一根，把盒子沿着桌子推了过来，然后眼睛顺着鼻尖盯着我看。我坐在一把靠背椅上，然后往后把它翘了起来。

奥斯冲我说道："怎样？"

"是卢·哈格没错，"我说，"我还以为，也许这不是他的尸体。"

"见鬼，你当然这么想了。我本来可以跟你说这就是哈格的。"

有人拧了拧门的把手，然后又敲了敲门。奥斯完全无动于衷，门外的人便走开了。

我慢慢地说："他是在11点半到12点35分之间被杀的。这么

235

短的时间，只够凶手就地把他干掉，不可能是像那女孩儿说的那样，而我也没有足够的时间去杀了他。"

奥斯说："是吗？也许你能够证明这一点。然后也许你还能够证明，你的朋友没有用你的枪去杀了人。"

我说："我的朋友不可能用我的枪去杀人的——如果他真的是我的朋友的话。"

奥斯嘟哝了一声，侧着脸朝我阴沉地笑了笑，然后说："大多数人都会这么想。也正是因为这样，他才可能会这么做。"

我让椅子的前腿重新定在地板上，然后盯着他看。

"你觉得我会来这里，把那笔钱和那把枪的事儿——所有让我脱不了干系的事儿都告诉你吗？"

奥斯面无表情地说："你会的——要是你知道有人已经替你代劳了的话。"

我说："多尔是不愿意浪费太多时间的。"说罢我把烟夹在手指中间，把它朝那个黄铜痰盂弹了过去。然后我站了起来。

"行了。外面还没有我的通缉令——所以我会到处去跟别人说我的故事。"

奥斯说："在这儿坐一分钟。"

我坐下了。他把那根小雪茄从嘴里拿出来，然后猛地一甩扔掉了。它沿着棕色的油毯滚了出去，在角落里冒着烟。奥斯把手臂放在桌子上，两只手的手指在桌面上敲敲打打。他的下嘴唇往外伸出来包着上嘴唇，往里压在牙齿上。

"多尔可能知道你现在就在这里，"他说，"你之所以没在楼上的监狱里蹲着，只是因为他们还不确定，但最好是把你抓起来，碰碰运气。如果汾韦德落选了，而我还在这儿跟你纠缠不清的话，那我可就完蛋了。"

我说："要是他能够证明曼尼·提纳有罪的话，他就不会落选的。"

奥斯又从盒子里拿了一支雪茄，然后点着了。他把他的帽子从桌上拿起来，用手指摆弄了一会儿，然后便把它戴上了。

"为什么那红头发的女人要跟你说那么多废话？什么在她公寓里的谋杀，什么躺在地板上的尸体——她演这一出是为了什么？"

"他们想要让我到那儿去。他们早就猜到，我会去看现场是不是藏了一把枪——也许只是为了去确认一下她说的那些话，这样就能把我引到闹市外，然后更好地看看地方检察官有没有派人在掩护着我。"

"那只是一个猜测罢了。"奥斯酸酸地说。

我说："当然。"

奥斯把他粗壮的腿甩来甩去，然后把两只脚定定地踩在地板上，手靠在了膝盖上。那根小雪茄在他的嘴角抽动着。

"我倒是想认识认识这帮愿意花上两万两千美元，就为了讲一个童话故事的家伙。"他语气卑劣地说道。

我又站了起来，经过他身边，向门口走去。

奥斯说："这么着急去干吗呢？"

我转过身，耸了耸肩，面无表情地看着他。"你看起来不怎么感兴趣。"我说。

他站了起来，一脸厌烦地说道："那个出租车司机很有可能只是个卑鄙的骗子。但也可能只是多尔的手下根本不知道他插了一脚。走，趁他脑子还没糊涂，咱先去找找他。"

9

    绿顶出租车公司的车库在主干道往东三个街区的德维威拉大道上。我把我的那辆玛蒙停在一个消防栓前面，然后下了车。奥斯整个人窝在椅座上，低吼着说："我待在这儿好了。说不定我还能发现个盯梢的。"

    我进入到一个巨大的能听到回音的车库。车库里灯光昏暗，几处刚刷上的油漆则显得色彩鲜艳。角落里有一个用几面玻璃墙隔出来的小办公室，看上去脏兮兮的。一个矮个子的男人坐在里面，后脑勺罩着一顶常礼帽，脖子上系着条红色领带，下巴上面胡子拉碴的。他正在往手心里削着一些烟叶。

    我说："你就是这儿的调度员吗？"

    "没错。"

    "我来找你们这儿的一个司机，"我说，"名字叫汤姆·斯内德。"

    他放下小刀和那块压制的烟草块，开始用两只手揉着刚才削下来的那些烟草。"有什么要投诉的吗？"他好奇地问。

    "不是来投诉的，我是他的一个朋友。"

    "又是他的朋友，哼？他是值晚班的，先生……所以我猜他现在已经回家了。他住在伦弗鲁大街1723号。就在格雷湖边。"

我说："谢了。电话呢？"

"没有他的电话。"

我从一个内口袋里拿出一张折叠起来的城市地图，然后打开一部分，铺在他面前的桌子上。他看上去有点不高兴。

"墙上有张大的。"他怒气冲冲地说，接着便开始往一根短小的烟斗里填烟丝。

"我看习惯了这一张。"我说。我俯身看着那张展开的地图，在上面找伦弗鲁大街。然后我停了下来，猛地抬起头看着前面那个男人的脸。"你刚刚回想那个地址的时候，脑子转得可真够快的。"我说。

他把烟斗塞进嘴里，使劲儿地咬着，然后动作很快地把两根手指伸进他敞开着的马甲的口袋里。

"有两个流氓刚来这儿问过。"

我迅速地把地图折起来，一边把它胡乱地塞进口袋里，一边从门口走了出去，然后一路小跑地穿过了人行道，坐上驾驶座发动了引擎。

"有人抢先一步了，"我对伯尼·奥斯说，"刚刚有两个人来这儿要了他的地址。有可能是——"

我们在路口拐弯，轮胎被地面磨得吱吱直响，奥斯被甩得急忙抓住车门，嘴里骂骂咧咧个不停。中央人道上亮起了红灯，我急转弯拐进了角落里一个加油站，从加油泵中间穿了过去，车子砰的一声落到中央大道上，又和其他几辆车擦身而过，然后我继续往右拐了个弯，向东边开去。

一个黑人交通警察冲我吹着口哨，然后狠狠地盯着我，好像是要试着看清我的车牌号码。我没有管他，继续往前开。

我们依次经过了一些仓库，一个产品市场，一个很大的储气罐，之后又是更多的仓库，一些铁轨和两座桥。我有惊无险地冲过了三个红灯，然后又闯过了第四个。开了六个街区之后，一辆交警摩托车鸣着警笛追了上来。奥斯拿了一个青铜星章给我，我便把它旋转着投出了车外，好让它能被阳光照得清楚点。接着警笛声便停了下来。那辆警车跟在我们后头又开了十几个街区，然后便转向离开了。

格雷湖是一个人工蓄水湖，位于圣安格鲁东郊，在两座群山中间的缺口处。看上去花了不少钱铺砌成的窄窄的街道在山间蜿蜒，在山的两翼形成了错综复杂的弯道，仅仅是为了方便来往这儿零星的几座廉价别墅。

我们加速猛冲，往山上开去，一边辨识着路标。波光粼粼的格雷湖渐渐消失在身后，破旧的玛蒙车在摇摇欲坠的陡坡之间轰隆隆地前行。两旁至今无人走过的人行道上净是从陡坡上掉下来的沙土。一些杂种狗在地鼠洞附近的草丛里出没。

伦弗鲁大街在靠近山顶的位置。街道的入口处有一幢雅致的小别墅，门前的一块草地用铁丝网围了起来。一个只穿着尿布的小孩儿正在草地上笨手笨脚地玩弄着些什么。从小别墅过去便是很长的一段空旷的路，接着又看到两栋房子，然后车子便沿着下倾的街道往前，拐过一个又一个急转的路口，最后在两旁都是山坡的街道上穿行。整条街道几乎都被笼罩在两侧山坡的阴影之下。

突然，前面的一个弯道上传来一声枪响。

奥斯猛地坐了起来，说："噢——噢！那可不是打兔子的猎枪。"说罢把他的军用手枪摸了出来，然后把他那一侧的车门松开了。

我们开过了弯道，然后便看见山坡地势较低的那一侧有两栋房子，中间隔着两三块陡峭的空地。一辆长版的灰色轿车在两栋房子中间的街道上突然打了个侧滑，左前轮已经瘪了，前面的两扇车门完全敞开着，看上去就像大象伸开了的两只耳朵。

右侧车门旁边，一个身材矮小、皮肤黝黑的男人双膝跪在了地上，右手臂在肩膀上松松垮垮地耷拉着，右手上鲜血淋漓。他的另外一只手正试着从他面前的地板上捡起一把自动手枪。

我猛地踩下了刹车，然后奥斯便动作迅速地下了车。

"把枪放下，你！"他喊道。

耷拉着一条手臂的男人怒吼了一声，然后整个身体松懈了下来，往后一倒靠在了踏脚板上。接着有人在车子后面开了一枪，那子弹从我耳边不远处掠过，噼啪作响。那时我已经从车子出来，站在了路上。车子朝那两栋房子侧过去了很大一个角度，所以我看不到左侧的车身，除了那扇开着的车门。刚才那一枪好像就是从那边打过来的。奥斯向车门开了两枪。我趴在地上，从车子底下望过去，看到了一双脚。我朝那双脚开枪，但没打中。

就在这时，离我们最近的那栋房子的一角传来一阵微弱但十分刺耳的爆裂声，接着便看见灰色轿车的玻璃碎了。车后的人又开了枪，灰泥从屋外灌木丛上方的那面墙上的角落里蹦了出来。然后我在灌木丛里看到了一个男人的上半身。他正趴着往斜坡下移动，肩上扛着一把轻型步枪。

他就是那个出租车司机汤姆·斯内德。

奥斯咕哝着朝那辆灰色轿车冲了过去。他往车门里开了两枪，然后趴低了身子躲在引擎盖后面。车子那边又响起了枪声。我把掉在地上的枪从那个受了伤的男人身边踢开，然后悄悄从他身边走过去，又越过油箱往那边瞄了一眼。在这之前由于车子的掩护，我根本看不到那边的人。

只见他身穿一套棕色的西服，身材显得十分高大。他继续开了一枪，子弹猛地朝两座房子中间那座山的山尖飞去。奥斯的枪也响了。车后的男人快速地转了个身，又立刻开了一枪。奥斯现在已经没有了任何掩护，我看见他的帽子从头上弹了下来，而他的脚则张开着，整个人直直地站在那儿，稳稳地拿着他的手枪，仿佛他现在正站在警察训练的射击场上。

但高个子的男人已经慢慢瘫倒了，因为我刚才一枪打穿了他的脖子。奥斯小心翼翼地继续朝他开枪，那男人便倒下了，奥斯那把枪的第六颗子弹，也就是最后一颗子弹打中了男人的胸膛，然后他的身体便整个扭了过来，脑袋的一侧直接磕在街道边上，嘎吱作响，简直让人毛骨悚然。

我们分别从车子两边朝他走去。奥斯弯下腰来，把他正面朝上地翻了过来。尽管他脖子上都是血，但是死去之后，他的脸上却带着一副散漫而亲切的表情。奥斯开始翻他的口袋。

我回过头去看另外一个人在做什么。但他什么也没有做，只是坐在踏板上，把右手托在身体一侧，疼得龇牙咧嘴。

汤姆·斯内德在斜坡上爬起来，然后朝我们走了过来。

奥斯说："这家伙叫波克·安德鲁。我在台球厅里见到过他。"他站起来，拍了拍膝盖上的尘土，左手上拿着些零碎的东西。"没错，波克·安德鲁。按日，按钟点，还是按周拿报酬的。我想在那儿大概能谋个什么生计——不长久的。"

"这不是把我打昏的那个人，"我说，"但我被打昏的时候看到的人就是他。而且，如果那个红发女孩儿今天早晨说的是实话，那卢·哈格很有可能就是被他杀死的。"

奥斯点了点头，转过身走过去把帽子捡了起来。帽檐上有一个洞。"这样的话，我也完全不觉得意外。"他一边说着一边冷静地把帽子戴上了。

汤姆·斯内德站在我们面前，那把小型步枪紧紧地横着握在胸前。他没有戴帽子，也没有穿外套，脚上就穿了一双胶底运动鞋。他的眼神明亮而狂热，身体也开始发抖起来。

"老兄，我就知道能打中他们的！"他欢呼道，"我就知道我能干掉这帮该死的狗杂种！"然后他住了口，脸色开始发绿。他慢慢地俯下身，把枪扔在了地上，两只手撑在弯着的膝盖上。

奥斯说："你最好找个地方躺着，老兄。看你这样的脸色，我看你就要吐了。"

汤姆·斯内德仰面躺在那栋小别墅前屋的一张沙发床上，额头上搭着一条湿毛巾。一个留着蜜色头发的女孩儿坐在他旁边，握着他的手。另外还有一个年轻的女人坐在角落里看着他，女人的头发的颜色看上去比女孩儿的更深一点，脸上一副疲惫而恍惚的神情。

我们进来的时候，房间里特别热。窗户全都关得紧紧的，百叶窗也都合上了。奥斯开了几扇前窗，在窗边坐了下来，看着外面的那辆灰色轿车。那个黑皮肤的墨西哥人没有受伤的手被扣上了手铐，固定在方向盘上。

"他们提到了我的女儿，"汤姆·斯内德说，"我是因为这个才发起疯来的。他们说要是我不照他们说的去做的话，他们就会回来把我女儿带走。"

奥斯说："好了，汤姆。从头跟我们说一说。"他拿了一根小雪茄放进嘴里，迟疑地看着汤姆·斯内德，没有动手去点那根烟。

我坐在一把非常硬的温莎椅上，低头看着地上那张廉价的新地毯。

"我当时正在看杂志，等着到点吃饭，然后去开工。"汤姆·斯内德小心翼翼地说着，"是我女儿给他们开的

243

门。他们一进来就拿枪指着我们，把我们全都带到这个房间来，然后关了所有的窗，又把百叶窗也都合上了，只留着一扇还开着。那个墨西哥人就坐在那扇百叶窗旁边，一直看着外面。从头到尾他一句话也没说。高个子的那个男人就坐在这张床上，逼我把昨晚的事情都告诉他——还让我说了两遍。然后他说我必须忘记我在城里遇见过什么人，还有和谁一起进了城，其他的就没关系。"

奥斯点了点头，说："你第一次在这里见到这个人是什么时候？"

"我没去注意，"汤姆·斯内德说，"大概11点半、12点差一刻的时候吧。我是1点15分在办公室打卡的，在那之后我便立刻去卡里勇酒店开回我的车。从海滩开到城里要整整一个小时。而我们在杂货店里谈了有15分钟的样子，或者更久一点。"

"这样算回去，你遇见他的时候就差不多是在晚上12点。"奥斯说。

汤姆·斯内德摇了摇头，毛巾便从额头上掉下来盖住了他的脸。他于是伸手把它推了回去。

"这个……也不对，"汤姆·斯内德说，"杂货店的那个人告诉我说他们是12点打烊的。我们离开的时候，他还没关门呢。"

奥斯转过头，面无表情地看着我，然后又转过去看着汤姆·斯内德。"把剩下的和那两个枪手有关的事儿都告诉我们。"他说。

"高个子的男人说，我很有可能不会被问到这件事。但如果我一定得说，而且没说什么不该说的话，他们就会给我一些钱。但要是我说了什么不该说的，他们就会回来把我女儿带走。"

"继续，"奥斯说，"他们就只会说这些废话。"

"然后他们就走了。我看到他们把车开上街道的时候，就整个人失去理智了。伦弗鲁其实是条死胡同——这儿都是些偷工减料的工程。这条路只绕着这座山铺了半英里长，然后就没了。他们也没有其他的路可以走，只能掉头回来的……我把我的那把点22步枪拿了出来，这是我唯一的一把枪，然后我躲在了灌木丛

244

里。第二枪的时候我打中了车子的轮胎。我猜他们只认为是车子爆胎了。但第三枪我没打中，他们就有所警惕了，也开了火。我就在那时打中了那个墨西哥人，而高个子的男人就躲到车后去了……就是这样了，然后你们也就来了。"

奥斯弯了弯他那粗硬的手指，然后冷冷地朝角落里的女孩儿笑了笑。"隔壁那栋房子里住的是什么人，汤姆？"

"一个名叫格兰迪的男人，是市间铁路的司机。他一个人住，现在正在上班。"

"我猜他也不在家。"奥斯笑着说。他站了起来，走到女孩儿身边，轻轻地拍了拍她的脑袋。"你得跟我们走一趟，去录个口供，汤姆。"

"可以，"汤姆·斯内德的声音听上去无精打采的，"我猜我的饭碗大概也保不住了，因为我昨晚把出租车给租了出去。"

"这个我倒不确定，"奥斯轻声地说，"要是你的老板欣赏胆量大的人，你就不会丢了这份工作的。"

他又拍了拍小女孩的头，然后走到门边打开了门。我朝汤姆·斯内德点了点头，然后跟着奥斯走出了房子。奥斯轻声地说："他还不知道这外头有人死了。没必要在孩子面前提起这个。"

我们走到那辆灰色轿车旁边，把刚才从地下室拿来的几个麻袋铺在安德鲁的尸体上，然后又用石头压在边上。奥斯往旁边看了一眼，心不在焉地说："我得快点找个有电话的地方。"

然后他靠在车门上，看着里面的那个墨西哥人。他坐在那儿，头往后靠在椅座上，眼睛半闭着，棕色的脸上一副憔悴的神情。他左手的手腕被铐在了方向盘的星轮上。

"你叫什么名字？"奥斯厉声问道。

"路易斯·卡德纳。"那个墨西哥人眼睛依旧那样半闭着，声音轻柔地说。

"你们那帮人里面，是谁昨晚在西西马伦打死了那个家伙？"

"我不知道你在说什么，先生。"那个墨西哥人柔声地说。

"别在我面前装傻，西班牙佬，"奥斯冷静地说，"这让我很不爽。"他靠在车窗上，那根小雪茄在他嘴里转来转去的。

那个墨西哥人看起来像是被逗乐了，但同时又很累的样子。他右手上的血已经干了，凝成黑色的一团。

奥斯说："安德鲁在西西马伦把在出租车里的那个人打死了。车里还有一个女的，现在我们找到了那个女的。你现在有机会可以证明这事儿跟你没有关系。"

墨西哥人半睁着的眼睛亮了一下，但很快就灭了。他笑了一下，嘴里小小的洁白的牙齿闪了一下。

奥斯说："他怎么处置那把枪的？"

"我不知道你在说什么，先生。"

奥斯说："他嘴真硬。他们一嘴硬起来，我心里就发毛。"

他从车子旁边走开，然后站在盖着死人的麻袋旁边，用脚蹭着人行道上松散的沙土。水泥地上承包商用模板印刷着的文字渐渐露了出来。奥斯大声地念着："多尔道路铺砌和建造公司，圣安格鲁。原来那死胖子也不净是干些见不得人的勾当，这可是一桩奇事。"

我站在奥斯旁边，从那两栋房子中间的山头往下看去。远处格雷湖畔的大道上，时不时地从行驶着的汽车的风挡玻璃上闪出一道光。

奥斯说："怎样？"

我说："杀手知道出租车的事儿——我是说，也许——而那个女的则拿着那笔钱进了城。所以这事儿不是卡纳莱斯干的，他可不会容许别人拿着从他那儿赚来的两万多美元到处胡闹。那个红发的女孩儿也参与了谋杀，并且这里面肯定有什么原因。"

奥斯咧嘴笑笑。"当然。他们这么做，就是为了好让你背黑锅。"

我说："真丢人，有些人可真不拿人命当回事——也不把两万多美元当回事。把哈格杀了，就为了让我当代替罪羊，还把钱放在我这儿，还把这黑锅往我身上扣得更紧一点儿。"

246

"也许他们觉得你会马上溜走，"奥斯咕哝着说道，"那你可就真是跳进黄河也洗不清了。"

我用手指捻着一根烟。"要真是这样的话，那我未免也太笨了点儿。我们现在该怎么办？等到月亮升起来，然后高歌一曲吗——还是下山去，然后再撒几个善意的谎言？"

奥斯朝安德鲁身上的一个麻袋吐了一口口水，然后粗声说道："这儿还在本县的范围内。我可以把这家伙扔到索拉诺的配电站那儿，然后把这事瞒过去一阵子。那出租车司机也巴不得不要把这事声张出去呢。我现在也掺和得够多了，所以我想把那个墨西哥人带回去，单独跟他谈谈。"

"我也是这么想的。"我说，"这事儿你藏不了太久的，但我想这时间够让我去见见多尔了。"

11

回到宾馆的时候，已经是下午很晚的时候了。前台递给我一张纸条，上面写着："请尽快电话联系弗兰克·多尔。"

我走到楼上，喝光了酒瓶里剩下的一点酒。然后我打电话到前台再要了一品脱，又刮了胡子，换了衣服，然后在电话本里找弗兰克·多尔的电话。他住在绿景新月公园一栋美丽的老房子里。

我给自己调了一高杯掺了水的酒，然后坐在一张安乐椅上，电话就放在我的手边。一开始是个女仆接的电话，第二个接电话的男人提起多尔先生的名字的时候，好像是他觉得这名字会在他嘴里爆炸一样。第三个人的声音听上去十分轻柔，接下来是一阵长长的沉默，最后弗兰克·多尔终于接了电话。他听上去很乐意接到我的电话。

他说："我一直在想咱俩今天早上谈过的事儿，然后我有一个更好的主意。出来见见我……你还可以把那笔钱也带上。你刚刚好够时间可以去银行把它取出来。"

我说："是啊。保险仓库六点钟关门。但这钱不是你的钱。"

我听见他咯咯地笑了。"别犯傻了。这些钱都是有标记在上面的，我可不想闹到非得告你偷了我的钱不可。"

我想了想，但不相信他——我不信这些钱能有什么标记。我拿起杯子喝了一口，然后说："我可能会愿意把钱还给拿给我的那个人——在你有在场的情况下。"

他说："好吧——我跟你说过了，那个人已经不在城里了。但我会再想想办法。记住，别跟我耍花招。"

我说当然不会了，然后便挂了电话。我喝完了那杯酒，然后给每日电讯报的冯·巴林打了电话。他说县治安官的那帮人好像对卢·哈格这事儿没什么头绪——或者压根就没放在心上。他有点儿懊恼我不肯让他把我的事情讲出去。从他说话的方式里，我可以听出来他还不知道格雷湖那边发生的事儿。

我给奥斯打了电话，但找不到他。

我又给自己调了一杯酒，一口气喝下了一半，然后开始觉得我喝太多了。我戴上帽子，改变了主意，把剩下的半杯也喝完了，然后下楼，坐上了我的车。傍晚的交通十分拥堵，路上都是急着回家吃晚饭的人。我不确定后面跟着我的是一辆车还是两辆车。但不管怎样，总算没人要试着赶上来，朝我车里扔上一颗手榴弹。

多尔的房子是一栋方方正正的双层红砖建筑，屋前有很漂亮的庭院，院子周围还围着一面砖墙，墙顶则砌着白色的石块。一辆锃亮的黑色豪华轿车就停在房子旁边盖着顶棚的门廊下。我顺着一条插满红旗的路走上了房前的两层露台，一个穿着燕尾服、脸色苍白、相貌纤弱的男人把我让进了屋里。我随着他进入到一个宽敞安静、摆着深色的旧式家具的门厅。从这儿能一眼瞥见尽头屋外的花园。他带着我走过了这个门厅，又穿过另外一个和这边构成直角的门厅，然后安静地把我带进了一间墙上镶着嵌板的书房。外面已经暮色四合，但书房里却灯光昏暗。之后那个人便走了，剩下我一个人在里面。

房间的尽头几乎都是敞开着的落地窗，窗外的一排树静静地伫立着，树丛的后面是一片黄铜色的天空，前面的一片草坪在暮色下显得柔软光滑，草地上一个洒水器正慢慢地转动着。房间内的墙上挂着一幅色彩黯淡的大幅油画，一张巨大的黑色书桌一侧摆满了书。房间里还有许多深色的躺椅，一块厚实而柔软的地毯铺满了地板的每个角落。空气中闻得到淡淡的优质雪茄的香味，还有花园里的花朵以及潮湿土壤的气味。有人开了门，然后一个戴着夹鼻眼镜的年轻男人走了进来，拘谨地朝我轻轻点了点头，然后面无表情地环视了一周，跟我说多尔先生很快就到了。说罢他又走了出去，我便给自己点了一根烟。

不久门又打开了，比斯利走了进来，咧嘴笑着从我身边走了过去，然后在窗边坐了下来。接着多尔也走了进来，葛兰小姐就跟在他身边。

多尔手臂里抱着他那只黑猫，右脸上两道可爱的红色抓痕还在，因为涂上了胶棉，看上去很有光泽。葛兰小姐还穿着那天早上来见我时穿的那身衣服，看上去神情黯然，无精打采，很是憔悴的样子。她就那么从我身边走了过去，好像她以前从来没有见到过我一样。

多尔把自己挤进了桌子后面的一张高背椅子，然后把猫放在他的面前。那只猫慢悠悠地走到桌子的一个角落，身体大幅度弯曲着，开始气定神闲、有条不紊地舔着自己的胸口。

多尔说："好啦好啦，大家都到了。"说罢高兴地笑了起来。

穿着燕尾服的那个男人走了进来，手上的托盘上放着几杯鸡尾酒，走到每个人跟前让我们各自拿了一杯，然后把托盘和调酒器都放在葛兰小姐身边一张低矮的桌子上。随后他便走出了房间，把门带上了，动作轻得像是怕一不小心会把门震碎似的。

我们都喝着各自的酒，气氛显得十分凝重。

我说："还差两个人，我们就算到齐了。我想，咱们是有个法定人数的。"

多尔嘲讽地说："那是什么玩意儿？"然后把头歪向了一边。

我说："卢·哈格现在就躺在停尸房里，而卡纳莱斯还在躲着警察。否则所有利益有关的人就都能凑齐了。"

葛兰小姐突然动了一下，然后又一下子放松下来，用手指抓弄着椅子的扶手。

多尔喝了两口酒，然后把酒杯放在一边，两只小巧秀气的手交叠着放在桌上，脸上带着一点阴险的神情。

"那笔钱，"他冷冷地说，"现在就交给我来保管。"

我说："现在用不着你费心，以后也用不着。钱我压根就没带来。"

多尔盯着我看，脸色开始微微发红。我看着比斯利，他嘴里叼着一根烟，双手揣在口袋里，后脑勺靠在椅背上，看上去像是半梦半醒的样子。

多尔若有所思，轻声地说："哼，还想继续拖延时间是吗？"

"是的，"我冷冷地说，"只要这钱还在我手上，我就是安全的。你太高估自己手上的牌了，既然你让钱落到我的手上，我要是不好好利用它，就未免太蠢了点。"

多尔语带恶意地说："安全？"

我笑了。"未必能够避免被诬陷一回，"我说，"但上一次你们的诡计可进行得不怎么顺利……当然，也指不定得再被你们拿枪指着脑袋劫持一回，但下次可就没那么容易得逞了……不过，至少不会被人从背后开枪打死，让你有机会去起诉，把我的那笔钱拿回去。"

多尔抚摸着那只猫，眉毛下的一双眼盯着我看。

"让我们再把几件重要的事儿都理清了，"我说，"究竟是谁杀了卢·哈格？"

"你怎么就那么不确定不是你？"多尔一脸卑鄙地问。

"我的不在场证明已经很完美了。本来我还不这么想的，直到我发现卢的死亡时间是可以确定下来的。我现在可以脱身了……不管谁上缴一把什么枪，有什么样的说法我都无所谓……而你派去销毁我的不在场证明的人也碰到了些麻烦。"

多尔说："所以呢？"他的声音听上去几乎不带什么感情。

"一个叫作安德鲁的恶棍，还有一个自称路易斯·卡德纳的墨西哥人。我敢打赌你肯定听说过他们吧。"

"我不认识这两个人。"多尔狡猾地说。

"那你听到这个消息大概也不会心烦了：安德鲁已经死了，卡德纳也被警方带走了。"

"当然不会，"多尔说，"他们是卡纳莱斯的人。哈格是卡纳莱斯杀死的。"

我说："这就是你新想出来的主意吗？我觉得可真够卑鄙的。"

我弯下身子，把空了的酒杯放在椅子下。葛兰小姐转过头来对我说："当然——当然——哈格是卡纳莱斯杀死的……至少，追在我们后面把卢杀死的人是卡纳莱斯派来的。"她的表情很严肃，好像她说的话对这场较量的结局很重要，所以我不得不相信似的。

我礼貌性地点了点头。"为了什么呢？就为了他们没拿到的那袋钱吗？他们本来不会把他杀了的，而是把他抓起来，把你们俩都抓起来。把他杀了，这是你的安排。至于出租车的那出戏，是为了把我支开，而不是为了糊弄卡纳莱斯派来的人。"

她动作迅速地把手伸了出来，一双眼睛微微闪着光。

我继续说："我不是什么聪明人，但我也不会相信这样毫无根据的事情。谁会信呢？卡纳莱斯根本没有什么杀死卢的动机，除非这样能让他拿回从他那里骗走的那笔钱，但首先，他得能够那么快就知道他被人骗了。"

多尔正一边舔着嘴唇一边抖着下巴，眯着一双小小的眼睛，把我们两个看了又看。葛兰小姐阴郁地说："卢对他耍的那出把戏一清二楚。那是他和那个赌桌的荷官品纳两人一起计划出来的。品纳想捞上一笔，然后金盆洗手，搬到哈瓦那去。当然，我要是不装出一副又吵闹又难缠的样子，卡纳莱斯就会察觉到的，但也没有那么快。我的确是让卢丢了小命——但不是你说的那样。"

我抖了抖手上那根早已被我忘掉的烟，弹掉了一英寸长的烟灰。"好了，"我冷冷地说，"卡纳莱斯背了这个黑锅……我猜你们这两个骗子肯定认为，我关心的只有这个……在卡纳莱斯应该已经发现自己被骗了的时候，卢是要去什么地方？"

"他想要从这里消失，"葛兰小姐不带感情地说，"去很远的地方，而我本来是打算跟他一起消失的。"

我说："扯淡！你好像不记得了，我可是知道卢为什么会被杀死的。"

比斯利从椅子上坐直起来，右手十分灵敏地朝左边的肩膀伸过去。"这个自作聪明的家伙惹毛你了吗，老大？"

多尔说："还没。让他继续吹下去。"

我把身体挪了一下，以便更清楚地看到比斯利。外面的天空已经是一片黑暗了，草地上的洒水器也被关掉了。一股湿意慢慢地沁入到房间里来。多尔打开了一个杉木盒子，拿出一根长长的棕色雪茄放进嘴里，然后咔嚓一声，用那副假牙把雪茄的尾端咬了下来。然后便听见火柴划动的刺耳的声音，接着便是他抽雪茄时缓慢而吃力的喷气声。

透过面前的一团烟，他慢慢地说道："我们还是把这事儿忘了吧，来谈谈那笔钱……对了，曼尼·提纳今天下午在牢房里上吊自尽了。"

葛兰小姐突然站了起来，两只手直直地撑在身体两侧。然后她又慢慢地坐回椅子上，坐在那里一动不动了。我说："有人帮他的吗？"然后我迅速而突然地动了一下——接着又停住了。

比斯利迅速地看了我一眼，但我没有看他。一扇窗户外面闪过一道黑影——但比起外面漆黑一片的草坪，以及远处更是黑黢黢的一排树，这道黑影则显得较为明亮。接着只听见外面传来嘎嘎的声音，像是有什么东西掉在地上，声音显得空洞而尖锐。窗口那儿冒出一阵淡淡的白烟。

比斯利抽搐了一下，还没完全站起来，就整个人往前倒在了地上，一只手握着被压在身体下面。

卡纳莱斯从窗户外边走进来，跨过比斯利的身体，又往前走了三步，然后默默地站着，手里握着一把黑色的长管小口径的枪，消声器上较大的那根管子管口还在闪着光。

"不准动，"他说，"我枪法可准得很——哪怕拿的是这把捕象枪。"

他的脸色十分苍白，看上去简直在发光，一双黑漆漆的眼睛里只看见烟灰色的虹膜，瞳孔缩小到完全看不见了。

"晚上开着窗户，声音是能传得很远的。"他不带感情地说道。

多尔把两只手放在桌子上，然后开始在桌面拍打着。黑猫把身体压得很低，从桌子的边缘轻轻地跳下去，然后钻到了一把椅子底下。葛兰小姐慢慢地把头转向卡纳莱斯，那动作看上去就像是被什么机器操纵着一样。

卡纳莱斯说："也许你那桌子里藏着一把枪。但要是这房间的门打开了，我就马上开枪。能看到你那肥肥的脖子喷出血来的话，我会很高兴的。"

我把右手的手指在椅子的扶手上移动了两英寸。那把装着消声器的枪指向了我，于是我便停止了动作。卡纳莱斯那有棱有角的胡须下面的嘴角露出一个浅浅的微笑。

"你是个聪明的侦探，"他说，"我想我说对了，但你身上有些东西我挺喜欢的。"

我什么也没有说。卡纳莱斯转过头去看着多尔。他十分明确地说道："我被你们那个团体欺诈了很长一段时间了。但这次是另一回事。昨晚我被骗了一笔钱。但这也是小事儿。现在警方也在通缉我，认为是我杀了哈格。一个叫卡德纳的人招了供，说他是我雇来的人……这事儿可有点麻烦。"

多尔的身体在桌子上方摇摇晃晃，然后狠狠地把手肘支在桌面上，两只小手捧着脸，身体开始颤抖起来。他的雪茄掉在地上，还在冒着烟。

卡纳莱斯说："我要把我的钱拿回来，还要摆脱这个罪名——但是我最想听你说说话，这样我就能朝你张开的嘴巴里开上一枪，然后看着血从里面喷出来。"

比斯利的身体在地毯上抽动了一下。他的手在摸索着。多尔忍着不去看他，双眼露出痛苦的神色。卡纳莱斯全神贯注，没有注意到多尔的动作。我又把手指在椅子的扶手上移动了一点，但还有很远的距离。

卡纳莱斯说："品纳跟我谈过了，我也把事儿处理了。是你杀了哈格，因为他是一名指证曼尼·提纳的秘密目击者。那个地方检察官没有公开这事儿，这个侦探也没有公开这事儿。但是哈格自己说了出来。他告诉了他那个婊子——而那个婊子又告诉了你……所以你派人去杀了他，还故意安排得让我看起来也有嫌疑。一开始你是想栽在那个侦探头上，要是这一招失败了的话，就让我背黑锅。"

房间里一阵沉默。我想说点什么，但却什么也说不出来。我想，除了卡纳莱斯之外，其他人都不会再开口说话了。

卡纳莱斯说："你买通了品纳，好让哈格和那女的把我的钱赢走。这并不难——因为我从来不玩有问题的轮盘。"

多尔停止了颤抖。他抬起了那张惨白的脸，慢慢地转向卡纳莱斯，看上去就像一个快要发作的癫痫病患者。比斯利已经撑在手肘上把身体抬了起来。他的眼睛几乎完全闭着，但是他的手正摇摇摆摆地把一把枪举了起来。

卡纳莱斯身体向前倾着，开始笑了起来。他的手指扣动了扳机，就在这时，比斯利的枪也响了。

卡纳莱斯弓起了腰，直到身体弯成一道僵硬的曲线。他的身体僵硬地往前倒了下去，撞到了桌子的边缘，然后便蹭着桌子的边缘倒在了地上，手也没有抬起来。

比斯利的枪从手上掉了下来，然后又脸朝下地趴在了地上。他的身体变得柔软，手指间歇地动了动，然后便停在那儿了。

我动了动我的腿，然后站了起来，无意识地把卡纳莱斯的枪踢到了桌子底下。在这过程中我发现卡纳莱斯至少开了一枪，因为弗兰克·多尔的右眼已经不见了。

他静静地坐在那儿，一动也不动，下巴支在胸口上。没有被抓伤的那边脸上带着一丝悲哀的神情。

房间的门在这时开了，那个戴着夹鼻式眼镜的秘书溜了进来，瞪大了眼睛，然后趔趔趄趄地往后靠在门上，门便被他关上了。我能听到他在房间那头急促的呼吸声。

他倒吸了一口气然后说："有……有什么问题吗？"

我突然觉得很好笑，哪怕是当时在那种情况下。然后我意识到，他有可能是近视眼，所以从他站的位置看过来，弗兰克·多尔还是显得很自然。而剩下的他可能已经见怪不怪了。

我说："是的——但我们自己会解决的。从这儿出去。"

他说："好的，先生。"说罢又走了出去。我还没缓过神来，吃惊地张着嘴。我走到房间那头，俯身看着头发花白的比斯利。他已经没有意识了，但脉搏还很清楚。他身体的一侧在流血，但血流得并不快。

葛兰小姐已经站了起来，看起来简直跟卡纳莱斯刚才一样迟钝。她正在快速地跟我说话，声音尖厉而清晰："我不知道卢会被杀死的，但就算我知道了，也做不了什么。他们用烙铁在我身上打印儿——就为了给我看看他们为我准备了什么。你看！"

我看着她。她把她的连衣裙往前扯了下来，然后我看到她胸口上有一个可怕的烙印，几乎就印在她两个乳房中间。

我说："好了，妹子。确实很糟糕。但我们现在得把警察找来，还得给比斯利叫一辆救护车。"

我从她身边挤过去，准备去打电话，然后她抓住了我的手，我一把甩开了。她继续对着我的背说话，声音纤细，听上去很绝望的样子。

"我以为他们只会把卢抓起来，直到审判结束。但是他们把他从车里拖了出来，然后一句话也没说就开枪打死了他。然后那个矮个子男人把出租车开进了城里，而那个高个子就把我带到了山上，关在一个小木屋里。多尔也在那儿。他告诉我要怎么嫁祸给你。他答应会把钱给我，如果我按他说的把这事儿办成了的话。但要是我搞砸了，他们就会把我折磨到死。"

我突然意识到我好像太经常把自己的背朝着别人了。所以我转过了身，把电话拿在手上，故意耽搁了一阵，然后把枪放在了桌子上。

"听着！饶了我吧，"她发疯似的说道，"多尔把罪都推到了品纳头上。那帮人抓到莎伦，准备在那儿把他干掉的时候，品纳也在那里。我没有——"

我说："当然——不要紧了。放松点儿。"

整个房间，甚至整栋房子都静下来了，仿佛门外有许多人正弯着腰贴在门上听着这里面的动静。

"这本来不是个坏主意，"我说，感觉好像我有大把大把的时间了，"对弗兰克·多尔来说，卢只是个不值钱的筹码。他设计了那出把戏，让我们俩都去做目击者。但是它太复杂了，牵涉到太多人。这种把戏，通常只会在你面前捅娄子。"

"卢打算逃到国外去的，"她说，两只手紧紧地抓着裙子，"他很害怕。他觉得他骗来的那些钱只是人家给他的封口费。"

我说："没错。"然后拿起了电话，请接线员给我接通警察总局。

房间的门又一次打开了，那个秘书拿着一把枪闯了进来。他的身后还有一个穿着制服的司机，手上也拿着一把枪。

我大声地冲着电话说："这儿是弗兰克·多尔的住宅。有人被杀死了。"

那个秘书和那个司机闻声又躲了出去。我听到门厅传来他们奔跑的声音。接着我又给每日电讯报打了电话，找到了冯·巴林。当我把这边的情况都跟他讲完的时候，我看到葛兰小姐已经从窗户爬了出去，走到黑漆漆的花园里了。

我没有追上去，因为我并不是很介意她是否逃走了。

我试着打电话找到奥斯，但他们说他还在索拉诺那儿。就在这时，外面的黑夜里已经传来了警笛声。

我遇上了一点麻烦，但是不太大。玢韦德让我们口风都严一点。事情没有全部曝光，但也够让市政厅那群穿着两千美元的西装，经常偷懒的家伙忙活一阵了。

品纳在盐湖城被拿获了，他招了供，把曼尼·提纳那帮人里面的其他四个也一并拉下水了。其中两个在抵抗逮捕的时候被警方击毙，其他两个则被判了无期徒刑，连假释的机会也没有。

葛兰小姐彻底逃走了，并且再也没有她的任何消息。我想这事儿也就差不多了，只是我还得把那两万两千美元上交给公定遗产管理人。他给了我二百美元的酬金，还有九美元二十美分的交通补贴。我偶尔也会想，他到底是怎么处置剩下的那些钱的。

（本文译者　汪牧奇、梁瑞清）

我在等待

凌晨一点，温德米尔旅馆的夜班门房卡尔，关掉了大厅里三盏台灯中的最后一盏。蓝色的地毯暗下来了一两成，后面的墙壁好像退到了遥远的地方。沙发上躺着一个慵懒的身影，角落里布满了蛛丝般的回忆。

　　托尼·雷赛克打了个哈欠。他的头侧向一边，听着从大厅另一边的昏暗拱门外远远传来的隐隐约约、兴奋的音乐声。他皱起了眉头。在凌晨一点后，收音机室就应该属于他了——里面不该有别人的。那个红发女郎毁了他的夜晚。

　　他的眉头舒展开来，嘴角挂上了一抹淡淡的微笑。他放松地坐在那儿，这是一个身材矮小、大腹便便、脸色苍白的中年男子。他纤长优雅的手指交叉地扣在他表链的鹿齿上。这是技艺娴熟的艺术家才能拥有的修长纤细的手指——富有光泽的指甲修剪得整整齐齐，从第一个指节开始逐渐变窄，手指的尾端是铲形的，多么漂亮的手指！托尼·雷赛克轻轻地摩挲着它们，他沉静的海灰色的眼睛里充满了平和。

　　他蓦地又皱起了眉头。这音乐让他不悦。他站了起来，动作不可思议地敏捷，一气呵成，甚至连扣在表链鹿齿上的手都没有移动。上一秒他还放松地靠在沙发里，下一刻

261

就四平八稳地站在那儿，纹丝不动，好像他一直都站在那里，刚才的动作变换只是错觉。

他穿着油亮的小皮鞋优雅地穿过拱门下的蓝色地毯。音乐声大了一些，收音机里放的是一场喧闹热情、狂热刺激的现场爵士演奏会。音乐有点太吵了。红发女郎静静地盯着大收音机外壳上的磨损部位，仿佛她可以透过它看见乐队演唱者脸上挂着他们职业性的笑容在汗流浃背地卖力演出。她蜷着腿躺在一张看起来是房里最柔软舒适的沙发上。整个人都包围在沙发的垫子里，就像花店里用纸巾包着的胸花一样。

她没有回头。就那样靠在那儿，一只手握成了拳头，放在她桃粉色的膝盖上，身上穿着绣着黑色莲花花苞的丝绸睡衣。

"你喜欢古德曼吗，克雷西小姐？"托尼·雷赛克问道。

女郎慢慢转动了她的眼睛。她的双眼黯淡无神，但她眼睛蓝得几乎有些吓人。这是一双大而深邃的眼睛，但眼里却是一片空洞。她古典美的脸上一脸冷漠。

她什么也没说。

托尼笑了笑，感受着他身体两侧的手指顽皮地弹动，一下又一下。"你喜欢古德曼吗，克雷西小姐？"他轻轻地再问一次。

"不到迷恋的程度。"女郎波澜不惊地说道。

托尼用他的鞋跟打着节拍，看向女孩的眼睛——她那大而深邃却空洞洞的眼睛。或者，这真的是一双空洞的眼睛吗？他弯下腰，关掉了收音机。

"请别误解了我的意思，"女郎说道，"古德曼自己赚钱，在这个年头，任何通过自己正当手段赚钱的年轻人都是值得尊重的。但是这种吉特巴舞的音乐对我来说，就像走了气儿的啤酒，我更喜欢带劲儿的东西。"

"也许你喜欢的是莫扎特。"托尼说。

"你就这么笑话我吧。"女郎答道。

"我可不是在跟你开玩笑，克雷西小姐。我觉得莫扎特是人

262

类历史上最伟大的人——托斯卡尼尼也是他的忠实拥趸呢。"

"我以为你是个旅馆的侦探。"她把头往后靠到枕头上，垂着眼睛透过睫毛看着他。"给我放放这位莫扎特的音乐吧。"她又加了一句。

"现在已经太晚了，"托尼叹了口气，"现在没办法收听到了。"

她眼神清澈，意味深长地看了他一眼。"盯上我了，是吧，侦探先生？"她轻声笑了笑，"我做错了什么呢？"

托尼露出了一个顽皮的笑容。"不，克雷西小姐，你什么也没做错。但是你需要一点新鲜空气。你已经在这家旅馆里待了五天，足不出户地待了五天。更何况你住的是塔楼的房间。"

她又笑了起来。"快给我编一个关于塔楼套房的故事吧。我很无聊。"

"以前有个女孩儿也住在你现在住的这个套房里。同你一样，她在旅馆里住了整整一个星期。我的意思是说，也是一步没踏出过旅馆。她几乎没和任何人说话。你觉得她后来怎么样了呢？"

女郎严肃地看了他一眼，说："她没买单就跳楼了。"

他伸出他修长精致的手，然后慢慢地转动它，甩了甩手指，就像慵懒翻腾的海浪一样。"嗯——哦，她让楼下的人拿上来账单，而且付完了钱。然后她告诉司机半个小时后再回来提行李箱。然后她就从阳台跳了下去。"

女郎身体微微向前倾了一些，她的眼里仍然是一潭死水，一只手放在桃红色的膝盖上。"你说你的名字是什么来着？"

"托尼·雷赛克。"

"听起来像个势利小人。"

"是的，"托尼说，"波兰人。"

"继续吧，托尼。"

"所有的塔楼套房都有私人阳台，克雷西小姐。阳台的围栏对于十四层楼来说太矮了。那是一个漆黑的夜晚，乌云密布。"

他的手以一种最后的告别的姿势垂了下来，"没有人看见她跳下来。但是当她撞到地上的时候，那声音就像一把大型的枪走火了。"

"你在编故事，托尼。"她干巴巴地低语道。

他又露出了顽皮的笑容。他沉静的海灰色的目光好像在抚弄她波浪般的长发。"伊芙·克雷西，"他若有所思地说道，"一个等待光明的名字。"

"等着一个高个子、黑黝黝、一无是处的家伙。托尼，你不会想知道原因的。我曾经嫁过他一次，还有可能再次嫁给他。在你的一生中，你也许会犯很多次错。"她膝盖上的手慢慢地张开，直到整个手撑开到了极限之后，又突然紧紧地攥了起来。在那样昏暗的灯光下，指关节却像磨光了的骨头那样发亮。"我曾经对他使过那些低级的花招。我陷他于一个不幸的境地——虽然不是有意而为之。当然了，你对这个也不会感兴趣的，就只是我欠他的而已。"

他轻轻地往前靠，然后转动了收音机的旋钮。一阵模模糊糊的华尔兹音乐飘扬在暖暖的空气中。一曲俗艳的华尔兹，但仍然是华尔兹。他调大了声音。一阵沉闷的旋律从收音机的扩音器里流泻出来。自从维也纳风格消亡之后，所有的华尔兹都死气沉沉的。

女郎把手放到一边，哼了三四句调子，突然停了下来，紧紧地闭上了嘴。

"伊芙·克雷西，"她说道，"也曾经生活在光明里。在一家流浪汉夜总会，一个下流的地方。他们抄查了那里，然后这光明再也不复存在。"

他几乎有些嘲弄地对她笑了笑。"克雷西小姐，你在那里的时候，那儿可不是个低级的地方……每当以前的门卫在旅馆入口处走来走去时，总会有管弦乐队演奏华尔兹舞曲，那时的门卫，会因自己胸前的奖章而感到无比自豪。埃米尔·杰宁斯的《最后一笑》，你应该记不得了吧，克雷西小姐？"

"清泉，美丽的清泉，"她说道，"是的，我从来没看过这部电影。"

他背对着她走了三步，然后转过身来。"我得上楼去查房了。希望我没有打扰到你。很晚了，你该回去睡觉了。"

俗气的华尔兹结束了，有个人开始说话。女郎的声音盖过了收音机里的说话声。"关于阳台——你真的这样认为吗？"

他摇了摇头。"可能吧。"他轻声说道，"但我不再这么想了。"

"不可能的，托尼。"她脸上的笑就像一片灰暗的落叶，"多和我聊聊吧。红头发的人不会跳楼的，托尼。他们会咬紧牙关坚持——然后渐渐消逝。"

他认真地盯着她看了一会儿，然后就穿过地毯离开了。门卫就站在通往大厅的拱门里。托尼还没朝那个方向看过去，但他知道那儿有个人。当他近处有人的时候，他总是能察觉到。他能听到草生长的声音，就像《青鸟》中的那头驴。

门卫急切地向他努了努下巴。他制服领子上面那张宽大的脸满是汗水，看起来异常兴奋。托尼登上台阶，走到他身边，他们一起穿过拱门，走向昏暗的大厅中央。

"有什么问题吗？"托尼疲惫地问道。

"托尼，外面有个人要见你。他不肯进来。我正在擦洗门上的厚玻璃板，然后他就走到了我的身边——一个高个男人，'去找托尼，'他说，紧紧地抿着嘴说的。"

托尼说："嗯哼，"然后看向门卫淡蓝色的眼睛，"是谁呢？"

"艾尔，他说让我告诉你，他是艾尔。"

托尼的脸变得像面团一样僵硬。"好的。"他开始往外走。

"听着，托尼。"门卫紧紧地抓住了他的袖子，"在街区后面的出租车旁边有一辆黑色的大轿车，有个男人就站在轿车边，他的一只脚在踏板上。这个跟我说话的男人，穿着一件深色风衣，裹得紧紧的，衣领高高地竖起来，都到了耳朵那儿。他的帽子压得很低，你根本就看不见他的脸。他可是咬牙切齿地对我说'去找托尼'。你应该没有得罪什么人吧，托尼？"

"只是财务公司的人，"托尼说道，"快走开。"

他慢慢地，有些僵硬地走过蓝色地毯，走上三个低低的台阶，走到了大厅入口处。入口处一边有三台电梯，另一边是接待台。只有一台电梯好使。在开着的门边，夜间接线员静静地站在那儿，双臂交叉，身上穿着整洁的、镶着银色衣边的蓝色制服。他叫戈麦斯，是一个精瘦黝黑的墨西哥人。他是新来的，刚开始上夜班。

另一边的接待台上，夜间接待员轻轻地靠在玫瑰色的大理石台面上。他衣着整洁，身材矮小，留着一撮淡红色的小胡子，他的脸颊有些红润，看起来好像搽了胭脂。他盯着托尼，一边用一只手指拨弄着他的胡须。

托尼伸出食指直指向他，其他三根手指紧紧地攥在手心里，拇指一上一下地打着响指。接待员拨了拨另一边的胡子，看上去百无聊赖。

托尼接着往外走，穿过了收摊了的黑漆漆的报摊和药店的侧门，走向一扇包铜厚玻璃板门。他在出门前停了下来，深深地吸了口气，呼吸有点困难。他挺了挺胸，推开了门，进入到了夜晚寒冷潮湿的空气中。

街上一片漆黑宁静。两个街区外威尔希尔街上白天车辆川流不息，现在空无一人。他左手边有两辆出租车，两个司机正并排背靠着挡泥板抽烟。托尼走向另一边。那辆黑色的大轿车离旅馆大门三分之一个街区左右。车灯昏暗，直到他走近轿车时，他才听见汽车引擎低低的转动声。

一个高个儿下了车，慢慢朝他走来，两只手都插在黑色高领风衣的口袋里。他嘴里的香烟头处火光微弱，像失去了光彩的珍珠。

他们在离对方两英尺左右的地方停了下来。

高个男人说："嗨，托尼，好久不见。"

"你好，艾尔，最近过得还好吗？"

"还凑合吧。"高个男人开始把右手从大衣口袋里慢慢掏出来，然后停了下来，轻轻地笑了笑，"我给忘了，我猜你应该不想跟我握手。"

"那没什么意义，"托尼说，"猴子都会握手。你来这儿干吗，艾尔？"

"看来你还是那个风趣幽默的小胖子啊，是吗，托尼？"

"我猜的。"托尼紧紧地眯起了眼睛，他的喉头有些发紧。

"你喜欢这份工作吗？"

"混口饭吃。"

艾尔又轻轻地笑了起来。"你喜欢慢慢来，托尼，我喜欢速战速决。所以你想要保住这个饭碗咯。没问题，你们那个安静的旅馆里，住了一个叫伊芙·克雷西的女孩。把她弄出来。现在，快点儿。"

"怎么了？"

高个男人来来回回扫了几眼街道。轿车后座里有个男人轻轻地咳了咳。"她惹了不该惹的人。这事儿不是针对她的，但是她会给你惹麻烦。带她出来，托尼。你大概有一个小时的时间。"

"当然。"托尼漫无目的地说道，那话听起来毫无意义。

艾尔把手从他的口袋里掏了出来，伸到托尼的胸前，懒懒地推了他一把。"我不会告诉你到底是为什么的，胖子兄弟。把她带出来就对了。"

"好的。"托尼丁巴巴地说。

高个男人抽回手，把手伸向了车门。他打开了车门，然后开始像一道纤瘦的黑影一样滑进车里。

他突然停下来跟后车座里的男人说了几句，又钻了出来，回到托尼静静站着的地方。他浅色的眼睛里反射出街上昏暗的灯光。

"听着，托尼，你向来都是安分守己。你是个好伙计，托尼。"

托尼没有搭腔。

艾尔像一个长长的咄咄逼人的影子一样靠近他，艾尔的高领几乎碰到了他的耳朵。"这可是件麻烦事儿，托尼。弟兄们不

267

会高兴的，但我还是告诉你吧。这个克雷西嫁给了一个叫约翰尼·雷尔斯的家伙。这个雷尔斯大概两三天，或者一个星期前刚从昆汀监狱里出来。他因为过失杀人罪坐了三年牢，是这个女孩儿让他入狱的。有天晚上他喝醉了酒，撞死了一个老头，她当时就在车上。他没有停下来，她让他去自首，否则就要告发他。他没有自首，所以警察就找上了门。"

托尼说："这真是太糟糕了。"

"没什么好大惊小怪的，伙计。干我这行的经常碰到这种事。这个雷尔斯在监狱里吹牛说这个女孩儿一定会等他，等他出来之后会原谅他并忘记一切，他说自己一出狱就要来找这个女孩儿。"

托尼说："他跟你有什么关系呢？"他的声音干巴巴的，很僵硬，就像厚厚的纸似的。

艾尔笑了："弟兄们想见见他。他在斯特里普大道上管理一张赌桌，和另一个家伙使了套诡计骗走了赌场的五万块钱。另一个小子已经把钱吐出来了，但是我们还得找约翰尼拿回剩下的两万五。可没有人付钱让弟兄们把这件事给忘了。"

托尼来回打量着漆黑的街道。一个出租车司机扔出了一个烟头，它从车顶划出了一道长长的弧线。托尼看着烟头落到地上，然后在人行道上一闪一闪的。他听着黑色大轿车轻轻的引擎声。

"我可不想在里面瞎掺和，"他说，"我会带她出来的。"

艾尔退开了两步，点点头说："小子，算你聪明。妈妈最近怎么样？"

"还行。"托尼说。

"替我向她问好。"

"光向她问好可不够。"托尼说。

艾尔迅速转过身来上了车。车子慢悠悠地歪歪扭扭地朝街道中间驶去，又滑动着向街角去了。车灯的灯光打在墙上，车子转过了个街角然后消失了。车子尾气的气味在空中久久不散，钻进了托尼的鼻子里。他转身走回了旅馆，径直去了收音室。

收音机还在沙沙作响，但收音机前面长沙发上的女郎已经离开了。她的身体在垫子上压出了浅浅的凹槽。他弯下腰摸了摸垫子，还留有余温。他关掉收音机，站在那儿，伸出一根拇指在身体前慢慢地转动，一只手平放在他的胃上。然后他又回到大厅，走向电梯，站在一个装着白色沙子的陶罐旁。接待员在玻璃板后面另一头的桌子上一阵忙活。四周一片沉寂。

电梯那儿灯光很暗。托尼看了看电梯上的显示器，中间一部电梯在14层。

"看来回去睡觉了。"托尼低声说道。

电梯旁门卫房间的门敞开着，那个身材矮小的墨西哥夜间接线员穿着睡衣走了出来。他安静的栗色眼睛瞟了眼托尼。

"晚安，组长。"

"好的。"托尼心不在焉地答道。

他从马甲的口袋里掏出一支带花纹的细烟，嗅了嗅它。他慢慢地检视着它，让烟在他优雅的指间转动。香烟的一边有一个小小的豁口，他皱起了眉头，扔掉了香烟。

一个很遥远的声音传来，电梯显示器上的铜指示盘上的指针开始缓缓转动。灯光照亮了竖井，照进了下方的黑暗中。电梯停了下来，门开后，卡尔走了出来。

在和托尼目光交错时，他的目光闪了一下，他走到托尼面前，脑袋歪向一边，粉红色的上唇闪着微弱的光。

"听着，托尼。"

托尼一个快手，狠狠地抓住了他的手臂，拉着他，让他转了个身。看似随意却快速地推着他走进昏暗的大厅，把他拽到了一个角落。托尼松开了卡尔的手，他的喉头又开始发紧，但自己也不明白这是为什么。

"说吧，"他阴沉地说，"你要告诉我什么？"

门卫把手伸到口袋里，掏出来一张一元的钞票。"他给了我这个。"他轻松地说。他闪烁的目光越过托尼的肩膀，不知道在看哪儿。他快速地眨着眼睛，"冰块和姜汁汽水。"

"少在这儿拖拖拉拉的。"托尼低声吼道。

"住在14B的家伙，"门卫说。

"让我闻闻你的口气。"

门卫顺从地靠了过去。

"是酒精，"托尼厉声说，"他让我喝了一杯。"

托尼看向了手里的一块钱，"在我印象中，没有人住在14B。"他说。

"有的有的。"门卫舔了舔嘴唇，他的眼睛眨了几下，"一个高个黑皮肤的家伙。"

"好吧，"托尼面带不悦地说，"14B住了个高个黑皮肤的家伙，他给了你一块钱和一杯酒，还有呢？"

"他手里有枪。"卡尔说，又眨了眨眼睛。

托尼笑了，但是他的眼里覆上了一层冷酷的冰霜。"是你带克雷西小姐回房的吗？"

卡尔摇摇头，说："我看见戈麦斯带她上去的。"

"滚吧，"托尼咬牙切齿地说道，"再也不许喝客人给你的酒。"

他站在那儿一动不动，直到卡尔回到自己电梯旁的房间里，关上了门。然后他悄悄地走上了三个台阶，走到接待台前，看着脉络鲜明的玫瑰色大理石台面，缟玛瑙笔座，以及皮夹里的新的入住登记卡。他抬起一只手，一拳重重地打在桌子上。接待员从玻璃屏风后面跳了出来，就好像受惊蹿出洞的金花鼠。

托尼从胸前掏出一张薄薄的纸，把它摊在桌上。"这里为什么没登记14B的住客？"他厉声问道。

接待员礼貌地将了将自己的八字胡。"太抱歉了，他登记入住的时候，你一定是出去了。"

"谁？"

"登记的名字是詹姆斯·沃特森，来自圣地亚哥。"接待员打了个哈欠。

"他有没有问起任何人？"

接待员停下打了一半的哈欠，张着嘴，然后看向托尼的头顶，说："是的，他问起了一个乐队，怎么了？"

"讲起笑话来倒是聪明机灵啊，"托尼说，"看来你喜欢来这套。"他在他的纸上记下了这个信息，又把它放进了口袋里。"我要上楼查房了。上面还有四个空的塔楼套房。保持警惕啊，小子，你可有点儿放松了。"

"我明白了，"接待员拖着嗓子慢吞吞地说，打完了他的哈欠，"快点回来，老家伙，我都不知道该怎么打发这些时间呢。"

"你可以刮掉嘴上那撮粉红色的小胡子。"托尼说，然后走进了电梯。

他打开了一个电梯的门，打开了电梯顶上灯，按了电梯去14层。电梯到了之后，他关掉了灯，走出电梯，关上了门。比起楼下其他的中厅来说，这个要小一些。除了电梯出口的那面墙上，其他三面墙上各有一个蓝色的单扇门。每扇门上都有一个由数字和字母组成的金色的门牌号，环绕着金色花环。托尼走到14A前，把耳朵贴在门上，但没听见什么动静。伊芙·克雷西大概已经上床睡觉了，也许在浴室里，也有可能在阳台上。她或许正坐在房里距离门边几尺的地方，盯着墙壁发呆，那么，他怎么可能听见她静坐发呆的声音呢？他转而又走到14B前，也把耳朵贴了上去。这回就不一样了，里面有动静——有一个男人的咳嗽声。听起来好像就只有一个人的咳嗽声，没有谈话声。托尼按下了门边镶有珍珠母贝贝壳的门铃按钮。

房里传来了不慌不忙的脚步声，一个粗哑低沉的声音透过门板传了出来。托尼默不作声。轻轻的低沉的嗓音带着敌意地重复着，托尼又按了一次门铃。

这位来自圣地亚哥的詹姆斯·沃特森先生，这会儿理应开门来看看到底是什么情况了吧，但他没有。门后一阵沉默，就像沉寂的冰河。托尼又把耳朵贴到了门上，里面没有任何动静。

他从钥匙链里拿出一把万能钥匙，轻轻地插进锁眼里，转动了门锁，把门往里面推了三英寸，拔出钥匙，静静等待。

"好吧。"那声音冷酷地说，"进来拿吧。"

托尼推开门，就那么站在那儿，大厅里的灯光从他的背后打进来。这个男人身材高大，头发乌黑，白皙的脸棱角分明，他手里举着一支手枪，看样子是玩枪的好手。

"进来吧。"他慢吞吞地说道。

托尼穿过门走了进去，用肩关上了门。他的手离身体两侧有些距离，灵活的手指蜷曲松弛地放着。他的脸上挂上了淡淡而平和的笑容。

"沃特森先生吗？"

"有何贵干呢？"

"我是这家旅馆的侦探。"

"噢，这可吓坏我了。"

身材高大，皮肤白皙，说不上是英俊还是不英俊的男人缓缓地退回了房间里。这个房间很大，两边都各有一个矮矮的阳台。通往独用的露天小阳台的落地窗敞开着，每个塔楼套房上都有这样一个阳台。在舒适的沙发和屏风之间，有一座能烧柴火的壁炉。一张深陷的、温暖的椅子旁有一个旅馆的托盘，上面放着一只脏兮兮的高脚杯。男人朝杯子那儿退过去，站在它的前面。那支又大又黑的枪垂了下去，枪口指向地板。

"真是吓死人了，"他说，"我到这破地方才一个小时，旅馆侦探就找上门来了。好的，老兄，你就尽管到壁橱和浴室里去搜吧，她刚刚才离开。"

"你还没见到她。"托尼说。

男人煞白的脸上充满震惊。他那又粗又沉的声音已经有点气急败坏，"是吗？我还没见到谁呢？"

"一个叫伊芙·克雷西的女孩儿。"

男人吞了吞口水。他把手枪放在了桌上托盘的旁边。他一屁股坐进了椅子里，僵硬得就像个腰部有风湿病的人一样。接着他又身体向前靠，把手放在膝头，露出灿烂的笑容。"所以她已经到这儿了，对吗？我还没有问起她呢，我是个谨慎的人，还没问呢！"

"她到这儿已经有五天了，"托尼说，"在等你，她一步也不曾离开过旅馆。"

男人的嘴角动了动，他脸上的笑表明他已经明白了一切。"我在北边有些事情耽搁了，"他油滑地说，"你知道是怎么回事，拜访一些老朋友，你对我好像知道得不少啊，侦探先生。"

"你说得没错，雷尔斯先生。"

男人猛地一下站起来，手里抓起了枪，又将身体向前倾了倾，把枪放在桌子上，瞪着眼睛，"这个女人话太多了"。他的声音含糊不清，好像从嘴里掏出个柔软的东西。

"不是她说的，雷尔斯先生。"

"哦？"枪在硬木桌子上滑动了一下，"把话说清楚些，侦探先生，我现在懒得动脑子。"

"不是女人，而是男人，带枪的男人。"

冰河般的沉默再次蔓延在他们之间。男人慢慢挺直了身躯，他的脸上顿时毫无表情，但眼神却充满机警。托尼向前朝他凑了凑。在他看来，这个托尼矮矮胖胖，一脸和善，表情平和，眼睛纯净得如同森林里的泉水。

"那些兄弟从来都不用担心会筋疲力尽，"约翰尼·雷尔斯边说边舔着自己的嘴唇，"他们从早到晚一直工作着，那家老讨债公司从不休息。"

"你知道他们是谁吗？"托尼轻声问道。

"让我猜九次，我能猜中十二次。"

"爱找麻烦的兄弟们。"托尼冷淡地笑着说。

"她在哪里？"约翰尼·雷尔斯冷冷地问。

"就在你的隔壁。"

男人把枪留在桌上，走向墙边。他站在墙壁前，仔细地研究它，然后伸出手抓住了阳台栏杆上的铁格子。当他放下手转身回来时，他脸上的表情柔和了，眼里闪着光。他走回到托尼身边，低头看着托尼。

"我赚了些钱，"他说，"伊芙给我寄了些钱，然后我拿它在北边那儿利用关系赚的。应急用的现钱，我指的是。爱找麻烦的兄弟说是两万五。"他不自然地笑了笑，"我这儿只有五百块，如果能让他们相信我的话，就太有趣了，我会这么做的。"

"你拿那些钱做什么了？"托尼冷漠地问道。

"我根本就没拿过那些钱，侦探先生。让他们瞎扯去吧！我是世界上唯一一个相信这件事的人。我只是个上当受骗的傻瓜！"

"我相信你。"托尼说。

"他们通常不会杀人，但是他们可是非常心狠手辣的。"

"容易上当的蠢货，"托尼突然带着一股讽刺的轻蔑说道，"那些带枪的家伙，就只是傻瓜而已。"

约翰尼·雷尔斯伸手拿起杯子一饮而尽，当他放下杯子时，里面的冰块发出清脆的响声。他拿起了枪，在手里把玩，然后枪口朝下塞进了内里的口袋里。眼睛盯着地毯。

"你为什么要告诉我这个呢，侦探先生？"

"我觉得你应该放过她，给她安宁。"

"如果我不愿意呢？"

"我觉得你会的。"托尼说。

约翰尼·雷尔斯默默点点头。"我能离开这里了吗？"

"你可以坐货梯到车库。在那里租辆车。我给你张名片，你把它给车库管理员就行。"

"你真是个有趣的小家伙。"约翰尼·雷尔斯说道。

托尼拿出一个破旧的鸵鸟皮钱包，在一张名片上草草写下几句。约翰尼读了一下，然后站在那儿，用大拇指弹着它。

"我可以带她一起走的。"他说道，眼睛眯了起来。

274

"你也可以骑着个洗衣篮兜兜风啊。"托尼说，"我已经告诉过你，她在这儿待了五天了。早就被盯上了。有个我认识的男人给我打了电话，让我把她带出这个宾馆。告诉我这到底是怎么一回事。所以我还是把你弄出去好了。"

"他们会很高兴的，"约翰尼·雷尔斯说，"他们会送你紫罗兰。"

"等到我退休的那一天，我会感激涕零的。"

约翰尼·雷尔斯把手翻过来，盯着自己的掌心。"无论如何，在我走之前，我可以见见她。你说她就在隔壁，是吗？"

托尼扭动了一下脚跟，开始向门口走去，他头也没回地说："别浪费太多时间，帅小伙，我可能会改变主意的。"

男人几乎像耳语似的说道："据我所知，你现在应该正在监视我。"

托尼没有回头，说："你不得不冒这个险。"

他穿过门走出了房间，小心翼翼地关上门，看了一眼14A的门，走进了黑暗的电梯中。他撑着电梯到了布草房所在的那一层，走出电梯后把挡在货梯门口的篮子搬走。电梯门静静地关上了。他用手扶着门，所以它没有发出声响。走廊的另一头，灯光从客房部经理办公室敞开的门中透出来。托尼回到电梯里，又乘坐它下到了大厅里。

矮小的接待员正在玻璃屏风后面审查账目。托尼穿过大厅进到了收音室里。收音机又被打开了，轻轻地发出声响。她在那儿，又蜷缩在了长沙发上。音箱朝着她嗡嗡作响，那声音是如此的细微低沉，就好像树叶在沙沙作响。她慢慢地回过头来，朝他微笑。

"查完房了吗？我实在是睡不着，所以又下来了。可以吗？"

他笑着点点头，在一张绿色的凳子上坐下来，拍了拍宽宽的椅子扶手。"当然可以了，克雷西小姐。"

"等待是最困难的事情，不是吗？我希望你跟收音机说说，

275

它听起来就像是折弯了的法国号。"

托尼调了调收音机，没发现什么他愿意听的，又把它调回了原来的频道。

"到了这会儿，酒吧里的酒鬼们是它唯一的听众了。"

她又冲他笑了笑。

"我在这儿不会打搅到你吧，克雷西小姐？"

"我很喜欢这样，你是个贴心的小家伙，托尼。"

他僵硬地看着地板，心里泛起了一阵涟漪，他等着这种感觉消失。它慢慢地消失了，他又放松地靠回椅背上，整洁的手指交叉在鹿齿上。他静静地听着，不是听收音机——而是一种遥远的不确定的声音，那声音挺可怕的。或许是车轮在安全地转动，车子离开，驶入一个陌生的夜晚的声音。

"没有一个绝对的坏人。"他大声喊道。

女郎慵懒地看了他一眼，说："我可看走眼过两三个人。"

他点点头，"是的，"明智而审慎地承认，"我想有些人是这样的。"

女郎打起了哈欠，深紫罗兰色的眼睛半闭着。她慢慢往后靠，舒服地依偎在垫子里，说："在那儿坐一会儿吧，托尼，也许我能打个盹儿。"

"当然。我也没什么事可做了，真不知道他们为什么要花钱雇我。"

她很快就睡着了，一动不动，像个孩子似的。有十分钟左右，托尼都不敢大喘气，他只是看着她，嘴微微张开。在他清澈的眼里有一种静静的迷恋，好像在注视着一座圣坛。

然后，他小心翼翼地站起来，轻轻地穿过拱门，朝前厅和接待台走过去。他站在接待台前听了一会儿，他听见笔尖在纸上沙沙地写着。他绕过这个角落朝玻璃隔间内的一排内线电话走去。他拿起一个话筒然后让夜间接线员接到车库。

铃响了三四声之后，一个男孩气的声音传了过来："温德米

276

尔旅馆，这里是车库。"

"我是托尼·雷赛克。那个我给了他名片、叫沃特森的人走了吗？"

"当然，托尼，都走了差不多半个小时了，记在你的账上吗？"

"是的，"托尼说，"我的朋友，谢了，回见。"

他挂上电话，挠挠脖子。他回到接待台，一手拍在台面上。接待员一阵风一样从屏风后面飘了出来，皮笑肉不笑的样子，他一看到托尼，脸上的笑容就收了起来。

"你就不能让人好好工作吗？"他嘴里嘟嘟囔囔地抱怨道。

"14B有没有什么员工折扣？"

接待员愁眉苦脸地瞪着他，说："顶楼的套房都没有员工折扣。"

"编一个，楼上的那个家伙已经走了，只在那儿待了一个小时。"

"噢，噢，"接待员轻快地说，"今天晚上运气不佳啊，楼上那个家伙没付钱就跑了。"

"五块钱能满足你吗？"

"你的朋友？"

"不，只是个满脑子幻想却穷得叮当响的酒鬼。"

"看来只能这样了，托尼，他是怎么出去的？"

"我带他乘的货梯，你睡着了。五块钱能让你满意吗？"

"为什么呢？"

托尼拿出了他那个破旧的鸵鸟皮钱包，一张皱巴巴的五元钞票滑过大理石桌面，"这是我从他身上能挖出来的全部的钱了。"托尼轻松地说。

接待员拿起了五块钱，一脸困惑，"你说了算。"他耸了耸肩说。接待台的电话尖声响了起来，他伸手接了电话。他听了一会儿就把电话推给了托尼，"找你的。"

托尼接过电话，把它贴到胸前，把话筒放到嘴边。是个陌生的声音，有一种金属的质地，音节毫无特征，难以辨认。

"托尼？托尼·雷赛克？"

"是我。"

"艾尔的口信，要听吗？"

托尼看着接待员，盖着话筒说："行个方便吧。"接待员朝他笑笑，走开了。"说吧。"托尼对着话筒说。

"我们和待在你那里的那个家伙有点事儿要谈，他匆忙逃跑的时候被我们拦了下来——艾尔知道你会放走他，我们跟踪了他，把他堵在街边，事情有点不妙，出了意外。"

托尼紧紧地抓住电话，他的脑门出了汗，汗水蒸发后一阵发凉。"继续说，"他说，"我想应该还有别的吧。"

"还有一些，那家伙干掉了艾尔，他已经死了。艾尔——艾尔让我跟你说再见。"

托尼紧紧地靠着接待台，他的嘴里发出了声音，但却不是在说话。

"明白了吗？"带着金属质地的声音听起来有些不耐烦了，"这个家伙手上有枪，他开枪了，艾尔再也不会给任何人打电话了。"

托尼勉强地才能抓住电话，电话机的底座在玫瑰色的大理石台面上颤动，他的嘴紧紧地闭上了。

那声音说："就这么多了，老弟，晚安。"电话咔嚓一声被挂断了，就像石头打在墙上。

托尼小心地把话筒放回电话上，尽量不发出声音。他看向刚才自己紧紧握住的左手掌心，掏出一条手帕来轻轻擦拭，用另一只手把手指扳直，然后再擦擦额头。接待员又从屏风后面出来了，看着他的眼睛闪闪发亮。

"我星期五休息，把这个电话告诉我怎么样？"

托尼朝接待员点点头，露出一个淡淡的虚弱的笑容。他收起手帕，拍了拍装手帕的口袋，转身离开了接待台，走下三级台阶，穿过昏暗的大厅和拱门，又一次来到了收音室。他轻手轻脚地走进来，好像进入一个重病患者的房间。他走到他刚才坐下的椅子前，慢慢地，一寸一寸地坐了下去。女郎还在沉睡，纹丝不动，保持着一种女人和猫特有的蜷曲，姿势很放松。她的呼吸声极轻微，屋内只有收音机模糊的嗡嗡声。

托尼·雷赛克往后靠在椅背上，双手交叉着握在鹿齿上，静静地闭上了眼睛。

（本文译者　俞惠娴、蒲若茜）

雨中杀手

我们坐在伯格伦德家的一个房间里，我坐在床边，德维克坐在安乐椅上。这是我的房间。

雨下得很大，啪啪地拍打着窗户，窗户紧闭着，房间里很热，我在桌上摆了一把小风扇，风扇嗡嗡地扇着。微风从上面扑在德维克的脸上，扬起了他的满头黑发，吹动他浓浓剑眉中粗硬的长毛。他看起来像一个继承了大笔财产的酒吧保镖。

他张开嘴，露出金色的假牙，说："你对我都知道些什么？"

他的话里透着自命不凡的语气，好像但凡有点常识的人都知道他似的。

"不知道，"我说，"你没有犯罪记录，至少迄今为止。"

他抬起一只毛茸茸的大手，目光在上面凝滞了一会儿。

"你没明白我的意思。一个叫米吉的人把我送到这里来的，维奥雷兹·米吉。"

"行，维奥雷兹最近怎么样了？"维奥雷兹·米吉是警长办公室的一个刑事侦探。

他依旧盯着他的大手看，眉头紧皱。"不——你还是没有明白我的意思，我有份活儿给你。"

"我不怎么出去做事了，"我说，"我渐渐老了。"

他仔细扫了一眼房间，有点虚张声势，像一个天生就不善于观察的人。

"也许是钱。"他说。

"对，也许是的。"我说。

他穿着一件束带软羔皮制雨衣。他漫不经心地把雨衣扯开，拿出一个钱包，钱包很大，差不多有一大捆干草那么大。有些纸币都伸出钱包外面了，参差不齐。他把钱包在膝盖上拍了拍，发出厚重的声音，听起来真悦耳。他把钱倒出来，从那一堆钱里面选了几张出来，又把剩余的钱塞进钱包里，把钱包扔到地上，任它放着，然后像一个熟练的扑克手一样整理了5张100美元的钞票，把这5张钞票放在桌上的风扇台下。

这活儿有点累人，都让他喘气了。

"我出价够高了。"他说。

"我明白，拿了这钱我要做什么？"

"现在了解我了，对吧？"

"多点了。"

我从内衣口袋里拿出一个信封，大声把信封背后潦草的字迹给他读了出来。

"德维克，安东或托尼。以前是匹兹堡的钢铁工人，货车保镖，全能肌肉男。因为假护照坐过牢，离开匹兹堡后去了西部，在埃尔塞古洛的一家鳄梨农场工作，后来想自己开农场，当时恰逢埃尔塞古洛石油热，摇身变为富翁，虽在买通关系上花了不少钱，但依旧是厚家底。塞尔维亚人，身高6英尺，体重240磅，有一个女儿，但没听说结过婚。没有严重的刑事犯罪记录，自匹兹堡后无任何前科记录。"

我点燃了烟斗。

"见鬼，"他说，"你从哪里得知这些的？"

"靠关系，找我什么事？"

他把钱包从地上捡起来，在钱包里面摸索了一会儿，厚厚的唇间舌头微伸。最终他从钱包里掏出一张棕色的小卡片和一些皱皱的纸片，他把它们都递给了我。

卡片是球形字头那种，印刷得很精致，上面写着"哈罗德·哈德维克·斯坦纳"，在卡片的一隅印有一串小字迹"稀有书籍，精装版本"。没有地址和联系方式。

白色纸片一共3张，每张都是1000美元的欠条，署名是"卡门·德维克"，字迹生硬潦草。

我把这些都还给了他，说："敲诈？"

他缓缓摇了摇头，脸上露出之前没有的柔和之色。

"署名人是我的女儿——卡门，这个斯坦纳骚扰我的女儿，卡门经常去他那儿欢闹，他应该和她上过床了，我猜。我不喜欢。"

我点了点头，说："纸币是怎么回事？"

"我才不管这钱，这是她与他之间的游戏而已，该死的。她是你们所说的男人眼中的万人迷。你去告诉这个斯坦纳叫他离开卡门，否则我会亲自扭断他的脖子，明白没？"

他深吸了一口气，一路说完，一双小眼瞪得圆圆的，目光怒不可遏，牙齿几乎都要吱吱作响了。

我说："为什么要我去告诉他？你怎么不自己去？"

"我怕我控制不住杀……"他大叫。

我从口袋里拿出一根火柴，捅了捅我烟斗里疏松的烟灰，我仔细地看了看他，心里明白了。

"胡说，你是害怕。"我对他说。

他举起双拳，在肩头使劲地摇晃，粗大的骨骼和肌肉都凸显了出来。接着，他又慢慢垂下双拳，深深叹了口气，他坦言："是的，我是害怕，我不知道拿卡门怎么办？她的身边旧的去了，新的又来了，一直是这样，而我一直就是一个废物。前阵子我给了她的一个追求者乔·马蒂5000美元，叫他离开她，为此她还在生我气。"

我盯着窗户，看着雨丝抽打着窗户，碰到窗户后化成水流沿着玻璃渐渐流下，像熔化了的明胶。这么大的雨在秋天确实太早了。

"给他们钱对你来说无济于事，"我说，"那样你得一辈子给他们钱。所以你想要我帮你去对付现在这个斯坦纳。"

"告诉他，我会扭断他的脖子！"

"我才不说，"我说，"我知道斯坦纳，如果有用的话，我会为你亲自扭断他的脖子。"

他身体往前倾，一把握住我的手，目光像孩子般，一颗苍白的泪珠在眼睛里打转。

"听着，米吉和我说你是一个好人，我要告诉你一些我从来没有和别人说过的事情——从来没有。卡门——她不是我的孩子，是我在斯莫克街头捡回来的，当时她还是个婴儿，她并不是没有亲人，我想是我偷走了她，是吗？"

"听起来像，"我边说边试图挣脱他的手，无奈只好用另一只手来帮忙。他的力气很大，足以拧碎一根电线杆了。

"从那时起我就重新做人了，"他的语气冷酷却柔和，"我搬到这里来，试着与人为善，她慢慢长大了，我爱她。"

我说："嗯——哼。这也正常。"

"你不懂，我想娶她。"

我盯着他。

"她渐渐长大了，懂事了，也许她会嫁给我，对吧？"他的语气近乎哀求，好像我有这个决定权似的。

"你问过她吗？"

"我害怕。"他低声下气地说。

"她迷上了斯坦纳，你认为呢？"

他点了点头，说："但那又怎样？"

我可以相信他说的，我离开床边，拉开窗户，任雨水恣意拍打我的脸庞。

"我们就直说吧，"我说，我又把窗户拉好，回到床边坐下，"我可以做到让斯坦纳不再成为你的顾虑，这很简单，我只

286

是不明白这会给你带来什么结果。"

他又一次握住我的手，但这一次被我快速躲开了。

"你耀武扬威地进来，炫耀你的钞票，"我说，"现在要走的时候态度突然软下来了，其实不是因为我说了什么，你早就知道会是这样。我不是莱斯·迪克斯（美国致力于精神患病者福利的人道主义者），也不是十足的傻瓜，但我会帮你解决掉斯坦纳，如果这真的是你想要的。"

他笨拙地站起来，挥着帽子，盯着我的脚看。

"就按你说的办，你帮我把他解决掉。不管怎么说，他不适合卡门。"

"这可能会给你造成一定的伤害。"

"没关系，这是代价。"他说。

他扣好衣服，把帽子扣在自己头发蓬松的大头上，向前走去。他小心翼翼地关上门，好像是从病房出去似的。

我觉得他和跳华尔兹的老鼠一样疯狂，但是我喜欢他。

我把他给的酬金放在一个安全的地方，调了一杯酒，坐在他刚才坐过还带有他体温的椅子上，慢慢喝起来。

我边喝边想着，他是否知道这斯坦纳是做什么生意的。

斯坦纳收藏了许多绝版和珍藏版的淫秽刊物，并以每天10美元的高价租给特定人群。

2

第二天，雨一直下，傍晚时分，我把蓝色克莱斯勒跑车停在一家狭窄的商店门面旁，斜对面是一条林荫大道，道路尽头有一个绿色霓虹灯路标，写着"哈罗德·哈德维克·斯坦纳"。

雨倾盆而下，落在人行道上，溅起的水花足有膝盖高，大腹便便的警察穿着油布雨衣，像枪筒一样炫目，他们搂着穿长丝袜和俏皮橡胶靴的女孩们，拥挤地穿梭在各种肮脏的场合中，尽情取乐。

雨像击鼓一样拍打着车盖，戳打着车顶平滑部位，在车盖接合处，雨水则从其缝隙渗漏进来，弄得车底板上有一摊水，我只能足不出车了。

我随身带着一大瓶威士忌，经常喝点让自己振奋精神。

尽管如此天气，斯坦纳依旧在工作，也许越在这样的天气，他的买卖越好做。他的店前停着一辆豪车，一些穿着体面的人上了车，又下了车，手臂间挎着打包好的包裹，毫无疑问，他们是在买斯坦纳店里所谓的绝版精装书籍。

下午5点30分的时候，一个穿着皮革防风衣、满脸痘痘的小伙子从店里走出来，一阵小跑到马路边，他带回来一辆灰白色小轿车。斯坦纳从店里走出来，上了车。他穿着一件深绿色的皮革雨衣，琥珀色的夹烟器里有一支香烟，没戴帽子。隔着距离我看不清他的玻璃假眼，但是我知道他有。防风衣小伙子给他举伞，他们穿过人行道后，小伙子收起伞，把伞递给了小轿车里的斯坦纳。

斯坦纳沿着林荫大道一路向西行驶，我尾随着他。穿过商业区，到达胡椒谷的时候，他转弯向北，隔着一个街区我很轻松地跟踪着他，我确信他会回家，这很正常。

他离开了胡椒大道，沿着一条如缎带般蜿蜒曲折、名叫"拉维尼阶梯"的水泥路走去，上面很湿，他一直往上爬，快爬到了顶端，这是一条狭窄的小路，路的一边是高高的堤岸，另一边是一个陡峭的斜坡，斜坡下有很多井井有条、像船舱一样的房子，房顶还不及马路高。房子的前部分都被灌木林遮掩了，树木都湿漉漉的，水珠直往下掉。

斯坦纳的住所前有一个篱笆围成的方形院子，篱笆和窗户差不多高。房子入口有点像迷宫，在马路上看不到房子的正门，斯坦纳把他的灰白色轿车停在小车库里，上了锁，撑起雨伞穿过小迷宫，之后，房间里的灯亮了起来。

与此同时，我已开车从他身旁经过，开到了坡顶。我又转弯折回来，把车停在了他家上方的隔壁房子前，这所房子好像关门了，又好像是空的，但是没有标牌。我拿着一瓶威士忌干坐在车里。

晚上6点15分，山谷里冒出星星点点的灯光。那时候还比较暗。有一辆小车停在了斯坦纳家的篱笆前。一个穿着雨衣身材高挑苗条的女孩儿从车上走出来。灯光从篱笆透过去依旧明亮，我得以看清她是一个漂亮的黑发女孩儿。他们对话的声音在雨中回荡，之后是关门声。我从克莱斯勒跑车里出来，徒步向山下走去，我拿着一支笔形手电筒照着车子，那是一辆深栗色或棕色的帕卡德折篷汽车，汽车驾驶执照上写着：卡门·德维克，卢塞恩路3596号。我回到自己的车里。时间似乎凝滞了，过得很慢，小山上不再有车来车往了。周围似乎一片宁静。突然，一束突兀强烈的白光像夏日闪电般从斯坦纳的房间里射出来。之后又消失了，取而代之的是一声微弱的尖叫声，划破了黑夜的宁静，依稀回荡在湿漉漉的木林间。我从车上下来，在尖叫声消失之前朝着斯坦纳的房子跑去。

那尖叫声里没有恐惧。带着半分惊奇，像个醉汉的呢喃，透着些许的愚昧。

斯坦纳的房子出奇地安静，我把篱笆扯开，穿过门前的树木，伸出手去敲门。

就在此时，好像某人一直在静候这一时刻一样，门内连续发出三颗子弹。随后是一声长长的、刺耳的叹息，一声轻微的撞地声，之后是一阵匆忙的脚步声，从屋后渐渐消失。

我还浪费时间用肩膀在撞门，没有撞开。我像被骡子踢了一脚似的弹了回来。

房子的门前有一条狭窄的小径，像小桥一样连接着外面街道。房子两边没有阳台，慌乱中没有办法爬上窗子。也没有办法绕到房子后面，除非从房子里面穿过或是爬上那个长长的木质楼梯，那段楼梯一端在小巷里——像下面街道，另一端则搭着后门。就在那楼梯上，现在，我听到了咔嗒的脚步声！

我顿时热血沸腾起来，使出全身力气再次去撞门，门锁被撞开了，我进屋后猛地往下冲，跨过两个阶梯，到了一个宽敞、昏暗、杂乱的房间。我没有心思注意房间里的东西，径直冲向了屋后。

我确定房间里有人死了。

当我跑到屋后阳台的时候，下面的街道上有汽车发动声。车飞快地开走了，车灯都没有打开，就是他，我又回到了客厅。

客厅占据了整个房子的前部分，天花板不高，用梁柱支撑着，房间四周墙壁被粉刷成棕色，挂满了帷幔。书架很矮，上面放满了书。地板上铺着厚厚的桃红色地毯，地毯上立着两盏灯，灯光照耀在地毯上，形成了暗淡的绿影。地毯中央放着一张宽大低矮的桌子，一把黑色椅子，椅子上放着一个黄色缎料坐垫。桌子上摆满了书。

墙角一隅有一个略高的平台，上面摆放着一把高背扶手木椅。椅子里铺了一条红色流苏方巾，一个黑发女孩坐在木椅上。

她坐得笔直，双手搁在扶手上，膝盖并拢，身体僵硬地立着，她下巴扁平，双眼瞪得很大，发疯似的直翻白眼。

她看起来好像对刚刚发生的事情神志不清，却又不是一副神志不清的姿态。她的姿态好像她正在做一件惊天动地的事，而且做得颇为顺利一样。

她的嘴里发出微弱的咯咯声，但表情依旧没变，连双唇都没有动。她似乎压根就没看到我。

她戴着一副翡翠吊坠耳环，除此之外，一丝不挂。

我把目光从她身上移开，移向房间的另一端。

斯坦纳仰躺在地上，恰好躺在桃红色地毯边缘外，身后是一根类似于小图腾柱模样的东西。小图腾柱里有一个圆孔，里面装着一个摄像机镜头，镜头似乎正对着木椅上的女孩。

斯坦纳躺在地上，宽松的丝绸袖子里一只手张开着，手边是闪光灯，闪光灯的线一直延伸到小图腾柱后。

斯坦纳穿着中国式拖鞋，鞋底是毡制的，白色，很厚。他下身穿着黑色绸缎睡裤，上身穿着带有中国刺绣的外套。衣服前几乎全是血。他的玻璃假眼闪闪发光，是他身上唯一最具生命力的东西了。乍一看，三颗子弹，无一颗走偏，颗颗都击中了他。

当时看到这房间内射出像闪电一样的光束，应该就是这闪光灯了。而那略带傻气的尖叫应该就是这赤裸裸的笨女孩儿看到这强烈的光束所做出的反应。这三发子弹则是另外一个人射出的，而这个人很可能就是从屋后楼梯飞快逃跑的那个人。

从凶手的角度看，我想通了一些事。在那种情况下，关掉前门并扣上锁链的确是一个好主意。不过门锁还是被我破门而入时撞坏了。

桌子的一端放着一个红漆托盘，盘子里有几个紫色细脚酒杯。还有一个装了棕色液体的大肚酒壶。玻璃杯闻起来有乙醚和鸦片酊的气味，这种混合气味是我从来没闻到过的。不过也颇适合此时的情景。

我在房间角落的沙发椅上找到了这女孩儿的衣服，我捡起一件棕色长袖连衣裙，然后朝她走去。她身上也有乙醚味儿，隔着几英尺远我都可以闻到。

她还在神志不清地低声傻笑，口水泡泡沿着下巴往下流。我扇了她的脸，但不重。其实不管她现在是陷入了何种恍惚，我都不想把她从这种恍惚状态中拉出来，因为拉出来后是一阵尖叫。

"好了，"我轻声说，"我们好好地穿好衣服。"

她说："走开——走开——该死。"话里看不出带有任何感情。

我又扇了扇她的脸，她毫无反应，我只好帮她穿衣服。

她也不介意，她让我举起她的双臂但却把手指张开，好像觉得很可爱似的。这可让我给她穿袖子的时候大费了一番周折。最后我终于给她把裙子穿好了。我又给她穿袜子、鞋子，最后扶她站起来。

"我们去散个步吧，"我说，"散个小步。"

我扶着她走，她的耳环磨着我的胸部发出咯咯的声音，我们踉踉跄跄地走着，像跳着慢舞劈叉的舞蹈演员。我们走向斯坦纳的尸体，又折回来，她压根就没有注意斯坦纳以及他光亮的玻璃假眼。

她觉得走路不稳很有趣，试图告诉我，但吐出的都是口水泡。我一边换着她靠着沙发，一边捡起她的内衣裤，一把放进自己的雨衣口袋里，口袋很深，我把她的手提袋放进我的另一个雨衣口袋里。我走向斯坦纳的办公桌，发现一个记满密码的蓝色小笔记本，看起来很有趣，我也把它塞进了口袋中。

然后，我去图腾柱小孔里取照相机，拿底片，但却没办法快速找到。我开始紧张起来，我揣摩着，先离开，过一会儿回来再拿底片，就算遇上警察，也总比现在当场被警方抓住百口莫辩要强。

我回到这女孩儿身边，给她穿上雨衣，然后四处搜寻着看是否还落下了她的东西在这里，我擦掉了很多指纹，甚至是我不曾留下的，但至少有些是德维克小姐留的。我把门打开，关了灯。

我又用左臂搂着她，奋力冲进雨中，挤进她的帕卡德车里。我不想把我的车留在这里，但是没有办法。她的钥匙就留在车上。我们向山下驶去。

在开往卢塞恩大道的路上，除了卡门不再吐口水泡，不再糊涂地傻笑，开始打呼噜入睡之外，没发生其他事。我一直让她的头靠着我的肩，只有这样她才不会倒在我的大腿上。我不得不把车开得很慢，不管怎样，这段路真长，都到了城市的西郊边缘了。

德维克家很大，是一栋老式的砖房，四周用围墙围了起来。一条灰白的车道从围墙的铁大门经过一斜坡一直通向房子的前门，车道两边是花床和草坪，前门很宽敞，门两边有两块窄窄的铅板。铅板后的光很暗淡，好像屋里没人。

我把卡门的头从我的肩头挪开，靠在车角，又把她的东西从我的口袋倒在车座上，然后下了车。

一个女仆给我开的门。她说德维克先生不在家，她也不知道他在哪里。也许是市中心或是什么地方。她的脸有点长，脸色偏黄，面容和善，长鼻子，没有下巴，眼睛大而水灵。她看起来像是一匹服役多年最终归隐田园的优良老马，我想她应该知道如何照料卡门。

我指着那辆帕卡德，粗声粗气地说："最好把她扶到床上，我们没有把她关到监狱里她算很幸运了，醉成这样子还在开车！"

她勉强地笑了笑，我离开了。

我在雨里走了五条街，才碰到一栋肯让我进去借用电话的小公寓。然后，我等的士又等了25分钟。我边等边开始担心我在斯坦纳家没有完成的事。

然而，我必须拿到斯坦纳相机里的底片。

　　我付了车费，在胡椒大道旁边的一家公司前下了车，又往回走了一段路，爬上蜿蜒曲折的拉维尼阶梯，穿过灌木丛，来到了斯坦纳的房子前。

　　一切看起来和刚走时没什么不一样，我钻过篱笆，轻轻地推开门，闻到了一阵烟味。

　　这是之前所没有的气味。之前虽然气味很复杂，包括记忆犹新的无烟弹药，但是那种混合气味中是没有香烟味的。

　　我合上门，单膝跪地悄悄挪动，我屏住呼吸，侧耳倾听。但除了屋顶上滴滴的雨声，我什么都没有听到。我打开笔形手电筒，试探性在地板上照了照，也没人朝我开枪。

　　我站了起来，找到立灯开关，打开了灯。

　　我最开始注意到的是墙壁上少了几帧幔，虽然之前没有数，但是帧幔撤走后露出的空间引起了我的注意。

　　然后，我看到斯坦纳的尸体已经不在那根装有摄像机镜头的图腾柱前面了。有人动过这桃红色地毯，把地毯盖住了以前斯坦纳尸体所在的地方。我不用掀起地毯也明白为什么他用地毯盖住了这里。

　　我点了根烟，坐在灯光昏暗的房间中央，琢磨着这事。片刻后，我朝图腾柱里的照相机走去，这一次我找到了，却发现相机里的并没有底片。

我把手伸向斯坦纳那张矮桌上的深红色电话，但并没有拿起电话。

我走进客厅那头的走廊，探身走进一间卧室，卧室布置得很讲究，相比之下，更像女人的闺房。被子很长，四周还镶有荷叶边，我把被子掀开，打开灯照了照床底下。

斯坦纳不在床下，也不在房间的任何地方。有人把他带走了，他自己可没这个能力走。

不可能是警方，否则一定会有人留在这里。我和卡门才离开一个半小时，而且现场也看不出警察摄影师和指纹验证员留下的痕迹。

我回到客厅，用脚把荧光灯踢到了图腾柱后面，关了灯离开了房间。我走进被雨水浸透的汽车，发动了汽车。

看来有人暂时不想让斯坦纳之死这件事声张出去，我是无所谓的，我还正好可以趁机思索思索，万一要做口供，我怎样隐瞒卡门裸照一事。

回到伯格伦德已是晚上十点后了，我把车停好，上楼回到了公寓。我洗了个澡，穿上睡衣，调了一杯热格罗格酒。好几次我都看着电话，思索着是否要打电话给德维克看他是否在家。但是想想还是算了，让他安静一晚上，明天再说吧。

我把烟斗塞满，拿着热格罗格酒和斯坦纳的蓝色小笔记本坐下来，笔记本设有密码，但是从记录顺序和缩进的页面可看出里面是一排排名字和地址。至少有450个。如果这就是斯坦纳的顾客列表，就算除去他那些敲诈的勾当，他就已经有个小金库了。

列表上的任何一个人都有可能是杀手。要是把它交到警方手里，那警察可就有的忙的，想到这儿我就一点都不羡慕他们的工作。

我喝多了，试图破解笔记本密码。大约半夜的时候，我去睡觉了。我做了一个梦，梦到一个穿着中国风外套，衣服前面全是血的男人追着一个赤裸裸的戴着吊坠翡翠耳环的女孩儿跑，我拿起相机试图拍下这场景，但相机里却没有底片。

5

　　早上我还没有换好衣服，维奥雷兹·米吉就打电话过来，但是我看了报纸并没有发现任何有关斯坦纳的消息，他的声音听起来很高兴，像一个睡得好又没欠外债的人一样。

　　"嗯，你还好吧？"他开始说。

　　我说我一切都好，就是脑子不听使唤了。他笑了，有点心不在焉，之后他说话便随意起来。

　　"我介绍给你的那个叫德维克的人，他的事办得怎么样了？"

　　"雨下得太大了。"我回答道，如果这也算得上是回答的话。

　　"嗯哼，他似乎是麻烦不断啊。他的车现正在利多码头水中冲浪呢。"

　　我听后什么都没说，紧握着电话。

　　"是呀，"米吉继续兴高采烈地说着，"一辆优质崭新的卡德车就这样被海沙和海水给弄糟了，噢，对了，车里还有个人。"

　　我放慢了呼吸，非常慢。"是德维克？"我低声问。

　　"不是，是一个年轻的小伙子。我还没告诉德维克的。事情还在调查中，想和我一起过去看看吗？"

我说我想一起过去。

"那先挂了，我待会儿开车过来。"米吉说完，挂了电话。

我刮完脸，穿好衣服，吃了点早餐，大约半个小时后到达了县府大楼。我看到米吉正盯着一堵黄色的墙看，他坐在一张小黄色桌子上，桌上除了米吉的帽子和他的一只脚，其余什么都没有。他从桌子上拿起帽子，我们向官用停车场走去，上了一辆黑色小轿车。

昨晚雨停了，早上天空很蓝，朝阳似金，空气里透着清新与活力，如果你不是心事重重之人，一定会觉得生活再简单不过了。只可惜我是。

去利多有30英里，前10英里要从市里穿过。米吉花了45分钟。最后我们在一个灰泥拱门前刹住车。拱门那头一个长长的黑色码头延伸出来。我双脚离开车底板，和米吉走出车外。

拱门前已经聚集了一些车和人，一个骑摩托车的警官正在码头边疏散人群。米吉向他出示了铜星徽章，我们沿着码头走去，一阵浓烈的气味扑面而来，即便是下了两天的雨都没有把这气味冲走。

"那儿，车在拖船上。"米吉说。

码头远处一只扁扁的黑色拖船蜷缩在水里，一大块绿色和银色的东西停在舵手室前方的甲板上，周围围了一圈人。

我们走下黏滑的码头阶梯，踏上拖船甲板。

米吉向一位身穿绿色制服的代理警察和一位便衣警察打招呼，拖船上的三名船员朝着舵手室走去，然后背靠着舵手室，看着我们。

我们看着那辆车，车前的保险杠被撞弯了，前头灯和冷却器外壳也撞坏了。车子外壳镍漆被海沙刮花了，车内的座垫被海水浸泡得发黑。如果不是遇到这种情况，靠这车的性能，也不至于像现在这么糟。车的表面原本是绿色双色调明暗调和，配以酒红色的纹路和装饰，做成这样可要费不少功夫。

米吉和我走到车的前头，朝里看去，只见一个平日应该颇为俊俏的黑发瘦弱小伙子倚在驾驶座上，头往身体一侧垂着，脸色发青。双眼呆滞，暗淡无光。他的嘴巴张开着，里面还有沙子。头部一边依旧残留着连海水都未能洗净的血迹。

米吉慢慢地往回走，喉咙里发出咕噜的声音，然后嚼了几颗紫罗兰香味的口香糖，这是他绰号的由来。

"事情是怎么发生的？"他平静地问。

穿制服的代理警察指着码头的一端。码头上的栅栏是由一组组两横条四竖条的小栅栏拼成的，栅栏刷成了白色，但脏兮兮的，已经被车撞去了一个大洞。但栅栏撞断的地方倒是露出了黄色的新木。

"从那里撞过去的，应该撞得挺惨的，今天雨停得早，大约九点就停了，被撞断的木头里面还是干的。说明是雨停后发生的这起事故。这些就是我们知道的全部了，另外就知道这车撞进了水里，弄得惨不忍睹，之后涨了潮水，所以说应该是雨停后出的事。今天早上几个男孩子来这里钓鱼，看见了这辆车在水里。我们请来拖船把它捞上来，之后发现里面有一死人。"

另一名警察用鞋尖磨着甲板。米吉用狐疑的小眼睛瞟着旁边的我，我一脸茫然，没有说话。

"这小子醉得不轻啊，"米吉轻声道，"一个人在雨中狂飙车，他是有多爱开车。嗯——醉得不轻。"

"喝多了，见鬼去吧，"便衣警察说道，"车的油门杆半悬空着，这小子的脑袋一边明显被人重伤过，要我说的话，他是被谋杀的。"

米吉有礼貌地看着便衣警察，然后看着制服警察，问："你怎么看？"

"我觉得也可能是自杀，他的脖子有伤，头部受伤可能是在随车掉进海里时撞到的，当时手可能正在拉下油门杆，不过，我个人认为更像谋杀。"

米吉点了点头，说："搜过他身吗？知道他是谁吗？"

两名警察看了看我，又看了看拖车船员。

"算了，"米吉说，"我知道他是谁。"

这时，一个身材矮小，面容疲倦，戴着眼镜，背着一个黑色袋子的男人缓缓地向码头这边走来，走下码头黏滑的阶梯，来到甲板上，他在甲板上挑了一个稍微干净点的地方，把包放在上面。他摘下帽子，在脖子后擦了擦，露出疲倦的笑容。

"看，医生，这就是你的病人，"米吉对他说，"昨晚在这里潜水了，就知道这些。"

医生看着尸体，面色凝重。他摸了摸死者头部，把死者稍微翻转过来，检查了死者的肋骨，他拿起死者一只手，看了看指甲。然后松开手，退了一步拿起包。

"大约死了12个小时了，"他说，"毫无疑问，脖子断了。体内几乎没有水，最好在尸体僵硬前把他从车里弄出来。其他信息等把他抬到桌子上再告诉你们。"

他朝我们点了点头，沿着阶梯爬回到码头。一辆救护车正在码头前面的拱门旁边倒车入库。

两名代理警察一边咕哝地埋怨，一边把死者从车里拖出来放在甲板上，靠近远离海滩的那辆车一边。

"我们走吧，"米吉对我说，"先暂时告一段落吧。"我们和其他人道别，米吉叮嘱警察先不要声张，等他的指示。我们沿着码头走了回来，上了黑色小汽车，沿着高速公路驶回城里，马路被雨水冲洗得一尘不染，路旁是低矮绵连的黄白相间的沙丘，苔藓呈阶梯状分布，布满了沙丘。几只海鸥在海面上盘旋，一边冲浪一边抢夺着什么东西。海的尽头漂着几只白色游艇，海天一色，游艇好像悬浮在天空一样。

我们一声不吭地开车走了好几英里，米吉才扬起下巴，对我说："有什么想法？"

"放松，"我说，"我没见过那小伙子，他是谁呀？"

301

"见鬼，我以为你知道他是谁，然后告诉我呢！"

"放松，维奥雷兹。"我说。

他清了清喉咙，耸了耸肩，差一点就把车开到了路边松软的沙子里。

"德维克的司机，叫卡尔·欧文。我怎么知道呢？因为在一年前的曼恩法案中，是我把他送进监狱的。他拐跑了德维克的俏女儿，在去尤马的路上，德维克追着他们跑，最后把他们带了回来，德蒙德把那小子送到了局里。后来女孩找到了他，第二天早上德维克只得赶到市中心，哀求我们放人。说那小伙子执意要娶他女儿，但他女儿不愿意。之后，见鬼！那小伙子居然回来了，还成了他司机，从那以后一直在他身边工作。这事你怎么看？"

"听起来是德维克的作风。"我说。

"是呀——不过，那小子现在可能是故态复萌了。"

米吉头发银白，圆圆的下巴，嘴唇微微噘起，好像天生就是用来亲娃娃的，我从侧面看着他的脸，突然猜到他的意思，笑出声来。

"你认为是德维克杀了他？"我问。

"为什么不是？那小伙子可能又对他女儿穷追不舍，于是德维克狠狠凑了他一顿，他身材魁梧，扭断那小子脖子轻而易举。然后他害怕了，冒着大雨载着尸体开车去利多，把车和尸体从码头滑下，沉到海底。以为不会冒出水面。也许他都没想过是否会冒出水面这个问题，太惊慌了。"

"这太牵强了，"我说，"他跑去一个30英里外的地方干这事，然后冒着雨走路回来。"

"继续讲。笑死我了。"

"德维克杀了他，真的。"我说，"他们俩玩跳蛙游戏，结果德维克跌在他的身上。"

"好吧，兄弟，总有一天我也会有这样耍你的时候。"

"听着，维奥雷兹，"我一本正经地说，"如果那小伙子是被谋杀的——而且你还不能确定那是不是谋杀——那也不是德维克杀人的方式。他可能会一气之下杀人——但会让那人躺着死，他才不会注意这些细节。"

米吉思索着，把车往后退了一下，又开向前，穿过马路。

"真是好兄弟呀，"他抱怨道，"我好不容易想出这么精彩的理论，结果又被你搞糊涂了，见鬼，早知道就不带你过来了。不管怎样，我还是会追查德维克。"

"当然，"我附和道，"你不得不这么做。但是德维克没有杀那小伙子。他没有这么缜密的心思去掩盖谋杀现场。"

我们回到镇上已经是中午了。昨晚没吃饭，只喝了点威士忌，今天早上早餐也只吃了一点点。我在林荫大道上下了车，留下米吉一个人去见德维克。

我对卡尔·欧文的死很感兴趣，但对德维克就是杀人凶手这说法一点兴趣都没有。

我在厨房案板旁吃了中餐，瞥了一眼今天的午报。我没抱什么希望在报纸上看到有关斯坦纳的消息，真没抱希望。

中饭后，我沿着大马路走了六个街区，准备去斯坦纳的店里看一看。

6

斯坦纳的商店只有半个门面，另外半个门面被一家珠宝代理商占据着。珠宝商站在他的店门口，他是犹太人，身材高大，头发花白，眼睛乌黑，手上戴着约9克拉的钻石。我从他身旁走过，走进斯坦纳店里的时候，他下意识地对我笑了笑。

斯坦纳的店里铺满了厚厚的蓝色地毯。摆着几把蓝色皮革安乐椅，旁边还设有几个烟架。小桌子上放了几套装订好的皮革书。其他的存货则放在桌子背后的玻璃橱窗里。一块镶有门的嵌板把商店分成了前后两部分，后店的角落坐着一个女人，她的前面有张小桌子，桌上有一个罩灯。

她站起身，朝我走来，她穿着黑色吸光材质的紧身裙，衬出她苗条的大腿，走起路来婀娜多姿。她的睫毛刷得很浓，金色头发，绿眼睛，耳垂上戴着黑色纽扣状大耳环；秀发柔顺灵动，指甲也涂得银光闪闪的。

她朝我微笑，以示欢迎。在她看来是微笑，但是我觉得那更像是苦笑。

"有事吗？"

我把帽子压低至眼睛上方，显得烦躁不安起来。我说："斯坦纳？"

"他今天不在店里，要我带你看看——"

"我是来卖东西的，"我说，"他一直很想要的一件东西。"

她用银色指甲撩了撩一只耳朵上方的头发，说："噢，推销员……嗯，那你明天再来吧。"

"他生病了？我可以去他家里，"我建议道，话语里满含希望，"他一定很想看看我带给他的东西。"

她恼怒了，深吸了一口气。但是开口说话时发出的声音依旧那么温柔。

"这——这也没用。他今天出城了。"

我点了点头，露出一副十分失望的样子，我摸了摸帽子，准备转身离开，就在这时，我看到了昨天晚上那个满脸痘痘的小伙子，他恰好从嵌板的门里探出头来。他一看到我就缩了回去，但是我还是看到了后店地板上一个个草草打包好的书箱子。

这些箱子不大，还没有合上，胡乱捆扎着。一个穿着工作服的男人正在忙活着这些箱子。斯坦纳的一些存书正被运走。

我从店里走出来，走到小巷一角，回头一看，只见斯坦纳的店子后面停着一辆后车厢装有铁丝网的黑色小货车。货车上没印任何字迹。透过铁丝网的缝隙可以看到货车上有很多箱子，我正看着，穿工作服的男人和另外一个男人一起从车里走出来，抬起箱子。

我回到林荫大道上。走了半个街区，看到一个面容清新的小伙子在格林车里读报纸。我拿钱在他面前晃了晃，说："带我跟踪个车？"

他打量了一下我，打开他的车门，把报纸塞到后视镜后面。

"包在我身上，老板。"他高兴地说。

我们向斯坦纳店边的那条小巷驶去，停在了一个消防栓旁边。

当那个穿工作服的男人搬完箱子，上了车，发动货车马达时，车上大约装了12个箱子。他沿着小巷飞快地把车开走了，开到街道尽头，车向左拐弯。我的司机跟着那货车。货车一路向

305

北，驶向菲尔德，然后向东行驶。货车开得非常快，加上菲尔德交通有点拥挤，把我的司机远远地甩在后面。

我正要和司机说的时候，货车又向北转弯，准备离开菲尔德。拐弯的那条街道叫布列塔尼。当我们到达布列塔尼时，街道上早已不见货车的影子。

我的司机一边开车一边说着安慰我的话，声音透过驾驶座的玻璃嵌板传到我的耳朵里，我们在布列塔尼街道上以每小时4英里的速度行驶着，寻找着灌木林后的货车，司机的安慰话也没法让我静下心来。

布列塔尼街道东边连着两个街区，和另一条街道——兰德尔街相交，兰德尔街像这块地方的舌头。在这地方有一所公寓大楼，楼房的前方临着兰德尔街，地下车库入口则通着布列塔尼街，相隔一层楼高。我们从公寓大楼经过，司机告诉我货车离这儿不远，就在这时，我看到它就在这车库里。

我们绕到公寓大楼前面，下了车，走进大楼的大厅。

这里没有接线总机，一张桌子靠墙摆着，好像废弃了一样。桌上放着镀金邮箱，邮箱上有楼房居民的名字。

405号上的名字是乔瑟夫·马蒂。以前和卡门·德维克有过纠葛，然后被卡门她爸爸用5000美元打发走，和另一女孩子好上了的那个男人也叫乔瑟夫·马蒂。这两个应该是同一个人。

我走下楼梯，推开一扇镶有金属玻璃的门，走进昏暗的停车间。那个穿工作服的男人正在把箱子堆到自动电梯里。

我站在他旁边，点了支烟，看着他。他不喜欢我这样，不过也没说什么，过了一会儿，我说："伙计，注意重量，这电梯的承受极限是半吨，货送到哪儿去？"

"405，马蒂。"他说，说完后他又看了看我，好像后悔把话说出了口。

"好吧，"我对他说，"看起来不错，这么多书可读。"

我爬回楼梯，出了公寓大楼，又上了格林车。

我们驶回市中心，在我的工作大楼前停下。我给了司机足够多的酬劳。他给了我一张脏兮兮的卡片，我把它丢在了电梯旁的黄铜痰盂里。

德维克正靠着墙壁，在我办公室门外等我。

7

雨后阳光明媚，温暖和煦，但他仍穿着那件束带软羔皮制雨衣。雨衣前面敞开着，外套和里面的马甲也是一样。他的领带松垮着，垂在一只耳朵下。面色灰白，像一张油灰面具，胡楂黑黑的，不修边幅。

他看起来糟透了。

我把门打开，拍了拍他的肩，把他推进门，让他坐在椅子上。他呼吸急促，一言不发。我从桌上拿起一瓶黑麦酒，倒了几杯。他把几杯全喝了，依旧一言不发。他整个人垮在椅子里，眨了眨眼，叹了口气，从衣服内袋里拿出一个方形白色信封。把它放在桌上，毛茸茸的大手压在信封上。

"可怜的卡尔，"我说，"今早我和米吉过去看了。"

他用空洞的眼神看着我。过了一会儿，他说："是呀，卡尔是个好人。关于他，我和你说得不多。"

我看着他手下的信封，等他反应。他自己也低头看着信封。

"我会给你看的。"他喃喃地说。他把信封沿着桌子慢慢地向我移过来，放开手，好像是要放开他生命中的一切似的。两行热泪夺眶而出，从他不修边幅的脸颊流下。

我拿起方形信封看了看。地址写的是德维克的住所，整洁的钢笔字迹，贴的是限时挂号的邮票，我打开信封，看到了一张刺眼的照片。

卡门·德维克坐在斯坦纳家的木椅上，全裸着，只戴了一副翡翠耳环。双眼迷离，我从没见过她的这种眼神。我看了看照片背面，什么都没写，我把照片正面朝下，放在桌上。

"和我说说怎么回事。"我认真地说。

德维克用袖子擦了擦脸上的泪水，把手平摊在桌上，低头看了看他脏兮兮的指甲。手指发抖。

"有一个人打电话给我了，"他说，声音死气沉沉，"要我拿一万美元换回照片和底片。今晚是截止日期，否则他们会把这些东西给八卦杂志。"

"这可是一大笔钱，"我说，"八卦杂志是不会要的，除非这背后有故事，什么故事？"

他慢慢地抬起眼皮，好像有千斤重似的。"我还没说完，那个人说照片会给我带来灾祸，告诉我最好快点，否则我将会在监狱里见到我女儿。"

"什么故事？"我又问，塞着烟斗，"卡门怎么说？"

他摇了摇头，头发邋邋蓬乱。"我没有问她，她得不到她的心。可怜的小女孩。赤裸裸的……不，我得不到她的心……我猜你现在还没有对斯坦纳做什么吧。"

"我没必要，"我对他说，"有人先下手了。"他半张着嘴，惊愕地看着我，满脸迷惑。很显然，他对昨晚的事情一无所知。

"卡门昨晚出去了吗？"我漫不经心地问。

他还在目不转睛地看着我，嘴巴张得大大的，脑海中在思索着。

"没有，她病了。我回家的时候她躺在床上。根本没有出去……你刚说什么？斯坦纳？"

我拿起黑麦酒，每人倒了一杯。又点燃了烟斗。

"斯坦纳死了，"我说，"有人看不惯他的把戏把他给枪毙了，身中多枪，就是昨晚下雨的时候。"

"我的天，"他说，有点恍惚，"你在那儿？"

我摇了摇头。"我没在，但是卡门在。这应该就是那个人所说的灾祸了，当然，卡门不是杀害斯坦纳的凶手。"德维克面红耳赤，愤怒不已，他握紧拳头。猛吸了口气，脖子上的青筋都暴出来了。

"这不可能，她生病了。根本没有出门。我回来的时候她躺在床上。"

"你已经说过了，"我说，"但这并不是实情。我亲自送卡门回家的。这个女仆知道，女仆告诉你卡门生病了只是把情况说得好听点罢了。卡门昨天的确去过斯坦纳家，我在房间外看到了她。房间内有枪声，有人逃跑了，我没看清那人。卡门醉得不行，也没看清。这就是为什么她病了。"

他试图看着我，可双眼空洞迷茫，暗淡无光。他紧紧抓着椅子的扶手。粗大的指关节拧得发白。

"她没告诉我，"他低声说，"她没有告诉我。我，是那个愿意为她做任何事的人啊。"他的声音里毫无感情，只有无尽的绝望。

他往后挪了挪椅子。"我要去拿钱，"他说，"一万美元，也许给了他他就能闭嘴了。"

他崩溃了，邋遢的大头趴在桌上抽泣起来，身体晃动不止。我站起来，走到桌旁，没说什么，只是不停地拍他的肩膀。过了一会儿，他抬起头，泪流满面，抓住我的手。

"上帝呀，你是好人！"他哽咽地说。

"你还并不是那么了解我呢。"

我把手缩回来，倒了一杯酒塞进他手里。我抬起他的手，帮他把酒倒进嘴里。我看着他手中的空杯，把杯子拿过来放在桌上。我又坐下来。

"你必须振作起来，"我向他说，语气坚定，"警察还不知道斯坦纳的事，是我把卡门从斯坦纳家带回来的，对这事我会只字不提，你和卡门暂且歇口气。有麻烦也只会找上我。你做好你应该做的就好了。"

他使劲地慢慢点了点头。"嗯，我会照你说的做——任何你说的我都照做。"

"把一万美元准备好，"我说，"然后等那个人的电话。我自有办法，你不用多管。没有时间耍手段了……把钱准备好然后等消息，不要说话，剩下的事我会处理。你能做到吗？"

"我会的，"他说，"上帝呀，你真是大好人。"

"这事不要告诉卡门，"我说，"她喝醉后想起来的事情越少越好，这张照片——"我碰了碰放在桌上的照片背面，"说明寄照片的人曾和斯坦纳一起工作。我们要抓到他，越快越好——即使付出一万元的代价。"

他缓缓地站起来。"这没什么，钱不是问题。我现在就去取。然后再回家。你去依你计划行事，我，也依你计划行事。"

我又抓住我的手，握了握，慢慢地走出办公室。我听到门厅里他沉重的脚步声。

我匆匆喝了几杯酒，抹了把脸。

8

    我开着克莱斯勒缓缓地驶向拉维尼阶梯，准备去斯坦纳家。

    阳光下，可以看到陡峭的峰顶以及凶手逃走的木楼梯。下面的街道很窄，像一条小巷子。街道旁有两幢小房子，离斯坦纳的房子不是很近。加上雨声，住在这房子里的人应该听不到昨晚斯坦纳家的枪声。

    斯坦纳的房子在午后的阳光下显得很静谧，屋顶上没上漆的木瓦还湿漉漉的，对街的树已经开始冒出新绿，街上没有车来车往。

    斯坦纳家门前用篱笆围成的方形院子内有东西在移动。

    是卡门·德维克，她穿着一件绿白方格外套，没戴帽子，从篱笆出口走出来，突然，她停住了，眼睛睁得大大的，看着我，好像刚才没听到我车开过来的声音似的。她飞快地往回走到篱笆院子内。我开着往前走，把车停在这空房子前面。

    我从车上出来，往回走，感觉像光天化日之下做什么危险的事情似的。

    我走进篱笆院子，卡门靠着半开的房门直直地站立着，一言不发。她一只手悠悠地伸向嘴唇，用牙齿咬着大拇指，好像这是只多余的手指一样。她惊愕的双眼下有一些深色紫黑污点。

我没有说话，把她推进门内，关了门。我们站着，四目相对。她把手渐渐从嘴唇上放下来，试着朝我笑，结果白皙的脸上却毫无表情。

我把声音尽量调温柔一点，说："别紧张，我是来帮你的，坐在桌边的那把椅子上，我是你爸爸的朋友，不要惊慌。"

她走过去，坐在斯坦纳办公桌旁带黄色坐垫的黑色椅子上。

在白天光线的照耀下，这地方看起来有点衰落暗淡。空气中仍弥漫着乙醚味。

卡门用略微发白的舌尖舔了舔嘴角。她深色的眼睛现在看起来没有害怕，倒有几分愚钝和震惊。我手指夹着烟，挪开了桌上的一些书，在桌边坐了下来。我点燃了烟，缓缓地吐着烟雾，问："你在这儿做什么？"

她抓弄着衣服，没作声，我又问："昨晚的事你还记得多少？"

她答道："记得什么？昨晚我生病了——待在家里。"她的声音透着谨慎，很小，恰好我能听到的样子。

"在那之前，"我说，"在我送你回家之前，在这儿的事。"

她清了清喉咙，眼睛睁得大大的。"你？是你？"她吸了口气，又开始嚼拇指。

"是我。你还记得多少？"

她说："你是警察吗？"

"不是，我是你父亲的朋友。"

"你不是警察？"

"不是。"

她终于相信了我，她长吁了口气。"你想要什么？"

"谁杀了他？"

她的肩膀在格子外套里抽搐了一下，但脸上没有变化。眼神有点鬼祟起来。

"谁？还有谁知道？"

"斯坦纳的死？我不知道，警察还不知道的，但当时有人在这里，也许是马蒂。"

其实我只是一句试探性的话，她却突然歇斯底里起来："马蒂！"

瞬间，我们突然沉默了，我喷吐着烟雾，她嚼着拇指。

"别要小聪明，"我说，"是马蒂杀了他？"

她点了点头。"是的。"

"他为什么这么做？"

"我——我不知道。"声音低沉。

"你们最近经常见面吗？"

她双手握紧。"一两次。"

"知道他住哪儿吗？"

"知道！"她气愤地吐出这话。

"怎么回事？我以为你喜欢马蒂。"

"我恨他！"她几乎大叫起来。

"所以你说马蒂是凶手？"我说。

她一脸茫然。我只得解释道："我的意思是，你是否愿意向警察告发马蒂是凶手？"

她双眼顿时惊慌失措起来。

"如果我帮你销毁裸照。"我安慰道。

她咯咯地笑了。

她的笑让我感到不快，如果她厉声尖叫，面色惨白，或是晕倒，我都会觉得无可厚非。可她就只是咯咯地傻笑。

我开始讨厌她的这副模样。单看着她就让我觉得自己愚蠢。

她继续咯咯地笑着，笑声像耗子一样在房间里穿梭，而且一发不可收拾。我离开桌子，走到她面前，扇了她一巴掌。

"就像昨晚一样。"我说。

笑声立即止住了，她又开始嚼拇指，很显然她又没怎么介意

314

我的耳光。我又回到桌子边坐下。

"你来这里是来找相机底片的——那些裸照。"我向她说。

她扬起下巴，又低下去。

"太迟了，我昨晚来找过，它不见了。也许是被马蒂拿走了，关于马蒂的事你没和我开玩笑吧？"

她使劲摇了摇头，慢慢地站起身来。她的眼睛挺小的，像黑刺李一样黑，牡蛎壳一样浅。

"我要走了。"她说，语气像我们刚喝完一杯茶似的。

她朝门走去，正要伸手去开门。这时一辆车驶上山丘，在屋外停了。有人从车上下来。

她转身看着我，惊慌失措。

门轻轻地开了，一个男人看着我们俩。

9

　　他面色阴郁，穿着棕色西装，戴着黑色毡帽。左袖口折叠着，一只黑色大别针把袖口别向了衣服那一边。

　　他摘下帽子，用肩膀关了门，看着卡门，露出友善的微笑。黑色头发剪成了平头，露出瘦削的头颅。他的衣服很合身，整个人看起来很整洁。

　　"我是盖·斯莱德，"他说，"很抱歉这么随意地就进来了，门铃坏了，斯坦纳在吗？"

　　他根本就没有试着按门铃。卡门茫然地看了看他，又看了看我，欲言又止。

　　我说："斯坦纳不在这儿，斯莱德先生。我们也不知道他在哪儿。"

　　他点了点头，用帽檐碰了碰他长长的下巴。

　　"你们是他的朋友？"

　　"我们只是为了一本书过来拜访的，"我说，也冲他笑了笑，"门半掩着。我们敲门，然后进来了，和你一样。"

　　"我明白了。"斯莱德若有所思地说，"非常简单。"

　　我没有说话，卡门也是。她正目不转睛地盯着他空洞洞的袖子看。

　　"一本书，嗯？"斯莱德继续说。从他说这话的语气，我得知，他也许知道斯坦纳赚钱的把戏。

我走向门口。"其实你并没有敲门。"我说。

他笑了，带着一丝尴尬。"是啊，我本应该敲门的，不好意思。"

"我们要走了。"我漫不经心地说，抓着卡门的手臂。

"如果斯坦纳回来，要我帮你带消息吗？"斯莱德轻轻地说。

"不好麻烦你。"

"那太遗憾了。"他说着，话里有话。

我松开卡门的肩膀，放慢了脚步。斯莱德依旧用手拿着帽子。他没有动，愉快地眨了眨深邃的眼睛。

我再次回去推开了门。

斯莱德说："那个女孩儿可以走，但我想和你聊聊。"

我盯着他，摆出一副迷茫的样子。

"骗人呢，啊？"斯莱德礼貌地说。

站在我这边的卡门哼了一声，匆匆跑出了门外。过了一会儿，我听到了她下山丘的脚步声。我没有看见她的车，但是我想应该停在附近的某个地方。

我开口说："究竟什么事——？"

"少来这套，"斯莱德冷冷地说，打断了我的话，"这里出事了。我来这儿就是来查查究竟发生了什么。"他开始漫不经心地在房间里转悠——太漫不经心了。他皱着眉头，没怎么留意我。这让我费解。我飞快地向窗外瞥了一眼。但是除了篱笆外一辆他的车，其余没看到什么东西。

斯莱德发现了桌上的大肚酒瓶和两个紫色细脚酒杯。他嗅了嗅其中的一个。薄薄的嘴唇边露出厌恶的笑。

"卑鄙的投机商。"他闷闷地说。

他瞥了瞥桌上的书，碰了碰其中的一两本，走到桌子的后面，也就是类似图腾柱东西的前面。他盯着那儿看，又瞟向地上，盯着那块薄地毯，那块薄地毯盖住的地方就是以前斯坦纳尸体躺着的地方。斯莱德用脚挪了挪地毯，突然紧张起来，向下盯

317

着看。

戏演得真好——要不然就是斯莱德有个超级鼻子，可以干我们这一行了。但我还不确定他是否在演戏，我思索着这个问题。

他缓缓地蹲下身来，单膝跪地。那张桌子遮住了他部分身体。

我悄悄地取出一把枪，双手藏到身后，倚靠着墙。

突然传来一声尖锐、短暂的叫声，只见斯莱德腾地站起来，飞快地扬起胳膊，熟练地掏出一把长鲁格尔手枪。我没有动。斯莱德修长白皙的手指握着手枪，枪没有指向我，没有专门指向任何东西。

"血，"他轻声却坚定地说，深邃的眼睛乌黑乌黑的，异常严肃。"地板上有血，在地毯下面，很多血。"

我咧开嘴对着他笑，"我已经注意到了，"我说，"这不是新鲜的血，已经干了。"

他侧着身子挪向斯坦纳桌后，坐进黑色椅子里，用手枪把电话耙过来，他看着电话皱了皱眉，朝我皱了皱眉。

"我觉得我们可以报警。"他说。

"可以啊。"

斯莱德眼睛很小，眼神像黑玉一样坚硬。他不喜欢我附和他。卸下一切伪装，他只是一个拿着鲁格尔手枪穿着体面的男人而已。他看起来好像要开枪。

"浑蛋，你到底是谁？"他咆哮道。

"私家侦探。我的名字不重要，刚才那个女孩才是我的客户。斯坦纳用一些不雅照来敲诈她，我是来找斯坦纳谈谈的，他不在这儿。"

"就这样进来的，是吗？"

"没错，怎么？你觉得是我杀了斯坦纳吗，斯莱德先生？"

他淡淡地笑了，没说话。

"还是你认为斯坦纳拿枪杀了某人，然后自己跑了？"我提议道。

318

"斯坦纳没有杀人，"斯莱德说，"他连一只老鼠的胆量都没有。"

我说："你在这儿没有看到其他人，不是吗？也许斯坦纳只是杀了只鸡做晚餐，而他偏偏喜欢在客厅杀鸡。"

"我没明白，没明白你的把戏。"

我又笑了笑，说："去给你城里的朋友们打电话吧。只是你一定不会喜欢他们的反应。"

他的肌肉抽搐了一下，思索着，咬了咬嘴唇。

"为什么不呢？"他终于谨慎地问。

我说："我认识你，斯莱德先生。你在派丽塞兹街经营一家阿拉丁俱乐部。其实就是灯红酒绿，聚众赌博，霓光灯，夜店服，自助餐。你和斯坦纳很熟，熟到连进他家门都不用敲门的那种，斯坦纳的生意时不时需要有人罩着，我想你应该就是这保护者了。"

斯莱德的手紧紧扣着鲁格尔枪，然后又松开。他把手枪放在桌上，但没松开手。嘴唇惨白，却突然咧出笑意。

"有人去找了斯坦纳，"他淡淡地说，声音和脸上的表情完全是两个人，"他今天没去店里，也没有接电话，所以我来这里看看。"

"很庆幸你没用枪杀了斯坦纳。"我说。

他又拿起手枪，指向我的胸膛。我说："把枪放下，斯莱德。你还不了解事情的全貌，现在开枪为时过早。我可没穿防弹衣，把枪放下，我告诉你一些事情——如果你还不知道的话。今天有人在斯坦纳店里搬书——他用来赚大把钞票的那些书。"

斯莱德放下了枪，再次把枪放到桌上。他靠着桌子，脸上露出友善的表情。

"我在听呢。"他说。

"我也觉得有人把斯坦纳给做了，"我说，"我觉得这地上的血就是斯坦纳的。他店里的书被搬走了，所以凶手把他的尸体也从这里移走了。有人想盗取斯坦纳的饭碗，但是在一切办妥之前不想尸体被发现。但无论凶手是谁，他应该擦掉地上的血迹的，但他没有。"

斯莱德静静地听着，眉角锋利，与白皙的额头形成清晰的棱角。

我继续说："杀斯坦纳，盗他饭碗的把戏其实很愚蠢，我还不确定事情的来龙去脉，不过我确定拿走那些书的人是知道的，他店里的那个金发女售货员被一些事情吓呆了，她心里也有鬼。"

"还有吗？"斯莱德心平气和地问。

"目前没有了。我还要去调查一起丑闻敲诈案。如果我知道了，会告诉你地点，你的打手也许会派上用场。"

"现在就能派上用场了。"斯莱德说。他又咬了咬嘴唇，吹着口哨，声音很尖锐，还吹了两次。

我惊跳起来，外面有关车门的声音，然后是脚步声。

我从身后拿出枪，斯莱德的脸抽搐了一下，一把抓起桌前的手枪，慌乱中摸索枪柄。

我说："不要碰！"

他双腿僵直，倚着桌子，把手放在枪上，没有拿着。就在有两个人走进这房间的时候，我从斯莱德身旁闪到了走廊中。

一个人红色短发，肤色很白，面带皱纹，眼神飘忽。另一个一副哈巴狗模样，长得很英俊，只是鼻子不够挺，长了厚耳朵，像俱乐部的牛排一样。

两人看起来都没带枪。他们止住脚步，盯着我们。

我站在门廊里，在斯莱德的后面。斯莱德在我前面倚着桌子，没有发抖。

"哈巴狗"把嘴张得大大的，咆哮了一声，露出尖尖的白牙。红发男子战栗着，看起来有些害怕。

斯莱德胆子挺大。他用平稳、低沉但却清晰的声音说道：

"是这个浑蛋杀了斯坦纳，兄弟们。抓住他！"

红发男子咬了咬嘴唇，试图去抓左臂下的一个什么东西，不过没有抓到。我早有准备，开枪击中了他的右边肩膀。一开枪我就后悔了，在这密闭的房间里枪声震耳欲聋。我感觉整个城市都能听到这枪声似的。红发男子倒在地上，痛苦得翻来覆去，好像击中他的肚子一样。

"哈巴狗"没有动，他可能知道就算动也已经来不及了，斯莱德抓起手枪，准备朝他开枪。我一步迈过去，从斯莱德耳后重重袭击了他，他一把向前倒在桌上，枪中的子弹射在了书堆上。

斯莱德没有听到我说："我不想偷袭独臂人，斯莱德，我也不是爱动手的人，是你逼我的。"

"哈巴狗"朝我咧着嘴笑，说："好了，兄弟。接下来呢？"

"我想离开这儿，如果离开这里可以远离枪声。或者我也可以在这里等警察来。对我来说都一样。"

他冷静地想了想，红发男子正在地上痛苦地呻吟着。斯莱德则一动不动。

那"哈巴狗"缓缓地举起双手，双手扣在脖子后。他平静地说："我不知道这究竟是怎么回事，但是，我也不知道——见鬼——你要去哪里或你们来这儿干什么。我来这儿也是老板的意思。你走吧！"

"好小子，你比你老板明智多了。"

我靠着桌子边朝门口走去。"哈巴狗"慢慢转身看着我，双手还扣在脖子后面，脸上露出扭曲的但有些善意的笑容。

我挤出房门，飞快地越过篱笆的空隙向山上跑去，一边跑着一边想身后有一颗子弹向我飞来。还好没有。

我跳进克莱斯勒车，飞快地驶上山丘，离开了这地方。

10

来到兰德尔街道，我把车停在那幢公寓大厦的对面，这时已是下午五点多了。公寓大楼的有些窗户里已经亮起了灯，各家收音机播着不同频道，声音很嘈杂。我乘电梯到了四楼。走廊很长，铺着绿色的地毯，护墙刷成了乳白色，405公寓在走廊的尽头。一阵凉爽的微风从敞开着的门里吹进大厅，消逝在消防出口。

在405门牌旁边有一个乳白色的按钮，我按了一下按钮。

过了很长时间，一个男人把门拉开了一道一英尺左右的缝。他腿很长，人很瘦，深棕色的眼睛，棕色皮肤。头发像金属丝般，发际很高，露出一大片额头。他棕色的眼睛冷漠地看着我。

我说："斯坦纳？"

他的脸上没有变化。他从门后拿起一根烟，缓缓地塞进他棕色的唇间。一股烟雾向我袭来。烟雾后他冷冷地不假思索地说："你说什么？"语气不紧不慢。

"斯坦纳，哈罗德·哈德维克·斯坦纳。那些书的主人。"

男子点了点头，不慌不忙地思索着我的话。他盯着烟头，说："我认识他，但是他没来这儿，谁派你来的？"

我笑了笑，这令他很反感。我说："你是马蒂？"

322

他棕色的脸变得冷酷起来："所以呢？来找抽——还是来找乐子？"

我随意地向前挪了挪左脚，以免他关上门。

"你拿了那些书，"我说，"但我拿了那份名单。来个交易？"

马蒂依旧盯着我的脸看，右手又塞到门后，从肩膀可以看出他的手在动。他身后的房间里传来微弱的响声——微弱极了——是窗帘环轻轻地叩着窗帘杆的声音。

他拉宽了门。"为什么不呢？如果你真有值得交易的好东西。"他冷静地说。

我从他身旁走到房间里。房间很不错，家具不多，但很精致。墙上法国式窗子和山脚下的石头游廊隔空相对，在夕阳的照耀下绚烂华丽。窗子不远处有一扇关着的门。同一面墙壁的尽头还有另一扇门，门楣下是一根黄铜门帘杆，上面挂着门帘。

我在一张沙发上坐下，沙发靠着的那面墙没有门。马蒂关了门，侧身朝橡树写字台走去，写字台很高，桌面上钉满了方图钉。比写字台稍矮一点的地方有一个折叠桌面，一个四角镀金的杉木雪茄盒放在上面。马蒂把它拿起来放在安乐椅旁边的矮桌上，眼睛一直没有从我身上移开，然后坐到安乐椅上。

我把帽子放在旁边，解开了外套上方的几粒扣子，冲马蒂笑了笑。

"嗯——我在听。"他说。

他把烟掐灭，打开雪茄盒盖，取出两根称心的雪茄。

"来一根？"他提议道，说话很随意，然后向我递了一根过来。

我伸手去接，这一接让我变成了一个十足的傻瓜。马蒂把另一支烟放回烟盒里，快速取出了一支枪。

我安分地看着他手中的枪，是一把黑色柯尔特式军用点38自动手枪。那一刻，我哑口无言。

"立即站起来，"马蒂说，"向前走大约6英尺。照做就还有活命的机会。"他刻意让声音平和。

我内心里火冒三丈，但表面上还是咧着嘴对他笑着。我说："今天也有一个家伙以为手中握着枪就牵住了这世界的鼻子，你是第二个。把枪放下，我们好好谈谈。"

马蒂的眉毛纠成一片。他向前稍微挪了挪下巴，棕色的眼睛朦胧又困惑。

我们对视着，但我无意中瞥到了左边门帘下一双黑色尖跟鞋。

马蒂穿着深蓝色西装，蓝色衬衣，戴着黑色领带。在深色系的衣服上，棕色的脸上看起来很沉着。他拉着声音，轻声说："你不要误会。我不是个粗人——只是谨慎罢了。我对你一无所知。就我所知，你是来要我命的吧。"

"你是不够细心，"我说，"在那些书上做手脚时你就做得太粗糙了。"

他深深吸了一口气，又缓缓地呼出来。他身体往后靠，双腿交叉，把手枪放在膝盖上。

"别以为我不敢开枪，不得已时我可真会。说说你的故事吧？"

"叫你里面的高跟鞋朋友出来吧，"我说。"屏住呼吸这么久，应该也累了。"

马蒂头也没转，叫道："出来吧，艾格尼丝。"

门帘掀开了，走出来的是斯坦纳店里那个金发碧眼的女人，看到她在这里我并不惊讶。她却恶狠狠地看着我。

"我就知道你是个麻烦，"她愤愤地对我说，"我和乔说了要他小心点。"

"好啦！"马蒂厉声说，"乔已经非常小心了。去把灯打开，我好瞄准开枪打死他，如果这样有用的话。"

金发女人打开了一盏大方形红光灯。灯光下，她坐在一张铺着天鹅绒坐垫的椅子里，脸上挂着一丝苦笑。她害怕极了。

我意识到手中还拿着一根雪茄，于是拿出火柴点燃雪茄。此时，马蒂也拿枪正对着我。

我喷了一口烟，烟雾中我说："我刚说的那份名单是用密码记的。所以我现在无法给你名单，但是我知道大约有500人。你拿到了12箱书，大约是300客户。所以还有许多书出租在外面。保守地说，一共大约有500客户。如果名册上全是熟客的话，所有的书在这么多人之间流动，将会有25万的租金。即使租金很低——假设是1美元。这已经很低了，但就比如是1美元。一共下来也是一大笔钱，足够为它冒险去杀个人了。"

金发女人厉声叫道："你疯了，如果你——"

"闭嘴！"马蒂朝她吼道。

金发女人平静下来，把头靠在椅背上，脸抽搐着。

"生意场上无懒汉，"我继续说，"你得有信心并守住它。我个人觉得敲诈的勾当就大错特错了，我就是为这来的。"

马蒂深棕色的眼睛冷冷地盯着我的脸。"你真有趣，"他拖着声调平缓地说，"谁拿到了这个香饽饽？"

"你，"我说，"基本上是你。"

马蒂没有说话。

"为了得到它，你杀了斯坦纳，"我说，"昨晚下雨，正是杀人越货的好时机。问题是，你开枪的时候斯坦纳并不是一个人。你要么是没看到，要么就是害怕。你跑了。但你居然还有胆量回来把他的尸体藏起来——这样你就可以趁破案之前把斯坦纳的书搞到手。"

金发女人叫了一声，好像被人扼住了喉咙似的，她转过脸，盯着墙壁，银色指甲抠着掌心，牙齿紧紧地咬着嘴唇。

马蒂一眼不眨。他没有动，也没动手里的枪。棕色的脸色像雕木一样难看。

"小子，你只是在碰运气，"他最终淡淡地说，"算你走狗屎运，但我没有杀斯坦纳。"

我咧着嘴朝他笑了笑，没有喜悦之情。"但最后可能还是你去顶罪。"

马蒂的声音干涩沙哑。"你觉得你可以套牢我？"

"当然。"

"为什么？"

"有人这么说的。"

马蒂咒骂了一声。"这——该死的小——！她会——就知道——该死的！"

我没有说话。让他发泄。他脸色慢慢明朗起来，把手枪放在桌上，但手依旧放在枪边。

"听起来你不像在骗人，骗人的把戏我见多了。"他悠悠地说，双眼在窄窄的深色眼皮间闪烁，"后面也没跟警察，你到底想干什么？"

我抽着雪茄，看了看他放在枪边的手。"底片在斯坦纳的相机里。以及所有打印出来的相片，现在就在这儿，在你这儿——因为这是你能知道咋晚谁在场的唯一方式。"

马蒂慢慢把头转过去，看着艾格尼丝。她的脸仍对着墙壁，银色指甲依旧抠着掌心。马蒂又回过头来看着我。

"你像守更人一样冷静，伙计。"他对我说。

我摇了摇头。"不，是你太蠢了，别人要指认你是凶手再容易不过了。这很正常。如果那个女孩儿不得不说出她的故事，那么那些照片便无足轻重了。但是她不想说出来。"

"你是私家侦探？"他问。

"是。"

"你是怎么知道我的？"

"我调查斯坦纳，斯坦纳在搞德维克，德维克是个散财爷。你也有一部分。我从斯坦纳书店一路跟踪书到这儿。加上那女孩儿告诉我的，剩下的就容易猜到了。"

"她说是我枪杀了斯坦纳？"

我点了点头。"但是也许她错了。"

马蒂叹了口气。"她不喜欢我贪婪，"他说，"是我抛弃了她。有人给钱请我这么做，但就算不这样我也会和她分手。对我

326

来说，她太怪癖了。"

我说："把照片拿出来，马蒂。"

他慢慢站起来，低头看着手枪，把它放在了旁边口袋里，然后把手慢慢伸进胸前的口袋中。

这时候，有人按了门铃，一直按着。

11

　　门铃声让马蒂很反感。他咬了咬下嘴唇，眉毛都挤到一块儿了，面色十分难看。

　　门铃继续响着。

　　金发女人腾地站起来，神经绷得太紧，让她的脸显得又老又丑。

　　马蒂看着我，从写字台的小抽屉里拿出一支白色手柄的自动手枪，把它递给金发女人。她走过去，战战兢兢地接过手枪。她不喜欢它。

　　"坐在那私人侦探的旁边，"他粗声粗气地说，"拿枪对着他，如果他要花样，让他尝尝厉害。"

　　金发女人在沙发上坐了下来，距我约三英尺，坐在远离门的那边。她拿着枪指着我的大腿。我不喜欢她那对紧张兮兮的绿眼珠子。

　　门铃声止住了，有人开始敲门，敲门声轻快急躁。马蒂走过去开门。他右手伸进外套口袋里，左手去开门，飞快地把门拉开。

　　卡门·德维克一把把他推回房间，一把小左轮手枪顶着他棕色的脸。

　　马蒂轻轻地平稳地向后退，张着嘴，脸上露出一副惊恐的表情。他很了解卡门。

卡门关了门，拿着枪往前走。除了马蒂她没看任何人，也没看任何东西，神色呆滞。

金发女人全身抖动起来，她把白手柄自动手枪举起来，指向卡门。我急忙抓住她的手，大拇指很快把保险扳回原位。这只是一瞬间的事，甚至马蒂和卡门都没有注意到，然后我把枪抢到了自己的手里。

金发女人深吸了一口气，盯着卡门·德维克。卡门看着马蒂，眼神呆滞，说："我要拿回我的照片。"

马蒂咽了一口气，挤出一丝笑容，说道："当然，宝贝，当然。"声音很小，降低了半个音，与和我说话时完全不一样。

卡门看起来几乎快疯掉了，与那晚坐在斯坦纳家椅子里的时候一样疯狂。但是这次她控制了她的声音和举动，说道："你杀了哈罗德·斯坦纳。"

"等一下，卡门！"我大叫起来。

卡门没有转过头。金发女人好像突然复活过来了，她低头对着我，向我扑来，用牙齿咬住我拿枪的右手。

我叫出声来，但没人理我。

马蒂说："听着，宝贝，我没有——"

金发女人松开牙齿，我的手被咬出了血，她把口中的血朝我吐过来，然后扑过来咬我的腿。我用枪把轻轻砸了一下她的头部，试着站起身来。她从我的双腿上滚下去，一把抱住我的膝盖。我又倒在了沙发上。她因为害怕而变得疯狂，力气大极了。

马蒂用左手去抓卡门的枪，但没抓到。左轮手枪发出一声沉闷的重响，但枪声不大。子弹没有击中马蒂，却打破了一片重新关上的法式窗户玻璃。

马蒂静静地站着，纹丝不动，好像全身肌肉都不听使唤了。

"弯腰把她打倒呀，你这个愚蠢的家伙！"我朝马蒂吼道。

接着，我又砸中金发女人的头部，这一下砸得比刚才那一下更猛，她松开了我的腿。我赶紧摆脱了她。

马蒂和卡门仍然相视伫立着，一动不动，像座雕塑。

门外传来重物的撞击声，整块门板从上到下斜斜地裂开了。

这才让马蒂缓过神来。他从口袋里拿出手枪，往后跳开。我朝他右边肩膀开了一枪，但是没有击中，我本意也没想重伤他。门外的庞然大物又在撞门，砰的一声好像整幢楼都为之震动了。

我扔下小自动手枪，掏出自己的枪，这时门被撞坏了，德维克闯了进来。

他眼睛睁得很大，狂怒不已，甩动着粗大的双臂，眼神凶煞，眼睛里布满了血丝，嘴唇边残留着唾沫星子。

他看都没看我一眼就一拳重重地砸向我的头部，我靠墙倒下，倒在沙发和那扇砸坏了的门之间。

我晃了晃头，努力想让身体平衡，就在这时，马蒂开枪了。

德维克的外套后面掀了起来，子弹穿过了他的身体，他磕绊了一下，但立即站直起来，像头牛一样发起了冲锋。

我瞄了瞄枪，一枪打穿了马蒂的身体，打得他全身颤抖，但他手中的枪依旧在怒吼。德维克在我们中间，卡门像一片干枯的叶子一样被推到了旁边。这时的局面无人能掌控。

马蒂的子弹没能阻挡德维克，没什么能阻挡他。就算他死了，他也要抓住马蒂。

马蒂的枪中子弹终于打完了，他把枪朝德维克的脸上扔去，德维克一把抓住马蒂的喉咙。枪像橡胶球一样弹到地上。马蒂厉声尖叫着，德维克抓着他的喉咙，把他整个人都从地上提起来了。

马蒂的棕色手在这巨人的手腕间挣扎，但是咔嚓一声，又软绵绵地垂了下来。之后又是咔嚓一声，德维克放开马蒂的脖子，我看到马蒂的脸已经变成了乌紫色。那一刻，我脑海中突然记起有人说过被勒死的人死的时候会把舌头吞进去。

然后马蒂倒在角落里，德维克从他身边往后退。他后退时身体已失去平衡，重心不稳。他吃力地退了四步，然后他巨大的身体倒下了，他双臂张开，仰着倒在地上。

血从他的嘴里流了出来。他的眼睛费力地抬起，似乎要看穿迷雾一般。

卡门·德维克蹲在他身旁，开始号啕大哭起来，像一个受了惊吓的小动物。

门厅外传来吵闹声，但是没人出现在门口，这里面太多不长眼睛的子弹了。

我飞快地跑到马蒂身边，俯下身子，把手伸进他胸前的口袋里。我拿出了一个厚厚的方形信封，里面装着一叠硬硬的东西。我拿着信封站起来，转过身子。

已是夜幕落下时分，隔着墙壁依稀可以听见远处的警笛声。之后，警笛声越来越近。一个白脸男人小心地透过门廊往里窥视着。我跪在德维克身旁。

他挣扎着，努力想说点什么，但是说话已含糊不清。然后他双眼绷紧的目光逐渐消失，变得虚无缥缈，漠然无神，就像越过宽广的平原的目光看着远处的什么东西。

卡门呆呆地说："他喝醉了，让我告诉他我要去哪里。我不知道他跟着我。"

"你不知道。"我空洞地说道。

我站起身来，撕开信封。里面有一些照片和底片。我把底片扔到地上，用鞋底踩得粉碎。我又把那些照片撕了，任碎片从我的手中滑落。

"他们会打印出很多你的照片，孩子。"我说，"但不会打印这张照片了。"

"我不知道他跟着我。"她又说，然后开始咬拇指。

警笛声很大，已经到了大楼外面了，然后发出低沉的声音，最后完全停了下来。这时，我手里的照片也撕完了。

我静静地站在房间中央，不知道我为什么要踏进这趟浑水。但现在无所谓了。

12

督察长艾沙姆的办公室里，盖·斯莱德双肘靠在大胡桃木桌边，慵懒地用手指夹着一支点燃着的烟，没有看我，他说："多谢你把我抖出来，探子。我也喜欢没事过来见见总部里的兄弟。"他皱了皱眼角，露出一丝苦笑。

我坐在一张长桌子边，桌子对面是艾沙姆。艾沙姆身材高瘦，头发灰白，鼻梁上架着一副眼镜。言谈举止不像警察。维奥雷兹·米吉和一位眼睛迷人，名叫格林内尔的侦探一块儿坐在一张圆背长椅里。椅子背后是一堵嵌着玻璃的隔离墙，隔离墙把这办公室和接待室隔离开来。

我对斯莱德说："我是觉得你未免太早就发现那地毯下的血迹了，也许是我错了，那向你道歉，斯莱德先生。"

"得了吧，好像一句道歉就能当所有的事情没发生过。"他站起来，拿起手杖和桌上的手套，"没我的事了，督察长？"

"今晚没有了，斯莱德。"艾沙姆的声音干涩、冷淡，带着些许的嘲讽。

斯莱德抓住放在手腕上的手杖曲柄去开门，出门前冲我们笑了笑。眼光应该最后落在我的脖子上，但是我没看他。

艾沙姆说："我想我没必要再告诉你警方在隐瞒命案线

索行为上的态度。"

我叹了口气。"枪战，"我说，"有人死在地上，一个赤裸裸的笨女孩儿坐在椅子上却不知道发生了什么。我当时没有抓住凶手，你们也没抓住。这一切背后还有个心碎的硬汉试图在一个悲惨的场合做出正确的举动。算了，你把这笔账算到我头上好了，我一点也不后悔。"

艾沙姆没有理会我说的这些。"谁杀了斯坦纳？"

"金发女人会告诉你的。"

"我想要你告诉我。"

我耸了耸肩。"如果你要我猜的话——德维克的司机，卡尔·欧文。"

艾沙姆听后并不惊讶。维奥雷兹·米吉哼了一声，声音很大。

"为什么？"艾沙姆问。

"有段时间我以为是马蒂，部分原因是卡门这么说。但是这不能说明什么。她什么也不知道，抓到机会巴不得在马蒂身上插刀子。而且她那种类型的女孩儿，有个主意不会轻易改变。但是马蒂的行为并不像凶手，一个像马蒂这么沉着的人是不会以那样的方式逃跑的。我还没有敲门那凶手就迅速溜走了。

"当然我也想过凶手可能会是斯莱德。但那也不像斯莱德的作风。他随身带着两名保镖，他们可不会轻易开溜，让我进去。而且他今天下午发现地上的血迹的时候十分惊讶，那种惊讶是装不出来的。斯莱德和斯坦纳是一路的，他一直监视着斯坦纳，但是他没有杀斯坦纳，也没有杀人动机，就算有杀人动机，也不会在有目击者的情况下杀斯坦纳。

"但是卡尔·欧文有。他曾经和卡门相爱过，也许一直没有从这段感情里走出来。他有暗地里监视卡门的机会，知道她去了哪儿，干了什么。于是他跟到了斯坦纳家，从后面巷子爬上来，看见他们在拍裸照，他一气之下枪毙了斯坦纳，却没有拿走照片，惊慌失措中赶紧逃跑了。"

"他一路逃到利多码头，然后掉进海里了，"艾沙姆干巴巴地说，"你忘了欧文头部一侧有被人袭击的伤口吗？"

我说："不，我没有忘记，马蒂不知以怎样的方式知道了照相机里的事，他想得到照相机里的东西，于是他来到斯坦纳家，把东西拿到手，又把斯坦纳的尸体藏在车库里，以争取足够的时间来完成他的计划。"

艾沙姆说："把艾格尼丝·劳拉带过来，格林内尔。"

格林内尔从椅子上站起来，走了出去，消失在门口。

维奥雷兹·米吉说："兄弟，你还真够朋友。"

我没有看他。艾沙姆一只手按了按他喉结前松弛的皮肤，低头看着另一只手上的指甲。

格林内尔带着金发女人回来了。她外套领子上方的头发很凌乱，耳垂上的黑玉纽扣状耳环被取下来了。她看起来很疲惫，但不再害怕。她缓缓地坐在椅子上，椅子放在桌子的一头，就是刚刚斯莱德坐过的，她双手折叠着放在前面，露出了银色的指甲。

艾沙姆静静地说："好了，劳拉小姐。我们想听听你的说法。"

劳拉低头看着双手，没有犹豫，用平静的声音说："我大约三个月前认识乔·马蒂的。他和我做朋友，我猜也许是因为我在为斯坦纳工作。我本来觉得是因为他喜欢我。我把我所知道的斯坦纳的一切都告诉了他。他之前对斯坦纳就有所了解。他一直花着从卡门·德维克父亲那里得来的钱，但是钱花完了，他身无分文，于是想出去找点门路。乔·马蒂认定斯坦纳需要一个合作伙伴，于是一直观察着他，看他有没有任何幕后的狠角色朋友。

"昨天晚上他在车里，车停在斯坦纳家屋后的马路上，突然听见枪声，然后看到一小伙子从楼梯处跑下来，钻进了小轿车，开车跑了。乔开车追他。在去海滩中途，乔追到了那小伙子，把他的车撞离了马路。那小伙子掏出了一把枪，但是他当时畏缩了，乔打了他，把他从车里拉出来，乔搜了他的身，知道他是谁。当他醒过来的时候，乔假装说自己是警察，那小伙子听后崩溃了，把事情抖了出来。当乔正在思索该怎么处理这件事情的时候，那小伙子回过神来，窜进车内，又逃走了。他像个疯子一样开着车，乔任他走了，自己回到斯坦纳的住所。我猜剩下的故事你们都知道了。乔把照片洗出来后，决定赚一笔可以立刻到手的钱，这时他决定把斯坦纳的尸体藏起来，这样在警察发现斯坦纳尸体之前，我们可以逃出城外。我们计划拿走斯坦纳的一些书，然后在另一座城市自己开这种店。"

艾格尼丝·劳拉停止了说话，艾沙姆用手指轻叩着桌子，说："马蒂把一切都告诉你了，是吗？"

"嗯。"

"确定他没有杀卡尔·欧文？"

"我当时不在现场，卡尔回来后的表现不像杀过人。"

艾沙姆点了点头。"好了，劳拉小姐，我们需要你把刚刚说的话做个笔录。当然，我们将会拘留你。"

艾格尼丝站起来。格林内尔把她带了出去。她走了出去，没看任何人。

艾沙姆说："马蒂可能不知道卡尔·欧文死了。但是他确定欧文会躲起来。到我们抓住欧文的时候，他就已经从德维克那里敲诈到钱，然后离开了。我觉得刚刚这女孩儿说的话有点道理。"

没有人说什么。过了一会儿，艾沙姆对我说："你犯了一个很严重的错误。你不应该在没有确定之前，就向那女孩儿提起马蒂。现在导致了两个人不必要的死亡。"

我说："哦，那也许我最好回去把这事重头再做一遍。"

"不要耍嘴皮子。"

"我没有。我为德维克做事，想帮他排忧解难。我不知道那女孩儿这么古怪，也不知道德维克会这么冲动。我想要拿到那些照片。我根本就不关心斯坦纳、乔·马蒂和他女朋友这些人渣，现在也是。"

"好好好，"艾沙姆没有耐心地说，"今晚这里不需要你了，以后的询问可能够你受了。"

他站起身，我也站起身来。他向我伸出手。

"但那对你来说总是利大于弊的。"他干巴巴地说。

我和他握了握手走了出去。米吉也跟在我的后面走了出来。我们一起坐电梯下楼，但是没有说话。当我走出这幢大楼的时候，米吉转到我的克莱斯勒车右边，上了车。

"你那儿有酒吗？"

"多着呢。"我说。

"上你那儿去喝一杯吧。"

我发动了车，沿着第一大道一路向西行驶，穿过一个幽长的隧道。出隧道时，米吉对我说："下一次我在给你介绍客户时，我希望你不要打探对方的隐私，兄弟。"

宁静的夜色中，我们往伯格伦德行驶。我觉得自己衰老了，疲惫了，不中用了。

（本文译者　李敏、梁瑞清）

芳心难测

那个大块头男人与我毫不相干。他从来就跟我不沾边，无论是当时还是后来，都和我没什么关系。

那天我在中央大道，那里是洛杉矶的黑人住宅区。在其中一个"鱼龙混杂"的街区里，白人和有色人种仍然聚居在一起。我正在找一个叫汤姆·阿雷迪斯的人，他是个身材矮小的希腊理发师。他妻子花了点钱雇我来寻他回家。这是件轻松的差事，毕竟汤姆·阿雷迪斯又不是什么大坏蛋。

我看到一个大块头男人站在沙梅酒吧门前。沙梅酒吧提供各色各样的饮品，酒吧二楼可以投骰赌博，但不是很正规。那个男人正抬头望着那块破破烂烂的霓虹招牌，一副全神贯注的样子，就像一个中欧移民初次看到自由女神像，或者说，像一个远道而来、已在此踌躇良久的男人。

他不只是身材高大，简直就是个巨人了。看上去有7英尺高，穿着花里胡哨的衣服，我还从没见过一个大男人穿这么抢眼的衣服。

他穿着栗色的褶子裤，面料粗糙的浅灰色外套，上面有三颗白色台球大小的扣子。棕色仿麂皮鞋子上有一大块白色皮革面料，显得十分突兀。棕色衬衫配黄色领带，胸前口袋别着一朵硕大的红色康乃馨，一条爱尔兰三色旗颜色

339

的手帕正儿八经地叠成三角形，放在康乃馨下方。中央大道上并不乏奇装异服之人，但他这样的身材和这样的打扮出现在这里，就好比一只狼蛛趴在一块白蛋糕上，想不引人注目都难。

他推开门走进沙梅酒吧。酒吧的两扇弹簧门前后摇摆着，还没等稳住，就再一次被撞开。一个身穿皱背外套、梳着油头的有色皮肤年轻人从门内飞出来掉到排水沟里。他尖声哀叫着，活像一只受伤的老鼠。一个"棕色人"，就是那种咖啡加了一点奶油的肤色，我是说他的脸。

这也不关我的事。我看到那个棕皮肤男孩爬起来后，沿着墙边偷偷跑了。之后什么也没发生。因此我犯下了一个错误。

我穿过人行道，也去推那扇弹簧门。我只是想往里面看一眼，于是只推开了一点点，却已经推得太开了。

一只大到可以拿来当凳子的巨手伸出来，抓住我的肩膀，我感到一阵疼痛。那只手把我拽到门里面，又拖着我上了三级楼梯。

一个低沉而温和的声音在我耳边响起："这里的人吸大麻，兄弟，你能想到吗？"

我试图挪到那级阶梯的角落处，以便偷偷拿出我的橡皮棍。我没有带枪，我以为找一个小小希腊理发师这样的活儿不需要用枪。

他又一次抓住我的肩膀。

"这里确实是那种地方。"我马上附和道。

"别这样说，兄弟。比尤拉以前在这里工作。小比尤拉。"

"你自己上去看看就知道了。"

他又把我往上拽了三级楼梯。

"我心情不错，"他说，"希望不要有人惹恼我。我们俩一块儿上去吧，喝一小杯。"

"他们不会让你进去的。"我说。

"我已经八年没见过比尤拉了，兄弟。"他语气温柔地说着，似乎没意识到自己手上的力道，我的肩膀快被捏碎了。"她甚至已经六年没给我写过信了。但她一定是有原因的。她以前在这里工作。我们俩上去看看吧。"

"好，"我说，"我会跟你上去，不过我自己走着上去。别拎着我。我很好，叫我卡尔马迪。我已经是个大人了，可以自己上洗手间，自己做任何事情，所以不用拎着我。"

"小比尤拉以前就在这里工作。"他的声音依然很温柔。根本没在听我说话。

我们上了楼梯。他让我自己走着。

吧台后方一个较远的角落放着一张骰子赌桌。室内有零零散散的几张桌子和一些客人。这时候，赌桌周围嘈杂的说话声突然停了下来，好多双眼睛齐刷刷盯着我们，四周一片死寂，是一种族面临异族入侵威胁时的那种气氛。

一个身材高大的黑人倚在吧台后。他身穿衬衫，手臂上绑着粉红色吊袜带①。看样子以前是个拳击手，除了没被混凝土桥砸过，大大小小的搏斗应该都经历过。他从吧台上方懒洋洋地瞥了我们一眼，弯着他那健壮的身子，漫不经心地朝我们走来。

他把一只棕色的大手按在大块头男人花哨的胸前。两个人站在那里的场景真像一个巨型双头螺丝。

"白人不得入内，兄弟。我们这儿只招待有色皮肤的，不好意思了。"

"比尤拉在哪儿？"大块头男人低沉而温柔的声音与他那白白的大脸和深邃的黑眼睛十分相衬。

那个黑人脸上没有笑意。"这里没有比尤拉，兄弟。没有烈酒也没有女人，可以滚了吧？兄弟，滚吧。"

"把你的脏手拿开。"大块头男人说。

那个保镖也犯了一个错误。他打了大块头男人。我看到他肩膀下垂，身体在出拳之前用力一摆。那是相当干脆利索的一拳。

---

① 绑在袖子上的吊袜带，是赌场工作人员常见的装束，于19世纪末20世纪初开始流行。

但大块头男人想都没想过要挡。

他摇了摇头，掐住那个保镖的脖子。他身材高大但身手敏捷。保镖试图用膝盖顶他。大块头男人把他转过去，按着他，抓住他的背带。背带一下子断了。于是大块头男人用他那只大手抓起保镖的脊柱，把他扔出去。保镖的身体穿过整个狭窄的房间，直接撞到后方那堵墙上，发出一声巨响，估计连住在丹佛的人都能听到。随后他慢慢从墙上滑落，躺在地上一动不动了。

"嗯，"大块头男人说，"我们俩喝一杯吧。"

我们走到吧台。酒保慌慌张张地擦了一下吧台。那些客人开始三三两两地从酒吧里退了出去，他们默不作声地走过木质地板，悄无声息地下了那条没有铺地毯的昏暗楼道，离开时的脚步几乎不敢有一丝慌乱。

"威士忌酸酒。"大块头男人说。

我们喝了威士忌酸酒。

"你知道比尤拉在哪儿吗？"大块头男人问酒保。他显得很平静，一边问还一边舔着厚玻璃杯里的威士忌酸酒。

"你是说，比尤拉吗？"酒保的声音有点哆嗦，"我最近没在这里见过她，哦不，不太最近，挺久了。"

"你在这儿干多久了？"

"大概一年吧，差不多，是一年吧，就是一年，兄弟……"

"这个地方什么时候变成黑笼子了？"

"啥？"

大块头男人握起拳头，那拳头得有一个水桶那么大。

"五年了，"我插了一句，"这个家伙不会知道那个叫比尤拉的白人女孩。"

大块头男人看着我，好像我刚刚出现似的。威士忌酸酒似乎对他的脾气没有任何裨益。

"谁他妈让你多嘴了？"

我笑了笑，尽量笑得既友善又热情。"我可是和你一块儿进来的，还记得吗？"

他咧开嘴，回敬了我一个淡淡笑容。"威士忌酸酒，"他对酒保说，"还磨磨蹭蹭干什么，快拿酒来。"

酒保仓皇跑开了，一边跑还一边恨得朝我们翻白眼。

此时赌室里已经没有其他人了，除了我们两个，酒保，还有躺在后方那堵墙下的保镖。

那个保镖动了动，呻吟了几声，翻过身，开始悄悄沿着护壁板向前爬，像一只独翅的苍蝇一样。大块头男人没有注意他。

"赌室里什么都没有了，"他抱怨道，"以前这里有舞台，有乐队，还有很不错的小包厢，可以在里面玩。比尤拉像小鸟一样唱歌。她染了红头发，简直可爱极了。我们那时候正打算结婚，可是他们却突然陷害我。"

我们又喝了放在面前的两杯威士忌酸酒。"怎么陷害的？"我问道。

"你觉得我跟你说的那八年时间里我去了哪儿了？"

"坐了牢。"我说。

"没错，"他用那棒球棍般大小的拇指戳了戳自己胸口，"史蒂夫·斯卡拉。发生在堪萨斯州格利本德的那起案件。只有我一个人在那儿。4万块。他们正好在那里逮到了我。我当时……喂！"

只见那个保镖打开后方的一扇门，一头栽进里面。随后门啪嗒一声锁上了。

"那扇门通向哪里的？"大块头男人询问道。

"那……那个是米斯塔赫·蒙哥马利的办公室。呃……他是这里的老板，他的办公室就在后面……"

"他可能会知道，"大块头男人说着，用爱尔兰三色旗手帕擦了擦嘴，又小心翼翼地把它放回口袋里，"他最好别再说那种没用的俏皮话。再来两杯威士忌酸酒。"

他穿过赌室，走到位于赌桌后面的那扇门前面。弄烂那把锁只花了他一点时间，没一会儿一块嵌板就掉了下来。他走进去，关上身后的门。

此时沙梅酒吧里非常安静。我看着那个酒保。

"这家伙真壮，"我很快说道，"而且他很可能会干坏事。你也知道了，他正在找一个老情人，以前在这里工作的，那时候这里还是白人的地方。这里有枪什么的吗？"

"我还以为你和他是一伙的。"酒保一脸怀疑地看着我。

"我也没办法。他硬拖着我，我可不想被人扔出去。"

"那也是，我这儿有把霰弹枪。"酒保说了这句话，语气里还是有些狐疑。

他弯下腰在吧台后面找着，一边找一边转着他的眼珠子。

赌室后面传来一个沉闷的响声，是从那扇关着的门里边传来的。可能是一扇门重重关上的声音，也可能是一声枪响。之后再没有其他声音出现。

酒保和我在那里等了许久，虽然挺想知道那到底是什么声音，却不太愿意想象那可能是什么声音。

后面的那扇门开了，大块头男人快步走出来，手里拿着一把柯尔特0.45英寸军用自动手枪，像拿着一个玩具似的。

他迅速扫了一眼那个房间，脸上的笑容显得有些僵硬。他看上去确实像一个能够单枪匹马从格利本德银行抢走4万块钱的人。

他朝我们走过来。虽然体形庞大，却走得又快又轻。

"起来，黑鬼！"

酒保慢慢站了起来，脸色苍白，两只手高高举着，手里什么也没有。

大块头男人搜了搜我的身，然后走开了。

"蒙哥马利先生也不知道比尤拉在哪里，"他轻轻说道，"他试图用这个告诉我……"他晃了晃手枪，"再见了，伙计们。别忘了帮我打听打听。"

他径自走了，动作敏捷、悄无声息地下了楼梯。

344

我跳过吧台，拿起放在搁板上的一把短筒霰弹枪。不是想用在史蒂夫·斯卡拉身上，那不是我的工作。同理，那个酒保也不会把它用在我身上。我穿过房间，走进那扇门。

那个保镖躺在走廊地板上，手里握着一把小刀。他已经昏过去了。我拿过他手里那把刀，跨过他，走进那扇标着"办公室"的门。

蒙哥马利先生就在里面，坐在一张斑痕累累的小桌子后面，靠近那扇被木条封了一部分的窗户。他低垂着头，像一条折叠着的手帕或铰链。

他右手边的抽屉敞开着，里面有一把枪，还没来得及拿出来。手枪旁边的纸上有一处油迹。

这不是个聪明办法，但他也想不出更好的办法了——尤其在那个时候。

等警察赶来的那段时间里，什么事也没发生。

他们来的时候，保镖和酒保都已经跑了。我把自己和蒙哥马利先生以及那把霰弹枪锁在那间办公室里，以防万一。

海纳负责这起案件。他是个爱发牢骚、反应迟钝的侦探助理。他有一个瘦瘦的下巴和一双特别长的黄皮肤手臂。他在总部的办公隔间里和我说话时，双手竟然能放在膝盖上。他身着衬衫，过时硬领子的两个尖角戳在衬衫上面，整个人看起来既寒酸又老实。

大概一个多小时后，他们从史蒂夫·斯卡拉的记录里知道了关于他的一切。他们甚至拿出来一张他十岁时的照片，照片上的他没有眉毛，看起来像一个法式小面包。他们唯一不知道的是他现在在哪里。

"6英尺6.5英寸，"海纳说，"264磅，这种体形的人是跑不了的，而且他还穿着那么花哨的衣服。他买东西不可能很快，你为什么不抓住他？"

我笑了笑，把照片还给他。

345

海纳用他那长长的黄色手指指着我，气愤地说："卡尔马迪，硬汉侦探，嗯？身高6英尺多的人，下巴硬得足以击破岩石。为什么你不抓住他？"

"我感觉太阳穴有点晕，"我说，"我当时没有带枪，他有。我去那里要办的事情根本不用带枪。斯卡拉把我整个拎了起来，我当时的模样应该挺可爱的。"

海纳瞪着我。

"好吧，"我说，"争论这个干吗？我见过那个家伙，他甚至可以把一头大象装在背心口袋里随身带着。而且我也不知道他杀了人。你们就去抓他好了。"

"是啊，"他说，"这很简单。但我不想把时间浪费在这种赤裸裸的谋杀上。没有照片，占不了多少版面，要想登在那些一心只想登广告的报纸上，这则新闻最多不会超过三行字。真见鬼，有一傍晚，五个——我跟你说——五个大麻鬼在哈莱姆区东八十四街那儿拿刀互砍，没一会儿就全死了，全变成冷盘肉了。而那些……那些新闻记者竟然去都不去。"

"先去把他抓回来吧，"我说，"不然他会杀更多人，给你们搞出更多事来。到时候你就有足够的报纸版面了。"

"我也不会理这个案子的，"海纳讥笑道，"对，去他妈的。我不知道上哪儿去找他，什么都做不了，只能坐在这里等了。"

"试一下从那个女孩下手，"我说，"比尤拉。斯卡拉会去找她。这是他正在做的事情，也是整件事情的起因。去找她。"

"你去找，"海纳说，"我已经20年没去过妓院了。"

"我估计我在妓院里会觉得挺自在的。你打算付我多少钱？"

"天哪，老兄，警察是不会雇私家侦探的。雇来干吗呢？"他拿出一罐烟丝，卷了一根烟，但由于没卷好，烟的一头像森林大火一样烧毁了。旁边另一办公隔间里，一个男人正生气地对着电话大吼大叫。海纳更加小心翼翼地重新卷一根烟，然后点火。他的那双瘦骨嶙峋的手又一次放在骨瘦如柴的膝盖上。

"你考虑一下要不要出风头吧，"我说，"我跟你赌25块，赌我在你抓到斯卡拉之前找到比尤拉。"

他想了想。他似乎连呼出一口烟都要先掂量一下银行账户的收支情况，然后再决定是否呼出来。

"最多赌10块钱，"他说，"而且这个钱也会是我的……侦探先生。"

我盯着他。

"我不想挣这个钱，"我说，"如果我一天之内能找到她——而且在这期间你不干扰我的话——我会无条件做这件事。只是想让你知道，为什么你干了20年还只是个侦探助理。"

他不喜欢我开的这个玩笑，就像我不喜欢他刚刚说的妓院玩笑。但我们最终达成共识。

我从警局停车场里开出我那辆老旧的克莱斯勒跑车，开回中央大道街区。

沙梅酒吧这时候当然已经被封锁了。一个明显是便衣警察的人坐在酒吧前的一辆车里，一只眼睛假装在读报纸。我不知道他为什么去那里，那里并没有人知道关于斯卡拉的事。

我把车停在街角，走进斜对面一家叫无忧苑的黑人旅馆。大厅里左右两边各有一排空荡荡的硬座，中间铺着一条纤维地毯。前台后面坐着一个光头男人，他趴在台上，闭着眼睛，正在打盹。他系着一条阿斯科特式宽领带，看样子好像1880年就已经系着了。领带夹上那颗硕大的绿色假宝石和路边那种圆形垃圾桶差不多大小。他把松软的大下巴轻轻靠在领带上，棕色皮肤的手看上去很洁净，显得柔软安详。

他手肘上别着一个金属印花标牌，上面写着："本旅馆的安全由国际联合机构负责。"

他睁开了一只眼睛，我指着标牌说："我是H.P.D.派过来检查的。这里有没有碰上什么麻烦？"

H.P.D.指的是旅馆安保部门，隶属于一家大机构，专门负责查获那些开空头支票的人，以及那些不付房费、偷偷从防火楼梯溜走、留下装满砖头的旧行李箱的人。

"兄弟，麻烦，"他用高亢响亮的声音说道，"是我们刚刚摆脱掉的东西。"声音降低了四五个调，加了一句，"我们这里已经不收支票了。"

我倚在前台上，靠近他那双叠着的手臂，在那张有着许多划痕的木质台子上转着一个25美分的硬币。

"听说过今天早上发生在沙梅酒吧的那件事吗？"

"老兄，我忘了。"此时他的两只眼睛都睁开了，看着那个旋转着的硬币发出的模糊光斑。

"老板被杀了，"我说，"蒙哥马利。脖子被扭断了。"

"愿上帝接受他的灵魂，老兄，"他又一次降低了声音，"你是警察？"

"私家侦探——这件事需要保密。而且我看一眼就知道一个人能不能保密。"

他上上下下打量了我，然后闭上眼睛。我继续转着那个硬币，他忍不住又看着它。

"谁干的？"他小声问道，"谁杀了山姆？"

"一个很壮的家伙，刚从监狱出来。那间赌室不再是白人的了，所以他很恼火。以前那里是属于白人的，你记得吗？"

他没有说话。硬币发出一道亮光后倒下，静静地躺在前台上。

"你自己选吧，"我说，"要我给你读一章《圣经》，还是和你喝一杯，任选一个。"

"老兄，"他大声说道，"我比较喜欢一家人围在一起时读《圣经》。"他很快又十分正经地说了一句，"到桌子这边来。"

我走了过去，从后裤兜里拿出一品脱保税波本威士忌，在桌子底下递给他。他很快倒了两小杯，拿起他那一杯，仔仔细细地嗅着，俨然是一个品酒专家。他举起酒杯一饮而尽。

"你想知道什么？"他说，"这条街上每一条裂缝我都清清楚楚，只是我可能什么都不会说。这酒真是好地方产出来的好酒哇。"

"沙梅酒吧变成有色人种酒吧之前是谁在经营？"

他看着我，显得有些纳闷。"那个倒霉鬼就叫沙梅啊，老兄。"

我咕哝道："我怎么没想到这个。"

"他死了，老兄，听从上帝的召唤了。1929年死的，老兄，喝酒喝太多死掉了，而且他还卖私酒呢[①]。"他的声音又变得响亮起来，"就在同一年，那些有钱人丢了他们的全部钱财，老兄，"他再次降低了声音，"我一个子儿都没丢。"

"我知道你没什么损失。再倒一点酒。他有留下什么家人吗？住在这附近的家人？"

他又倒了一小杯，然后毅然把酒瓶塞子塞上。"两杯就够了——午餐之前只喝两杯，"他说，"我谢谢你啊，兄弟，你打听消息的方式真是体面，太对我胃口了。"他清了清嗓子。"留下了一个寡妇，"他说，"到电话簿上找找。"

他不会再喝了。我把酒放回后裤兜。他和我握了握手，然后再次双臂交叉搁在桌子上，闭上眼睛。

这件事对他来说已经结束了。

电话簿上只有一个叫沙梅的人。维奥莱特·卢·沙梅，住在西54街1644号。我走到电话亭，投了个五分硬币。

许久后，一个迷迷糊糊的声音传来："啊，嗯？什……什么事？"

"你是沙梅夫人吗？你丈夫是以前在中央大道开娱乐场所那个吗？"

"什……什么？我的天哪！我丈夫已经死了7年了。你是谁？"

"侦探卡尔马迪。我很快就到你那里，有重要的事情找你。"

"你，你刚刚说谁……"

沙梅太太的声音低沉沙哑，有点梗塞不清。

---

① 1920年，美国实行禁酒法案，规定制造、售卖、运输酒品皆属违法。该法案于1933年正式取消。

那是一栋脏兮兮的褐色房子，门前草坪也是那种脏兮兮的褐色。一棵粗犷的棕榈树下空出来一大块光秃秃的地。门廊上有一张孤零零的摇椅。

午后的轻风吹来，去年没有修剪掉的猩猩木嫩枝拍打着房子的前壁。旁边院子里一条生锈的晾衣绳上，一排没有洗干净、已经被晒干了的发黄的衣服在风中不断摇曳。

我把车子开到不远处，停在街对面，然后走回来。

门铃已经坏了，于是我敲了敲门。一个女人一边打开门，一边擤鼻涕。只见她面黄肌瘦，杂草一样干枯的头发垂在脸颊两边，身上套着一件法兰绒睡袍，完全看不出身形，睡袍也因为穿太久的缘故，已经看不出原来的颜色或款式了，仅仅是一块容她裹身的布。她的脚趾很大，脚上趿着一双破旧的男式拖鞋。

我问道："沙梅太太吗？"

"你是……"

"是的，我刚刚打过电话给你。"

她示意我进去，神情显得有些疲倦。"我都还没时间打扫一下。"她轻声抱怨了一句。

我们坐在客厅里两把脏兮兮的老式摇椅上，看着对方。周围的每一样东西看起来都像是垃圾，除了那台正在嗡嗡作响的小收音机，看样子是新买的，收音机上的嵌板发出微弱的光。

"只有这些东西陪着我了，"她说着嗤笑了一声，"伯特没干什么坏事吧？很少有警察打电话给我的。"

"伯特？"

"伯特·沙梅，先生。我丈夫。"

她又发出一声嗤笑，把腿抬起来然后啪一声放下。从她的笑声里可以听出她刚刚喝了很多酒。那天我似乎怎么也避不开酒了。

"开个玩笑，先生。"她说，"他已经死了。我希望上帝那里有足够多的金发女郎可以白送给他。他在这边似乎总觉得不够。"

"我在想的是红发女郎。"我说。

"我猜那也是他其中的一个，"她的眼睛似乎变得没那么空洞了，"我想不起来了，很特别的一个吗？"

"是的，一个叫比尤拉的女孩。我不知道她姓什么。她以前在那个酒吧工作。我打算从她的同事那里找到有关她的线索，但现在那里已经是有色人种的地盘了，所以那里的人从来没听说过她。"

"我没去过那里，"她突然大吼了一句，"我不知道。"

"一个舞女，"我说，"也唱歌。你真的不认识她，嗯？"

她又擤了擤鼻涕，那条手帕是我见过的最脏的手帕了。"我感冒了。"

"你知道喝什么对感冒有帮助。"我说。

她用眼角瞥了我一眼。"我刚刚喝完了。"

"我还有。"

"天哪，"她说，"你根本不是警察，警察才不会随身带着酒。"

我拿出我的波本威士忌，放在膝盖上。那瓶酒几乎还是满的，无忧苑旅馆的那个店员喝得不多。女人那双海藻般的绿色眼睛紧盯着那瓶酒，舌头舔了一下嘴唇。

"呀，是烈酒啊，"她唏嘘道，"我不管你是谁，请把酒瓶拿稳了，先生。"

她站起来，一摇一摆地走出客厅，回来时手里拿着两个污迹斑斑的厚玻璃杯。

"没有配餐，"她说，"就喝你带的这个吧。"她把酒杯伸向我。

我给她倒了一小杯，那一小杯的分量我喝了都会醉倒。我给自己倒了更小的一杯。她像吞阿司匹林片一样，头一仰，整杯灌下，又继续盯着酒瓶。我给她倒了第二杯。她把杯子放在椅子扶手上，眼里浮现出了一丝阴郁。

"这东西能减轻我的痛苦，"她说，"但我从来不知道它是怎么起作用的。我们刚刚说到哪儿了？"

"一个叫比尤拉的红头发女孩。以前在赌室工作。现在想起来了吗？"

"是哦。"她喝下第二杯酒。我走过去把整瓶酒放在她旁边的桌子上，她拿起酒瓶又倒了一些。

"坐在你的椅子上别动，别耍什么花样。"她说，"我想到了。"

她从椅子上站起来，打了个喷嚏，睡袍几乎敞开了，她立即捂住前襟，冷冷地瞪了我一眼。

她用食指在我面前摆了摆，说："不要偷看。"然后再次走出客厅，重重地关上身后的玻璃门。

房子的后方响起各种各样的撞击声。似乎有一张椅子被踢翻了；一个抽屉被拉得太猛而砸落在地板上；翻翻找找的声音，东西砸落的声音，还夹杂着女人的骂骂咧咧。过了一会儿又传来锁头被打开的声音，紧接着是木箱子被拖动时发出的尖锐响声。然后又是一阵翻翻找找、东西砸落的声音。我似乎听到了文件盒掉落在地板上的声音，接着是一阵心满意足、扬扬得意的大笑。

她走回客厅，手里拿着一个包裹，上面绑着一条褪了色的粉红带子。她把包裹扔在我腿上。

"看看这些吧，大哥。有照片，还有一些报纸。那些贱人可不只出现在警察局的拘捕记录里，她们还上了报纸呢。都是那个赌室里的人。天哪，她们就是——让我想下，她们就是他的旧衣服。"

她坐了下来，又伸手去拿酒瓶。

我解开带子，翻看那捆反着光的照片。里面的人摆着各种专业的拍照姿势，并不全是女人，也有一些面相奸诈、妆容怪异、衣着奇特的男人。还有一些来自加油站巡演杂技团的舞女和小丑，他们大多数都无法在城市的主要街道上表演。照片里的女人都露着修长的美腿，其裸露尺度恐怕超出了威尔·海斯①的接受范围。然而他们脸上的神情却像记账员的外套一样，透露出一股陈

---

① 美国历史上电影审查委员会代表，制定并颁布《海斯法典》，限定影片表现内容。该法典于1930开始执行，1966年正式废除。

旧乏味的气息。只有一个女孩与众不同。

她的上半身穿着哑剧小丑的装束，高高的锥形白帽下方露出头发，依稀能辨认出是红色的。她的眼里含着笑意。我不能说她的脸上没有那种骄纵的神情。我不太善于描述别人的脸。但她就是和别人不一样。那张脸显然是一张不曾被粗暴对待过的脸。一定有那么一个人一直温柔地待她。也许是像史蒂夫·斯卡拉这样粗鲁的家伙，他以前可能很温柔。总之，那双笑意盈盈的眼睛里还保留着对生活的希冀。

我把其他照片放到一边，挑出那张照片来。女人面无表情地躺在摇椅上，我把那张照片举到她面前。

"这个，"我说，"她是谁？她发生了什么？"

她迷迷糊糊地看着那张照片，随后咯咯地笑了起来。

"那个是史蒂夫·斯卡拉的女人。呀，大哥，我忘记她的名字了。"

"比尤拉，"我说，"她叫比尤拉。"

她的眼睛在那对凌乱的黄褐色眉毛下瞅着我。她并没有喝得很醉。

"啊？"她说，"什么？"

"史蒂夫·斯卡拉是谁？"我盘问道。

"赌室里的保镖，大哥，"她又咯咯笑起来，"他现在在监狱里。"

"不，他没在监狱里，"我说，"他就在城里。他已经出来了。我知道他，他刚刚到了这里。"

她脸上的表情像泥制飞镖掉落地上一样土崩瓦解。那一刻我突然知道了是谁把斯卡拉送进监狱的。我笑了。我一定错不了。因为她知道。如果她不知道，她就不会费尽心思，一直避谈比尤拉。但她不可能忘了比尤拉，没有人会忘记比尤拉。

她把头靠到椅背上。我们俩看着彼此。不一会儿，她突然伸手想抢那张照片。

我后退了一步，把它塞进我的外套内袋中。

"再喝一杯吧。"我说着把酒瓶递给她。

她接过手，端详了一会儿，然后举起酒瓶，一口一口、咕噜咕噜地喝下，眼睛盯着褪色的地毯。

"没错，"她低声说道，"是我告发他的，但他永远都不知道。他就是银行里的钱，银行里的钱。"

"跟我说说那个女孩儿，"我说，"我什么都不会告诉斯卡拉。"

"她就在这里，"女人说道，"在电台工作。有一次我在KLBL电台听到她的节目，虽然她改了名字，我还是认得出来。其他的我不知道了。"

我又有了一种预感。"你知道的，"我说，"而且你一直在敲诈她。沙梅什么也没给你留下，你靠什么生活？你一直在敲诈她，就因为她已经挤入了上层社会，脱离了你和斯卡拉这种人，我说的没错吧？"

"银行里的钱，"她声音沙哑地说道，"每个月100块，固定的收入。没错。"

她把酒瓶放在地上。没有人碰那个酒瓶，但它却突然倒了，酒从瓶子里汩汩流出。她并没有起身去扶它。

"她在哪里？"我进一步逼问，"现在叫什么名字？"

"我不知道，大哥。这是约定。凭支票去取钱。我不知道，真不知道。"

"去他妈的不知道！"我咆哮道，"斯卡拉他……"

她突然站了起来，对我大喊大叫："出去，你给我出去！不然我叫警察了！出去，你……！"

"好好好。"我伸出了一只手，示意她冷静一下，"别激动。我不会告诉斯卡拉的，别紧张。"

她慢慢坐下，拿起那个几乎空了的酒瓶。总算不用跟她吵架了。我其实也可以通过其他途径得到消息。

我离开的时候她甚至看都没看我一眼。我走出那栋房子，感受到了外面秋高气爽、阳光明媚的天气。我走过去开了车。我真是个不错的小伙子，一直这么好相处。是的，我还挺了不起的。我对于这种清晰的自我认识感觉良好。我就是这么一个人，会为了10块钱的打赌，去一个喝醉酒的老女人那里套出她一辈子的秘密。

我开车到了附近的杂货店，走进电话亭里关上门，打给海纳。

"听着，"我对他说，"斯卡拉当年在沙梅酒吧工作时的老板是死了，但他的遗孀还活着。如果斯卡拉够胆量的话，他可能会去找她。"

我跟他说了地址。他酸溜溜地说道："我们差点就抓到他了。巡逻的警车联系了第七大道尽头封锁线的指挥员，跟他说了那个家伙的体形和衣着。指挥员说他在第三大道和亚历山德里亚公路的交叉口那里下了车。他应该会找个没人在家的大房子躲起来，那样我们就可以给他来个瓮中捉鳖了。"

我跟他说很好。

KLBL电台位于这座城市西边边缘处连接着比弗利山的地方。它所在的大楼是一栋灰泥粉刷的建筑物，看上去普普通通、毫不起眼。一个荷兰风车造型的加油站坐落在大楼前那块空地的角落里，风车的扇翼上印着霓虹灯字母，写的是电台的呼号。

我走进一楼的接待室。接待室有一面玻璃墙，透过玻璃可以看到一个空无一人的演播室，里面有一个舞台和一些排列在舞台下的观众座椅。坐在接待室的几个人似乎都在努力地表现出魅力，金发碧眼的接待员正拿着大盒子分发巧克力，她的指甲油是那种高贵的蓝紫色。

我等了半个小时，终于见到了演播室经理戴夫·马里诺。电台经理和白天档经理都太忙了，没时间见我。马里诺有一间小小的隔音办公室在风车后面。那间办公室墙上贴着许多签名海报。

马里诺长相英俊，身材颀长，有点黎凡特人的感觉，红色的嘴唇显得有点厚，嘴唇上留着细细软软的胡子，褐色大眼睛清澈明亮，黑色头发富有光泽，看不出来有没有烫过。他的手指细长

355

而苍白，指尖有尼古丁烟碱的痕迹。

他看着我的名片，而我正在墙上那些海报中找我的哑剧小丑女孩儿，但没有找到。

"私家侦探，嗯？我们能为你做些什么？"

我把内袋里那张女孩儿的照片拿出来，放在他那本精致的棕色记事簿上。他盯着那张照片的模样真是有趣。一分钟内能够发生的所有表情变化都出现在他脸上了，他本人并不想让人知道。所有的表情都证实了一件事，那就是他认得那张脸，而且它对他来说意义重大。他抬头看着我，似乎要开始和我讲价。

"不是近期的照片，"他说，"但挺漂亮的。我不知道我们会不会用得上它。露着美腿呢，不是吗？"

"这张照片至少有8年了，"我说，"你们要用它来做什么？"

"当然是宣传啊。我们大概每两个月就会给一个主持人做一期电台专栏。我们现在还是家规模很小的电台。"

"为什么？"

"你是说你不知道她是谁？"

"我只知道她以前是谁。"我说。

"薇薇安·巴林啊，我们那档金宝糖果屋节目的明星主角。你不知道吗？一周三期的广播剧，一期半个小时。"

"从没听说过，"我说，"广播剧在我看来就是一个平方根号底下什么都没有的东西——没有任何意义。"

他向后倚在椅背上，点了一根烟。然而他的釉瓷烟灰缸边上已经有一根燃着的烟了。

"好吧，"他讽刺道，"别说这些惹人讨厌的话了，说正事吧。你想干吗？"

"我想要她的住址。"

"这个，我当然不能给你。你在任何电话簿或指引目录里都不会找得到她的住址。不好意思。"他开始收拾桌上的文件，很快便看到了烟灰缸上那根烟，这让他感觉自己像个傻瓜。于是他又一次倚靠在椅背上。

"我碰上麻烦了，"我说，"我必须找到那个女孩，立刻找到，而且我不希望自己看起来像个勒索犯。"

他舔着他那饱满鲜红的嘴唇。不知怎么的，我觉得有什么事情让他高兴。

他轻轻说道："你的意思是，你知道了一些事情，那些事情可能会毁了巴林小姐——顺便毁了那个节目？"

"你随时可以换掉广播剧里的主角，不是吗？"

他又舔了舔嘴唇，语气开始变得强硬。"我似乎闻到了一股恶心的气味。"他说。

"那是因为你的胡子烧起来了。"我说。

这不是一个很好的玩笑，但至少是破冰之举。他笑了，随后他招了招手示意我靠近，他倾身向前，双手倚在桌子上，像个情报人员一样神神秘秘。

"我们这么谈是不对的，"他说，"明显错了。你或许是个诚实可靠的人——至少看起来是。那我就赌一把吧。"他抓起一本底下垫着皮革垫的记事簿，在上面飞快地写着，然后把那一页撕下递给我。

纸上写着：弗洛里斯北街1737号。

"那就是她的住址，"他说，"没有她的允许，我不会把她的电话号码给你。好了，现在可以对我友好一些了吧。涉及电台利益，所以只好给你了。"

我把那张纸塞进口袋了，想了想。实际上他彻底地骗了我，假装给我一点面子，交出那个住址。因此我犯了一个错误。

"节目进行得怎么样了？"

"我们已经通过广播审核了。节目内容挺简单的，叫《镇上的一条街》，讲一些日常的东西，但是制作精良，总有一天会红遍全国的，很快就会红。"他用手擦了一下他那光洁的额头，"顺便说一句，是巴林小姐自己写的剧本。"

"这样啊，"我说，"好吧，听着，跟你说一下那个丑闻。她以后有过一个男朋友，后来那个人坐了牢，也已经是过去的事了。她是在中央大道一家赌室里认识他的，她以前在那里工作。现在那个男人出狱了，正在找她。他还杀了一个人。说到这里，我必须停一下……"

他的脸并没有变得像纸一样白，那是因为他本来就太白了，但他确实脸色不好。

"我必须停下来说一句，"我说，"你知道的，这件事并不会对她不利。她挺不错的，从她脸上就能看出来了。即使这件事曝光了，也可能只需要一点公关手段。不过那是小事一桩，你看看好莱坞是怎么把一些婊子包装成大明星的。"

"那是需要花钱的，"他说，"我们只是一家穷电台。而且那样的话广播审查就没法通过了。"他的言行举止中似乎总有点不老实的感觉，这让我有些疑惑。

"胡说八道，"我倾身向前，敲着桌子，"现在最重要的事情是保护她。那个大块头——那个叫史蒂夫·斯卡拉的家伙——他还爱着她。他徒手就能把人打死。他确实不会伤害她，但如果她有男朋友或丈夫……"

"她还没结婚，"马里诺正看着我的手一上一下地敲着桌子，听到我最后一句时马上插话道。

"他可能会扭断那人的脖子，这样一来她脱不了干系了。斯卡拉还不知道她在哪儿。他现在正躲着警察，所以他不会那么快找到她。那些警察就是你最好的机会，只要你能想办法拖住他们，不让他们把这件事弄到报纸上。"

"停停停，"他说，"不要再说警察了。你想来办这事，对吗？"

"她什么时候会再来这里？"

"明天晚上。她今晚不上班。"

"明晚之前，如果你需要的话，我会帮你把她藏好的，"我说，"那是我唯一能帮你的事情了。"

他再一次拿起我的名片，读了一下，然后把它扔进抽屉里。

"离开这里去救她，"他厉声说道，"如果她不在家，就在那儿等着，直到她回来。我要到楼上去开会了，再见。快点去！"

我站起来。"要预约金吗？"他大声说道。

"可以迟些再给。"

他点点头，又摆了摆手示意我出去，然后伸手去拿电话。

看那个门牌号，应该是在弗洛里斯街上段靠近夕阳塔的地方，跟我住的地方穿城相对。路上的交通十分拥挤。当我开过了至少12个街区之后，我才意识到在电台停车场出来时跟在我后面的那辆蓝色双门轿车还跟在我后面。

我故意打偏方向盘变道，以确定它是否在跟踪我。车里面有一个男人。不是斯卡拉。那个人的头部只有1英尺长，从方向盘后面露出脸都有点困难。

我再次偏离原来的行车路线，并且加快速度，甩开了那辆车。我不知道他是谁，当时也没有时间去想这个。

我到了弗洛里斯街上，把车停在路边。

青铜大门敞开着，通向里面那个环境优美的小院。院子两边各有一排平房。模压瓦盖成的陡峭屋顶让人想起旧英国体育画报中的茅草小屋，有那么一点点像。

院子里的草坪是精心修剪过的，草坪上有一条宽阔的人行道。五颜六色的瓷砖筑成了一个长方形水池，水池岸边有一些石椅。这里真是个好地方。夕阳在草坪上留下意趣盎然的影子。除了汽车喇叭声有点响之外，日落大道上喧嚣的车流声远远地传到了这里来，倒像是蜜蜂的嗡嗡叫声。

我手上那个门牌号是左边那排平房的最后一间。我按了门铃，没有人开门。那个门铃实在可爱，它就位于门的正中央，让人不禁好奇连接着门铃的电线是怎么牵着的。我一次又一次地按门铃。过了一会儿，我走到水池旁的石椅上坐下来等。

一个女人从我身边经过，走得很快，但并不匆忙，似乎只是习惯走得很快而已。她长着一张尖脸，身材纤瘦，深色皮肤，穿着橘红色的花呢裙，头上戴一顶黑帽，看着像花童戴的那种帽子。整个人看起来就像穿着花呢裙的魔鬼。她的嘴唇很紧致，鼻子看上去似乎对任何事物都有兴趣。她边走边晃着手上的钥匙包。

她走到我守着的那间房子前，打开门，走了进去。她看起来并不像比尤拉。

我走过去，再一次按门铃。门立即开了。那个戴着黑色帽子、长着一张尖脸的女人打量了我一番，说道："什么事？"

"是巴林小姐吗？薇薇安·巴林小姐？"

"谁？"语气似乎很吃惊的样子。

"薇薇安·巴林小姐，KLBL电台的，"我说，"有人告诉我……"

她的脸变得有些红，牙齿轻轻咬着嘴唇。"如果这是什么玩笑的话，那我觉得一点也不好笑。"她说着准备关门。

我急忙说道："马里诺先生让我过来的。"

这句话让女人停止了关门的动作。门又重新打开了，而且大敞着。那个女人的嘴唇很薄，薄得像一张烟纸，甚至比烟纸还薄。

"我，"她清清楚楚地说道，"就是马里诺先生的妻子。这里是马里诺先生的家。我不知道这个……这个……"

"薇薇安·巴林小姐。"我说。然而她中断话语并不是因为对名字的不确定，而是因为一股隐藏在平静表面下的愤怒情绪。

"……不知道这个巴林小姐，"她继续说着，好像我刚刚什么都没说似的，"搬到这里来了。马里诺先生一定觉得今天很有趣。"

"听着，夫人，这不是……"

门砰的一声关上，发出的震荡几乎可以在人行道尽头的水池里掀起一阵波浪了。我站在门前看了一会儿，又看看其他的房子。如果当时我们有观众的话，那他一定已经躲起来了。我又按了一下门铃。

门猛地打开了，深色皮肤女人显然很愤怒。"滚出我的走廊！"她大喊道，"滚开，不然我把你扔出去！"

"等一下，"我咆哮着说，"这可能是他开的玩笑，但不是警察开的玩笑。"

这句话镇住了她。她的神情一下子变得温和起来，一副饶有兴趣的样子。

"警察？"她柔声问道。

"是，这件事很严重，关系到一个谋杀案。我必须找到这位巴林小姐，并不是说她……你知道的……"

深色皮肤女人把我拽进屋里，关上门，倚在门后气喘吁吁。

"告诉我，"她屏住呼吸说道，"告诉我，那个红头发女人是不是和一个谋杀案有牵连？"她突然张大了嘴巴，迫不及待地看着我。

我伸出一只手把她的嘴巴捂上。"别紧张！"我几乎是用恳求的语气对她说，"不是你的戴夫。不是戴夫，夫人。"

"哦，"她挣脱开我的手，舒了一口气，样子看起来有点傻。"当然不是啦。刚刚一时半会儿我以为……好吧，那是谁干的？"

"一个你不认识的人。这种事我可不能到处说。总之，我想要巴林小姐的地址，你这里有吗？"

我其实想不出她怎么可能会有巴林小姐的地址。或者说，如果我用力甩甩头的话，没准能甩出一个理由来。

"是的，"她说，"是的，我有。我其实知道。聪明先生却不知道，聪明先生知道的事情并没有聪明先生自以为的那么多，不是吗？他……"

"现在我只需要知道那个地址，"我吼道，"而且我有点急，马里诺太太。等以后……"我意味深长地看了她一眼，"我肯定会再来找你谈话的。"

"在希瑟街上，"她说，"我不知道门牌号，但我去过那里，以前路过那里。那条街挺短的，只有四五间房子，而且只有一间建在下坡路上，"她停了一会儿，又说了一句，"我觉得那

361

个房子没有门牌号。希瑟街在比奇伍德街最上方。"

"她有电话号码吗？"

"当然有，不过是限制号码。她应该有限制号码，他们那些人都有，那些……如果我知道她号码的话……"

"是，"我说，"你就会打电话给她，跟她唠唠叨叨地说上一通。好了，非常感谢你，马里诺太太。当然了，这件事要保密，我的意思是，不要让别人知道。"

"啊，一定保密！"

她还想多聊一会儿，我从她身边挤过，走出那间房子，走过那条铺着石板的人行道。我能感觉到她还一直看着我，因此我没有笑出声来。

那个有着一双焦躁不安的手和一对饱满红唇的家伙以为自己想到了一个聪明绝顶的办法。他把他所想到的第一个地址写给我，也就是他自己的地址。也许他指望他妻子不在家吧。我不知道。这看起来未免太愚蠢了，但是我觉得，如果他当时赶时间的话——那也是有可能的。

我只顾想着他为什么赶时间，就变得粗心大意了。我没注意到那辆和我的车并排停在门口的蓝色双门轿车，直到我看到了车后面站出来一个男人。

他手里拿着一把枪。

他身材高大，但不是像斯卡拉那样的大块头。他用嘴唇发出一个声音，伸出左手手掌，手掌上有个什么东西闪闪发光，可能是一块铁片，也可能是一块警徽。

许多车就停在弗洛里斯街的两旁，应该会有很多人看到这个场景，然而一个人也没有——除了那个拿着枪的高个子男人和我自己。

他走近我，嘴里吹着轻松的调子。

"不许动，"他说，"到我的车上去开车，乖乖的，别耍花招。"他的声音微微沙哑，像一只啼了很久的公鸡发出的低鸣声。

"你一个人吗？"

"是的，不过我有枪，"他叹了一声，"放规矩一点，你会像退伍军人大会里那些长胡子的女人一样安全，甚至更安全。"

他绕着我走了一圈，仔仔细细地看了我一遍。此时我看清楚那块金属了。

"这块徽章真特别，"我说，"你根本没有资格抓我，我倒是比较有资格抓你。"

"到车上去，哼，老实一点，不然的话你会惨死在街头。我说到做到。"他搜了搜我身上，"见鬼了，你连个枪都没带。"

"闭嘴！"我吼道，"如果我带了，你以为你能这样抓住我吗？"

我走向那辆蓝色双门轿车，钻进驾驶座。车并没有熄火。他在我旁边坐下，拿着枪指向我这边。我们下了山。

"沿着圣塔莫尼卡大道往西开，"他用嘶哑的声音说道，"然后往上走，从峡谷街拐入日落大道那边，那边有一条马道。"

于是我沿着圣塔莫尼卡大道往西开去，穿过霍洛威谷底，看到了一排垃圾场和几家店铺。过了达西尼大道，街道就变宽了。行驶在林荫大道上，我放慢车速，想欣赏一下周围的景色，不过他马上就让我开快一点。后来我往北开到日落大道，然后又往西开。斜坡上那些大房子灯火通明，广播音乐在黄昏里飘荡。

我开始放轻松，趁着天还没黑看一下他的长相。在弗洛里斯街的时候，即使他把帽檐压得很低，我还是看到了那对眉毛。不过我还是想确认一下，于是我又看了一眼。那确实是眉毛，好吧。

那两根眉毛几乎是平直的，又黑又浓，十分顺滑，像一条半英寸宽的黑色长绒毛横挂在那张宽脸的眼睛和鼻子之上，中间没有断开。他的大鼻子非常粗糙，大概是因为以前喝过太多啤酒吧。

"布勃·麦考德，"我说，"以前是警察。所以你现在干起绑架这一行了。这一次得关到佛森市了，亲爱的。"

"噢，闭嘴！"他似乎被我的话伤害到了，倚在副驾驶座上靠近车窗的角落里。布勃·麦考德，因为贪污入狱，在昆廷监狱

363

里待了三年。下一次犯罪入狱就该去惯犯监狱了，这个州的惯犯监狱就在佛森市。

他把枪靠在左腿上，把他那胖胖的后背倚在车门上。我让车子漂移了一下，他似乎并不介意。那时候正处于一个过渡时段，办公室下班的人已经回了家，而晚上出来玩的人还没到时间出来。

"这不是绑架，"他抱怨道，"我们只是不想出什么麻烦。你不会以为你可以用那点小儿科把戏攻击KLBL电台这样的大公司，然后全身而退吧？那也太可笑了。"他朝窗外吐了一口痰，连头都不用转，"继续开。"

"你们想要什么？"

"你不会知道的，不是吗？一个四处偷窥锁孔的傻瓜，对吧？你就是这样，就像那个家伙说的，你太天真了。"

"所以你是给马里诺做事的咯。我就是想知道这个。当然了，我早就知道了，从我在街上试图甩掉你，而你又重新出现的时候，我就已经知道了。"

"很好，呵——继续开车。对了，我得打个电话报告一下刚刚抓到了。"

"我们现在去哪里？"

"9点半之前我得看着你，之后我们会去一个地方。"

"什么地方？"

"还没到9点半啊。嘿，开这么慢，小心别在哪个角落里睡着了。"

"不满意的话自己开。"

他拿枪用力推了我一下。真疼。我踩油门加速，想把他甩到座椅的角落里，以摆脱他的枪口，但他却紧紧地握着他的枪。我听到有人在自家前院草坪上大喊了一声。

随后我看到一盏红灯在前方闪烁着。一辆轿车径直闯了过去，从轿车后窗可以看到两个戴警帽的警察并肩坐在车里。

"你一直拿着枪一定很累吧，"我对麦考德说，"不管怎样，你都不敢开枪的。你是个软心肠的警察。世界上没有比一个被罢职的警察心肠更软的人了。你只是一个大个子的小无赖，一个软脾气的警察。"

我们离那辆轿车并不近，但我试图引起他们的注意，而且我也做到了。他突然用枪往我脑袋上砸了一下，然后抓住方向盘，踩了刹车。我们停了下来。我摇了摇昏昏沉沉的脑袋，定下神时，他已经再次靠在那个副驾驶座的角落里，离我远远的。

"下一次，"他尖声尖气地说着，声音还是十分嘶哑，"你敢再嚷嚷我就打死你。试试看，哼，你试试看。开车——把那些风凉话放回肚子里，闭上你的嘴巴。"

我继续往前开着，那条宽敞的林荫大道的一边是隔着马道的树篱，另一边是路缘石。轿车上那两个警察慢悠悠地开着车，心不在焉地听着收音机，有一搭没一搭地聊着，一副半醒半睡的模样。我几乎能在脑海里听着他们的声音以及聊天内容了。

"还有，"麦考德低吼道，"我手里有枪可以控制你，我还没见用枪控制不了的人。"

"我今早倒是见过一个。"我说着，开始跟他讲史蒂夫·斯卡拉的事。

到了第二个红灯的时候，前面的那辆轿车似乎不太愿意停下来。麦考德微微低头，用左手点了一根烟。

我继续讲着斯卡拉和沙梅酒吧那个保镖的事。

然后我猛踩了一下油门。

小轿车连晃动一下都没有，直接向前冲去。麦考德拿着枪摇摇晃晃地指着我。我奋力往右转动方向盘，大喊道："抓紧！出车祸了！"

我们几乎撞上了前面那辆警车左后轮的挡泥板上。那辆警车一个轮子着地飘舞了起来。车里面传来咒骂声。轮胎猛地摩擦地面发出刺耳的声音，车上的金属部件撞得砰砰响。左边尾灯碎了，可能油箱也撞得变形了。

我们的车在后面停住了，前轮离地，像只受惊的兔子。

麦考德本来可以杀了我，他的枪口离我的肋骨不过几英寸。但他不是那种真正心狠手辣的人。他只不过是个蹩脚的警察，失去了工作，只能找些不正当的活儿干，而且这一次他也没搞清楚自己的任务是什么。

他打开右手边的门，从车里跳出来。

这时已经有一个警察出来了，朝我这边走来。我躲到方向盘下面，一道光从我的帽子顶上穿过。

躲也没有用。脚步声慢慢靠近了，那道光照到我脸上来了。

"出来，"那个声音咆哮道，"你他妈以为这里是哪儿？赛车场吗？"

我从车里走出来，一副很歉疚的样子。麦考德蹲在轿车后面，没有被看到。

"吹口气测一下。"

我吹了一口气。

"威士忌，"他说，"应该是。走几步，小子，走几步看看。"他用手电筒戳了戳我。

我走了几步。

另一个警察正试着把他的车子和那辆双门轿车分开。他虽然不停地咒骂着，但还是一心一意地推着车。

"你走路的样子不像喝过酒，"那个警察说，"怎么回事？没有刹车吗？"另一个警察已经把保险杠从双门轿车上弄了下来，又回到驾驶座上。

我脱下帽子，低头给他看头上的伤口。"是因为吵架，"我说，"我被打了，所以刚才那一会儿晕乎乎的。"

麦考德犯了一个错误。他听到这句话时，开始跑了起来。他横穿过林荫大道，跳过树篱，屈着身子跑。马道上传来了他噼噼啪啪的脚步声。

这提醒了我。"抢劫！"我对那个正在盘问我的警察喊道，"我恐怕得跟你说一下，那边有人抢劫了！"

"啊，他妈的……！"他大喊了一声，从皮套里抽出枪。"怎么不早说！"他跳上那堵树篱，"看着那辆破车！不能让那个家伙走！"他朝轿车里的另一个警察喊道。

他已经过了那堵树篱，嘴里还咕哝着。马道上又多了一阵脚步声。半个街区开外有一辆车停了下来，一个男人从车里出来，站在车旁。他身后的车头灯很暗，我看不清他的脸。

警车里的那个警察猛地把车开到马道的树篱边上，然后快速倒退，掉了个头，关掉车上的警笛声。

我跳进麦考德的双门轿车里，发动车子。远处传来了一声枪响，接着又是两声，然后是一声大叫。警笛声时而消失在街角，时而又出现。

我把油门踩到底，离开了那个地方。北边远远传来了山谷间悠扬的响声——警笛声还在山间回荡着。

我把那辆轿车丢在距离威尔夏半个街区远的地方，然后在比弗利-威尔夏酒店前搭了出租车。我知道我可能会被警察追踪到。但那不是重点，重点是在他们找到我之前我还剩多少时间。

在好莱坞的一家鸡尾酒酒吧里，我打电话给海纳。他还在工作中，还是那种酸溜溜的语气。

"斯卡拉有什么消息吗？"

"听着，"他有些生气地说道，"你是不是去见沙梅的老婆了？你现在在哪儿？"

"当然去过，"我说，"我在芝加哥。"

"你最好现在回来。为什么你会去找她？"

"当然是因为我觉得她可能知道比尤拉的事。她确实知道。想把赌注抬高一点吗？"

"别开玩笑了。她死了。"

"斯卡拉……"我说。

"这就是有趣的地方，"他咕哝道，"他当时就在现场，一些爱管闲事的老……邻居看到他了。只是她身上没有伤痕，好像

367

自然死亡的样子。我这边有些忙，所以我没过去看她。"

"我知道你很忙。"我感觉到自己的语气变得死气沉沉。

"确实。好吧，见鬼，医生都搞不清楚她是怎么死的，现在还不知道。"

"吓死的，"我说，"她就是8年前把斯卡拉送进监狱的人。喝太多威士忌也可能是其中的一个原因。"

"是这样的吗？"海纳说，"好吧，好吧。我们现在到处在抓他。我们把他赶到了吉拉德，他抢了一辆出租车往北逃了。我们已经联系了州警局和郡警局监控那辆车。如果他经过里奇，我们就可以在卡斯泰克那里抓住他。是她把他送进监狱的，嗯？卡尔马迪，我觉得你最好加入我们的调查。"

"我不行，"我说，"比弗利山的警察正到处找我，因为我肇事逃逸，现在我自己也是个罪犯了。"

我吃了一份快餐，喝了点咖啡，然后搭乘出租车经过了拉斯莫尔斯和圣塔莫尼卡，步行到我停车的地方。

周围什么也没有发生。一辆车后座上有个小孩正拿着尤克里里琴乱弹一通。

我开着我的跑车径直前往希瑟街。

希瑟街位于比奇伍德街最上方，在一个陡坡的一侧上，深深地嵌入山坡里。整个街区环绕着山坡，即使白天行驶在那条街上，一眼看过去最多也只能看到半个街区。

我要找的那间屋子建在下坡路上，颇有点小鸟依人的感觉。屋子的前门比希瑟街街面还低。屋顶上有一个露台，地下室应该有一两间卧室。屋子旁边还有一个车库。车子开进那个车库并不难，跟开进一个橄榄油瓶子差不多。

车库里是空的，但有一辆擦得锃亮的大轿车停在斜坡边上，车右侧的两个轮子与路面悬空，架在路肩上。屋里面亮着灯。

我绕过路缘石，停好车，沿着水泥路往回走，那条路很平坦，看上去很少有人走过。我用钢笔式手电筒照进那辆大轿车，看到登记牌上写着：大卫·马里诺，加利福尼亚好莱坞弗洛里斯北街1737号。于是我把手伸入后裤兜，拿出我那把扣在口袋里的手枪。

我再次经过那辆大轿车，走下三级糙石台阶，看到那扇狭窄的尖顶拱形门。门的一旁有一个门铃。

我没有按门铃，只是看着它。那扇门并没有关严。一道挺宽的微弱光线沿着门的边缘照出来。我把门推开了一英尺，接着又推开了一些，以便朝屋里面看。

我站在那里听着，屋里面静悄悄的，于是我走了进去。屋里的那种安静，类似于发生爆炸之后的那种死寂。当然，也可能是我晚餐吃太少了，饿得出现了幻觉。总之，我走进去了。

长长的客厅一直向里面延伸，不过这间屋子本身很小，客厅也不是真的很大。穿过落地玻璃门就是安着金属栏杆的阳台。整座房子建在比较高的地方，阳台也高出山坡不少。

室内的台灯和桌椅都很精致，椅子还是那种很深的扶手椅。地面铺着厚厚的杏色地毯，两张舒适的长沙发一张正对着壁炉，另一张则垂直于壁炉放置着。壁炉架是乳白色的，上面摆着一尊微型希腊女神像。透过铜网可以看到壁炉底下的火炉，火炉没有点燃。

屋子里有一种安静温暖的气息。它看起来就是适合放松和休息的地方。房间里的一张矮桌上放着一瓶Vat 69苏格兰威士忌，还有几个杯子、一个铜桶和一把钳子。

我把门推回原来的位置，站在那里。屋子里一片安静。时间一点一点地流逝，落地式收音机上的电子钟发出枯燥的嗡嗡声，半英里开外的比奇伍德街上车辆远远传来的鸣笛声，高空上夜班飞机发出的低沉轰鸣声，屋子某一处一只蛐蛐发出来的清脆奏鸣声，这一切让人感觉到了屋子里的时间在流动。

很快，我便不再是独自一人了。

马里诺太太从屋子另一头那排落地玻璃门旁边的一扇门偷偷

溜进来。她像一只蝴蝶一样，轻手轻脚，没有发出任何声音。她还是戴着那顶圆形黑色小帽，穿着那件橘红色的花呢裙，看上去还是那么不堪入目。她手上戴着小手套，握着枪柄。我不知道她为什么要带枪，直到后来也没弄明白。

她一开始没看到我，但当她看到我时，似乎也没觉得有什么。她只是稍稍抬起那把枪对准我，在地毯上快速移动步伐，朝我走来。她抿着嘴唇，抿得很深，我甚至完全看不到咬着嘴唇的那两排牙齿。

但此刻我手里也拿着枪。我们的枪指着对方，对峙着。也许她认得我，但我无法从她的表情做出判断。

我说："你见到他们了吗？"

她微微点头。"只见到了他。"她说。

"把枪放下，你已经完了。"

她把枪放低了一点，似乎没有意识到我那把柯尔特手枪还一直指着她。我也放下手枪。

她说："她不在这里。"

她的声音很冷淡，几乎不带任何感情色彩，是一种非常平直的语调，没什么特别的音色。

"巴林小姐不在这里？"我问道。

"不在。"

"你还记得我吗？"

她这才仔细地瞧了瞧我，然而她脸上的神情并没有因此而变得欣喜。

"我就是那个在找巴林小姐的人，"我说，"你告诉我来这里的，记得吗？只不过戴夫派了个碍手碍脚的家伙劫持了我，把我带到别处去，而他自己却先到这边来，却好像什么也没做。我不知道为什么。"

那个深色皮肤的女人说道："你不是警察，戴夫说你是个骗子。"

我做了一个热情洋溢、略显夸张的手势，向她靠近了一点点，但不是很明显。"不是城市里的警察，"我承认道，"但确实是个警察，只不过是很久以前的事了。之后事情总会发生一些变化，不是吗？"

"是的，"她说，"尤其是戴夫。呵，呵。"

那并不是一种笑，也没打算成为一种笑，只不过是从安全阀门里漏出来的一缕蒸汽。

"呵，呵。"我说。我们看着彼此，就好像拿破仑遇见了约瑟芬，两个人都痴痴癫癫的样子。

我的想法是靠近她，然后夺过她的枪，但我现在还离她太远了。

"除了你，还有其他人吗？"我问道。

"只有戴夫。"

"我就知道戴夫在这里。"我知道这么说不见得有多聪明，但却容易套出话来。

"哦，戴夫是在这里，"她赞同道，"没错，你想见他吗？"

"是挺想……如果不太麻烦的话。"

"呵，呵，"她说，"一点也不麻烦。只需要这样。"

她猛地举起枪，对着我扣下扳机，脸上的表情纹丝不动。

枪并没有响，这让她很困惑，但她表情茫然，动作迟钝，似乎并不是处在一个紧急或关键的时刻。我已经没站在原来的地方了。她拿起那把枪，小心翼翼地抬起那只戴着黑色羊皮手套、握着枪柄的手，盯着枪口，但也没什么作用。她甩了甩枪。过了一会儿，她再次意识到我的存在。我没有动，我现在已经没必要动了。

"我估计它没有装子弹。"她说。

"也许是刚刚用光子弹，"我说，"太可惜了。这种小枪支只能装7颗子弹，而我的子弹又不能装进这种枪。你看看我还能做些什么吗？"

她把枪放在我手上，拍拍双手掸去灰尘。她的眼睛看起来似乎没有瞳孔，又似乎都是瞳孔，我不确定是哪一种情况。

那把枪里没有子弹，弹匣里什么也没有。我闻了闻枪口。那

371

把枪自从上一次清洗之后就没开过火。

这让我很疑惑。到目前为止，如果不再有其他的谋杀案发生的话，这件事情看起来再简单不过了。但案件也就此陷入了困境，也就是说，我完全不知道我们之前一直在谈的事情是什么。

我把她的手枪放进侧边口袋里，把自己的枪放进后裤兜。我咬着嘴唇，在那里站了好一会儿，想看看还会有什么事情发生。但什么也没发生。

长着一张尖脸的马里诺太太一动不动地站在那里，眼神迷茫地看着我双眼之间的某个点，像一个烂醉如泥的观光客看着惠特尼山上美丽的日落景象。

"好吧，"最后我说道，"我们搜索一下整个屋子，看看还有什么东西。"

"你是说戴夫？"

"是，我们也可以找找他。"

"他在卧室里，"她嗤笑道，"他最喜欢待在别人的卧室里了。"

我碰了碰她的手臂，让她转过身去。她很顺从地转了个身，像个小孩一样。

"但这里是他能待的最后一间卧室了，"她说，"呵，呵。"

"哦，是啊，当然了。"我说。

我的声音听起来像一只小蚊子发出来的。

戴夫·马里诺死了——这已经是毫无疑问的事情了。

那个房间以绿色和银色为主调，大床边的一盏白色碗形台灯映照出我们俩走进房间时越来越高大的身影。灯光静静地照在他脸上，显得异常祥和。他死了没多长时间，看上去还没有尸体的样子。

他平躺在床上，身体靠近床的一侧，看样子他被枪杀时就站在跟前。一条胳膊像海带一样软绵绵地摊在床上；另一条胳膊压在身子底下。他的眼睛睁着，直直地望着上方，眼里还有光泽，甚至还有一丝自鸣得意的神色。嘴巴微微张着，灯光照在他上唇齿的边缘上，反射出光芒。

我一开始没在他身上找到枪伤。枪伤在头部右侧、太阳穴往后脑勺的位置，非常靠后，子弹打在这个位置几乎能让岩骨插入脑子里了。那是火药灼烧的痕迹，四周都是血污，有一大滴血从伤口处溅到他脸颊上，血变得稀薄，慢慢变成了深褐色。

"见鬼，是接触性枪伤，"我对那个女人厉声说道，"是自杀形成的伤口。"

她站在床脚边，盯着他头部上方的墙壁，似乎除了墙以外，她对其他东西都不感兴趣。

我抬起他那只软趴趴的右手，闻了闻拇指根部连接手掌的位置。我闻到了火药味，过了一会儿又觉得没闻到，然后我就不知道我到底有没有闻到了。当然了，这也没关系，因为一个石蜡实验就可以检测出他手上到底有还是没有。

我小心翼翼地把那只手放下，好像它是什么贵重的易碎品似的。接着我绕着床四周仔细查看，蹲在地板上，半个身体钻到床底下去看了看，咒骂了一声，然后站起来，翻起死者的身体，看他的身下。那里有一个反着光的黄铜色弹匣，但没有枪。

这下子看起来像谋杀了。我更喜欢这种解释。他看起来并不像是会自杀的人。

"有看到枪吗？"我问她。

"没有。"她的脸上没有表情，看上去像烙馅饼的平底锅。

"那个叫巴林的女孩在哪里？你来这里做什么？"

她咬着左手小指指尖。"我还是承认吧，"她说，"我是来杀他们两个的。"

"继续说。"我说道。

"这里没人。当然了，我打电话给他，他跟我说你不是真的警察，而且也没有什么谋杀案，你是个勒索犯，想吓唬我，从我这里骗到那个地址……"她停下来，啜泣了一声，但几乎只是吸了一下气。随后她的视线落在天花板的一角。

她在说着一个没得逞的谋杀计划，但她的语气却十分平淡。

"我就是来杀他们两个的，"她说，"我不否认这个。"

"用一把没有子弹的枪？"

"前两天还有子弹的，我检查过。一定是戴夫把子弹清空了，他一定是害怕了。"

"这还说得通，"我说，"继续。"

"于是我就来这里了。那种侮辱简直忍无可忍了——他竟然让你来跟我要她的地址，这已经超出了我的……"

"这种故事，"我说，"我明白你的感受，我在爱情杂志里看过。"

"是呀。嗯，他说他有事要去找巴林小姐，说是为了电台，不是什么私人的事，以前不是，以后也不会是……"

"我的天哪，"我说，"这个我也懂，我知道他会怎么糊弄你。不过我们这里躺着的是一个死人，尽管他是你丈夫，我们还是得先做点什么。"

"你……"她说。

"是的，"我说，"不能只讲那些荒唐事吧。你继续说吧。"

"那扇门没有关，我进来了。就这样。现在我要走了。你别想阻止我。你知道我住在哪里，你……"她又一次称呼我为"你"。

"我们得先报警。"我说着，走过去关上门，转动钥匙把门锁上，把钥匙拔出，然后走到落地玻璃门那里。那个女人一直看着我，但此时我已经听不到她叫我什么了。

落地玻璃门离床边较远，门外是和客厅共用的阳台。电话就在墙上的一个壁龛里，靠近那张床。看样子早晨醒来时打个哈欠，伸手就能打电话订一份珍珠项链，让人送过来试一试。

我坐在床的一边，拿起电话，一个沉闷的声音透过玻璃，在我耳边响起："慢着，伙计！慢着。"

虽然声音透过玻璃后显得有点沉闷，但还是能听出那是一个低沉而温和的声音。我听过这个声音。是斯卡拉的声音。

我和那盏灯站在同一条直线上，灯光就在我正后方。我从床上跳到地板上，伸手去摸后裤兜。

一声枪响，我背后的玻璃碎开了，散落一地。我不太明白怎么回事，斯卡拉没在阳台上，我刚刚已经看过了。

我翻滚了一下，然后在地板上匍匐，远离那几扇落地玻璃门。我生存的唯一机会是滚到那盏灯那里。

就在这时，马里诺夫人办了一件正事——她就在床的另一边。她抽出一只拖鞋，用拖鞋鞋跟打我。我抓住了她的脚踝，我们扭打在一块儿，她几乎把我的脑壳敲碎了。

没过多久，我甩开她。当我准备起身时，斯卡拉已经站在房间里了。他正对着我笑，手里握着那把0.45英寸的手枪。落地玻璃门以及外面锁着的纱门看上去好像有一头凶恶的大象刚刚从那里经过。

"好吧，"我说，"我投降。"

"这个小妞是谁？她铁定喜欢你，伙计。"

我站了起来。那个女人趴在某个角落里，我甚至没看她一眼。

"转过身去，伙计，让我搜一下身。"

我的枪都还没来得及松开，就被他拿走了。我没提房间钥匙的事，但他也把那把钥匙拿走了，因此他刚才一定躲在某个地方观察着这里。他没有拿走我的车钥匙，又看了看那把没有子弹的小枪，把它扔回我口袋里。

"你从哪里进来的？"我问。

"很简单。从阳台爬上来，抓住栏杆，挂在那里看你们。这对一个杂技团老演员来说是小意思。怎么样了，伙计？"

血从我的脑袋上流下，淌在我脸上。我拿出一条手帕擦了擦，没有回答他。

"见鬼了，你真搞笑，你竟然背对着尸体坐在床上打电话。"

"我确实很滑稽，"我低吼道，"悠着点，他是她丈夫。"

他看着我："她是他女人？"

我点点头，但我倒希望我当时没点头。

"真糟糕。如果我知道……但我也没办法，那个家伙自找的。"

"你……"我盯着他，刚想说话，就听见背后一个怪异而紧促的呜咽声。是那个女人发出的声音。

"还有谁，伙计？这里还有谁？我们到客厅里去吧，那里好像有瓶不赖的酒——看上去应该是烈酒。而且你的头也需要上点药什么的。"

"你还敢待在这里，简直是疯了，"我咆哮道，"警察正到处找你。从这个峡谷里逃出去的唯一途径是比奇伍德街，要不然你就翻过一座一座的山——走着出去。"

斯卡拉看着我，非常平静地说："这里还没有人打电话报警，伙计。"

我走到洗手间清洗了一下伤口，往头上贴了些胶布，斯卡拉一直看着我。随后我们走回客厅。马里诺太太蜷缩在一张长沙发上，表情茫然、一言不发地看着那个没有点燃的火炉。

她没有逃掉，因为斯卡拉一直盯着她。她表现得很顺从，一副无动于衷的样子，好像对眼前发生的一切毫不在意似的。

我从那瓶Vat 69威士忌里倒出三杯酒，递了一杯给那个深色皮肤女人。她伸手接过那杯酒，对着我微微一笑，从沙发上伸出腿，站了起来，脸上依然挂着笑容。

我放下杯子，把她抱了起来，放回沙发上。斯卡拉盯着她，她低着头，似乎失去了知觉，脸色像纸一样苍白。

斯卡拉喝了那杯酒，坐在另一张长沙发上，把那把0.45英寸手枪放在身旁。他一边喝酒一边看着那个女人，苍白的大脸上流露出一种古怪的表情。

"痛苦，"他说，"真痛苦。但无论如何，那个浑蛋骗了她，真该死。"他又倒了一杯酒，一口喝下，然后坐在她旁边的另一张沙发上，那张沙发和她躺着的那张呈直角摆放着。

"所以，你是侦探咯。"他说。

"你怎么知道？"

"那个沙梅的女人跟我说有个人去了她那里，听上去像是你。而且我刚才就在这附近，看到了你停在外面的那辆破车。我走路没什么声音。"

"好吧……那现在干吗？"我问道。

他穿着运动装待在这个屋子里，看起来更加高大了。衣服是那种浮夸小子才会穿的衣服，我在想他花了多长时间才穿好它们，因为那套衣服一点也不合身，他的身材太高大了。

他张开着双腿踩在杏色地毯上，表情忧伤地看着鞋子上那块突兀的白色皮革。那是我见过的最丑的鞋子。

"你来这里做什么？"他粗声问道。

"来找比尤拉。我想她可能需要一点帮助。我跟一个城里的警察打赌，赌我在他找到你之前找到比尤拉。但我现在还没找到她。"

"你还没见到她，哈？"

我动作缓慢、小心翼翼地摇了摇头。

他轻声说道："我也没有，伙计，我在这里守了好几个小时了。她不在家。只有卧室里那个家伙来了。沙梅酒吧那个黑人经理怎么样了？"

"这就是那些警察找你的原因。"

"哦，是啊。那个家伙死了，他们会来抓我的。好吧，我搞砸了。我想搬走这具尸体，我是为了比尤拉才这么做的。把他留在这里会吓到她的。但我觉得现在也没用了。那个黑人死了，把一切都搞砸了。"

他看着坐在他手肘旁另外那张小沙发上的女人。她的脸色依然白得发青，眼睛紧闭着，胸部一起一伏。

"如果没有她，"他说，"我想我会把这里收拾干净，并且

377

让你闭上嘴。"他碰了碰他旁边的0.45英寸手枪。"当然了，不会有痛苦的感觉，这一切都是为了比尤拉。但事实上——该死的，我不能杀一个女人。"

"太糟糕了。"我骂了一句，感觉到头疼。

他咧嘴笑了："我想我会开你那辆破车，开一小段路。把钥匙扔过来。"

我把钥匙扔过去，他捡了起来，放在那把柯尔特大手枪旁边。他稍稍向前倾身，把手伸入贴身口袋里，拿出一把握柄上镶着珍珠的手枪，大概0.25英寸的口径。他把它放在手掌上。

"是用这把枪杀死他的，"他说，"我把抢来的那辆出租车停在外面那条街，上了那个斜坡，走到屋子附近。我听到门铃响，看到那个家伙站在前门那里。我没有离他很近，所以他没看到我。没有人来开门。好吧，你猜怎么着？那个家伙竟然有钥匙，他竟然有比尤拉家里的钥匙！"

他那张巨大的脸顿时变得十分狰狞。坐在沙发上那个女人的呼吸声变得有点重，我似乎还看到她的眼皮抽搐了一下。

"管他的，"我说，"他得到那把钥匙的方式有很多啊。他是KLBL电台的领导，而她就在那里工作。他可能从她的包里拿了钥匙，偷偷印了个模子。见鬼，她不用把钥匙给他，他也能拿到。"

"那也对，伙计，"他脸上重现出笑容，"当然了，她不会把钥匙给那个……好吧，他走了进去，我快步跟上他。但他把门关上了，所以我用我自己的方式打开，之后门就没法关紧了，你应该也看到了。他就站在这个客厅中间，就在那张桌子旁边。他之前一定来过这儿，"他的脸又阴沉下去，但没那么狰狞了，"因为他把手伸入桌子抽屉里，拿出来这个。"他挥舞着他那只大手上的珍珠手柄手枪。

此时马里诺太太脸上的表情明显紧绷着。

"于是我朝他走过去。他开了一枪，没有打中。他很害怕，跑进卧室里。我跟在他后面。他又开了一枪，又没打中。你可以在墙上找到那两颗子弹。"

"我会注意这一点的。"我说。

"嗯，然后我朝他开枪了。好吧，见鬼了，这个家伙只不过是个戴着白围巾的窝囊废。如果她嫌弃我的话，也行，我希望是她亲手了结了我，而不是这个长着一张油腻腻的脸、活像一块奶酪的家伙，你明白吗？所以我觉得很恼火。但这个家伙还挺有种。"

他擦了擦下巴，我问他最后一句话是什么意思。

"我说：'我的女人住在这里，伙计，这是怎么回事？'他说：'你明天再来吧，今晚这里是我的。'"

斯卡拉张开空着的左手做了一个大动作。"之后就都是自然而然的事情了，不是吗？我撕扯他的四肢，只不过过程中那把破小手枪响了，他整个瘫软得就像……就像……"他看了一眼那个女人，没有继续说下去。"没错，他死了。"

女人的眼皮又抽搐了一下。我说："然后呢？"

"我溜走了。是个人都会这么做。但我又回来了。我必须为比尤拉着想，那具尸体就躺在她床上，会吓坏她的。于是我打算回来，把他的尸体运到荒地里去，然后躲起来一段时间。可是这个女人出现了，打乱了我的计划。"

那个女人一定已经佯装很久了。她蹭着长沙发的靠背，一点一点地挪动她的腿和脚，一点一点地挪动身体，最后抵达合适的位置。

当她开始行动时，那把珍珠手柄手枪仍旧躺在斯卡拉手上。她从沙发上迅速跃起，整个身体像杂技演员一样腾空而起，掠过他的膝盖，从他手上夺过那把枪，动作像花栗鼠剥坚果一样干脆利落。

她滚到他脚边，他站起来，咒骂着。那把柯尔特大手枪就在他边上，但他没去碰它或伸手拿它。他弯下腰，徒手抓住了那个女人。

她大笑了一声，朝他开枪。

一共开了四枪，全部打在下腹上，随后击铁啪嗒一声响了，子弹用完了。她把枪朝他脸上扔去，然后一翻身离他远了一些。

他从她身上跨过去，但没有碰到她。一开始，他那张苍白的大脸显得十分空洞，不一会儿就开始浮现出一种僵硬的痛苦表情。他脸上似乎一直存在着这种痛苦的表情。

他直直地沿着地毯朝前门走去。我跳过去拿起那把柯尔特大手枪，防止那个女人拿到它。当他走到第四步时，血开始滴在淡黄色地毯的绒毛上。之后他每走一步都会流一些血。

他走到门边，手撑在那扇木门上靠了一会儿。随后他甩了甩头，又转身往回走，按着肚子的手在门上留下了一个血印。

他走到离他最近的那张椅子上坐下，斜靠着，双手紧紧捂着肚子。血从他手上慢慢渗出，就像水从一个满了的盆子里溢出。

"这些该死的小子弹，"他说，"射中了跟那些大子弹一样要命，不过还好射在了下边。"

那个深色皮肤女人如提线木偶般朝他走过去。他低垂着沉重的眼皮，看着她走过来，眼睛连眨都没眨一下。

当她走得足够近的时候，她俯下身子，朝他脸上啐了一口。

他没有动，眼睛还是没眨。我朝她冲过去，把她扔到椅子上。我这么做实在不怎么有风度。

"别碰她，"他喃喃地对我说，"也许她爱那个人。"

这回没有人阻止我打电话报警了。

几个小时后，我到了位于第五大道和西街交叉口的卢卡餐厅。我坐在一张红凳子上，呷着一杯马提尼，思考着那些整天调鸡尾酒，却从没喝上一口的人是什么感受。

之后我又点了一杯马提尼，还加了一份午餐，差不多吃完了。那时候挺晚的，已经是一点以后了。斯卡拉在综合医院的监狱病房里。巴林小姐还没有出现，但他们觉得，一旦她知道斯卡拉被关起来而且不会对她有什么威胁了，她就会马上出现。

KLBL电台一开始不知道这件事，后来很好地平息了它。他们花上整整24个小时的时间决定如何对外发布这个故事。

中午时分的卢卡餐厅顾客盈门。过了一会儿，一个深色皮肤的意大利女郎走过来。她长着一双大眼睛和一个大鼻子，看上去不容侵犯的样子。她对我说："现在有空桌可以坐了。"

在我的想象中，斯卡拉就坐在我这张桌子的对面。他那双乌黑的眼睛不只流露出悲伤，似乎还牵挂着什么事情——一件他希望由我去完成的事情。某些瞬间他试图告诉我那是什么，某些瞬间他又只是捂着他那完好无损的腹部，一遍又一遍地说："别碰她，也许她爱那个人。"

我离开了餐厅，驱车向北，经过富兰克林大道，到达比奇伍德街，继续向前开到了希瑟街。街道没有被封锁，他们对她很信任。

我一边沿着那条街开车，一边抬头遥望。树木丛生的山坡上洒满月光，从山的这一边一眼望过去，后面那间屋子似乎有三层楼那么高。我看到了支撑在阳台下的金属支架，它们看上去离地面很高，正常人得搭个热气球才能够得着。但那里就是他爬上去的地方。他总是挑艰难的路走。

他本来可以一走了之，去拼命挣钱，甚至买栋房子安居乐业。那么多人在做一些不法勾当谋生，他们也不至于陷害他。然而他却回来了，还像罗密欧一样爬上了她的阳台，结果却得来了满腔子弹，而且还是跟以前一样，不是从一个对的女人那里得来的。

我绕过那条月光一般的银白色弯道，把车停好，走上山坡上的那段路。我拿着一个手电筒，但即使不用手电筒我也能看到门阶上没有人在那里等着牛奶送过来。我没有从前门进去，山上或许会有拿着夜视望远镜窥探的人。

我偷偷从屋子和空车库之间的斜坡后面走上去，找到一个我够得着的窗户，用包在帽子里的枪敲碎它，几乎没有发出声响。除了蛐蛐和树蛙的叫声歇了一会儿之外，周围没有任何动静。

我拉下卧室外面的遮帘，溜进了卧室里，拉上窗帘，然后才谨慎地拿出手电筒。手电筒的光照到了乱糟糟的床、到处涂抹的印粉、窗台上的烟头以及地毯上鞋后跟的痕迹。梳妆台上放着一瓶银绿色的化妆水，壁橱里有三个手提箱，里面还有一个内置式柜子，柜子上了锁，看上去很隐秘的样子。除了手电筒我还随身带着一个淬火钢起子。于是我撬开了那把锁。

里面的珠宝价值不超过一千块，也许还不到一半，但这对于一个混演艺圈的女孩儿来说却很重要。我把它放回原来的位置。

客厅里的窗户紧闭着，里面有一股奇怪的刺鼻气味。为了方便指纹鉴定人员取证，那些警察已经小心翼翼地关照过那瓶Vat 69威士忌，关照得一滴也不剩了。我只好喝我自己的酒。我拿了一把没有沾到血迹的椅子，放在角落里坐下，喝了一口酒，在一片漆黑中等待着。

一块遮帘拍打着墙角或者什么地方，这让我又喝了一口酒。六个街区开外的某栋房子里跑出来一个人，大叫了一声。一扇门砰的一声关上了。又是一片寂静。树蛙又开始叫了，跟着蛐蛐也重新唱了起来。随后收音机上的电子时钟发出来的声音变得越来越响了，盖过了其他一切声音。

之后我睡着了。

当我醒过来的时候，月亮已经从前窗那里移走了。一辆车在某个地方停了下来。一阵既轻盈曼妙又显得小心翼翼的脚步声在这片寂静的夜里传来，走到了前门。一把钥匙摸索着插入钥匙孔。

门开了，昏暗的夜色里出现了一个脑袋的轮廓，没有戴帽子。山上的斜坡太暗了，没有显示出更多的轮廓。门咔嗒一声又关上了。

地毯上发出沙沙的脚步声。我扯了一下手里捏着的那根灯线，屋子里的灯亮了。

那个女孩儿没有发出任何声音，一点声音也没有。她只是手里拿着一把枪指着我。

我说："你好，比尤拉。"

她确实值得等待。

她不高也不矮，长着一双既可以姗姗款步又可以翩翩起舞的长腿。即使在屋里灯光的照射下，她的头发依然红得耀眼，如同夜幕中灌木丛里燃起的火焰。她的脸上有笑纹，嘴巴有时常微笑的痕迹。

这些面部特征都是背着光看到的，这样的光线角度能让一张脸看起来更加柔和细腻，因而更加美丽动人。我看不到她的眼睛。她的眼睛也许会蓝得令人沉醉，但我却看不到。

那把枪看上去大概0.32英寸，但却有着毛瑟手枪的那种直角握柄。

过了一会儿，她轻声说："我猜，是警察吧？"

她的声音也十分柔和。至今我还会时不时想起。

我说："我们坐下来谈一谈吧。这里只有我们两个。想喝点酒吗？"

她没有回答，低头看她手中的那把枪，微微一笑，摇了摇头。

"你不会连续犯两个错误，"我说，"你是个聪明女孩儿。"

她把枪塞进那件有着军装领的阿尔斯特长大衣的侧边口袋里。

"你是谁？"

"只是帮别人做事，就是你们所谓的私家侦探。我叫卡尔马迪。想喝一杯吗？"

我拿出我的酒瓶。那瓶酒并没有长在我手上，所以我还是得拿着它。

"我不喝酒。谁雇你的？"

"KLBL电台，保护你不受斯卡拉的伤害。"

"所以他们知道了，"她说，"他们知道他了。"

我明白她的意思，没有说话。

"谁来过这里？"她突然警惕地问道。她还是站在客厅的中央，双手插在上衣口袋里，头上没有戴帽子。

"除了水管工，所有人都来过了，"我说，"他还是像往常一样迟到。"

"很滥俗的笑话，"她的鼻子似乎往上翘了一点，"你是其中一个闯进来的人。"

"不，"我说，"不全是。那只是我必须找到某个人的时候所采取的一种找人方式。斯卡拉后来又回来了，而且碰上了麻烦。他受了枪伤，还被警察抓了起来。现在在医院里，情况很糟糕。"

她没有动。"有多糟糕？"

"如果他做手术的话，也许能活下来。做了手术不一定能活命，但不做手术就死定了。他的肠道中了三枪，肝脏中了一枪。"

她终于动了动身子，走过去准备坐下。"不要坐那把椅子，"我立即说道，"到这边来。"

她走过来，坐在我旁边的那张长沙发上。她的眼里闪着光。现在我能看清楚她那双眸子了，她眼里闪烁的光芒就像旋转式烟火一样明亮。

她说："他为什么回来？"

"他觉得他应该把这里清理干净，把尸体搬走之类的。斯卡拉真是个贴心的家伙。"

"你真的这么觉得吗？"

"小姐，即使这世上没有一个人这么觉得，我还是会坚持我的看法。"

"我想喝那个酒。"她说。

我把酒瓶递给她。她急匆匆地夺过瓶子。"天哪，"我说，"你应该训练一下怎么拿这个东西。"

她望向我后面那扇通往卧室的侧门。

"去停尸房看看，"我说，"你可以进去看看。"

她立即站了起来，走出客厅，立马又回来了。

"他们会怎么处置史蒂夫？"她问道，"如果他康复了。"

"今天早上他在中央大道那里杀了一个黑人，不过或多或少有自卫的成分。我不太清楚。如果没有马里诺这件事，他可能运气没那么差。"

"马里诺？"她说。

"没错。你知道的，他杀了马里诺。"

"别傻了，"她说，"戴夫·马里诺是我杀的。"

"好吧，"我说，"但这不是史蒂夫想要的结果。"

她盯着我。"你是说，史蒂夫故意跑回来，就是为了帮我顶罪？"

"我觉得是这样，如果他不得不这么做的话。我估计他确实是想回来把马里诺的尸体搬到荒地里丢掉，只不过那时候刚好有个女人出现了——马里诺太太。"

"哦，"女孩儿语调呆板地说道，"她觉得我是他的情妇，那个油嘴滑舌的笨蛋。"

"你是吗？"我问道。

"别再问我这种问题了，"她说，"虽然我确实在中央大道那里工作过。"她再一次走出客厅。

行李箱被拉出来的声音传到了客厅里。我也走进那间卧室。她正在打包几件薄纱衣物，而且叠得很认真，似乎很享受把好看的东西叠得整整齐齐的过程。

"你坐牢的时候不用穿这种衣服。"我倚在门上对她说。

她没有搭理我。"我打算逃到墨西哥去，"她说，"然后再逃到南美洲。我不是故意杀死他的。他对我动粗，而且想拿什么东西要挟我，我拿起那把枪，我们之间起了冲突，我不小心开了枪。之后我就跑了。"

"斯卡拉把这些事都说成是他做的，"我说，"见鬼了，难道你不是——故意开枪的吗？"

"当然不是，你会这么想当然，"她说，"警察也会这么想当然，所以我才不会那么做；我偷过一个喝醉的人的东西，在得克萨斯州达尔哈特市坐了8个月的牢，我不想再坐牢；而且马里诺的女人整天到处宣扬，说我勾引他，后来又厌烦了他，这种情况下我不可能故意杀他惹祸上身。"

"她会说出很多东西，"我喃喃自语道，"如果我跟她说那个女人朝斯卡拉开了四枪之后，还往他脸上吐口水。"

385

她浑身颤抖着，脸色发白。她开始把东西从行李箱里拿出来，但随后又放了回去。

"你真的趁别人喝醉的时候偷东西？"

她抬头看着我，又低下头去。"是。"她低声说道。

我走近她。"有什么瘀伤或者被撕破的衣服吗？"我问道。

"没有。"

"太糟糕了。"我说着伸手抓住她。

一开始她的眼里还闪着光，随后便暗淡了下来，如同黑色的石子。我扯掉她的外套，在她的衣服上撕开很多道口子，使劲掐住她的胳膊和脖子，用指关节用力抵着她的嘴，然后喘着气放开了她。她摇摇晃晃地从我身边走开，但没有跌倒。

"我们得等那些瘀痕出现而且变深，"我说，"之后我们会到市区里去。"

她开始大笑，走到镜子前面，看着自己，又开始哭了起来。

"滚出去！我要换衣服！"她大喊道，"我会去自首，但如果史蒂夫的刑罚因此而出现什么变动的话——我就会说出那个更恰当的事实！"

"啊，闭上嘴！换衣服去。"我说。

我走出去，砰的一声关上门。

我甚至没有亲她。我本来至少可以亲她一下的。在我那么粗暴地对待她之后，她不会介意我再亲她一下。

那天晚上余下的时间里，我们都在路上开着车。一开始我们一人开了一辆，把她的车开到我车库里藏起来之后，我们开着我那一辆。我们沿着海岸线向北开着，随后在马里布喝了咖啡，吃了些三明治，之后又继续往北开。在位于圣费尔南多北面的山脊公路尽头，我们吃了一顿早餐。

她的脸看起来像一个经历了整个艰苦赛季之后的棒球手套。下嘴唇肿得像香蕉一样大，手臂和脖子上的瘀伤变得红通通的，看上去甚至可以在上面烤牛排了。

在清晨第一束阳光的照射下，我们走进了市政大厅。

他们甚至没想过要抓她或者调查她。口供几乎是他们自己写的。她眼神空洞、神情恍惚地签了字。之后KLBL电台的一个人和他妻子过来接走她。

因此不用我送她去酒店。她也没去见斯卡拉，至少当时没去。他还在麻醉状态中。

当天下午两点半，他死了。死的时候，她紧握着他粗壮而无力的手指，但他永远都不会知道她来过了。

（本文译者　方丹娜、贺世珍、程倩）

翡翠玉石

第一章　三百克拉翡翠

维拉·马基给我打电话的时候，我正在办公室门后抽着烟斗，朝着门上有我名字的玻璃窗做鬼脸。这个星期我什么生意都没接到。

维拉是警局的凶杀案探员，他问我说："侦探生意怎么样啊？去海边赌一把如何？做贴身保镖什么的。"

我回答道："普通案子要一美元，谋杀案得收三美元五美分。"

"我敢打赌你活儿做得干净利落。约翰，给你资料。"

他给我一个名叫林德利·保罗的住址和电话号码，他住在卡斯特拉马雷。警方还了解到他是个名流，有辆大型豪车，和一名日籍仆人住在一起。他到处跑就是不用工作。除了这些他很会享受的信息之外，警方对他一无所知。

卡斯特拉马雷位于市区，但看着并不像。那里有二三十套各式别墅悬在山的另一边，好像一个喷嚏就能把它们吹到海滩上的餐篮里。路边人行道旁有家咖啡厅，旁边水泥拱形物实际上是一个人行天桥，天桥内侧有一段白色混凝土制的阶梯笔直地指向山边。

林德利·保罗先生之前在电话中告诉我，如果我想走着过去的话，记住昆尼那尔大道就在第三大街上是最简单的方法。由于这街道的设计既有趣又错综复杂，不了解的话在里面兜来兜去几小时出不来也是有可能的。

所以我停好我的蓝色老克莱斯勒后开始步行。那是一个美好的夜晚，一开始水上还泛着盈盈波光，不过当我到达山顶后这一切都消失了。我坐在最后一级台阶上一边按摩腿部肌肉，一边等待脉搏平复。之后我抖了抖黏在后背上的衬衫，朝眼前最显眼的那间房子走去。

那是一所很不错的房子，但看起来并不是很值钱。通往门口的铁梯像是被盐水浸渍了一样没有光泽，地下车库里停着一节黑色的汽车头，还有一艘巨大的流线型轮船被一张足以罩住三辆汽车的罩子盖着，轮船水箱盖上绑着一条土狼尾巴。这些看起来比房子本身还值钱。

在楼梯口给我开门的男人穿着一件白色法兰绒西服，衣服里面松散地系着一条紫罗兰色绸缎领巾。他棕色的脖子很柔嫩，像一个稍显强壮的女人的脖子。眼睛是海蓝宝石的暗青绿色，身材微胖但长相英俊。光滑的褐色前额散落着三缕浓密的金发，身高比我高出一英寸，也就是六尺一英寸。总之是一个看起来会用紫色绸缎领巾搭配白色法兰绒西装的男人。

他清了清嗓子，看着我的左肩问道："请问你是哪位？"

"我就是你要找的人，维拉·马基推荐我来的。"

他犹豫了一下，再次清了下嗓子，蓝眼睛从我右肩飘向身后几英里的地方，说："维拉？天哪，真是个奇怪的别名。请问怎么称呼？"

"就是下午和你通话的那个达玛斯。"

"好的，达玛斯先生，请进吧。我的男仆今晚不在，我想你一定会见谅的，所以——"他对着那扇关着的门轻蔑地笑了笑，好像连开门关门都会弄脏他一样。

进门后就是阳台，环绕了大客厅的三面，仅仅比客厅地面高出了三级台阶。我们走下台阶，林德利·保罗用眼神示意我坐到一把粉红椅子上。我坐下时祈祷自己不会留下任何印记。

在这种房间人们可以盘腿坐在地板上的坐垫上，边喝着加糖的苦艾酒边交谈。阳台上摆满了书架，还有各式黏土制的棱角分明的雕像安置在底座上。旁边还有舒适的沙发床，几个丝绣枕头随意地倚靠着灯具的基座，以及诸如此类的东西。室内还有一架红木三角钢琴，上面摆着一个非常高的花瓶，里面仅插着一枝黄玫瑰。钢琴下铺着桃色的中国地毯，如果地鼠打盹时不把鼻子露出来就能在毯子里面躲上一个星期。

林德利·保罗倚在钢琴边独自点了支烟。他仰头将烟圈吹向高高的天花板，这个动作使他的喉咙看起来更加阴柔。

"只是小事一件，真不值得来麻烦你，但我确实也需要一个随行人员。"他慵懒地说，"你必须保证不开枪或做任何类似的举动。我猜你肯定带着枪吧。"

"哦，是的。"我看着他下巴上的酒窝回答道，他的酒窝大得能塞下一颗石子弹。

"但我不希望你用到它或者其他武器。我只是带着现金去见几个人，买些东西。"

"带多少钱？买什么？"我边问边用自己的火柴点我的烟。

"嗯，说实话——"他笑起来很好看，但我却想打他一拳，而且可以对此毫无愧疚，因为我真心不喜欢这家伙。

"这件事是我替朋友办的，相当机密，我不想详谈。"

"那你只是想让我过去给你拿帽子？"我讽刺道。

他的手忽地抖了一下，烟灰落到了他白色西装的袖口上，这让他非常生气。他皱了皱眉，对我说："我希望你能胜任这工作。"他用的是皇帝厌倦后宫嫔妃后要对其用绞刑时的口吻。

"我只是想保全咱们的性命。"我回答。

他盯了我一会儿，说道："我他妈的对你好言好语你不听。"

"这还差不多，你必须强硬一点，不过我喜欢你这种气势。现在我们来谈正事吧。"

他看起来还是有点恼火，"我要的是一个保镖，"他冷冷地说，"就算我雇用一个私人秘书，我也不会告诉他所有私事。"

"如果私人秘书常年为你工作的话，他肯定会知道得一清二楚。不过我是临时工，你得告诉我事情的大概，是勒索吗？"

他沉默了很长时间后才接着说："不是勒索，是关于一条价值至少七万五千美元的翡翠项链。你听说过翡翠玉石吗？"

"没有。"

"来点白兰地吧，边喝我边告诉你。嗯！来点白兰地。"

他从钢琴那儿走开，像舞者一样保持腰部以上不动。我熄灭烟头，又吸了口气。空气里好像弥漫着檀香。林德利·保罗回来时手上拿着一个精美的酒瓶和两只玻璃杯。他往两个杯子里都倒了一汤匙量的酒并递了一杯给我。

我把酒杯原封不动地放下，等着他把酒喝完后好开始谈话。过了一会儿他开口了。

他用一种愉悦的语气说道："翡翠是唯一一种真正有价值的玉石。其他玉石的价值主要在于其加工工艺，而翡翠的价值则在于自身。由于所有已知的翡翠早在几百年前就被开采光了，加之现在没有发现未开采的矿床，所以翡翠非常稀有。我一个朋友有条这样的翡翠项链。上面镶嵌着五十一颗满清官吏佩戴的朝珠，每颗珠子大约有六克拉，真是完美的搭配。但不久前项链被劫走了，它是唯一一件被劫走的东西。之前有人提醒过我们。我之所以冒险做这场交易是因为案件发生时我碰巧和这位女士在一起。我们没有通知警方和任何保险公司，只能等待电话。几天后电话来了，他们要价一万美元，交易时间是今晚十一点整。地点我还不知道，但应该是在帕里塞茨，离这儿不远。"

我看着自己的空玻璃杯并摇了摇，接着他又给我倒了些白兰地。我喝了一口，又点了一支烟。这次点的是他给的烟，精致的弗吉尼亚牌直切香烟，卷烟纸上印着他姓名的首字母。

"这是一起精心策划的珠宝敲诈案，否则他们不会知道在何时何地犯案。人们通常不会戴着昂贵的珠宝招摇过市。而有谁真的这样做的话，多半戴的是赝品。翡翠很难仿造吗？"

林德利·保罗回答道："从原料上来说不是。但从工艺上来讲，仿造翡翠需要花费一生的时间。"

"所以翡翠不能被切开，也就是说他们不能用一小块翡翠来搪塞你。这也意味着赎金是这帮盗贼的唯一报酬。我认为他们会有所行动。保罗先生，你很晚才想到请保镖，你觉得他们会让你带保镖吗？"

"我不知道，"他很不耐烦地说，"我可不是英雄，黑暗中想要有人做伴。如果这事出了差错，那就是出事了。我想过一个人去。但又想到为什么不在车后藏个人呢？以防万一不是吗？"

"以防他们拿走你的钱却只给你一个假包裹吗？我怎么能阻止这个？如果我站出来开枪然后发现那是一个假包裹，那你永远也见不到你的翡翠了。和你接头的人不会知道幕后黑手是谁。但如果我不站出来，那么他们在你验收包裹之前就会消失。他们甚至可能什么都没留给你，也可能要求检验钱上有无标记之后再把东西邮寄给你。赎金做过标记了吗？"

"上帝啊，不是吧？"

"一定要做标记！"我低声吼道，"给赎金做标记只需几天时间。标记成只有通过显微镜和黑光核对印鉴法才能查证的那种。但是这需要用设备，也就是说需要警方介入。好吧，我也会尽力帮忙的。我只收你五十美元。以防我们再也回不来，你最好现在就把钱给我。我喜欢身上有钱的感觉。"

他宽阔、英俊的脸庞变得容光焕发，突然说道："喝点白兰地吧。"

他这次着实倒了不少白兰地在杯子里。

我们坐着等待电话铃响。我拿到了我的五十美元。

其间电话响了四次，听他的语气像是在跟女人说话。直到十点四十分我们等的电话终于来了。

第二章　失去客户

与其说我在开车不如说我只是握着这辆大黑车的方向盘，让它自己奔驰。我戴着林德利·保罗的帽子，穿着他的浅色外套，其中一个口袋里装着百元大钞，总共有一万美元。保罗坐在后面，手握一把银色的鲁格尔手枪。我祈祷他知道怎么用这枪。我一点儿也不喜欢这份工作。

见面的地点是普里西马峡谷顶部的一个山洞中，离这里大约十五分钟的车程。保罗说他很熟悉那个地方，不会带错路。

山路蜿蜒曲折，转得我头晕。突然之间我们就拐上了州道，对面的车辆闪着车灯，形成一道白光。路上也不乏长途货车。

我们转向内陆，路过日落大道上的一个加油站。站里很冷清，不一会儿就闻到一股不是很浓烈的海藻味，但从黑色斜坡上飘来的鼠尾草味就浓多了。远处山顶上有光线从暗黄的窗户投射过来，那里的房产是地产经纪人所梦寐以求的。偶尔会有车辆呼啸而过，车灯一闪一闪的。一缕缕冷雾追逐着天空中的一轮半月。

"前面就是贝艾尔市的沙滩俱乐部了，"保罗说，"接下来是跳蚤峡谷，然后就是普里西马峡谷了。我们再上一个坡后就转弯。"他的声音严肃低沉，并不是我之前在派克大街时熟知的声调。

"把头低下来，"我转头望向他，"我们可能一路上都会被盯着，这辆车就像艾奥瓦州野餐篮里的蚝仔一样显眼。"

车在我身前呜呜地颤动，直到下个坡顶，保罗在我耳边喊道："就在这儿转弯。"我把车开到一条杂草丛生的宽敞大道上，这条路并不是交通干道。未建成的黑色路灯灯杆从破旧的人行道旁探出，矮树丛从后面荒地倾斜向混凝土上。树丛后面可以听到蟋蟀和树蛙的唧唧叫声。而车内一片沉寂。

离我们一个街区远的地方有间房屋。里面的住户像是和自家的牲畜一同作息，屋内一片漆黑。混凝土在道路尽头突然中断，我们的车滑过一道土坡到平地上。又越过了一道土坡，就看见一个漆白的路障横在土路上，路障看起来像四轮织布机。

后面有瑟瑟声传来，保罗倾身向前低声叹息道："就是这里了。下车把路障挪开，再开进山谷。因为我们开车来的，这路障就是为了防止我们及时撤离。而他们想留充足的时间逃跑。"

"别说话，把头低下来，没听见我喊之前不要动。"我喊道。

我把本就没噪声的汽车熄了火，只是坐着仔细地听。蟋蟀和树蛙叫得更响了，除此之外什么声音都没有。附近也没有人，要不然蟋蟀不会叫得那么大声。我摸了摸腋下枪的把手，打开车门站定在结实的地面上。周围都是草丛，我能闻到鼠尾草的气味。这里藏一支军队都绰绰有余。我起身走向路障。

也许他们设路障只是为了验证保罗是否守规矩。

我伸出双手，因为必须用两只手才能把白色路障的一边抬起来。而路障并不是用来验证保罗的，因为有闪光灯从十五尺之外的草丛中直直地打在我脸上，这绝对是世界上最亮的闪光灯。

一个尖锐的黑人声音从一片漆黑的灯后飘来："我们两个都有枪，快把手举起来。我可不是开玩笑的。"

我不发一语，只是试图把路障一点点地挪开。保罗和他的车都没什么动静。不一会儿四轮路障的重量让我不堪重负，不得不放下路障。我松开路障，慢慢把手举起来。就像被拍在墙上的苍蝇一样，我被灯光照得动弹不得。我现在只想知道是否能有更好的解决办法。

"好了，"又是那个尖锐的声音，"就这样别动，等我过去。"

这个声音在我脑海里回荡，并没什么特殊意义，因为记忆中这样的场景重复过太多次。我只好奇保罗在做什么。这时灯光后闪出一个瘦高的身影，瞬间又消失不见，只剩模糊的一团沙沙地窜到一边。接着我身后有窸窣声响起，我高举双手，眯着眼睛看向刺目的灯光。

先是有手指轻触我后背，接着是枪口。那个声音又在说："这也许会有点疼。"

随着一阵笑声和瑟瑟声，一道刺眼的白光从我头顶穿过。我趴在路障上，抓着它叫喊，右手试图向左臂下伸去。

瑟瑟声没再响起，那道白光越来越亮，直到周遭只剩刺眼的光线。四周又回到一片漆黑，只有一团红色的物体在蠕动，像极了显微镜下的细菌。接着那团红色物体消失不见，只留下空洞的黑暗。我渐渐失去知觉。

醒来时眼前的星星都是模糊一片，我隐约听到有两个人在谈论着什么。

"卢里德。"

"什么？"

"卢里德。"

"谁啊？"

"一个野蛮的枪手，你上次在馆中见过他受刑。"

"噢，卢里德啊。"

我翻过身，手撑着地面，单膝跪地并呻吟着。周围其实一个人也没有，我提醒自己要保持头脑清醒。立稳后，我摊平双手，附耳倾听，却什么也听不到。移动时干芒刺扎进手掌。紫色鼠尾草流出黏液，野蜂最爱来这儿采蜜。

蜂蜜很甜，甜得我的胃都承受不住，于是倾身向前吐了出来。

时间一分一秒过去了，我终于感觉好些了。但除了自己耳内的蜂鸣声我还是什么也听不见。我小心翼翼地站起来，就像试图爬出浴缸的老头儿。脚没什么知觉，腿也像橡胶一样软。我擦掉额前的恶心东西，那东西又凉又甜，是烂桃子般的软泥状物。一碰它我就浑身发痛。小学时第一次挨揍的疼痛，以及之后感受过的各种痛感都一并袭来。

我的眼前恢复清明。这片荒地呈浅碗形，周围长了一圈杂草，像矮墙一样。土路在渐暗的月光下变得模糊不清，延伸到另一边。那里停着一辆车。

车离我很近，最多二十尺远，只是我之前没往那儿看。那是保罗的车，车灯熄着。我跌跌撞撞地往那儿走去，下意识地去掏身上的枪。毫无疑问，枪已经不在了。那个唠叨的家伙肯定会把枪拿走的。还好我还有个小手电，我按亮手电，打开后备厢往里面照。

里面没留下一丝痕迹，没有血迹，没有破损的座套，也没有玻璃碎片和尸体。车上并没有打斗的痕迹，只是空空如也。车钥匙挂在华丽的仪表盘上，车是被开到这里遗弃的。我用小电筒照着地面寻找保罗。如果车在这儿的话，他肯定也在附近。

在这片死寂中有辆汽车在荒地边缘轰隆作响。我关掉电筒，那辆车的车灯斜照向杂草丛。我迅速卧倒爬到林德利·保罗的汽车车厢后。

车灯照过来，越来越亮。汽车从土路坡上开下来，驶向荒地中央。我听出那是一辆小汽车在发出沉闷声响。

车在半路上停下来，风挡玻璃旁的照明灯被打开，又被转向另一边。照明灯照向低处，固定在某个我看不到的点上。接着照明灯又被熄灭，车也缓慢地开下山坡。

到了坡底那辆车转了点方向，车灯掠过我们的黑车。我咬紧上唇，直到尝到血腥味才松口。

那辆车又转了点方向后突然关了车灯，熄了火。夜晚又一次陷入了无边的死寂之中。四周什么也没有，没有任何动静。蟋蟀和树蛙一直在嗡嗡作响，只是我之前没注意到而已。伴随着亮光车门被打开了。地上传来急速的脚步声，一束光线像剑一样越过我的头顶。

我听到了女孩子的笑声，像曼陀林琴弦般紧绷的笑声。光束越过这辆巨大的黑车，直接照到我的脚上。

女孩的声音有点刺耳："好了。你出来，把手举在头顶。手上最好什么也别拿！我不会对你怎么样。"

我一动也不动。

她又接着说："听着，先生，我可以给你脚上三枪，胃上七枪。我还有三个弹夹，而且换弹速度也很快。你到底出不出来？"

"把你的玩具枪收起来吧！"我吼道，"还是要等我把它夺过来。"我用的并不是平常的声音，而是嘶哑的吼声。

"哟，原来是个硬汉啊。"她的声音有一丝颤抖，随即又恢复了强硬，"你到底出不出来？我数三声。我来给你算算胜率吧。旋转弹膛能给你做十二次缓冲，或者说是十六次？但你的脚会受伤，踝骨一旦伤到就得养好些年才能痊愈，有些情况更是——"

我站起来，望向光源。"我害怕的时候也会说很多废话。"

"别，别再动了！你是谁？"

"一个游手好闲的私家侦探。谁会在意呢？"

我绕过汽车朝她走去。她并没有开枪，我在距离她六尺远的地方停下。

就在我停下脚步后她喝道："站那儿别动！"

"好，我不动。你刚才用挡风玻璃旁的照明灯在照什么？"

"那儿有个人。"

"伤得很重？"

"估计死了，你自己也半死不活了。"她说得简短。

400

"我被棒子打了，"我说，这总是让我起黑眼圈。

"真幽默，"她说，"就跟太平间里的伙计一样。"

"我们得过去瞧瞧。"我严声道，"如果你没安全感的话，可以拿着玩具枪站我身后。"

"我安全得不得了。"她生气道，接着站到一旁。

我绕过她开的那辆车。小车很普通，好看又整洁，在月光下闪闪发亮。我听见她走到我身后，但我没工夫管她。在斜坡的半腰处我看见了那个人的脚。

我将手电筒对着他，她也一起照着。接着看到了他整个人。他脏兮兮地倒在灌木丛旁，面朝上。这种姿势通常只说明一件事。

女孩儿没说话，离我远了一些，喘着粗气。和老练的杀手一样把手电筒稳稳地拿在手里。

那人的一只手僵硬地摊开着，手指弯曲，另一只手埋在身下。他像是被扔下滚到这里的，外套皱皱的。浓密的金发粘着血，在月光下发光。脸上的血迹更多，还掺着灰色黏稠物。他的帽子也不见了。这事应该就发生在我快挨枪子的时候，直到那时我才想起口袋里的钱。这个念头一闪而过，吓了我一跳。我把手伸进口袋里，看起来像在摸枪。

口袋里什么都没有。我把手掏出来，望着她。

她叹口气说："先生，如果我不是看你像——"

我说："我身上有一万块钱，我帮他拿着，是赎金。我刚才只是想查看下这笔钱而已。你是我所见到的女人中最勇气可嘉的。我并没杀他。"

"我不认为你杀了他，但有人恨他恨到要像这样敲碎他的头。"

"我们认识的时间还没长到足以结仇，"我告诉她，"再把手电筒照低。"

我跪下去翻看他的口袋，尽量不晃动他。口袋里有银币和钞票。钥匙在装工具的皮制盒里。和平常一样，钱包的夹层里装着驾照，驾照里面是保险单，但是没有钱。我不知道他们为什么没检查他的裤兜，也许是被灯光吓到了。要不然会把他的上衣剥掉。我又拿了些东西对着灯光：两张质量上乘的手帕，雪一般白嫩；半打时下流行的游戏带；一个银色的烟盒，和砝码一样重，里面都是进口单；还有个龟壳造型的银色烟盒，丝绸镶边，边上各镶有一条蜿蜒的龙。我打开盒盖，橡皮圈里面有三根长烟卷。烟是俄国产的，带有空烟嘴。我拿起一根，烟摸起来又旧又干。

"也许是给女士抽的，"我说，"他抽其他的牌子。"

"或许是大麻，"女孩在我身后说道，呼吸拂到我脖子上，"我见过有个女人抽这种烟。我能看看吗？"

我把烟盒递给她，给她照着手电筒直到我命令她放下烟盒。其他也没什么要检查的了。她把盒子关上递给我，我把它塞进胸口的口袋中。

"揍他的人没时间清理现场。好了，谢谢你。"

我满不在意地站起来，转身夺过她手里的枪。

"该死的，你用不着这么野蛮。"她大声说。

"说！你是谁？为什么大半夜的开车来这里？"我问道。

她假装被我弄伤了手，拿手电筒照着仔细检查。

她抱怨道："我对你一直很客气，不是吗？我只是好奇又害怕，况且也没盘问过你啊。"

"你很好，但目前的情况容不得我有半点马虎。把手电筒关了，这里不需要灯光。你到底是谁？"

她关了手电筒。黑暗中草丛和尸体的轮廓逐渐显现出来。东南边天际的亮光就是圣塔莫尼卡市。

"我叫卡萝尔·普瑞德，住在圣塔莫尼卡市。"她说，"我在给报社写专题故事。晚上睡不着的时候就开车到处逛。我对这附近了如指掌。我在山谷那边看到你的车灯在闪。我觉得年轻的情侣们是不会那么没情调地亮着车灯。"

"我不知道，我没开过车灯。"我说，"你说你这枪有多余的弹夹。你有持枪许可证吗？"

我掂了掂这枪，黑暗中摸起来像是柯尔特式点25自动手枪。在小型手枪中，这款枪的平衡性算是不错的。有不少人在这款枪下丧命。

"我当然有许可证，但说有弹夹是吓唬你的。"

"你什么都不怕吗？我该叫你普瑞德小姐还是普瑞德夫人？"

"不用叫夫人。这附近治安挺好，有的居民甚至都不锁门。我猜坏人们碰巧知道这里多么冷清。"

我把枪口转过来，交给她。"给你，我可不敢自作聪明。你能发个善心把我带到卡斯特拉马雷吗？我想到那里开车去找警察。"

"不该留个人看着他吗？"

我看了看腕表，说："现在十二点四十五分了，就让蟋蟀和星星在这儿陪他吧。我们走！"

她把枪塞到包里，我们走下山坡钻进她的车里。她驾车往山坡开去，其间并没开车灯。那辆大黑车纪念碑般矗立在我们身后。

我在坡顶下车，把白色路障重新拖到路中间。这样保罗今晚就安全了，估计接下来的几天都没事。

直到我们看见第一栋房子时，女孩儿才开口说话。她打开车灯，小声地说："先生，不管你叫什么，你脸上有血迹，现在急需喝一杯。不如先去我家，再给西洛杉矶警局打电话。这附近除了消防站什么都没有。"

"我叫约翰·达玛斯，脸上有血迹没什么不好。你不会想搅入这个烂摊子的，我也不会把你牵扯进来。"

她说："我是孤儿，又独居，这事一点关系也没有。"

"把车开到海边就行，之后的事我负责。"我说。

但到卡斯特拉马雷之前我们被迫停了一次车。汽车的颠簸迫使我冲进草丛，因为我又想吐了。

我们来到我停放汽车的地方。我对她道了晚安后坐在自己的克莱斯勒车里，一直到她的车尾灯光消失在视线里。

人行道边的咖啡馆还在营业中。我完全可以进去喝一杯再打电话。但貌似我半小时后所做的才是明智之举。那就是，清醒地走进西洛杉矶警局，脸上还沾有血迹。

警察也是普通人。他们的威士忌和酒吧里的一样好喝。

第三章　卢里德

　　我并没把事情说清楚，威士忌也很难喝。瑞维斯是市凶杀重案组的，他边盯着地面边听我口述，两个便衣警察像保镖一样跟着他。巡逻车早在这之前就已经到案发地点勘查现场和尸体了。

　　瑞维斯是个安静的男人，大约五十岁。他穿着整洁，脸瘦长，灰色的皮肤很光滑。他的裤缝熨得像刀刃般笔挺，将裤子小心翼翼地拎起一点后他才入座。他的衬衫和领带就像十分钟之前才新换上的，帽子也像是在来的路上买的。

　　我们一直待在西洛杉矶警局队长办公室里，警局在肖代拉附近，圣塔莫尼卡大道旁。办公室里总共就四个人。而牢房里关着醉汉，他们等着被送到市里关醉汉的地方去赶早晨的开庭。我们谈话时一直能听到他们操着粗鲁的澳大利亚口音打电话。

　　"我今晚给他当保镖，最后却变成这个样子。"我最后说道。

　　"我才不管这些，谁都可能碰上这事儿。"瑞维斯说，"在我看来他们把你当作林德利·保罗了。他们不想费口舌，为了省时间，所以直接把你敲晕。估计他们根本没有把东西带来，不想这么轻易成交。当他们发现你不是保罗时十分愤怒，然后把怒火都发泄到他身上。"

"保罗有一支性能很好的鲁格尔手枪。可是当两把猎枪对着你时，你就只能投降了。"我说道。

"关于这位黑人兄弟，我只在黑暗中听过他的声音，其他信息并不确定。"瑞维斯说着拿起桌子上的电话。

"好的，卢里德很可疑。我们会查出他那段时间在做什么。"

他把电话从支架上拿下来，对那头的接线员说："乔，接到总部。我是西洛杉矶警局负责持枪劫杀案件的瑞维斯。我想要卢里德的资料，他是黑人也可能是黑人混血。二十二岁到二十四岁之间，浅棕色头发，长相端正，身材矮小，就算一百三吧。他是独眼龙，具体哪只眼有问题不太清楚。他犯过事，但是不严重，进出过警局很多次。七十七处的同事知道他，我想知道他今晚的行踪。给他们一个小时，不行的话就在广播上通缉他。"

他挂上电话，看着我，说："我们这儿的警员是芝加哥以西最优秀的。只要卢里德在市里，他们就能不费吹灰之力把他找到。走吧？"

我们下楼钻进一辆巡警车，车子途经圣塔莫尼卡市往回开往帕里塞茨。

数小时后，在寒冷朦胧的早晨我回到家中。到家后我就着威士忌狂吞阿司匹林片，把后脑沉浸在滚烫的热水中。就在这时刺耳的铃声响起，是瑞维斯打来的。

"找到卢里德了，在帕萨迪纳市找到的，还抓到一个叫弗恩特的墨西哥人。他们在阿罗约锡科大道被捕，被捕时已经受了重伤。"

"继续，我想知道精彩的部分。"手中的听筒都快被我捏碎了。

"警察在科罗拉多街大桥上找到的他们，他们嘴被堵着，身上捆着旧电线，被打得像个熟透的橘子。这些你早料到了吧。感觉如何？"

我深吸一口气，说："这足以让我睡个好觉。"

阿罗约锡科大道的水泥路垂直坐落在科罗拉多街大桥下方

七十五英尺处。科罗拉多街大桥也被称作自杀之桥。

片刻停顿后，瑞维斯说："但是看样子你卷入了一个烂摊子，你认为呢？"

"我简单地猜一下，一伙自以为是的笨蛋企图抢劫赎金。他们选择作案地点，然后分赃。"

"这也许要有内应，"瑞维斯说，"你的意思是知道项链线索的人被带走了，可项链并不在他们手上。我倒是认为他们想把所有的钱都带走，而不是交给老大。又或者是他们老大养不起那么多人了。"

瑞维斯对我道了声晚安并祝我好梦。我喝了足量的威士忌来麻痹脑神经，这对我的身体大有益处。

我很晚才到办公室以便显得体面，但我却没这种感觉。后脑的两个缝合处开始松动，毛发剃光的地方缠着绷带，火辣辣的痛感就像酒保的拇囊炎。

我的办公室里共有两个房间，从这儿能闻到都柏林酒店咖啡馆飘来的气味。小一点的房间是用来接待客户的，我平常不锁门，以便客户在这儿候着。

卡萝尔·普瑞德在接待室里四处瞅着，办公室里有张破旧的红色长沙发，两把造型古怪的椅子，一小块方形地毯，还有张图书馆常见的学生书桌，桌上摆放着一些绝版杂志。

她穿着褐色的波点翻领粗呢大衣，里面是男士衬衫搭领带，脚上的鞋也很漂亮。据我估计她那顶黑帽子至少价值二十美元，但看起来一只手就能用旧记事簿把它做出来。

"好吧，你居然还能爬起来，这点的确让人安心不少。我以为你会在床上办公了。"

"哼哼，来我办公室吧。"我啧啧道。

我打开连接两个房间的那扇门。比起毫不费力地把锁撞开，这样开门显然看起来文明得多，而且效果是一样的。我们走进里间，里面有一条带锈迹的红色地毯，地毯上染着大量的墨汁，还有五个绿色的文件箱，其中的三个箱子里装有加利福尼亚州风土记录，一个印着广告的日历，广告里天蓝的地板上摆着迪翁的专辑五件套。房间里还有几把似胡桃木的椅子，一张普通的办公桌，桌面有几道普通的刮痕，而桌后方是一把普通的吱吱作响的摇椅。我坐到摇椅上，把帽子盖在电话上。

我之前并没看清她的长相，即使在卡斯特拉马雷的灯光下也没看清过。她看起来二十六岁左右，好像睡眠并不好，小巧的脸透着疲态。她顶着一头蓬松的褐色头发，额头窄长，算不得优雅。还有爱到处嗅的鼻子，上嘴唇略长，嘴略宽，眼睛随时都可以更蓝些。她挺安静，但不胆怯，聪明却不世故。

"我在早晨见报的晚报上看到报道了，信息量很小。"她说。

"这表明警察不会对这事大肆宣扬，否则会在早报上看到消息。"

"无论如何，我帮了你一点儿忙。"她说。

我凝视着她，拿起桌子上的一盒香烟，把烟装进烟斗里。"你错了，我和这事没关系。"我说，"我昨晚忍气吞声的，灌了一瓶酒才睡着。那都是警察的事了。"

"我可不这么认为，"她说，"不是所有的事都归警察管，起码你还要拿回你的报酬。难道说你拿到钱了？"

我说："连我妈都不信我挣得到这五十美元。等弄清楚那是谁的钱我会归还的。"

"我很欣赏你，"她说，"你就是那种明明快摔倒了，在最后一刻还有东西拉你一把的人。你知道那条翡翠项链是谁的吗？"

我站起来时肌肉痉挛发疼。"什么翡翠项链？"我几乎大喊。我从没向她提过什么翡翠项链，报纸上也根本没有任何关于翡翠项链的报道。

"你不用自作聪明，我和负责这案件的瑞维斯警官一直有联系。我把昨晚发生的事和他说了，我们合作很愉快。他觉得我还有些隐瞒，所以告诉了我一些事。"

"那项链是谁的？"一阵沉寂后我问道。

"是菲利普·考特尼·普伦德加斯特夫人的，她家在比弗利山庄——每年至少会在那儿住上一段时间。她丈夫普伦德加斯特先生是百万富翁兼不良市民。在金发黑眼的普伦德加斯特夫人到处游玩时，她丈夫则在家中注射甘汞。"

"金发女人可不喜欢同样金发的男人，"我说，"林德利·保罗就是这种男人，长得像瑞士人。"

"别开玩笑了，你是在电影杂志上看到的吧。金发碧眼的人都互相欣赏，这点我确定，是《纪事报》的社会编辑告诉我的。那个编辑重二百磅，还留着胡子，所以大家都叫他吉迪·格蒂。"

"是他告诉你项链的事吗？"

"不是，是布洛克珠宝公司的经理告诉我的。我告诉他我在为警报写一篇关于稀有翡翠的报道。现在你知道我在做什么正经事了吧？"

我第三次点着烟斗并往后仰，摇椅吱吱响，差点仰翻过去。

"瑞维斯知道吗？"我问她时努力装得不在意。

"他没说，但他要想知道很容易。我猜他肯定知道，他才不傻。"

"可还不是被你骗了，"我说，"他告诉你卢里德和墨西哥人弗恩特的事了吗？"

"没有，他们是谁？"

我把这两个人的情况告诉了她。"他们真倒霉，到底怎么回事？"她笑着说。

"你父亲不会碰巧是名警察吧？"我声音带着怀疑。

"他曾是波莫纳市的警长，做了将近十五年。"

我沉默不语，想起四年前波莫纳市的警长约翰·普瑞德被两名盗贼枪杀的事。

片刻后我说："我早该想到的。好了，还有呢？"

"我敢说普伦德加斯特夫人没找回她的项链，她那坏脾气的丈夫则有的是手段不让这事见报。普伦德加斯特夫人需要个精明的侦探帮她解决问题，不让任何丑闻传出。"

"什么丑闻？"

"这个嘛，我不清楚。她是那种在更衣室里都能传出一堆丑闻的女人。"

"我猜你和她一起吃的早餐，"我说，"你几点起床的？"

"没有，我两点才能见到她，早上六点起的。"

"上帝，"我边说边从桌下的抽屉里拿出一瓶酒，"我头疼得厉害。"

"看在你被打的分儿上就喝一杯，"卡萝尔·普瑞德叫道，"但我敢说你经常挨打。"

我把酒灌进肚里，把瓶口塞住，深吸一口气。

普瑞德一边用手在她的褐色包中摸索一边说："还有些事你应该自己处理。"

"我总算能派上用场了。"我说。

她把三根俄国香烟放桌子上滚过来，脸上并没笑意。

"看看烟嘴里面，你自己琢磨出结果吧。"她说，"烟是我昨晚从那个中式盒子里偷来的，里面的玄机会让你大吃一惊。"

"不愧是警察的女儿啊。"我说。

她站起来，用包蹭掉桌子边缘的烟灰后走向门口。

"我还是个女人，现在要去拜访另一个社会专栏的编辑，顺便打听一下菲利普·考特尼·普伦德加斯特夫人的消息和她的感情生活。有趣吧。"

办公室门关上的同时我也闭上了嘴。

我拾起一根俄国香烟夹在指间，瞥进中空的烟嘴。好像有东西卷在里面，像是纸或卡片，还没改变烟卷的形状。我用随身小折刀上的指甲锉终于把里面的东西挖了出来。

是卡片没错，一张乳白色的男士薄名片，上面只嵌着"巫师苏克西安"这几个字。

我在另外两支长烟的烟嘴里也发现了同样的卡片，但对上面

410

的字完全没有头绪。我从没听说过什么巫师苏克西安。片刻后我开始翻电话簿，寻找这个名字。第七西大街有个叫苏克西安的。苏克西安听起来像亚美尼亚名字，所以我在卖东方地毯的商人栏中搜寻。那一栏下面果然有个叫苏克西安的，但这证明不了什么。并不是只有巫师才能卖东方地毯，而买毯子的才可能是巫师。况且直觉告诉我这个叫苏克西安的和东方地毯没半点关系。

我对苏克西安的经营方式和客户类型有了大致的想法。他越厉害就会越低调，只要给他足够的时间和金钱，上至蝗灾下至怨夫他都能治好。无论是面对失意的女人，还是微妙的情感纠葛，抑或是没寄家信的游荡少年，他都是专家。人们会向他咨询是该现在变卖资产还是留到明年，或者某些做法会损害还是提高公共形象。甚至那种在办公室里暴跳如雷而内心冷淡的男人也是他的客人。但最重要的客户还是女人——有钱的女人，戴珠宝的女人，可以像丝线一样被纤瘦的亚洲手指随意摆弄的女人。

我把烟斗装满，试图理清思绪。为什么会有人带多余的烟盒，里面的三支烟不是用来抽的，而是藏着一个人名。这个人名又是给谁看的呢？

我推开酒瓶，咧嘴笑了。凡是仔细搜过林德利·保罗的口袋的人都能找到这些卡片。会这样做的人非警察莫属。但要是林德利·保罗死了或离奇重伤的话，何时才能有人发现这些卡片呢？

我将帽子从电话上拿开，给威利·皮特打了个电话。威利·皮特说自己是拉保险的，副业是贩卖未编入册的电话号码，号码是从仆人和司机那里贿赂得来的。买电话号码的费用是五美元，我猜林德利·保罗不会介意我从他那五十美元中扣钱。

威利·皮特那儿有我要的号码，是布伦特伍德高地的号码。

我打给了在总部的瑞维斯。他说一切正常，就是他睡眠不足，让我闭上嘴不用担心。他还向我打听卡萝尔·普瑞德的消息。我问他是不是因为也有个女儿所以才没对她穷追猛打。他说他的确有个女儿，还说这个案子把我弄得很狼狈，当然任何人都

411

可能遇到这种事，还说了一些其他的事。

我打给维拉·马基约他有空去吃个饭。他口腔溃疡，刚刷完牙，还在凡吐拉市押送犯人。接着我就拨了布伦特伍德高地的苏克西安巫师的号码。

片刻后电话那头传来一个女人声音："你好。"这个女人有外国口音。

"请问苏克西安先生在吗？"

"很抱歉，苏克西安先生从不用电话，我是他秘书，您要留言吗？"

"要。你有笔吗？"

"当然。您想让我帮您转达什么呢？"我首先说了我的姓名地址职业和电话号码，并确保她拼写正确。

我说："是关于林德利·保罗的遇害，案件于昨晚发生，地点在圣塔莫尼卡市旁的帕里塞茨。我想向苏克西安先生咨询一下。"

"苏克西安先生会很乐意为您效劳的。"她的声音牡蛎般沉静，"不过我今天不能帮您预约了，苏克西安先生一直很忙，也许明天——"

"下周也行，凶案调查一向急不得。"我声音热诚，"但请帮我转告他我只给他两个小时，之后我会把知道的都告诉警察。"

电话那头一阵沉寂，似乎有喘气声，也许只是电话杂音。接着传来低沉的外国口音："我会转告他的，但我搞不懂——"

"好心人，帮我快点转达，我就在办公室等你答复。"

我挂断电话，摸了摸后脑，将那三张卡片塞到钱包里。这时我突然想吃点热乎乎的美食，于是出去找东西吃了。

第四章　赛根得·哈维斯特

　　这个印第安人有体味，当接待室的门被打开，而我出去查看的时候就闻到了。他就像铜像一般站在门内，上身魁梧，胸腔厚实。

　　除此之外他就像个流浪汉。棕色套装过于窄小，帽子起码小了两号，戴在他头上就像屋顶立着个风向标。适合这顶帽子的人排汗会更通畅。衣领呈暗褐色，像个马项圈，衣领上边喉结那儿系着条黑丝带。他穿着带扣的外套，系着领带。领带很显然是用回形针固定，还打了个豌豆大小的节。

　　这个印第安人生着一张大圆脸，鼻梁如警车头般高挺、饱满。他没眼睑，且颚骨下垂，还长着铁匠般的厚实肩膀。如果他能稍微整理一下再穿上白色长袍就是邪恶的罗马元老院长老了。

　　他有着印第安人身上特有的泥土气息，脏也不是城市尘土的那种肮脏。"嘿，快点来吧，就现在。"他说。

　　我在里面办公室弯了弯手指，走回去。他跟着我，脚步缓慢而笨重，发出像苍蝇一样的声响。我坐在桌子后面，向他指了指对面的椅子，但他没有坐下。他又小又黑的眼睛里饱含敌意。

"你从哪儿来？"我想知道。

"我叫赛根得·哈维斯特，印第安人，好莱坞电影里的那种。"

"哈维斯特先生，请坐。"

他哼了一声，鼻孔变得格外大。他的鼻孔之前就已经大得像鼠洞了。

"浑蛋，我叫赛根得·哈维斯特，不是哈维斯特先生。"

"你想怎样？"

"他说快点来，让你现在就过去。他说——"

"别尽说些我听不懂的，"我说，"我可不是学生舞会上的女学究。"

"浑蛋。"他说。

他取下帽子时面带厌恶。帽子正面朝上，他拨动手指，露出防汗带，从帽檐里取下一枚回形针，向前倾往桌子上扔了一叠薄纸，并愤怒地指着它。他的黑发长而油腻，上面别着发卡，从窄小的帽子里滑出来。

我展开薄纸，里面有张卡片，上面写着：苏克西安巫师。卡片上的字体细长漂亮。我钱包里有三张这样的卡片。

我把玩着空烟斗，盯着这个印第安人，试图从他身上打量出些什么。"好吧。他想怎么样？"

"他要你现在去，快点。"

我说："浑蛋。"印第安人喜欢用这词，这是维系兄弟情谊的方式。他差点咧嘴笑了。"他得先预付一百美元。"我补充道。

"啊？"

"一百美元，大个子，一百块钱。没钱我不去，懂了吗？"我来回握拳，数着数。

他又往桌上扔了一叠薄纸。我展开薄纸，里面有一张崭新的一百美元钞票。

"巫师猜得很准，"我说，"虽然我害怕和这么聪明的人打交道，但我会去。"

这个印第安人戴帽子时并没留意防汗带，那个样子还蛮滑稽的。

我往腋下塞了把枪，不是我在那个倒霉的晚上用的那把。我讨厌丢枪。我上好弹夹，拉上保险栓，把枪塞回枪套里。

在印第安人看来我做的这些和挠脖子没什么区别。

他说："浑蛋，我有车，大车。"

"太不巧了，"我说，"我不喜欢坐大车。不过，走吧。"

锁上门后我们就出发了。乘电梯时连电梯员都注意到了这个印第安人的体味。

那是一辆棕色的林肯加长车，不太新但保养得很好，后车窗装着吉卜赛窗帘。汽车经过闪亮翠绿的马球场，接着又直线上行。司机长得黝黑，像个外国人。他开车拐进狭窄的白色混凝土路带，路面和林德利·保罗家门口的台阶一样陡，道路蜿蜒。我们出了市区，经过西木，到达布伦特伍德高地。

沿途经过两片橘子园和山麓上浮雕似的房屋。橘子园是有钱人的消遣，因为这里并不产橘子。

前面是烧焦的山脚和水泥带。左侧有个斜坡通往清冷的无名山谷，右侧有热气从黏土堆中喷出。生命力旺盛的野花张牙舞爪地或悬或垂在土堆旁，像总也不愿入睡的小孩。

坐在前排的二人留给我两个背影。一个棕颈黑发，头戴鸭舌帽，身穿马裤呢，身材苗条紧实。另一个脊背宽厚，身穿棕色旧套装。他有着印第安人特有的粗脖子和大脑袋，头顶的帽子油腻腻的，防汗带也露了出来。

汽车驶上U形道路，巨大的轮胎在松散的石头上打滑。棕色林肯车穿过一扇敞开的大门，沿着陡坡向前开，路旁粉色的天竺葵长得旺盛。路的尽头有个秃鹰巢，还有一栋由水泥、玻璃和铬做成的山顶房。这座房子像荧光屏一样具有现代感，又像灯塔一样若隐若现。

汽车在私人车道的尽头转弯，停在空阔的白墙前，墙上安着一扇黑色的门。印第安人下车看着我。我边下车边把枪轻轻向左

415

侧胳膊内推了推。

白墙上的黑门从里面缓缓打开。门里面出现了一条幽长狭窄的小道，天花板上的灯闪闪发光。

印第安人说："进去吧，大侦探。"

"你先，哈维斯特先生。"

他皱着眉头走进去，我紧随其后，后面那扇黑色的门随即悄无声息地关上了。这些对顾客来说有些神秘。走道狭长，尽头处是电梯。我得跟这个印第安人一起搭电梯。电梯运行缓慢，轻微的低鸣声是小马达在嗡嗡作响。电梯停下后电梯门无声无息地打开，接着有日光照进来。

我走出电梯，而身后的电梯载着那个印第安人缓缓下降。我身处一座四面是窗的角楼，部分窗帘被拉上来遮挡午后的阳光。地板上的旧波斯地毯色泽柔和，楼内还有一张像是从教堂搬来的雕花木桌。桌子后有个女人在朝我微笑，她的脸干涩紧绷，满是皱纹。好像你一碰，这个笑容便会碎成粉末。

她有一张偏黑的亚洲脸孔，盘着一头柔顺的黑发。她戴着耳环，手上套着又大又廉价的月形石和方形祖母绿戒指，看起来跟十美分店里的手镯一样假。她不年轻了，手又黑又小，不适合戴戒指。

"啊，达玛斯先生，您来得正好，苏克西安很期待见到您。"

"谢谢！"我说着从钱包里拿出那张崭新的百元大钞放在她的办公桌上，放在她黝黑发光的双手前。她没有拿钱，甚至连看都没看一眼。我说："亏你想得周到，这是我的一点心意。"

她慢慢起身，仍旧保持微笑。一袭紧身连衣裙蹭得桌子沙沙响，裙子犹如美人鱼的鳞片般贴合在她身上。如果你喜欢肥臀女人的话，这裙子绝对能衬出她的好身材。

"请跟我来。"她说。

她经过我面前，走向一面狭窄的镶板墙，房间里除了镶板墙就只有窗户和小型电梯轴。她打开一扇窄小的门，里面透出的柔和光晕并不像日光。这时她的笑容使她看起来比埃及还古老。我推了推枪套，走了进去。

门在我身后静静地合上。房间无窗，呈八边形，墙上挂着黑色天鹅绒帘子，头顶高高地悬着黑色的天花板。黑色地毯中间有一张白色的八边形桌子，桌子的每一边都有一张一模一样但型号小一些的凳子。黑色帘子前还有一张这样的凳子。桌子上摆着一个黑色底座，上面有个散发光晕的乳白色大圆球。房间里除了这些什么都没有。

我在那儿站了足有十五秒，有一种被监视的诡异感。这时天鹅绒帘子两边分开了，一个男人走进房间，径直走到桌子的另一边坐下来。入座后，他开始打量我。

他说："请坐我对面，不要吸烟。如果可以的话也不要走动或坐立不安。我有什么可以帮你的？"

第五章　巫师苏克西安

　　他个高，体直如钢，拥有我所见过最乌黑的眼睛和最浅淡细腻的金发。他既可能是三十岁也可能有六十岁，一点也不比我长得更像亚美尼亚人。头发笔直地梳到脑后，看起来就像二十八岁的约翰·巴里摩尔。他就像个深受女性欢迎的男演员，而我之前还想象他会有一双神秘、黝黑，还油腻腻的手。

　　他穿着一件剪裁考究的黑色双排扣西装，内配白色衬衫和黑领带，整洁得就像是一本寄赠书。

　　我猛地吸了口气说：“不用给我算命，我很清楚这种把戏。”

　　“是吗？你怎么知道的？”他优雅地问道。

　　“省省吧，我能看穿你的秘书。”我说，“她让人发怵，正好能在顾客见你之前为你塑造神秘感。那个印第安人难到我了，但无论如何不关我的事。我不是负责诈骗案的警察，我来找你是为了一宗谋杀案。”

　　“印第安人恰好是天然灵媒，”苏克西安温和地说，“他们比钻石要罕见得多，就像钻石一样有时在肮脏的地方才能寻到他们。这也许不是你的兴趣所在，至于谋杀案你得告诉我，因为我从不看报纸。”

　　“怎么，你也不管谁在前厅收了钞票？”我说，“行，

418

事情是这样的。"

我把这该死的整件事都告诉他，包括他的卡片是在哪儿找到的。

他一动不动。我并不是指他没有尖叫，挥手臂或跺脚、咬指甲。我的意思是他根本纹丝未动，连眼睛都没眨。他只是坐在那里看着我，就像立在公共图书馆外的石狮子。

我说完后，他指了指卡片。"你并没告诉警察卡片的事？为什么？"

"你说为什么，我就是这样做了。"

"显然，一百美元对你来说远远不够。"

"你可以这样想，"我说，"但我几乎没时间花这钱。"

他动了，弯了弯手臂。那双黑眼珠可以和自助餐厅的托盘一样浅，也可以深得如同通向中国的地洞，随你怎么想。他的眼睛里没透露出任何信息。

他说："如果我说我和他只是通过最偶然的方式相识，仅有工作联系，你会相信吗？"

"这点我会考虑。"我说。

"我觉得你不相信我，或许保罗先生信任我。卡片上除了我的名字还有什么？"

"的确还有其他东西，而且是你不会喜欢的东西。"我说。这都是幼稚的把戏，是警察在电台讲述案件时会用的辞藻。他根本就没理会我。

"即使在这个到处是骗子的地方，我也具有职业敏感。"他说，"给我看看卡片。"

我说："我骗你的，上面除了你的名字什么都没有。"我拿出钱包抽出一张卡片递到他面前，然后把钱包收好。他用指甲翻开卡片。

"你知道我是怎么想的吗？"我由衷地说，"在我看来，林德利·保罗以为就算警察找不出谁在陷害他，你也能找得出来。

这意味着他忌惮着某个人。"

苏克西安摊开胳膊又换了一种方式抱着胳膊。这个动作对他来说估计和卸下灯罩换灯泡一样费劲。

"你可不是这样想的，"他说，"你在通知警方之前花了多长时间找到尸体上的卡片和准备应付警察的托词？"

"对于一个哥哥是卖地毯的人来说，这花不了多长时间。"我说。

他笑得很温柔，甚至可以称得上美好。"地毯经销商中也有诚实的，"他说，"但亚瑞日米安·苏克西安并不是我朋友。苏克西安在亚美尼亚是个常见的姓氏。"

我点点头。

"当然，你以为我只是一个骗子。"他补充道。

"那就证明你不是。"

"或许你想要的并不是钱。"他小心翼翼地说。

"或许是这样的。"我说。

我没看到他脚动，但他一定踩了地上的按钮。黑天鹅绒窗帘分开，那个印第安人走进房间，他看上去既不脏也不滑稽。

他穿着宽松的白色长裤和带黑色刺绣的白袍，腰别黑色腰带，头戴黑色流苏。他的黑眼睛昏昏欲睡。他坐在帘子旁边的凳子上，抱着胳膊，将下巴枕在胸口上。他比之前看上去要粗壮，这衣服像是直接套在之前的衣服外面。

苏克西安把手伸到乳白色圆球上方，圆球摆在横在我们之间的白色桌子上。投射在高处黑色天花板上的光线被打乱并开始编织成奇怪的形状和图案。光线非常微弱，因为天花板是黑色的。印第安人低下头，下巴抵在胸口，眼睛缓缓睁开，盯着那双摆动着的手。

苏克西安的双手以迅速、优雅又复杂的方式移动着，移动的状态可以像任何事物。既像女青年会成员跳希腊舞，又像地板上成卷的圣诞彩带，随你想象。

印第安人结实的下巴靠在坚实的胸膛上，慢慢地闭上那双瞪得如同蟾蜍的眼睛。

"不用这个我也能催眠他，这只是表演的一部分。"苏克西安轻声说。

"是啊。"我看着他紧致结实的喉咙说道。

"现在给我林德利·保罗接触过的东西，"他说，"这张卡片就行。"

他悄无声息地站起来走到对面的印第安人面前，将卡片别在印第安人额前的流苏上，接着又坐了下来。

他开始用一种我听不懂的奇怪语言嘀咕着。我则盯着他的喉咙。

印第安人开始说话了，他的嘴唇一动不动，发出的声音缓慢而沉重。他吐出的话语沉重有力，就如同在烈日下要拽上山坡的巨石。

"林德利·保罗是坏人。和老板的女人上床。老板很生气。老板的项链被偷了。林德利·保罗得把项链找回来。坏人杀了他。嗷。"

当苏克西安拍手时印第安人的脑袋猝然一动，那双小黑眼猛地睁开。苏克西安看着我，英俊的脸庞毫无表情。

"做得干净利落，一点也不花哨。"我指着印第安人说，"他坐在你的膝盖上感觉有点重，是不是？自从合唱团的女孩儿不穿紧身衣后，我就没见过一个像样的口技表演。"

苏克西安笑得很微妙。

"我一直在注意你喉咙肌肉，"我说，"不管怎样，我想我知道是怎么回事了。保罗曾与某人妻子有染，因此有人心生嫉妒，想要收拾他。作为理论来说，这有一定的道理。因为普伦德加斯特夫人并不常佩戴这个翡翠项链，在抢劫发生的那晚有人知道她戴了项链，而她丈夫会知道这一点。"

"这很有可能，"苏克西安说，"既然你安然无事，也许他们的目的并不是杀害林德利·保罗，而仅仅是想教训他一顿而已。"

421

"是啊。而我还有个想法，这点我之前就该想到。"我说，"如果林德利·保罗真的惧怕某人并想留下信息，那么卡片上可能还写着些东西，用隐形墨水写的。"

这句话引起了他的注意。他的脸上仍然挂着笑容，但笑容相比之前多了些皱纹，对我来说短时间内难以判断。

乳白色球内部的光突然熄灭。房间里瞬间漆黑一片，伸手不见五指。我踢翻所坐的凳子，掏出枪向后退。

一阵空气袭来，带来强烈的泥土气息，这有点诡异。即使在完全的黑暗之中，印第安人也对时间和空间的把握无丝毫差错，他从后面袭击我并钳制住我的胳膊将我提起。我本可以抽出手，对着前面一番扫射。但我并没这样做，因为毫无意义。

印第安人像蒸汽吊车一样双手抓着我的胳膊将我托起。他重重地把我放下，拽住我的手腕反剪到背后。膝盖抵着我背部，像基石的边角一样坚硬。我试图叫喊，但气息卡在喉咙里无法涌出。

印第安人把我甩到一边，倒地时他用双腿钳住我的腿，让我束手无策。我重重地摔在地上，还承受着他身体的部分重量。

枪仍然在我身上，而印第安人并不知情。至少他的表现、举动没有告诉我他知道我有枪。我们就这样僵持着，我试图改变局面。

正在这时灯亮了。

苏克西安站在白色桌子的另一边，靠着它。他看起来更加苍老，他脸上有我不喜欢的东西。好像他要做些并不情愿的事，虽然不情愿但还是要做下去。

"那么，隐形的字迹是怎么一回事？"他轻声说。

这时帘子嗖嗖地分开来，那个瘦黑的女人冲进房间，手里拿着一张散发臭气的白色布块。她把布块捂在我脸上，俯身用发红的黑眼睛盯着我。

印第安人在我身后哼了一声，拉紧我的胳膊。

我被迫吸入氯仿，千斤重负使我的喉咙变得紧绷。浓郁带有甜味的臭气侵蚀着我。

我晕过去了。

就在我晕过去之前有人开了两枪。那枪声好像和我无关。

就像那天晚上一样，我又一次在露天之中醒来。这一次是白天，太阳快把我的右腿烤出洞来了。我看到炽热的蓝天，绵延的山脉，矮橡树，还有山丘上盛开的丝兰花以及大片炽热的蓝天。

我坐起来，左腿开始感到针扎似的刺痛。我揉了揉左腿和发瘪的肚子。鼻子里的氯仿散发着臭味，我就像空空的旧油桶一般发出恶臭。

我站起来，并没待在原地，呕吐症状比那晚还糟糕，摇晃和寒战得更严重，肚子也疼得更厉害。我再次站起来。

海上来的微风吹上山丘的斜坡，给我注入一丝微弱的生命力。我缓缓地蹒跚而行，看到红黏土中有些轮胎印。接着看到一个镀铁十字架，十字架之前是白色的，但油漆剥落严重。十字架上镶嵌着灯泡插座，其底座是破裂的混凝土。混凝土中有一个敞开的口，里面露出一个铜锈开关。

越过混凝土底座，我看到了一双脚。

那双脚从灌木丛底下随意地伸出。脚上穿着硬头鞋，那种在战争前夕高校男生经常穿的鞋。我好些年没有看到过这种鞋子了。

我走过去，扒开灌木丛，低头看着那个印第安人。

他宽大粗糙的双手软弱无力地摊在身体两侧。油腻的黑头发上掺杂着少量黏土、枯叶和婆罗门参的种子。日光曼妙地掠过他的灰色脸颊，苍蝇叮着他肚皮上的血渍。他的眼睛似曾相识，我见过太多这样的眼睛了。他们半睁着，却已无神。

他又穿着那身滑稽的衣服，身旁是油腻腻的帽子。帽子上的防汗带还是从错误的一边露出来。他看起来既不搞笑，也不强硬，甚至也不脏兮兮的了。他只是一个可怜又愚蠢的死人，弄不清楚这是怎么一回事。

当然，是我杀了他。我之前听到的枪声是我开的，子弹是从我的枪里射出的。

我的枪不见了。我搜了搜身上，发现另外两张写有苏克西安名字的卡片也不翼而飞。什么都没有了。我顺着轮胎印来到满是车辙的路上，并沿着这条路下山。当阳光照上挡风玻璃或车前灯时，汽车会在下方的远处闪闪发光。那儿有一个加油站和几间房屋。更远的地方仍是碧蓝的海水、码头以及面向点菲尔曼公园的绵延海岸线。由于空气中有薄雾，我看不到卡特琳娜岛。

我接触过的人好像都喜欢在那一地区工作。

一个半小时后我才到达加油站。我打了电话叫出租车，车得从圣塔莫尼卡市开过来。我一路开车回到我在伯格伦德的住处，那里离我办公室有三个街区的距离。我换了身衣服，把最后一把枪装进枪套里，然后坐在电话前。

苏克西安不在家，没人接电话。卡萝尔·普瑞德也没接我电话，我并不奢望她能接电话。她也许在和菲利普·考特尼·普伦德加斯特夫人一起喝茶。但警察总部接了我的电话，瑞维斯还在工作。接到我的电话他好像并不怎么开心。

我问道："林德利·保罗的案子有进展没？"

"我记得让你忘了这案子，我是认真的。"他的声音很讨厌。

"你说没事，但我一直有点担心。我喜欢把事情做得干净利落，我想她丈夫做到了这点。"

他沉默了片刻，接着问："谁的丈夫？你个机灵鬼。"

"自然是那个丢了翡翠项链的女人。"

"你当然得打探出她是谁。"

"是这事找上我的，我只是接手了。"我说。他又沉默了，这次沉默的时间很久，我能听到他那边墙上的扬声器传来车辆被盗的警方通报。

接着他流利准确地说道："私家侦探，我想给你出个主意。也许你能听得进去，因为我的主意旨在让你心态平和。警察委员会给你发了执照，警长给你配了警徽。但任何一个对你有意见的代理巡官都能在一夜之间把这些从你身上收回。甚至我这样的警官都能做到。那么你拿到许可证和警徽后又能做什么呢？不要回答，我来告诉你。你就像蟑螂一样到处找活儿做。然而你只须把那一百美元花在房租定金和购置办公室家具上，然后坐等别人给你带来名流客户。这样你就能冒个险试试他会不会咬你一口，如果他把你耳朵咬掉了，你就能告他故意伤人。你明白了吗？"

"说得好，"我说，"我几年前就这样做了，所以你是不想破案了？"

"如果我能信任你，我会告诉你我们想逮捕一个精明的珠宝盗窃团伙。但我并不信任你。你在哪儿？赌场？"

"我在床上，一直在打电话。"我说。

"好了，你只须装个热水壶敷在脸上，然后像个乖孩子一样安然入睡，知道了吗？"

"不行，我宁愿出去射杀一个印第安人，就当练手了。"

"菜鸟，只有那个印第安人而已。"

"不要忘了我受的伤。"我喊道，并当即挂了他电话。

第六章　醉酒的女人

我在去往林荫大道的路上喝了点酒，喝的是黑咖啡兑白兰地。那里的人都认识我。酒让我的胃焕然一新，但我仍然有点头痛，依然可以闻到胡须上的氯仿味。

我到了办公室，走进小型招待室。这次里面有两个人在等着，卡萝尔·普瑞德和一个金发黑眼的女人。一个可以让主教把彩绘玻璃踢个洞的金发女人。

卡萝尔·普瑞德站起来，怒视着我："这是菲利普·考特尼·普伦德加斯特夫人，她等你有一会儿了，她不常等人，而且她想雇用你。"

金发女人微笑地看着我，伸出一只戴手套的手。我握了握她的手。她约有三十五岁，那双黑眼睛有着天真和梦幻般的神情。无论你需要什么，无论你是谁，她都了解。我并没太关注她的着装，因为她的穿着是很容易判别的。衣服是某个家伙给她披上的。那家伙应该知道该怎么做，否则她不会找他的。

我打开门，把她们引进我思考问题的私人办公室。

我办公桌的一角上还摆着半夸脱烈酒。

"普伦德加斯特夫人，不好意思，让你久等了，"我说，"我出去办了点事。"

"我不明白为什么你得出去，"卡萝尔·普瑞德冷冰冰地说道，"貌似你用得到的东西就在你眼前。"

我拿椅子让她们坐下，伸手去拿瓶子的时候左肘旁的电话铃响起。

这次是个陌生的声音："达玛斯吗？听着，枪在我们这儿。我猜你想要回去，不是吗？"

"两把都要，我不富裕。"

"我们只有一把，就是警察也想要的那把。"他流利地说道，"我晚点会打给你，你好好想清楚。"

"谢谢。"我挂了电话，把瓶子放在地上，对着普伦德加斯特夫人笑了笑。

"我来说，"卡萝尔·普瑞德说，"普伦德加斯特夫人有轻微感冒，她得少说点话。"

她向金发女人递了个眼神，女人自认为男人看不懂的那种眼神。那感觉就像牙医在给你钻牙。

"嗯——"普伦德加斯特夫人说。她挪了一下以便可以看到桌子末端，我把摆在上面的威士忌酒瓶放在地毯上。

卡萝尔·普瑞德说："除了我让她知道怎样可以避免令人不快的恶名外，我不知道为什么普伦德加斯特夫人把我当作知心人。"

我对她皱起眉头。"事情不会发展成那样，我刚跟瑞维斯通过话。他对这事保持缄默，这会让炸药爆炸听起来像一个当铺老板盯着一美元的手表一样安静。"

"对于精通这种小聪明的人来说，这点非常有趣。"卡萝尔·普瑞德说，"只是碰巧普伦德加斯特夫人想把丢失的翡翠项链找回来，趁普伦德加斯特先生还不知道项链被偷之前。貌似他还不知道。"

"这不一样。"我说。

普伦德加斯特夫人对我笑了笑，连我裤子后面的口袋都能感觉到她的笑容。"我只是喜欢黑麦威士忌，"她柔声说，"我们可以来一小杯吗？"

我拿出几只小酒杯，把瓶子重新放在桌子上。卡萝尔·普瑞德向后仰，轻蔑地点燃一支香烟看着天花板。卡萝尔·普瑞德并没有美得让人发昏，但普伦德加斯特夫人则恰好相反。

我给女士们倒了几杯酒，而卡萝尔·普瑞德根本就没碰她那杯。

"也许你不知道，"她直接说，"比弗利山庄，也就是普伦德加斯特夫人住的地方在某些方面是特殊的。他们有双向无线电通信警车，而且仅仅覆盖一小片区域，是地毯式覆盖。因为在比弗利山庄有大量的资金需要警方保护。更有钱的住户甚至可以通过无法切断的无线设备与警局总部直接联系。"

普伦德加斯特夫人一口把酒喝掉，然后盯着酒瓶。我又给她倒了一杯。

"那没什么，"她热情洋溢地说，"我们甚至用光电管连接保险箱和皮衣壁橱。我们可以监控房屋，这样即便是仆人都不能在三十秒内不招来警察敲门的情况下靠近某些地方。不可思议，不是吗？"

"是的，很了不起，"卡萝尔·普瑞德说，"只有在比弗利山庄才会这样，但是你不能一辈子都待在比弗利山庄。一旦你出门，你的首饰就不会很安全，除非你是一只蚂蚁。所以普伦德加斯特夫人有个用皂石做的翡翠项链仿制品。"

我直直地坐起来。林德利·保罗隐瞒了某些信息，说什么即使有材料复制翡翠也要花一辈子的时间。

普伦德加斯特夫人摆弄着她的第二杯酒，但时间不长。她的笑容越来越温暖。

"所以当去比弗利山庄之外的地方参加舞会时，普伦德加斯特夫人会佩戴仿制品。而那种场合正是她想戴翡翠的时候。普伦德加斯特先生对这点很挑剔。"

"而且他脾气糟糕。"普伦德加斯特夫人说。

我给她多倒了些黑麦威士忌。卡萝尔·普瑞德看着我这样做，然后几乎对我喊道："但在项链被劫的那天晚上她犯了个错误，她戴了真品。"

我斜眼瞟了她一下。

"我知道你在想什么，"她厉声道，"谁知道她犯了那个错误？碰巧保罗先生知道这一点，就在他们离开家后不久。保罗先生是她的陪同。"

"呃，他摸了一下项链，"普伦德加斯特夫人叹了口气，"他只要摸一下就能知道翡翠的真假。我听说有些人可以做到，而他对珠宝颇有研究。"

我又向后靠在吱吱作响的摇椅上。"该死的，我早该怀疑那家伙的，这个团伙在社交界肯定有人。"我厌恶地说，"他们怎么知道珍贵物品何时离开安全的地方？保罗肯定让他们吃了苦头，而那伙人趁机把保罗除掉。"

"如此天赋真是浪费了，你说呢？"卡萝尔·普瑞德温柔地说道。她用一只手指将酒杯推到桌子边缘。"普伦德加斯特夫人，我不怎么关心这个，如果你想找另外的——"

"你的貂皮大衣里有飞蛾。"普伦德加斯特夫人说着把它拍掉。

"抢劫发生的地点和经过是什么？"我问。

"嗯，这似乎也有点滑稽，"卡萝尔·普瑞德说，她只用几句话就让普伦德加斯特夫人无言以对，"在布伦特伍德高地举行的舞会结束后保罗先生顺道去卡德罗，他们坐的是保罗的车。如果你记得的话，那时日落大道正在直穿社区加宽道路。他们在卡德罗消磨了一点时间后——"

"我们喝了几杯酒。"普伦德加斯特夫人笑着伸手拿瓶子。她倒满其中一个酒杯，加了点威士忌。

"保罗先生开车途经圣塔莫尼卡大道送她回家。"

我说："除非你想吸尘土，否则走那条路是正常的。这样说来那条路几乎是唯一回家的路。"

"是的，但这样也就经过了一个名叫梅因的酒店。酒店有些破旧，街对面有个酒馆。普伦德加斯特夫人注意到酒馆前面停着的一辆车，她确定是之后把他们逼到路边的那辆车。抢劫犯清楚他们想要的是什么。而普伦德加斯特太太把这一切都记得清清楚楚。"

"嗯，当然，"普伦德加斯特夫人说，"我希望你不是在暗示我喝醉了。没人每晚都能弄丢那样的一条项链。"

她灌下第五杯酒。

"我不知道那帮人长什……什么样，"她有些口齿不清，"林，也就是保罗先生，我叫他林。你知道，他有些内疚。这也是为什么他会冒这个险。"

"那是你的钱？一万美元的赎金？"我问她。

"亲爱的，那可不是他的钱。我想在科特发觉之前把那串珠子拿回来。去那个酒馆看看怎么样？"

她伸手到黑白相间的包里面摸索了一番，然后拿出一叠钞票堆在桌子上。我把这些钞票摆好，开始数了起来，总共四百六十七美元。钱不少，我把钱放下。

"被普伦德加斯特夫人称作科特的人是普伦德加斯特先生。"卡萝尔·普瑞德继续轻声说，"他以为被偷走的是仿制品。他好像分不清真品和仿制品。他除了知道林德利·保罗被劫犯杀害以外对那晚的事一无所知。"

"该死的他怎么会不知道。"我这次喊出了口。我将钱推到桌子对面，说，"普伦德加斯特夫人，我相信你认为自己被勒索了。但你错了。我觉得之所以媒体没如实报道这件事是因为有人向警方施压。无论如何警方是愿意公布此事的，因为他们想抓到那帮盗窃团伙。杀死保罗的混混已经死了。"

普伦德加斯特夫人用一种犀利、尖锐并带着一丝酒意的眼神盯着我说："我一点也没有觉得被勒索。"她已经口齿不清了。"我要我的项链，现在就想要。这不是钱的问题，根本就不是。再给我来一杯。"

"酒就在你面前。"我说。我才不管她会不会醉倒在桌子下。

卡萝尔·普瑞德说："你不觉得应该去那酒馆看看有什么可查的吗？"

"一块椒盐脆饼干，"我说，"这想法很疯狂。"

金发女人拿着酒瓶在两个杯子上方晃来晃去，最后终于给自己倒了一杯酒。她用一种随意的姿势在桌子上孩童把玩沙子般推动着一把纸币转圈。

我把钱从她手上拿走收好，绕过桌子塞进她包里。

我告诉她说："普伦德加斯特夫人，如果要做什么事情，我会事先通知你的。我不需要定金。"

她对我的话很满意。她差不多又喝了一杯，认真想着该想的事并站起来朝门口走去。

我及时扶住了她，没让她鼻子撞到门上。我挽着她的胳膊打开了门，看到一个穿制服的司机倚在门外的墙壁上。

"好吧。"他语气倦怠，把烟掐掉扔到远处然后扶住她说，"亲爱的，走吧。我本该拍着你的后背，但我根本就不该这么做。"

她紧抓着司机咯咯地笑着。两人沿着走廊走到拐角处转个弯后消失不见。我回到办公室，坐到办公桌后看着卡萝尔·普瑞德。她正用不知道从哪儿找来的抹布擦着桌子。

"看看你，还有办公室里的酒瓶！"她愤愤地说，眼里满含厌恶。

"让她去见鬼吧，我才不会相信她。"我愤怒道，"她最好在回家的路上被强奸。让她的酒馆诱饵也见鬼去吧。"

"约翰·达玛斯先生，她的道德无关紧要。她有的是钱，也不吝啬。我见过她丈夫，他支票簿永远也签不完。如果需要做任何改变的话，她会自己做的。她告诉我她怀疑保罗是骗子已经有一段时间了。只要保罗不干涉她，她就无所谓。"

"普伦德加斯特先生是个傻瓜，哈？那是当然，他必须是。"

"他是个瘦高的金发男人，脾气很不好。"

"保罗并没有偷走她的项链。"

"没偷？"

"是的。她也没有项链的仿制品。"

她的眼睛渐渐眯起来，眼神愈发深邃地说道："我猜这些是苏克西安巫师告诉你的。"

她的身体前倾了一会儿，又向后靠，并把包紧贴在身侧。

"我知道了，你并不喜欢我所做的一切。"她缓缓地说，"很抱歉，我不该插手这件事，我以为是在帮你。"

"我告诉过你这事儿和我没关系。回家写你的专题故事去吧。我不需要任何帮助。"

她说："我以为我们是朋友，也以为你是喜欢我的。"她那暗淡无光的双眼盯了我足有一分钟。

"我要为生计奔波，和警察作对可不行。"

她站起来凝视着我，不发一语。良久后她提步走向门口，出了办公室。她的脚步声渐渐消失在走廊马赛克地板尽头。

我坐在那儿几乎纹丝不动，这个姿态维持了十到十五分钟。我试图弄明白苏克西安不杀我的原因，这事儿一点也说不通。之后我下到停车场，钻进车里。

第七章　死里逃生

梅因酒店离圣塔莫尼卡市很远，靠近垃圾处理场。一条市际铁路正好把酒店所在街道一分为二。正当我到达我要找的地方所在的街区时，一辆两节的火车以时速四十五英里呼啸而过，发出的噪声和运输机起飞时的声响有得一拼。我加速从它身边驶过，穿过这条街，把车停到一个荒废的市场前面的水泥地上。我下车，站在墙角往回看。

在某个窄门上我看到了梅因酒店的标志，那个窄门夹在两个商店的前门之间。商店都是破旧、空荡的双层无电梯公寓。酒店的木器会有股煤油味，百叶窗会有裂缝，窗帘会系着劣质的棉质饰带，弹簧床垫也会扎人后背。我对梅因酒店这种地方了如指掌。因为我曾在这种地方过夜和监视别人，也和里面刻薄又骨瘦如柴的女房东争执过。在那里我挨过枪子，还可能有过一两次被拉走送去停尸房的经历。住在这种廉价旅馆里的都是些底层人士，比如吸毒者和针孔注射者，以及那些在你打招呼之前就对你开枪的小鬼，他们都是吸着大麻长大的。

酒馆在我站的街道一侧。我回到克莱斯勒车上把枪别在腰带上，之后沿着人行道走过去。

酒馆上方有个写着"啤酒"的红色霓虹灯标志。宽大下拉的帘子遮挡着前橱窗，这一点都不合常理。酒馆是个半沿街的翻新店面。我打开门，走进去。

酒保正在玩免费的弹珠台游戏。一个头戴棕色帽子的男人坐在凳子上看信。

吧台后面的镜子上有潦草的白色字体标示酒水价格。

吧台很普通，是个巨大的木质柜台。柜台两端各挂着一把旧式柯尔特点44口径左轮手枪，任何枪手都不会佩戴那种廉价易损的枪套。墙上的打印卡片写着恕不赊欠，还有应对宿醉和去除酒气的方法。墙上挂着美女的照片。

这个地方看起来入不敷出。

酒保结束弹珠台游戏后走到吧台后面。他约有五十多岁，闻起来有股酸臭味。裤管磨得破旧不堪，走起路来好像脚上长了鸡眼一样。坐在凳子上的那个男人一直对着信件发笑，粉红色的信纸上面写着绿字。

酒保把他脏兮兮的双手放在吧台上，像喜剧演员般面无表情地看着我。我说："来点啤酒。"

他缓缓地倒酒，同时用旧餐刀划过玻璃杯。

我抿了口啤酒，左手握着杯子。过了一会儿我问道："最近见过卢里德没？"这貌似没什么不妥。因为所有报纸都没刊登有关卢里德和墨西哥人弗恩特的报道。

酒保一脸茫然地看着我，眼周的肌肤皱成了蜥蜴皮。他总算用沙哑的嗓音低声回答道："我不认识他。"

他的喉咙上有一条粗大的白色伤疤。他之所以有这样沙哑低沉的嗓音是因为喉咙被刀子割伤过。

看信的男人突然拍着大腿放声大笑，他喊道："我得去告诉慕斯，这信是在桶底找到的。"

他从凳子上下来，慢步走进那扇后墙上的门。他是个长相普通的黑人壮汉，进门后随即把门关上。

酒保用他沙哑的声音低声说："卢里德？真是个有趣的名

字。来这里的人很多，我不可能都知道他们的名字。你是警察？"

"我是私家侦探，"我说。"用不着拘束，我只是来喝点啤酒。这个叫卢里德的家伙挺显眼，是个浅棕色皮肤的年轻人。"

"嗯，也许我之前见过他，但记不起来了。"

"慕斯是谁？"

"慕斯？他是这里的老板，叫慕斯·马古恩。"

他将一条厚毛巾浸到水桶里，折叠着拧干，拽着毛巾的两端放在吧台上。毛巾被拧成了一根2英寸宽、18英寸长的棍子。如果知道怎么使用的话，你可以用那样一根木棍把人打到隔壁郡去。

那个手拿粉红色信件的男人从后门走出来，仍旧低声笑着。他把信塞进口袋里，悠闲地走过去玩弹珠游戏。这样一来他就处在我身后方的位置，这让我开始有些不安。

我迅速解决完啤酒，从凳子上下来。酒保还没有收我啤酒钱。他握着拧干的毛巾，徐徐地前后挥动着。

"啤酒不错，"我说，"不管怎样，还是要谢谢你。"

"下次再来。"他悄声说，接着将我的酒杯打翻。

我愣了几秒钟。当我再抬起头时，身后的门被打开，一个手持长枪的壮汉走了进来。

他不发一语，只是站在那里把枪口正对着我，枪管看起来像隧道一样深邃。这个男人皮肤黝黑，非常强壮，有着摔跤选手的体形。他看起来相当结实，真名也不像是叫马古恩。

酒吧里没人说话，酒保和那个持枪的男人只是死死地盯着我。随即我听到市际铁路的轨道上有辆列车开来，车速很快，噪声也很大。动手的时机到了。列车的阴影刚好掠过前窗，没有人能看到屋内的情况。火车驶过时产生的巨大噪声会把枪声淹没。

列车逐渐逼近，动静也越来越大。我必须在声音变得足够响之前行动。

我头朝前翻身越过吧台。

有模糊的巨响声伴随着列车的轰鸣。头顶咯咯作响，声音貌似是从墙上传来的。我不知道是什么在发出响声。火车经过的轰鸣声逐渐增大。

我撞到酒保的腿部，同时摔在肮脏的地板上。他骑在我脖子上。

就这样我的鼻子触到一摊变质的啤酒，一只耳朵贴着坚硬的混凝土地面。我的头部开始感到剧烈疼痛。我伏向吧台后面的一块遮泥板，半转向身体左侧。我把枪从腰带上猛地往外拉。令人意想不到的是，枪不但没掏出来，还卡在了左裤腿里。

酒保发出恼怒的声音，接着有滚烫的东西扎着我。我在那一刻没听到任何枪声，我并没对酒保开枪。我把枪口猛地推向他身上的某个部位，有些人对这个部位很敏感，他就是其中一个。

他像界外球般嗖地从我身上下来。他没大叫并不代表没试图反抗。我挪了挪身子，把枪抵在他裤裆上。"别动，"我冲他喊道，"我不想对你耍无赖。"

又有两声枪响。火车已驶向远处，但没人注意。子弹穿透了木质吧台，吧台很旧、很结实，但是还不足以抵挡点45口径的子弹。酒保在我上方发出叹气声，有湿热的液体滴在我脸上。"老弟，你还是对我开枪了。"他低语道然后朝我身上倒来。

我及时将身体挪开，移动到吧台末端离酒吧前门最近的地方环视酒吧。一个头戴棕色帽子的人离我只有九英寸远，我们的脸在同一水平线上。

我们对视了一眼，只一眨眼的工夫却感觉久到足以让幼苗长成大树。但是实际上时间是如此之短，以至于我身后的酒保还没有完全倒地。

这是我最后一把枪，没人能夺走它。趁眼前这个男人还没反应过来是怎么回事时，我已经把枪捡起来了。他什么都没有做，只是滑向一边，同时嘴里吐出一口鲜血。

我听到了这声枪响，枪声之大就如同世界末日到来了。我差点没听到后门被关上。我沿着吧台末端往前爬，急忙拾起地板上什么人的一把枪，然后藏在木质吧台的角落里。没有人朝吧台开枪。我只将一只眼和脸的一部分露出吧台。

后门被关上了，门前空荡荡的。我跪起身来仔细地听着。另一道门也关上了，接着传来汽车发动的声音。

我发狂般地穿过房间，撞开门冲出去。这居然是个陷阱。他们关上门发动车子只为引我上当。有人手持啤酒瓶朝我砸来。这是我在二十四小时之内第三次被击倒。

这次我是大叫着醒来的，嘴里尝到鼻内氨水的苦味。我转向某人，但实际上根本就动弹不得。我的双臂像被抛了四吨重的锚般沉重。我呻吟着扭动身体。

我慢慢看清楚面前的这个无趣却心细的男人，是个身穿白大褂的急救医生。

"感觉如何？"他咧着嘴笑，"有些人喜欢配滋补酒喝。"

他拉住我，什么东西夹住了我肩膀，然后给我扎了一针。

"剂量很少，"他说，"你的脑袋伤得很严重，不能到处乱走。"

他走开了。我四处张望，但眼前一片模糊。接着一个女孩的脸出现在我面前，她的神情安静专注。那是卡萝尔·普瑞德。

"好吧，我就知道你会跟踪我。"

她笑着走了过来，手指抚摸着我的脸颊。而我看不到她。

"那群浑蛋把你裹在毯子里想把你装在卡车里运走，巡逻的警察正好赶上了。"她说。

我还是看得不太清楚。我看见一个身穿蓝衣的高大男人面红耳赤地来到我面前，手里还拿着枪。门是开着的，我隐约听见有人在呻吟。

卡萝尔·普瑞德说："还有两个人也被裹起来了，不过他们已经死了。天哪！"

"回家去，"我没力地嘟囔着，"回家写你的专栏故事去吧。"

"笨蛋，这句话你已经说过了。"她继续轻抚着我的脸颊，"你肯定在来的路上就想好怎么说了吧？昏昏欲睡了吗？"

"一切都搞定了，"一个尖锐的声音说道，"把这个中枪的

437

家伙带到你们能治疗他的地方，我想让他活着。"

瑞维斯仿佛从雾中走来。他的脸慢慢清晰起来，脸色苍白，神情专注，看起来十分严厉。他俯下身来，好像坐在我面前一样近。

"你得放聪明点，"他声音尖锐，"好了，说吧。我才不管你是不是头痛欲裂。你自找的，活该。"

"给我点酒。"

我看到恍惚的影像，有道明亮的光闪烁着。我的嘴触及了瓶口。烈酒穿过喉咙，有些流到了下巴上。我转过头，不再喝了。

"谢谢。抓住马古恩了吗？就是那个老大。"

"他全身多处中弹。他正由警方护送，在去市里的路上。"

"找到那个印第安人了吗？"

"嗯？"他哽住了。

"他在帕里塞茨镀铁十字架下面的灌木丛里。我开枪杀了他，但不是故意的。"

"天哪！"

瑞维斯又走开了。卡萝尔·普瑞德开始缓慢且有节奏地摸着我的脸颊。

瑞维斯又走回来坐下。"那个印第安人是谁？"他突然问道。

"他是苏克西安的打手。苏克西安巫师是——"

"我们知道他，"瑞维斯直接打断我，"侦探先生，你昏迷了整整一个小时。那个女人和我们说了卡片的事情。她说是她的错，但是我不信。总之有些古怪。我们也已经派警察过去了。"

"我当时就在那儿，在他家里。"我说，"他肯定知道什么，但我不知道是什么。他害怕我，但是却没把我杀了，这点很有趣。"

"他不是职业杀手，他把这工作留给了慕斯·马古恩。"瑞维斯冷淡地说着，"慕斯·马古恩直到最近才崭露头角。这是他从这儿到匹兹堡的记录。但是别紧张，这是死前忏悔的酒。对你来说再好不过了。"

他又将杯口抵着我的嘴唇。

"听着，他们是个抢劫犯罪团伙。"我沉重地说，"苏克西安是幕后首脑，林德利·保罗是社交人员。保罗肯定隐瞒了他们一些事情——"

瑞维斯说："胡说。"这时远处的电话响了，有声音传来："长官，找你的。"

瑞维斯便走开了。等他再回来的时候并没有坐下。

"刚才你说的可能是对的，"他轻声说，"布伦特伍德高地的一套山顶别墅里有个金发男人死在椅子上，旁边还有个大哭的女人。看起来像是自杀。他旁边的桌子上有一条翡翠项链。"

"伤亡太多了。"我说着就晕倒了。

我醒来发现自己在救护车里。起初我以为车里只有我自己，后来我触到卡萝尔·普瑞德的手才知道并不是一个人。我现在完完全全失明了，连光也看不见。其实是因为缠了绷带。

"医生在前面和司机坐一起，"她说，"你可以握住我的手，我能吻你吗？"

"只要你不让我负责任。"

她温柔地笑着说："我就知道你能醒过来。"然后吻了我，"你的头发有股苏格兰威士忌的味，你是在酒里洗澡了吗？医生不让你说话。"

"他们拿一整瓶威士忌敲我头，我和瑞维斯说了那个印第安人的事了吗？"

"说了。"

"我有没有告诉他普伦德加斯特夫人认为保罗参与——"

"你根本就没提起过普伦德加斯特夫人。"她说得很快。

我不发一语。片刻后她说："那个苏克西安看起来像很有女人缘的男人吗？"

我说："医生说了，我不能说话。"

第八章　金发蛇蝎

　　几周后我驾车去了圣塔莫尼卡市。自费在医院住了十天之后，我终于从重度脑震荡中恢复了过来。期间慕斯·马古恩也进了县医院的监狱病房，医生从他身上取出七八颗警察射出的子弹。他最终不治，入土为安了。

　　此时这件案子也基本告一段落了。报纸上也曾大肆报道过这个案子，但随即便把注意力放在其他的大事上。毕竟这只是件珠宝盗窃案，过多的欺骗使之变得索然无味。所以警方如是说，他们早料到会这样。警方并没找到项链，当然他们也没指望能找到。他们认为这个犯罪团伙每次只策划一次行动，参与犯案的多半是些雇来的苦力。他们只拿少许报酬。这样一来真正了解内情的只有三人：慕斯·马古恩、苏克西安和林德利·保罗。慕斯·马古恩的真实身份是亚美尼亚人。苏克西安通过自己的人脉得知谁有珍贵的珠宝。林德利·保罗是情报人员，他向同伴透露袭击的时间。正如警方所说的，他们早该料到。

　　在一个阳光灿烂的午后，我来到卡萝尔·普瑞德的住处。卡萝尔·普瑞德住在第二十五大街上一幢整洁、小巧的红砖公寓里。公寓外墙是白色饰边，门前立着一排树篱。

　　客厅里铺着棕色花纹地毯，摆着白色和玫瑰色相间的椅子。黑色大理石壁炉置有铜质柴架，墙壁内嵌有巨大的书架，米色的百叶窗上挂着同样颜色的窗帘。

除了一面全身镜和镜前干净的地板之外，这里一点也不像是女人的房间。

我坐在柔软舒适的椅子上放松身心，抿着掺了苏打水的苏格兰威士忌。卡萝尔·普瑞德身着高领裙，披散着一头棕发，脸显得既小又有些孩子气。

"我猜你不曾写过稿子。"我说道。

"我父亲做警察时一直很清白。"她反驳道，"不瞒你说，我家在普拉亚德雷还有些地产。"

"有油田，挺好的。可我没兴趣知道，所以不要朝我乱吼。"我说。

"你的许可证还在吗？"

"当然在。嗯，威士忌不错。你不介意坐一辆老爷车出去吧？"

"我为什么要介意？你太死板了。"她回答道。

我望着她皱起的眉头笑了起来。

"我在救护车上吻了你。"她又说，"如果你还记得这事的话也别想太多，我只是同情你受伤的脑袋。"

我说："我是个有事业心的人，不会在这种事上浪费时间。我们走吧，去拜访一下比弗利山庄的那位金发美人。我得向她汇报情况。"

她站起来盯着我并语带厌恶地说道："哦，那个嗜酒的普伦德加斯特啊。"

"她或许真有酒瘾。"我接道。

她激动地夺门而出，不一会儿就又回来了。这次她披着带有皮领和皮袖的格子呢大衣，头戴一顶滑稽的八角帽，上面镶有红色纽扣。她气喘吁吁地说："我们走吧。"

菲利普·考特尼·普伦德加斯特的家坐落在一条宽阔的弧形大道上。无论是从尺寸还是房屋体现的价值来看，那里的房子都非常相近。日本园丁正带着一贯的轻蔑表情修剪嫩草坪。房屋装饰着英式板岩屋顶和土耳其式门廊。屋外栽着一些进口的珍贵植物，花架上攀着九重葛。这里的一切都显得祥和安静。但比弗利山庄毕竟是比弗利山庄，管家仍然穿着硬翻领上衣，操着艾伦·莫布雷式口音。

我们在管家的引导下穿过安静的门廊来到一个无人的房间。里面的地板光而不滑，上面铺着薄如丝的地毯，看起来跟伊索的姑姑一样古老。毯子后方有一排淡黄色皮制长睡椅和躺椅绕着壁炉整齐地摆放着。角落和矮桌上分别放着两束花，墙上挂着许多羊皮纸画。屋内显得安静宽敞又惬意，既有现代特色也有复古风情。总的来说这个房间很是漂亮。

卡萝尔·普瑞德则显得很不屑。

管家半推开裹着皮革的门，普伦德加斯特夫人接着走了进来。她穿着淡蓝色服装，手戴淡蓝色手套，搭配相应的帽子和包。她轻轻地拍了拍大腿，俨然一副要出门的样子。她的笑容衬得黑色眼睛愈加深邃。即使在要骂人之前她也能保持好气色。

她朝我们挥手。卡萝尔·普瑞德并没理会她，我则紧握双手。

"你们能来真好！"她喊道，"很高兴见到你们。我很怀念在你办公室喝的威士忌。真不错，不是吗？"

等我们都就座后，我说："普伦德加斯特夫人，我并不想来打扰你。一切都水落石出了，项链也已经物归原主。"

"可不是嘛。真难想象他会做这种事。你知道的吧，其实我之前就认识他。"

我说："苏克西安吗？我大概猜到你认识他。"

"不仅认识，还很熟。说起来我还欠你不少钱呢。你的脑袋恢复得怎么样了？"

卡萝尔·普瑞德紧挨我坐着。

她好像在自言自语，轻声说道："真是不见棺材不落泪。"这句话像是从她牙缝中挤出来的。

我朝普伦德加斯特夫人笑了笑，她也回了我一个笑容，只是笑里藏刀。

"你不欠我分毫。"我说，"只是有件事——"

"不行，我当然欠你的。来点苏格兰威士忌怎么样？"她将包放到膝盖上，在椅子下面按了一下说，"弗农，上几杯兑苏打水的威士忌。"她又笑道，"很酷吧，你都看不见麦克风。我丈夫很喜欢这种东西，屋子里尽是些这样的小玩意儿。这个麦克风连接管家备膳室。"

卡萝尔·普瑞德接口道："我相信司机床下的那个麦克风也很酷。"

普伦德加斯特夫人似乎没听见卡萝尔的话。管家举着托盘进来，上面放着调好的酒，每人递了一杯之后就出去了。

普伦德加斯特夫人将杯子举到嘴边说道："你没有告诉警察我怀疑到了林德利·保罗身上，还澄清我跟你在酒馆的遭遇没有关系。对于这些，我很感谢。对了，你是怎么和警察解释的？"

"很简单，我告诉他们是保罗自己告诉我的。他当时跟你在一起，不是吗？"

"但他并没说，是吧？"她的眼里闪过一丝狡黠的光芒。

"他什么都没告诉我。整件事就是这样。当然，他也没告诉我他在勒索你。"

我意识到卡萝尔·普瑞德屏住了呼吸。普伦德加斯特夫人仍旧透过杯口看着我。她愣了一下，接着脸上掠过惊讶的神情，但是这个神情转瞬而逝。她慢慢放下杯子，打开膝上的包拿出一块手帕咬住。接下来是一片死寂。

她声音低沉："这简直就是天方夜谭。"

我冷笑了声道："普伦德加斯特夫人，警察有时候和记者一样，并不能很好地利用手头资源，但他们并不傻。我和瑞维斯都不认为苏克西安能领导这个残暴的珠宝盗窃团伙，他甚至没法控制慕斯·马古恩那类人超过五分钟。相反，他们可以肆意地欺负

443

苏克西安。但是项链确实在苏克西安手里，这该怎么解释呢？他应该是用你给的一万美元从慕斯·马古恩手里购得的项链。在那之前你可能基于某种考虑买通慕斯去抢劫项链。"

普伦德加斯特夫人拉低帽檐，直到盖住眼睛。随即又抬高帽檐，双眼含笑，只是笑容苍白骇人。卡萝尔·普瑞德在我边上纹丝不动。

"很明显，有人想杀林德利·保罗，"我说，"由于控制不好下手的轻重，你有可能意外将人乱棍打死。但是你不会把他打得满脸脑浆。如果你只是想教训他一顿，你根本不会击打头部。因为你只想让他得到教训，而不是让他在挨打后没机会反省。

金发女人突然问道："什……什么？你说这事和我有关？"

她又变换出苦涩神情，好像喝了毒蜂蜜一样。她手在包里摸索了一阵后停下来。

"慕斯·马古恩就会接这种活儿，"我不耐烦地说，"只要给钱，他什么都会干。慕斯是亚美尼亚人，所以苏克西安能联系到他。苏克西安是那种很容易拜倒在美女石榴裙下的男人。他愿意为女人做任何事，甚至包括杀人，尤其当对方是竞争对手时。他还是那种会窝在地板软垫上拍女性友人艳照的人。普伦德加斯特夫人，这不是很难理解吧？"

"喝点东西吧，"卡萝尔·普瑞德冷冰冰地说，"你在说废话，你不用提醒她她有多贱，她自己清清楚楚。但是怎么会有人想要勒索她呢？有好名声的人才会被勒索吧。"

"闭嘴！"我打断卡萝尔·普瑞德。金发女人还在包里的手忽然动了起来。我对她说："拥有的东西越少，维持所得之物的代价就越高。你用不着掏枪，我知道陪审团无法给你定罪。我只想让你知道你骗不了任何人。你设局引我去酒馆就是为了刺激苏克西安干掉我。其余的死伤都是附加伤害。"

几乎同时她掏出枪举在膝盖上，看着我笑。

卡萝尔·普瑞德拿起酒杯扔向她，她躲开时把枪弄掉了。一颗子弹悄无声息地穿进贴有羊皮纸的墙面，动静比戴只手套还要小。

就在这时门开了，一个高大瘦弱的男人缓缓地走进来。

他说："对我开枪吧，反正我不过是你丈夫而已。"

普伦德加斯特夫人望着他。有一瞬间我真以为她会开枪。

她只是笑着把枪放回包里，拿起酒杯，无精打采地说："又在偷听？总有一天你会听到不喜欢的事。"

高瘦男人从兜里掏出一个皮质支票簿，对我翘起眉头说道："多少钱能堵住你的嘴，让你永不提这事？"

我愣住："你听到我说什么了吗？"

"当然，我的身体近来恢复得不错。你指控我妻子和某个人的死有关，是吗？"

我继续对着他发呆。

"好了，你要多少？"他突然问道，"我不会和你讨价还价，因为我早就习惯被敲诈了。"

"那就一百万吧，"我说，"她刚刚还朝我们开枪了，你得再加五十美分。"

普伦德加斯特夫人先是狂笑，接着尖叫，最后号叫着开始在地板上蹬着腿打滚。

普伦德加斯特先生快速来到她面前，弯下腰朝她脸上打去。你都能在一英里外听到这个巴掌声。他再站起来的时候脸色很差。普伦德加斯特夫人则躺在那里啜泣。

"你们可以离开了，"他说，"明天来办公室找我吧。"

"去那儿干吗？"我说着拿起我的帽子，"你在办公室里也不会聪明到哪里去。"

我拽着卡萝尔·普瑞德的胳膊走出房间，出来时碰见日本园丁正鄙夷地看着手里刚拔出的一撮杂草。

我们悄无声息地离开，开车向山麓驶去。一道红色聚光灯从悠久的比弗利山庄酒店旁边照过来，迫使我停了会儿车。我们坐在车里一动也不动。我手握方向盘，身旁的人则不发一语，眼睛直勾勾地盯着前方。

"我感觉不怎么好，"我说，"我没有成功扳倒任何人。"

她低声说："她也许并没有刻意策划这一切。她只是恼怒不堪，又有人给她出馊主意。她这种女人玩弄男人，厌倦后就将他们抛弃。然后这些男人就发疯似的纠缠她。整件事可能只是保罗和苏克西安这两个情敌间的争斗。只不过马古恩把事情搅黄了。"

"但这对我来说她引我去那间酒吧就足够了。况且保罗对苏克西安早有防备。"我说，"我就知道她刚才会射偏的。"

我拥住她，因为她浑身发抖。

有辆车从后方向我们逼近，司机按着喇叭。我竖耳听了一小会儿，放开卡萝尔·普瑞德，下了车往后走。那个轿车司机很强壮。

"你堵着林荫大道的路了，"他很大声地喊道，"情侣幽会的地方在山上。趁我把你撵出去之前快把车挪开。"

"再给我按一次喇叭试试，一次就行。"我挑衅道，"然后告诉我你想哪只眼变成熊猫眼。"

他从背心口袋里掏出警徽，对我咧着嘴笑。然后我也笑了，心想今天运气真不好。

我回到车里掉转方向，开回圣塔莫尼卡市。"回家来点苏格兰威士忌吧，"我说，"你家的苏格兰威士忌。"

（本文译者　张咪迪、程倩）

446